ROBERT LITTELL
Der Gastprofessor

Buch

Es mußte einfach so kommen. Zweiundzwanzigmal hat Lemuel Falk, ein russisch-jüdischer Wissenschaftler, einen Ausreiseantrag gestellt – immer ohne Erfolg. Doch nun, da der eiserne Vorhang weg ist, bekommt der preisgekrönte Chaos- und Zufallsforscher das, was er im Grunde seines Herzens gar nicht mehr möchte: ein Ausreisevisum. Falk darf als Gastprofessor an die Backwater University im Staate New York. Aber nicht die erhofften paradiesischen Zustände, sondern ein ziemliches Chaos erwartet den weltfremden Mittvierziger in der Neuen Welt – und eine Reihe merkwürdiger Ereignisse. Der »Zufall« führt ihn zu einer jungen Friseuse, in die er sich auf Anhieb verliebt. Und genauso »zufällig« tauchen in Backwater plötzlich sonderbare Gestalten auf. Diverse Geheimdienste interessieren sich brennend für ein Codiersystem aus Lemuels Forschungen. Aber den Gastprofessor läßt dies alles kalt: Er hat nur noch Interesse an seiner jungen Freundin und an einem mysteriösen Serienmörder, der die Menschen von Backwater in panische Angst versetzt ...
»Der Gastprofessor« ist ein wahres Meisterstück: eine virtuose Mischung aus philosophischem Thriller, erzählerischem Vexierspiel und einer wunderbaren Liebesgeschichte zwischen einem älteren Professor und einer jungen Frau.

Autor

Robert Littell, 1935 in New York geboren, war von 1965 bis 1970 Auslandskorrespondent der Zeitschrift *Newsweek* in Osteuropa. Littells Spionage- und Polit-Thriller sind immer wieder für ihre stilistische Brillanz, die feine Ironie, ihre politische Abgeklärtheit und Authentizität gerühmt worden. Seit Anfang der siebziger Jahre lebt Littell als freier Schriftsteller in Südfrankreich.

ROBERT LITTELL

Der Gastprofessor

Roman

Aus dem Amerikanischen
von Rudolf Hermstein

GOLDMANN

Die Originalausgabe erschien 1993 unter dem Titel
»The Visiting Professor«
bei Faber and Faber Limited, London

Umwelthinweis:
Alle bedruckten Materialien dieses Taschenbúches
sind chlorfrei und umweltschonend.
Das Papier enthält Recycling-Anteile.

Der Goldmann Verlag
ist ein Unternehmen der Verlagsgruppe Bertelsmann

Genehmigte Taschenbuchausgabe 10/98
Copyright © der Originalausgabe 1993 by Robert Littell
Copyright © der deutschsprachigen Ausgabe 1995
by Wilhelm Goldmann Verlag, München
in der Verlagsgruppe Bertelsmann GmbH
Umschlaggestaltung: Design Team München
unter Verwendung eines Motivs von John Vanderlyn
Druck: Elsnerdruck, Berlin
Verlagsnummer: 44300
JE · Herstellung: sc
Made in Germany
ISBN 3-442-44300-8

1 3 5 7 9 10 8 6 4 2

Für Henri Berestycki
In Gedenken an Suzanne, seine Schwester

»Und wo, wenn man fragen darf,
kommt unser Gasprofessa her?
Und was macht er, wenn er was macht?«
WORD PERKINS

»Ordnung. Routine. Chaos. *Joie de Vivre*.«
M. RAVEL

»Hey, gefällt mir, deine Musik. C-Dur, wow!«
DER TENDER

ERSTER TEIL

TENDER

1. KAPITEL

Lemuel Falk, ein russischer Chaostheoretiker auf der Flucht vor dem irdischen Chaos, fährt sich mit seinen dicken, schwieligen Fingern durch die schmutzig-aschgrauen Haare, die auch dann windzerzaust aussehen, wenn sich kein Lüftchen regt. Er lehnt die Stirn an die eiskalte Fensterscheibe, während der Zug durch den Rangierbahnhof schlingert, der Endstation entgegen; Abreisen verkraftet Lemuel ganz gut, aber Ankünfte verursachen ihm Verdauungsbeschwerden, Migräne und Stiche in der Magengegend. Ein unwahrscheinlicher Wachtraum überkommt ihn. Er ist der Große Führer und Lehrer, circa 1917. Totale von einem Zug, der im Schneckentempo in den Finnland-Bahnhof einfährt. Naheinstellung vom obersten *Homo sovieticus*, durch ein verregnetes Fenster; er stirbt fast vor Angst, daß man ihn lynchen oder, schlimmer noch, ignorieren könnte. Wladimir Iljitschs Nervosität überträgt sich auf Lemuel. Seine Kopfschmerzen drücken von hinten gegen Lemuels Augäpfel, seine Krämpfe zwicken Lemuels Eingeweide.

Der Wachtraum verebbt, als Lemuels Zug am Kai anlegt. Trostlose Reklametafeln werben für billige Leihwagen, pfefferminzfrische Zahnpasta, ein glutamatfreies chinesisches Restaurant in Bahnhofsnähe; Graffiti prangern den geplanten Bau einer Atommüll-Deponie im Landkreis an; Stapel von Frachtgut mit der schablonierten Aufschrift THIS SIDE UP ziehen am Fenster vorbei. Wer entscheidet eigentlich, hier oder in irgendeinem anderen Land, welche Seite oben ist? fragt sich Lemuel. Unter ihm das Zischen der Hydraulik, das Kreischen der Bremsen. Ruckelnd kommt der Zug zum Stehen. Ein riesiger Pappkoffer droht aus der Gepäckablage zu kippen. Mit einer Behendigkeit, die man ihm nicht zutrauen würde, springt Lemuel auf, kriegt ihn noch rechtzeitig zu fassen und wuchtet ihn herunter. Draußen vor dem Fenster stampft jemand, den Lemuel augenblicklich als *Homo antisovieticus* identifiziert, mit den Füßen auf, um Frostbeulen vorzubeugen. Dicht hinter ihm atmen zwei Männer und zwei Frauen große Dampfwolken in die Nacht, während sie die aussteigenden Passagiere durchmustern.

Lemuel erkennt durchaus ein Empfangskomitee, im Unterschied zu einem Lynchmob, wenn er eins sieht. Erleichtert hebt er die Pranke, um das Grüppchen durchs verregnete Fenster zu grüßen. Eine Frau im Fuchspelz ruft: »Das muß er sein«, und hält eine zellophanverpackte Fackel hoch, um ihm den Weg ins Gelobte Land zu weisen. Lemuel schultert seinen alten Tornister von der Roten Armee, packt den Pappkoffer mit der einen Hand, eine Duty-free-Tüte mit der anderen und schlurft durch den Gang des Waggons; er erspäht das Empfangskomitee auf dem Bahnsteig im trüben Licht einer herabhängenden nackten Glühbirne. Mit seinem Gepäck kämpfend, klettert er rückwärts die Eisenstufen hinunter und dreht sich zu dem Grüppchen um.

Der Direktor – er ist hochgewachsen, mager und asketisch und scheint mit seinem aufgeplusterten Skianorak leichter als Luft – streift einen Schafpelzfäustling ab, läßt mehrere Knöchel knacken und streckt eine eiskalte Hand aus. »Willkommen in Amerika«, erklärt er betont aufrichtig. »Willkommen im Staat New York. Willkommen am Institut für fortgeschrittene interdisziplinäre Chaosforschung.« Er würde gern lächeln, aber die Gesichtszüge sind ihm eingefroren, es wird nur ein schwaches Grinsen daraus. Seine blauen Lippen bewegen sich kaum, während er Lemuel die Hand schüttelt. »Ich freue mich sehr, daß Sie das Kommunistenpack endlich rausgelassen hat.«

»Rausgelassen haben sie mich«, stimmt Lemuel ihm zu.

»Um die Wahrheit zu sagen, ich hätte nie geglaubt, Sie doch noch einmal diesseits des Eisernen Vorhangs zu sehen.«

Murmelnd gibt Lemuel zu bedenken, daß es keinen Eisernen Vorhang mehr gibt.

Ein Schwall arktischer Luft treibt ihm die Tränen in die Augen. Die Frau im Fuchspelz streckt unvermittelt den Arm aus und hält ihm sechs in Zellophan gehüllte rote Rosen unter die Nase. »Die Russen«, klärt sie, seine Tränen mißdeutend, ihre Kollegen gerührt auf, »tragen das Herz auf dem Ärmel.«

Bis sie verlorenging, hatte sich Lemuel anhand einer Ausbildungsvorschrift der Royal Canadian Air Force die Anfangsgründe des Englischen angeeignet. Da er sich nicht denken kann, wie es möglich sein soll, sein Herz auf dem Ärmel zu tragen, weist er das Bukett zurück. »Ich bin allegorisch«, erklärt er. Er will um jeden Preis einen guten Eindruck machen, weiß aber nicht, wie er es anstellen soll. »Ich breche in Tränen aus in Präsenz von Blumen oder Kälte.«

Die Frau im Fuchs und der Direktor vermeiden es, sich anzusehen. »Da müssen die Sommer ja die reine Hölle für Sie sein«, sagt der Fuchs in einer Sprache, die Lemuel für Serbokroatisch hält. »Die Winter natürlich auch, wenn man's recht überlegt.«

Der Direktor wartet mit einer förmlichen Vorstellung auf. »D. J. Starbuck«, informiert er Lemuel, »liest Russische Literatur 404, an der Universität, wobei es hauptsächlich, aber nicht ausschließlich, um Tolstoi geht. Sie ist hier in ihrer Eigenschaft als Vorsitzende der hiesigen Gesellschaft für sowjetisch-amerikanische Freundschaft.«

Lemuel beugt sich linkisch über die Hand des Fuchses und wendet murmelnd ein, es gebe keine Sowjets mehr.

In D. J.s Augen flackert Unmut auf. »Wir sind ja dabei, nach einem neuen Namen zu suchen«, räumt sie in ihrem gutturalen, serbokroatischen Russisch ein.

Der Direktor, dessen Name J. Alfred Goodacre lautet, drängt mit Handbewegungen zum Aufbruch. Ein Mann mit fensterscheibendicken Brillengläsern, ein Astrophysiker, der kosmische Arrhythmien erforscht, wird vorgestellt. »Sebastian Skarr, Lemuel Falk.« Skarr legt den Kopf in den Nacken und richtet seine Bemerkungen an eine ferne Galaxis mit einem unregelmäßig wabernden Pulsar im Mittelpunkt. »Ich war hingerissen von Falks Erkenntnissen über Entropie«, sagt er, beinahe so, als sei Falk nicht anwesend. »Ich war fasziniert von seiner Schilderung des unaufhaltsamen Abgleitens des Universums in die Unordnung. Ins Chaos.«

Ein älterer Mann tritt stolpernd vor und nimmt seine Pelzmütze ab, so daß sein kurzgeschorener grauer, flaumiger Schädel zum Vorschein kommt. »Ich bin Scharlie Atwater«, sagt er mit so schlampiger Aussprache der Konsonanten, daß Lemuel Mühe hat, ihn zu verstehen. »Wenn ich nüschtern bin, also an Wochentagen bis Mittag, beschäftige ich mich mit der Oberflächenspannung von Wasser, das ausch Hähnen tropft. Ihr Artikel über die Betschiehung zwischen dem deterministischtischen Chaosch und der Pscheudo-Zufälligkeit, wie Schie es ausdrücken, hat mich umgehaun.«

Als nächste stellt sich eine gutaussehende Frau mittleren Alters vor, die mit einem spröden britischen Akzent spricht. »Matilda Birtwhistle. Ich züchte im vorsintflutlichen Labor des Instituts chaosbezogene Schneeflocken. Wir haben Ihre *tour de force* mit Pi verfolgt – daß Sie seine Dezimalerweiterung auf drei Milliarden, dreihundertdreißig Millionen Stellen berechnet haben. Ihre Formulierung, daß Pi, falls es wahrhaft zufallsgesteuert wäre, bisweilen geordnet erscheinen würde, fanden wir unglaublich elegant. Keiner von uns war bis dahin auf die Idee gekommen, daß zufällige Ordnung Bestandteil reiner Zufälligkeit sein könnte.« Sie läßt ein schwaches Lächeln aufblitzen. »Wir alle, der gesamte wissenschaftliche Stab des Instituts, schätzen uns glücklich, einen der hervorragendsten Zufallsforscher der westlichen Welt unter uns zu haben.«

Gerührt ergreift Lemuel Birtwhistles Hand und streift mit

seinen aufgesprungenen Lippen den Rücken ihres handgestrickten tibetischen Handschuhs. Die Geste soll altehrwürdige Armut versinnbildlichen, im Gegensatz zur neueren, verschwitzteren, verzweifelteren Armut der proletarischen Massen. Lemuel richtet sich auf und räuspert sich, um ein nervöses Kratzen im Hals loszuwerden. Wenn es um abstrakte Ideen geht – so schmeichelt er sich gern –, kann er durchaus mit einem Einstein mithalten; im Umgang mit Menschen ist er hingegen weniger selbstbewußt und schnell eingeschüchtert. Daher sucht er auch jetzt Deckung hinter auswendig gelernten Phrasen: Er bitte sie alle, davon auszugehen, daß er hochbeglückt sei, als Gastprofessor an ihr Institut berufen worden zu sein, und ihm zu glauben, daß er darauf brenne, sich in dessen chaosbezogene Wasser zu stürzen.

Lemuel mustert die Gesichter seiner Gesprächspartner und überläßt sich einem köstlichen Wachtraum: Die schwedische Botschaft hat ihm mitgeteilt, daß ihm für seine bahnbrechenden Arbeiten auf dem Gebiet der reinen Zufälligkeit der Nobelpreis zugesprochen wurde. Großaufnahme vom Botschafter, der Schafpelzfäustlinge trägt. Schwenk auf einen Scheck über 380 000 US-Dollar, während er diesen Lemuel aushändigt. In Sankt Petersburg würde man dafür auf dem schwarzen Markt rund 380 Millionen Rubel bekommen. Lemuel, saniert bis an sein Lebensende, saniert auch noch für sein ganzes nächstes Leben, schnuppert die Kälte; sie brennt ihm in den Nasenlöchern. Der Schmerz erinnert ihn, was er ist und wo er sich befindet. Die Mitglieder des Empfangskomitees starren ihn an, als erwarteten sie eine Zugabe. In Lemuels blutunterlaufenen Augen glimmt Panik auf. Seine Augenbrauen zucken hoch, und seine Nüstern weiten sich, während er von seinem zurechtgelegten Text abweicht, den er sich in den endlosen Stunden des Flugs von Petersburg über Shannon nach New York immer wieder eingeprägt hat. Er sei von der Reise völlig erschöpft, sagt er. Außerdem müsse er dringend seine Blase entleeren. Ob es eine Zumutung an ihre Gastfreundschaft sei, fragt er, sie um eine Tasse echten amerikanischen Kaffee zu bitten.

Charlie Atwater, der seit ein paar Minuten immer wieder die Luft anhält, um seinen Schluckauf zu bekämpfen, sagt: »Wie wär's mit etwasch, wo ein klitzekleines bischen mehr Alkohol drin ist?«

Mit der gemurmelten Bemerkung »Falk braucht unbedingt eine Mütze oder einen Haarschnitt« wirbelt der Fuchs auf dem hohen Absatz einer Galosche herum und steuert auf den Kaffeeautomaten in der Bahnhofshalle zu. Der Direktor fordert Lemuel mit einer Kopfbewegung auf, ihr zu folgen.

Und er folgt ihr. Mit pflichtschuldiger Dankbarkeit läßt sich Lemuel von den Menschen in die Mitte nehmen, die sich erbieten, ihn vor einem Schicksal zu erretten, das schlimmer wäre als der Tod: dem Chaos!

Das letzte, was er erwartet hätte, als er ein Ausreisevisum beantragte, war, eines zu bekommen; das letzte, was er sich wünschte, war, Rußland zu verlassen. Es war eine leidige Tatsache, daß die ehemalige Sowjetunion zusehends in den Strudel des Chaos gezogen wurde; die Regale in den Geschäften waren leer, die Menschen waren dazu übergegangen, Katzen und Tauben in Fallen zu fangen und getrocknete Karottenschalen aufzubrühen, weil Tee unerschwinglich geworden war. Die jährliche Inflation erreichte eine dreistellige Prozentzahl, und die Exkommunisten, die in Moskau angeblich regierten, warfen das Geld unters Volk, so schnell sie es drucken konnten. Lemuels Gehalt am W.-A.-Steklow-Institut für Mathematik, wo er seit dreiundzwanzig Jahren arbeitete, hatte sich in den letzten vier Monaten verdreifacht. Der Preis für einen Laib Brot, wenn es überhaupt welches gab, hatte sich vervierfacht. Nicht lange, und er würde einen Fünfzig-liter-Müllsack brauchen (den es freilich nirgends zu kaufen gab), um seiner Exfrau ihre monatliche Unterhaltszahlung zu bringen. Dennoch, das Chaos hatte den Vorteil gehabt, daß es Lemuels Chaos war. Der englische Stückeschreiber Shakespeare hatte es einmal auf den Punkt gebracht: Besser das Chaos ertragen, das wir kennen, als uns kopfüber in ein anderes Chaos zu stürzen, das wir nicht kennen. Oder so ähnlich.

Aber wenn dem so war, was bewog dann einen zutiefst vorsichtigen Menschen wie Lemuel (er hat immer den Standpunkt vertreten, daß zwei plus zwei vier *zu sein scheine*), zu angeblich wärmeren Gefilden und angeblich grüneren Weidegründen aufzubrechen?

Lemuel hatte jedes Jahr ein Ausreisevisum beantragt, seit er als Zufallsforscher arbeitete. Das war seine Art, Stichproben vom politischen Klima zu nehmen. Jeden September füllte er getreulich die vorgeschriebenen Formulare in dreifacher Ausfertigung aus, klebte die erforderliche Steuermarke darauf und warf den Antrag in das überquellende Eingangskörbchen des zuständigen Parteigenossen in der Visa-Abteilung des Außenministeriums. Jedes Jahr kam der Antrag mit dem großen roten Stempelaufdruck ABGELEHNT zurück, womit für Lemuel wieder einmal bewiesen war, daß immerhin die Welt, die er kannte, aber nicht unbedingt liebte, noch in Ordnung war. Denn Lemuel, so schien es, besaß praktische Kenntnisse von Staatsgeheimnissen. Aus diesem Grund wurden ihm Ausflüge über die Landesgrenzen hinaus verwehrt.

Als dann wunderbarerweise ein Visum mit Siegel und Unterschrift im Gemeinschaftsbriefkasten lag, erschrak er zutiefst. Er setzte sich die Brille auf und las es zweimal, nahm die Brille ab und putzte sie mit dem Zipfel seiner Krawatte, setzte sie wieder auf und las das Ding noch ein drittes Mal. Wenn diese Leute Lemuel Melorowitsch Falk – Träger des Lenin-Preises für seine Arbeiten auf dem Gebiet der reinen Zufälligkeit und des theoretischen Chaos, Mitglied der elitären Akademie der Wissenschaften – durch die normalerweise klebrigen Finger gleiten ließen, Staatsgeheimnisse hin,

Staatsgeheimnisse her, bedeutete dies, daß der verrottende Kern der Bürokratie vom Chaos infiziert war; und das bedeutete, daß die Dinge schlechter standen, als er gedacht hatte.

Weil man ihm die Ausreise gestattet hatte, kam Lemuel zu dem Schluß, es sei an der Zeit, den Koffer zu packen.

Den Direktor des Instituts hatte er zwölf Jahre zuvor auf einem Symposium über den relativ jungen Wissenschaftszweig Chaostheorie kennengelernt. Lemuel, der um einen Vortrag gebeten worden war, hatte die versammelten Fachleute mit seiner Arbeit über Pi beeindruckt, also über die transzendente Zahl, die man erhält, wenn man den Umfang eines Kreises durch seinen Durchmesser dividiert. Auf der Suche nach der reinen, unverfälschten Zufälligkeit hatte Lemuel einen ostdeutschen Großrechner programmiert und Pi auf fünfundsechzig Millionen dreihundddreiunddreißigtausendsiebenhundertvierundvierzig Dezimalstellen berechnet (damals Weltrekord), ohne irgendwelche Anzeichen für eine Ordnung in der Dezimalentwicklung von Pi zu entdecken. Der Direktor, der nicht nur von der Originalität, sondern auch von der Eleganz von Lemuels Vortrag angetan war, hatte dafür gesorgt, daß der Text in der angesehenen Vierteljahreszeitschrift des Instituts abgedruckt wurde. Dem ersten Artikel waren weitere gefolgt. Nachdem er durch die Entdeckung potentiell reiner Zufälligkeit in der Dezimalentwicklung von Pi berühmt geworden war, begann Lemuel, im wesentlichen ein Zufallsforscher, der in Chaosforschung dilettierte, das zu erkunden, was er »Falks Zwischenreich« nannte, das graue Niemandsland, wo sich Zufälligkeit und Chaos überschneiden. Jedesmal, wenn jemand ein Beispiel für reine, unverfälschte Zufälligkeit gefunden zu haben meinte, unterzog es Lemuel den strengen Verfahren der Chaosforschung und führte anschließend den Beweis, daß das, was sich da den Anschein der Zufälligkeit gab, in Wahrheit zwar unberechenbar, dennoch aber determiniert und folglich keineswegs rein zufällig sei. Die Natur, so Lemuel, erzeuge Erscheinungen von so gewaltiger Komplexität und Unberechenbarkeit, daß sie sich dem bloßen Auge als Beispiele reiner Zufälligkeit darstellten. Indes sei diese vermeintliche Zufälligkeit, so führte er in einem Artikel aus, der ihn auch in Amerika bekannt machte, nichts weiter als der Name, den wir unserer Unwissenheit gäben. Wir wüßten einfach noch nicht genug. Unsere Instrumente seien nicht empfindlich genug. Unsere Stichproben erstreckten sich nicht über eine ausreichend lange Zeitspanne – die in der Größenordnung von Jahrmillionen liegen müsse. Sobald man unter der Oberfläche grub, sobald man die Instrumente, mit denen man die Zufälligkeit maß, vervollkommnete, stellte sich (zu Lemuels bitterer Enttäuschung) heraus, daß vermeintlich reine Zufälligkeit überhaupt nicht zufällig war, sondern ein Fußabdruck von dem, was die Physiker und Mathematiker neuerdings als Chaos bezeichneten.

Seit mehreren Jahren hielt ihm das Institut für fortgeschrittene interdisziplinäre Chaosforschung eine Stelle als Gastprofessor offen; man würde sich glücklich schätzen, war ihm immer wieder versichert worden, wenn er sein Zwischenreich fortan innerhalb der Mauern des Instituts erkunde. An dem Tag, an dem Lemuel das Ausreisevisum im Briefkasten fand, fiel ihm dieses Angebot genau in dem Moment ein, als ihm bewußt wurde, daß er sich unbedingt hinsetzen mußte. Vierzig von seinen sechsundvierzig Jahren war er ständig auf den Beinen gewesen, hatte er angestanden um Lebensmittel und Toilettenpapier, um Scheibenwischer für seinen geliebten Skoda, um Kuraufenthalte am Schwarzen Meer, um Fangopackungen in den Heilbädern, um den Verbleib in der Wohnung, die er mit zwei Ehepaaren teilte, die ständig am Rande der Scheidung lebten – wenn nicht sogar am Rande von Mord und Totschlag. Er hatte sich oft an einer Schlange angestellt, einfach weil sie vorhanden war, ohne zu wissen, was es da eigentlich zu erstehen gab. Er hatte Schlange gestanden, um getraut zu werden, und ein Jahrzehnt danach wieder Schlange gestanden, um seine Scheidung zu bekommen. Im Lauf der Jahre waren ihm die Füße geschwollen. Und das Herz.

Mit dem Ausreisevisum im Paß hatte sich Lemuel aus Rußland davongestohlen, ohne seiner Exfrau oder seinen Kollegen ein Wort zu sagen, sogar ohne es seiner Tochter zu sagen, der standesamtlich getrauten Frau eines Schwarzhändlers, der den Markt für Computermäuse beherrschte. Der einzige Mensch, dem er sich anvertraut hatte, war seine Gelegenheitsgeliebte, eine silberweiß gebleichte Journalistin der Petersburger *Prawda* namens Axinja Petrowna Wolkowa, die sich an den Montagnachmittagen und Donnerstagabenden der Aufgabe widmete, Erektionen aus Lemuels müdem Fleisch hervorzuzaubern. Axinja, die ein Gewohnheitstier war und regelmäßig eine halbe Stunde lang Lemuels Zimmer aufräumte, bevor sie ihm gestattete, an den Reißverschlüssen und Schnallen und Knöpfen ihrer Kleider herumzufummeln, nahm die Nachricht von seiner bevorstehenden Abreise mit Bestürzung auf.

»Du vertauschst ein Chaos mit einem andern«, sagte sie ihm, »in der irrigen Annahme, daß sich das Chaos der andern als schöner herausstellen wird. Dein Kumpel Vadim hat dir erzählt, in Amerika wären die Straßen mit Sony-Walkmans gepflastert. Gib's doch zu, Lemuel Melorowitsch – im Kopf weißt du, daß es ein Märchen ist, aber im Herzen glaubst du, es könnte doch wahr sein. Aber wie auch immer, dein Ausflug wird unweigerlich bös enden – du warst schon immer vom Reisen mehr fasziniert als vom Ankommen.«

Als diese Argumente ihre Wirkung auf Lemuel verfehlten, fuhr sie schweres Geschütz auf. »Mancher würde für eine Dauerstellung am Steklow-Institut einen Mord begehen. Wie kannst du das einfach so aufgeben?«

»In Rußland hat jeder eine Dauerstellung«, hatte Lemuel mürrisch erwidert. »Das Dumme ist nur, daß man die Dauerstellung in Rußland hat.«

Der Gastprofessor (die Duty-free-Plastiktüte immer noch in der Hand) und das Empfangskomitee zwängen sich – *ladies first* – in den Kleinbus des Instituts, um die Fahrt zu dem zwölf Meilen entfernten Dorf anzutreten, das sowohl die Universität als auch das Institut beherbergt. Word Perkins, das Faktotum des Instituts (er fungiert als Chauffeur, Nachtwächter, Telefonist, Klempner, Elektriker, Schreiner, Schneeschaufler und Salzstreuer), steigt als letzter ein. »Also, was hamse denn da drin?« erkundigt er sich, während er sich mit Lemuels riesigem Koffer abmüht. »Ziegelsteine vielleicht?«

»Bücher vielleicht«, erwidert Lemuel schuldbewußt.

Matilda Birtwhistle schenkt ihm ein aufmunterndes Lächeln. Lemuel grinst unsicher zurück.

Gekränkt setzt sich Perkins ans Steuer. Wie ein Pilot bei den *Cockpit checks* klappt er die Ohrenschützer seiner Mütze hoch, rückt sein Hörgerät zurecht, das er über ein Ohr gehakt hat, zieht den Choke und läßt den Motor an. Die Schneeketten an allen vier Rädern machen ein Getöse, daß man sich kaum unterhalten kann. »Und wo, wenn man fragen darf, kommt unser Gasprofessa her?« schreit der Fahrer nach hinten. »Und was macht er, wenn er was macht?«

Der Direktor dreht sich um und blinzelt rasch – seine Art, sich für die Gleichmacherei in der amerikanischen Gesellschaft zu entschuldigen, die dem Chauffeur ein gewisses Maß an Unverfrorenheit gestattet. »Er kommt aus Sankt Petersburg«, schreit er nach vorne. »Und wenn Sie wissen wollen, was er macht – er ist zufällig einer der führenden Zufallsforscher der Welt.«

»Ich bin mir nich sicher, ob ich weiß, was ein Zufallsforscher is, aber wenn das was mit Schneefall zu tun hat, dann liegt er bei uns genau richtig, stimmt's?« bemerkt Perkins. »So viel Schnee, wie wir jetz ham – muß ja das reinste Paradies für Zufallsforscher sein. Hey, Professa aus Petasburg, falls Sie'n Sportsmann sind, im Dorfladen unterm Tender könn Sie sich superleichte Langlaufski leihn.«

D. J. verdreht die Augen. Matilda Birtwhistle erstickt ein Kichern in ihrem tibetischen Handschuh. Lemuel, den die Unterhaltung einigermaßen ratlos macht – wozu braucht ein Zufallsforscher Langlaufski, und wer oder was ist ein Tender? –, sieht verdrießlich zum Fenster hinaus. Nun, da er endlich am Ziel seiner Reise angekommen ist, muß er gegen eine ausgeprägte postnatale Depression ankämpfen. Seine ersten Eindrücke von Amerika der Schönen muntern ihn auch nicht auf. Der Kleinbus holpert über eine breite, öde Hauptstraße, die nicht mit Sony-Walkmans gepflastert ist, sondern eine rissige, mit Frostaufbrüchen übersäte Asphaltdecke hat, vorbei an Bergen von Plastik-Müllsäcken, die aussehen, als seien sie von einer Sturmflut an Land geschwemmt worden. Lange Eiszapfen hängen tröpfelnd von Lampenmasten, Ladenschildern und der riesigen Uhr über der Drehtür einer Bank an einer Kreuzung.

Zwischen schmutzigen Schneehaufen lavierend, fährt der Kleinbus über eine Brücke mit rostigen Eisenträgern und passiert unbeleuchtete, geschlossene Tankstellen und Supermärkte, Möbel-Discount-läden und eine Sparkasse in Ziegelbauweise neben einer grau gestrichenen Holzkirche mit einem Kinoplakat, auf dem CHRIST SAVES steht, ohne Angaben darüber, wen oder was er rettet. Lemuel erblickt eine beleuchtete Reklametafel am Straßenrand, die Zweifel in ihm weckt, ob er denn mit seinem Englisch aus der Ausbildungsvorschrift der Royal Canadian Air Force zurechtkommen wird.

Er beugt sich vor und tippt D. J. auf die Schulter. »Was soll denn das heißen, ›Nonstops to the most Florida cities‹? Wie kann eine Stadt mehr Florida sein als eine andere?«

»Hey, Professa aus Petasburg, sehn sich mal die Bäume an«, ruft Perkins, bevor D. J. den Text auf der Reklametafel ins Serbokroatische übersetzen kann. »Haben sich in lauter Trauerweiden verwandelt, was? Wir ham nämlich grade den schlimmsten Eisregen gehabt seit 1929 – hat gestern fast den ganzen Tag Katzen und Hunde geregnet. Und in der Nacht ist die Tempratur auf fünf runter.«

»Fünf Grad Fahrenheit«, erläutert Sebastian Skarr, »entsprechen minus fünfzehn Grad Celsius.«

»Katzen? Hunde?« fragt Lemuel verdattert.

»Das ist eine idiotische idiomatische Redewendung«, erklärt Charlie Atwater und grinst betreten, weil er immer noch den Schluckauf hat.

Vor ihnen läßt ein pulsierendes Licht auf einem Laster winzige orangefarbene Explosionen über die mit Eis lackierte Fahrbahn schlittern. Der Kleinbus holt das Fahrzeug ein, das Sand auf die Straße streut. Lemuel späht durch das Fenster neben seinem Sitz in die Nacht hinaus und erkennt nach und nach Äste und Stromleitungen, die mit Eis überkrustet sind und unter dem Gewicht durchhängen. Er fängt an, einen faszinierenden Traum auszuspinnen: Irgendwo in den endlosen Weiten Sibiriens schlägt ein Nachtfalter mit den Flügeln. Die winzigen Luftwirbel, die seine schwirrenden Flügel auslösen, pflanzen sich als Schwingungen fort, die mit wachsender Entfernung immer stärker werden und sich schließlich in einem Eisregen entladen, der die Ostküste von Amerika der Schönen lahmlegt.

Noch ein Fußabdruck des Chaos!

D. J. zeigt auf das Schild, das an der Stelle steht, wo das platte Land aufhört und das Dorf anfängt. Unter dem Eismantel steht: »Universität Backwater – gegründet 1835.« Darunter ist ein kleineres Schild: »Sitz des Instituts für fortgeschrittene interdisziplinäre Chaosforschung.« Sekunden später bringt Perkins den Bus vorsichtig zum Stehen, vor einem grünen Holzhaus mit umlaufender Veranda, das ein Stück von der Main Street zurückgesetzt ist. Ein Schwall eisiger Luft dringt in den Bus ein, als Perkins, den Parka bis zum Kinn zugeknöpft und die Ohrenschützer runtergeklappt, die Tür aufmacht. Er packt Lemuels Pappkoffer am Seilgriff und stapft über den gesandeten Weg aufs Haus zu.

Der Direktor dreht sich zu Lemuel um. »Angesichts der Kälte etcetera verzichte ich, glaube ich, lieber auf die Gelegenheit, mit Ihnen hineinzugehen.« Er beugt sich näher zu ihm hin und senkt die Stimme. »Verzeihen Sie die Frage, aber wo lassen Sie sich die Haare schneiden?«

»Das mache ich selbst. Vor dem Spiegel.«

Der Direktor läßt unauffällig einen Umschlag in die Tasche von Lemuels braunem Mantel gleiten. »Ein bißchen Bargeld, damit Sie über die Runden kommen, bis Sie Ihren ersten Gehaltsscheck einlösen.« Er räuspert sich. »Ach, darf ich Ihnen einen Vorschlag machen?«

»Bitte sehr.«

»Es gibt einen Friseursalon im Ort, über dem Kramladen.« Er bedenkt Lemuel mit einem verschwörerischen Zwinkern. »Er hat bis Mittag offen.« Der Direktor spricht wieder mit normaler Stimme. »Der Professor, mit dem Sie das Haus teilen werden, erwartet Sie. Morgen ist Ihnen zu Ehren ein Institutsessen, anschließend zeige ich Ihnen Ihr Büro und mache Sie mit Ihrem weiblichen Freitag bekannt.«

»So nennen wir unsere Sekretärinnen«, erläutert D. J. in ihrem Serbokroatisch.

Lemuel fragt sich, wer von Montag bis Donnerstag seine Briefe tippen wird, und geht unter gemurmelten Dankesworten zwischen den Sitzen durch nach vorne, wobei er rechts und links Hände schüttelt. Während er sich der Tür nähert, hat er das Gefühl, daß er gleich mit dem Fallschirm in einen eisigen Abgrund springen wird. Er schlingt sich sein khakifarbenes Halstuch aus Armeebeständen noch ein weiteres Mal um den Hals, zurrt die Riemen seines Tornisters fest und tritt ins Leere hinaus. Auf dem Weg zum Haus begegnet er Perkins, der zum Bus zurückwatschelt. Perkins will sich per *high-five* von Lemuel verabschieden, erntet aber nur einen verständnislosen Blick.

»Macht ihr in Rußland kein *high-five* nich, hm, Professor aus Petasburg?« erkundigt sich das Faktotum gutgelaunt.

Lemuel dreht sich auf der Veranda um und sieht zu, wie der Kleinbus anfährt. Die roten Bremslichter flackern auf und verschwinden um die nächste Ecke. In der plötzlichen Stille hebt Lemuel die rechte Hand über den Kopf und blickt zu seinen Fingern auf.

High. Five. Aha! *High-five.*

Die schneidende Luft dringt durch Lemuels Cordhosen und läßt seine Oberschenkel taub werden. Er dreht sich um und greift nach dem korrodierten Messing-Baseball, aber die Tür fliegt auf, bevor er damit an den korrodierten Messing-Baseballhandschuh klopfen kann. Eine Hand schießt aus einer gestärkten Manschette hervor. Kräftige Finger packen Lemuels khakifarbenes Halstuch und ziehen ihn hinein. Lemuel steigt ein vage nach Essig riechendes Deodorant in die Nase, er sieht nikotingelbe Zähne, einen verfilzten Bart, in der Luft tanzende gekringelte Schläfenlocken und helle, talmudische Augen, die in fleischlicher Neugier hervortreten. Die Tür fällt hinter ihm ins Schloß, und Lemuel, gegen seinen Willen in einen abenteuerlichen Wachtraum gezogen, kommt zu dem Schluß, daß er von Angesicht zu Angesicht keinem anderen als Jahwe gegenübersteht.

Jahwe ist eher kleinwüchsig – er reicht Lemuel bis an die Schulterblätter –, aber kompakt gebaut, und offenbar Anfang dreißig. Er hat sich mit hohen Schnürschuhen und einem weißen Rüschenhemd ohne Krawatte herausgeputzt, das bis an seinen prachtvollen Adamsapfel zugeknöpft ist. Der Hals quillt schwielenartig über den oberen Rand des gestärkten Kragens, so daß dieser wie ein Hundehalsband wirkt. Außerdem ist Jahwe mit ausgebeulten schwarzgrauen Hosen, einer zerknitterten Weste und einem offenen, zipfelnden Jackett bekleidet. Über der Knollennase schießen Kakerlakenbrauen im fröhlichen Sturzflug aufeinander zu. Der Schwerkraft spottend, sitzt ein besticktes schwarzes Scheitelkäppchen hinten auf dem großen Kopf. Jahwe beäugt seinen Besucher durch kreisrunde, in Silber gefaßte Brillengläser, murmelt

»*Hekinah degul, hekinah degul*« und lockt, indem er rückwärts tappend über durchgetretene Teppiche vor dem herannahenden Gast zurückweicht, Lemuel durch die Diele in das überheizte Haus.

»Welche Sprache ist *Hekinah degul*?« erkundigt sich Lemuel.

»Das ist Liliputanisch«, sagte Jahwe. »Frei übersetzt, bedeutet es ›Was in Dreiteufelsnamen‹. Ich vertrete die Theorie, daß die Liliputaner, metaphorisch gesprochen, möglicherweise einer der verlorenen Stämme Israels sind.« Jahwe beschreibt einen Halbkreis um Lemuel, mustert ihn von der einen, dann von der anderen Seite. »Ich bin's, Ihr Kollege und Hausgenosse«, sagt er schließlich in krächzendem Singsang. Seine knochige Hand umklammert Lemuels behandschuhte mit eisernem Griff. »Ich pflege keine Umschweife zu machen, das ist nicht mein *schtick*. In akademischen Kreisen bin ich bekannt als Rebbe Ascher ben Nachman, der gnostische Zufallsforscher. In religiösen Kreisen kennt man mich als den Eastern Parkway *Or Hachaim Hakadosch*, den Gottesmann vom Eastern Parkway mitten im Herzen von Brooklyn. Um meinen Platz im rabbinischen Spektrum zu definieren: Ich bin das, was die Juden im Ghetto von Venedig als *traghetto* bezeichnet hätten – eine Fähre, eine Gondel, die durch die trüben Gewässer zwischen den Ultra-Orthodoxen und den Ultra-Unorthodoxen gleitet. Um mich im historischen Spektrum zu lokalisieren: Ich bin der letzte, aber nicht der geringste in einer langen Reihe von Rabbinern, die ihre Abkunft auf den illustren Mosche ben Nachman alias Ramban, er ruhe in Frieden, zurückführen, der um 1270 in *Eretz Yisrael* vor seinen Schöpfer trat.« Er nickt beifällig. »Sie geben sich sichtlich Mühe, nicht über Dinge zu lächeln, die Ihnen prätentiös vorkommen. Ihr Feingefühl macht den Eltern Ehre, die Sie aufgezogen haben.«

Der Rebbe macht ein paar tänzelnde Schritte rückwärts, zieht ein riesiges Schnupftuch aus der Innentasche seines

Jacketts und entfaltet es mit theatralischem Pomp; einen Moment lang glaubt Lemuel, sein Gastgeber werde eine weiße Taube oder einen zweiten Rosenstrauß hervorzuzaubern. Er ist enttäuscht, als Jahwe sich bloß geräuschvoll und virtuos mit einer Hand schneuzt, erst das eine, dann das andere Nasenloch.

»Da Sie aus Rußland kommen«, sagt Jahwe mit plötzlich nasal klingender Stimme, »haben Sie wahrscheinlich noch nicht von mir gehört – keine Bange, ich bin nicht im geringsten gekränkt –, aber vielleicht haben Sie schon mal von Brooklyn gehört?« Im Weiterplappern inspiziert er sein Taschentuch auf ein Bulletin über seinen Gesundheitszustand. »Wenn Sie mit dem Rücken zum Atlantik stehen oder auch sitzen, liegt Brooklyn gleich rechts von Manhattan.«

Über seinen kleinen Scherz lachend, steckt der Rebbe das Taschentuch ein, bückt sich nach Lemuels Koffer, hebt ihn mühelos hoch, als seien nur Federn drin, und geht voraus, die Treppe hinauf. »Bevor ich ein Rebbe und ein Gottesmann wurde, habe ich als Schauermann im Hafen von Brooklyn gearbeitet.« Er lockt Lemuel mit gekrümmtem Finger. »Kommen Sie. Ich führe ein koscheres Haus, ich fresse Sie nicht. Im ersten Stock liegen die Räume, die Ihnen das Institut zur Verfügung stellt.« Der Rebbe zeigt ein schüchternes, asymmetrisches Grinsen, das sein Gesicht in etwas verwandelt, was einer kubistischen Gitarre recht ähnlich sieht. »Wenn Sie sich etabliert und dechauffiert haben«, teilt er seinem mißtrauischen Besucher mit, »lade ich Sie zu Tee und Sympathie ein.«

Lemuel schultert seinen Tornister und geht, die Plastiktüte aus dem Duty-free-Shop in der Hand, folgsam hinter dem Rebbe her, vorbei an hüfthohen schiefen Büchertürmen, die mit den Rücken nach außen an den Wänden lehnen. »Tee nehme ich mit einem Stück Zucker zwischen den Zähnen«, sagt er düster. »Sympathie mit einem Körnchen Salz.«

Rebbe Nachman dreht sich um und mustert neugierig

seinen Hausgenossen. »Daß wir Freunde werden, liegt im Bereich des Möglichen«, verkündet er. »Vielleicht haben Sie schon etwas von Männerbünden gehört?«

Lemuel bleibt wie angewurzelt stehen. Ihm fällt ein, daß seine Geliebte ihm vorgeworfen hat, er glaube, das Chaos der anderen werde schöner sein. Axinja hat auch recht gehabt, was die Sony-Walkmans angeht. Ob Sie Dinge weiß, die er selbst nur argwöhnt? »In Rußland«, merkt Lemuel mit einer Stimme an, die unerschütterliche Heterosexualität ausdrükken soll, »verstößt so etwas eindeutig gegen das Gesetz.«

»In Amerika«, erklärt Rebbe Nachman mit Inbrunst, »sind Männerbünde nichts weiter als eine respektable Art, die Frauen zu hassen.«

Mit einer Lupe studiert der Rebbe das Kleingedruckte auf einer Seite der Zeitung, die er auf dem Küchentisch ausgebreitet hat. »Oj, IBM sind siebeneinviertel gefallen. Vielleicht hätte ich doch vor ein paar Monaten leerverkaufen sollen. General Dynamics sind viereinhalb gestiegen. Soll ich sie jetzt abstoßen oder doch lieber noch drinbleiben? Sagen Sie mir: Wie soll ich ohne einen satten Spekulationsgewinn jemals meine eigene Talmudschule kriegen?«

Aus einem alten Motorola, das auf einem Stapel Bücher balanciert, kommt eine blecherne Wiedergabe von Ravels Konzert für die linke Hand. Seufzend wendet sich der Rebbe wieder den getrockneten braunen Knospen zu, die er zerbröselt und auf einem Blättchen Zigarettenpapier verteilt. Lemuel, der ihm von der anderen Seite des Tisches aus zuschaut, nimmt sich noch ein Stück Zucker aus der Zinndose, wickelt das Papier mit dem Aufdruck des Restaurants ab, in dem es geklaut wurde, und klemmt sich den Würfel zwischen die Schneidezähne. Während er Kräutertee durch den Zucker filtert, sieht er fasziniert zu, wie der Rebbe Papier und Tabak zu einem perfekten Zylinder rollt.

Dem Rebbe fällt auf, daß es Lemuel aufgefallen ist. »Bevor

ich Schauermann wurde, habe ich in einer Zigarillofabrik in New Jersey gearbeitet.« Er läßt die schwammige Spitze seiner rosa Zunge an der Kante des Papiers entlanggleiten und klebt die Zigarette zu. Er durchsucht seine Taschen und bringt ein Zündholzbriefchen zum Vorschein, das er ebenfalls in einem Restaurant hat mitgehen lassen. Er zündet ein Hölzchen an und hält es an den Joint. Als die Spitze schwelt, schüttelt er das Zündholz aus und macht vorsichtig den ersten Zug. Beim Ausatmen fragt er beiläufig: »Mit dem biblischen Namen Lemuel, der – korrigieren Sie mich, wenn ich mich irre – soviel wie ›der Gottesfürchtige‹ bedeutet, sind Sie vielleicht Jude?«

»Der Vater meines Vaters, der ein glühender *Homo sovieticus* war, nannte seinen Sohn Melor – für ›Marx, Engels, Lenin, Organisatoren der Revolution‹. Mein Vater, der ein glühender *Homo anti-sovieticus* war, behauptete, Lemuel steht für ›Lenin, Engels, Marx, unbefriedigtes exhibitionistisches Lumpenproletariat‹.« Lemuel kichert kurz in sich hinein und schlürft weiter seinen Tee durch den Zuckerwürfel.

Der Rebbe läßt sich nicht beirren. »Mit einem Namen wie Falk sind Sie vielleicht beschnitten?«

Besorgt, daß das Thema Männerbünde wiederaufgenommen werden soll, beschränkt sich Lemuel auf ein unverbindliches Grunzen.

Der Rebbe läßt nicht locker. Er sieht Lemuel in die Augen und fragt: »Glauben Sie an die Thora? Fürchten Sie Jahwe?« Er artikuliert den geheiligten Namen Gottes, als wolle er Ihn herausfordern, ihn niederzustrecken für den Frevel, seinen Namen laut auszusprechen.

»Woran ich glaube«, murmelt Lemuel, der keine Lust auf eine theologische Diskussion hat, »ist die Mathematik. Was ich liebe, ist reine Zufälligkeit. Was ich fürchte und verabscheue, ist das Chaos, obwohl ich zugeben muß, daß ich auf theoretischer Ebene von der Möglichkeit fasziniert bin, im Herzen des Chaos ein Quentchen Ordnung zu entdecken.«

»Sagen Sie mir eins: Wenn Sie nicht an Jahwe und an die Thora glauben, in welchem Sinne sind Sie dann Jude?«

»Ich habe nie behauptet, daß ich Jude bin«, sagt Lemuel achselzuckend. »Ich bin Jude in dem Sinne, daß, sollte ich es einmal vergessen, die Welt mich alle zwanzig, dreißig Jahre daran erinnert.«

Der Rebbe nimmt einen tiefen Zug aus seinem Joint und hält den Rauch eine Zeitlang in der Lunge, bevor er ausatmet. »Wenn Sie immerhin so sehr Jude sind, daß Sie sich so leicht daran erinnern lassen«, sagt er mit einem listigen Glitzern im Auge, »wieso sind Sie dann nicht nach *Eretz Yisrael* gegangen?«

Lemuel schneidet eine Grimasse. »Für mich ist Amerika, nicht Israel, das Gelobte Land.« Er schnaubt leise. »Ich habe einen Freund in Moskau, der hat mir geschworen, daß die Straßen hier mit Sony-Walkmans gepflastert sind.«

»Der Großvater meines Vaters, er ruhe in Frieden, ist 1882 aus Polen rübergekommen und hat gedacht, sie wären mit Singer-Nähmaschinen gepflastert.«

Der Rebbe zieht sich Rauch in die Lunge. Er hält die Luft zurück und bietet Lemuel den Joint an.

Lemuel schüttelt den Kopf. »Ich bin allegorisch gegen Zigaretten.«

Der Rebbe stößt den Rauch aus. »Das ist keine Zigarette. Zigaretten habe ich zu Chanukka aufgegeben, nachdem ich sechzehn Jahre lang zwei Schachteln pro Tag geraucht hatte. Das hier ist ein Joint. Gras. Marihuana. Mary Jane. Dope. Die Frau, die mich damit beliefert, nennt es Thailand-Trüffel.«

Lemuel schnuppert genießerisch an dem Rauch, der wie eine Regenwolke über der Börsenseite hängt, und stellt fest, daß Marihuana erstaunlich angenehm riecht. »Entschuldigen Sie die . . .«

»Ja?«

»Ich frage mich, welche Sorte Rabbi Marihuana raucht.«

»Ha! Nichts zu entschuldigen! Zum Glück für die Menschheit lassen sich die wenigen Auserwählten stets wie Eva im Garten Gottes, wie ihn der Prophet Hesekiel nennt, von verbotenen Früchten in Versuchung führen. In dem Sinne, wie sich Eva im Garten Eden gegen Gott auflehnte, rauche ich Marihuana. Dadurch kann ich besser zwischen Recht und Unrecht unterscheiden.« Der Rebbe bekommt glasige Augen, während er Lemuel noch einmal den Joint hinhält. »Ta'amu ure'u«, murmelt er. »Psalm 34, Vers 8. Frei übersetzt bedeutet das ›Schmeckt und seht‹.«

Lemuel wehrt mit wedelnder Hand den Joint und den Rauch ab.

Der Rebbe zupft am obersten Knopf seines Hemdes, lockert den Kragen, fährt mit einem Finger zwischen Kragen und Halsschwiele und zieht noch einmal kräftig an dem Joint. »Oj, oj«, murmelt er und wiegt dabei aufgeregt den Kopf, »dieses Eden, dieser Garten Jahwes, was ist er anderes als ein Sumpf von Zufälligkeiten? Wie kommt's, daß Adam aus *adamah*, also aus Lehm, geformt wird und Eva aus einer Rippe? Wie erklärt es sich, daß Adam und Eva nur unter der Bedingung im Garten bleiben dürfen, daß sie nicht von einem bestimmten Obstbaum essen? Was, in Gottes Namen, hat Obst mit Gut und Böse zu tun? Und was ist wohl in Jahwes Kopf vorgegangen, daß er den Mord erfinden mußte?«

»Jahwe hat den Mord erfunden?«

»Die erste überlieferte Tötung in der Thora, wie wir sie nennen – die Gojim sagen Altes Testament dazu –, ereignet sich, als Jahwe ein Tier erschlägt, damit Adam und Eva ihre Blöße bedecken können. Ich spreche von Genesis 3, Vers 21. ›Und Gott der Herr machte Adam und Eva Röcke von Fellen.‹ Nähern wir uns dem Problem aus einer anderen Richtung: Welches verschlüsselte Signal sendet Gott den festangestellten Wissenschaftlern und Gastdozenten am Institut für fortgeschrittene interdisziplinäre Chaosforschung, wenn Er sich am brennenden Busch Moses zu erkennen gibt?«

Lemuel, der sein mit der Ausbildungsvorschrift der Royal Canadian Air Force erlerntes Englisch anhand der *King James Bible*, der Romane von Raymond Chandler und des *Playboys* aufgebessert hat, erinnert sich, wie Jahwes Antwort an Moses in der King James Bible übersetzt ist. »Ich bin, der ich bin.«

»Ha! Die hebräische Schreibweise von Jahwe ist *yod-heh-vav-heh*, und das ist von der Wurzel des Verbs ›sein‹ abgeleitet. Was Jahwe am brennenden Busch zu Moses sagt – *ehieh ascher ehieh*, das ist das Futur des Verbs ›sein‹ –, ist ein Wortspiel mit Seinem Namen.« Nachman ereifert sich immer mehr. »Jahwes Antwort sollte man also vielleicht mit ›Ich werde sein, der ich sein werde‹ übersetzen. Ich persönlich finde, das kann nur ›Ich werde sein, wann und wo ich sein werde‹ bedeuten. Also wer ist dieser Jahwe, der sich nicht auf eine bestimmte Zeit oder einen bestimmten Ort festlegen will? Ich sage Ihnen, wer Er ist. Er ist die Inkarnation der Zufälligkeit. Und was ist Zufälligkeit – wie haben Sie es doch in Ihrem Aufsatz über Entropie ausgedrückt? –, was ist Zufälligkeit anderes als ein Fußabdruck des Chaos? Was sagt es uns über Gott den Herrn, daß Er ein von den Gesetzen des Chaos gelenktes Universum erschaffen und es mit uns bevölkert hat?«

Der Rebbe schlägt die Beine andersrum übereinander. Für einen Moment sieht Lemuel einen Streifen blasse, unbehaarte Haut über den hohen Schnürschuhen aufschimmern. »Ha! Nach der Zerstörung des Zweiten Tempels soll Rebbe Judah ha-Nasi, er ruhe in Frieden, gefragt haben: ›Wenn Gott den Menschen wirklich liebte, hätte Er ihn dann erschaffen?‹« Der Rebbe zupft an seinem Bart und schaukelt in einer Art Delirium vor und zurück. »Das ist nicht nur eine gute Frage, es ist vielleicht die einzige Frage überhaupt.« Er zuckt zusammen und legt die Hände an die Schläfen. »Oj, um mit dem berühmten Rebbe Akiba zu sprechen: Mir dreht sich der Kopf von den vielen Fragen ohne Antworten.«

»Ihnen dreht sich der Kopf von dem vielen Marihuana.«
Lemuel beugt sich vor. »Geht es Ihnen nicht gut?«

»Nein, aber das gibt sich wieder. Vielleicht kennen Sie das
jüdische Sprichwort: Wenn du Fragen ohne Antworten vergessen willst, zieh einen zu engen Schuh an.« Die hervortretenden Augen des Rebbes klappen auf und richten sich auf
Lemuel. »Glauben Sie ja nicht, Sie könnten einen Rebbe nach
seinem Äußeren beurteilen.« Er läßt sich in seinen Stuhl
zurücksinken. Langsam schließen sich seine Lider. Als er
wieder etwas sagt, ist sein Singsang kaum hörbar. »Vielleicht
kennen Sie die Geschichte – der berühmte Vorker Rebbe, er
ruhe in Frieden, hat gesagt, man könne einen Erleuchteten
an drei Dingen erkennen.« Rebbe Nachman macht eine Faust
und streckt bei jedem Punkt einen Finger. »Erstens: Er weint,
ohne ein Geräusch zu machen. Zweitens: Er tanzt, ohne sich
zu bewegen. Drittens: Er verbeugt sich, ohne den Kopf zu
neigen.«

Nachmans Faust fällt auf den Tisch zurück, sein Kopf
nickt nach vorne, der Joint entgleitet seinen Fingern. Lemuel
nimmt ihn rasch von der Börsenseite und führt ihn unter
seiner Nase durch wie eine Havanna. Er ist versucht, dem
Beispiel des Rebbes zu folgen und sich der Welt des Chaos
aus einer anderen Richtung zu nähern. Doch dann findet er,
daß er für diesen Tag sein Quantum Chaos weghat, und
drückt den Joint in einem Aschenbecher aus, der den Namen
des Hotels trägt, in dem er geklaut wurde.

Er zieht die Schuhe aus, schaut noch einmal auf den gno-
stischen Chaotiker zurück, der unruhig schnarchend in seinem Sessel sitzt, und tappt leise aus dem Zimmer.

Wie jeder Schlaflose habe ich gelernt, mit der Nacht etwas
anzufangen. Als Sankt Petersburg noch Leningrad war,
ging ich immer bis zum Morgengrauen in meinem Zimmer
auf und ab, sann über die Weiße der Nacht nach, kritzelte
Differentialgleichungen auf die Rückseite von Briefum-

schlägen, quadrierte Kreise und verfolgte die schwer auszumachenden Spuren der Zufälligkeit zurück bis zu ihren chaotischen Ursprüngen, in der vagen Hoffnung, irgendwann doch einmal auf ein Beispiel für reine, unverfälschte Zufälligkeit zu stoßen, wenigstens eines – ein einziges hätte mir schon gereicht.

In diesen schlaflosen Nächten hatte ich einige meiner phantasievolleren Einfälle über vom Menschen geschaffene Beinahe-Zufälligkeit. So kam ich dabei, um Ihnen ein Beispiel zu geben, auf die Idee, einen Computer so zu programmieren, daß er fast völlig zufallsgesteuert in die unendliche Kette der Dezimalstellen von Pi eintauchte, um einen aus drei Zahlen bestehenden Schlüssel zu schaffen, der seinerseits Codes erzeugte, die der reinen Zufälligkeit bemerkenswert nahe kamen und damit so gut wie nicht zu entschlüsseln waren. Aber ich möchte an dieser Stelle noch nicht ins Detail gehen.

Mit alledem will ich sagen, daß nichts Extraordinäres daran war, wie ich meine erste Nacht in Backwater verbrachte. Bei der Inspektion meines amerikanischen Wohnzimmers, das anscheinend im modernen mexikanischen Stil eingerichtet war (überall sehr viel Stroh), tippte ich einen Korbschaukelstuhl an und sah zu, wie er hin und her wippte. Er erinnerte mich an mehrere Anwendungen der Pendelgesetze, an denen ich Jahre zuvor gearbeitet hatte, und er erinnerte mich auch an meine Geliebte, wie sie über mir kniete und ihre Brüste wie Pendel hin und her schwangen, während sie sich abmühte, meinem schwachen Fleisch Erektionen zu entlocken. Mit einemmal bemächtigten sich Erinnerungen aus Petersburg meiner Gehirnzellen, Erinnerungen, von denen ich gegen alle Wahrscheinlichkeit gehofft hatte, sie ein für allemal hinter mir gelassen zu haben – gesichtslose Männer kamen scharenweise aus Türen und Fenstern, Schuhe mit dicken, eisenbeschlagenen Sohlen traten nach am Boden liegenden Gestalten, ein kleiner Junge, den ich nicht erkannte, krümmte sich in einer Ecke. Oj!

Marcel Proust sagt irgendwo, das einzige Paradies sei das verlorene Paradies. Oder so ähnlich. Das verlorene Sankt Petersburg kam mir auch jetzt nicht vor wie ein Paradies. Genausowenig allerdings das gefundene Backwater. So daß ich also wie der Rebbe in seinem *traghetto* durch Wasser zwischen zwei Küsten glitt, unterwegs . . .

Wenn ich es genau überlege, hatte meine Geliebte wahrscheinlich recht, als sie sagte, mich interessiere das Reisen mehr als das Ankommen. Von letzterem bekomme ich Migräneanfälle. Wenn doch nur jemand eine Reise ohne Ende erfände!

Mit dem Gefühl, am falschen Ort, in der falschen Zeit, im falschen Rhythmus zu sein, lief ich ruhelos in der Wohnung über dem Rebbe herum, maß mit Schritten den Abstand von Wand zu Wand, von Fenster zu Tür, von Bücherregal zu Kamin, von einem Ende des Flurs zum anderen, von der Toilette zur Badewanne, berechnete die Quadratmeter und fiel fast in Ohnmacht, als ich auf hundertzwanzig kam, das Doppelte der Wohnung, die ich in Petersburg mit zwei Ehepaaren geteilt hatte. Ich erkundete Kammern und Winkel und den Kriechraum unter der Treppe, die unters Dach führte, und betätigte ständig Schalter – ich stellte den Toaster und die Mikrowelle an, die Geschirrspülmaschine, den elektrischen Messerschleifer, den elektrischen Dosenöffner, den Toshiba-Laptop T 3200 SX. Im Bücherregal stand eine Sony-HiFi-Anlage, die mich auf dem Schwarzmarkt in Sankt Petersburg ein Jahresgehalt gekostet hätte. Ich drückte Tasten, drehte an Knöpfen. Ein Radio ging an. Es lief gerade eine Frühsendung mit Höreranrufen und einem Moderator, der so schnell redete, daß ich die Augen zumachen mußte, um einigermaßen mitzukommen.

Wenn ich die Situation richtig verstand, war der Moderator gerade dabei, die Sendung für die stündlichen Nachrichten zu unterbrechen. An einiges, was er sagte, kann ich mich noch erinnern. Eine Angestellte der Lotterieverwaltung von South Dakota hatte sich beim Abschreiben der Losnummer des Hauptgewinns vertippt. Daraufhin hatte man einem siebenundsiebzigjährigen Mann mitgeteilt, er habe zwölf Millionen Dollar gewonnen. Tags darauf, als der Fehler entdeckt wurde, traf ihn der Schlag. Von der lokalpolitischen Front wurde berichtet, daß Bürger, die gegen den Bau einer Atommüll-Deponie protestierten, von einer Kommission der Staatsregierung mit dem Hinweis beruhigt worden waren, die Deponie bringe keinerlei gesundheitliche Gefahren für die Bevölkerung mit sich. Bundesgesetze schreiben vor, daß jeder Staat bis 1993 eine Stätte für die Entsorgung radioaktiver Abfälle von Kernkraftwerken, Krankenhäusern und Industriebetrieben ausweisen muß. Die Bürgerinitiative, die gegen die Atommülldeponie protestiert, macht dagegen geltend, daß der radioaktive Abfall ins Grundwasser durchsickern und schließlich die Trinkwasserversorgung des Landkreises gefährden könne. Und nun noch die letzte Meldung der Drei-Kreise-Nachrichtenredaktion: Die Staatspolizei fand heute die Leiche des neuesten Opfers des Serienmörders, der seit Monaten in den drei Landkreisen sein Unwesen treibt. Mit diesem bisher letzten Opfer, einem siebenunddreißig Jahre alten Faulbeckenreiniger, steigt die Gesamtzahl der in den letzten sechzehn Wochen auf mysteriöse Weise ermordeten Personen auf zwölf. Ein Polizeisprecher betonte, die Verbrechen wiesen keine erkennbaren Übereinstimmungen auf; Alter und Beruf der Opfer, die Tatorte und die zeitlichen Abstände zwischen den Morden seien von Fall zu Fall ganz verschieden. Der einzige rote Faden, der sich durch diese grausige Mordserie ziehe, abgesehen von dem mit Knoblauch eingeriebenen und stets aus allernächster Nähe durchs Ohr ins Gehirn des Opfers abgefeuerten

Dumdum-Geschoß Kaliber .38, sei die Handschrift des Mörders – nämlich das Fehlen einer Handschrift, also mit anderen Worten die absolute Wahllosigkeit und Zufälligkeit der Morde. Und jetzt, sagte der Moderator mit heiserer Stimme, nehmen wir noch ein paar Anrufe entgegen. Er nannte eine Telefonnummer und wiederholte sie mehrmals.

Ohne zu überlegen, schnappte ich mir das schnurlose Telefon und tippte die Nummer ein. Ich hörte einen Summton am anderen Ende. Aus einer auf Band gesprochenen Ansage erfuhr ich, daß ich der siebte auf der Warteliste sei. Sie müssen wissen, daß für jemanden, der sein halbes Leben in Rußland Schlange gestanden hat, siebter zu sein praktisch bedeutet, daß man als nächster an der Reihe ist. Nach einer Weile kam wieder eine Ansage, da war ich schon an zweiter Stelle, dann an erster. Einen Augenblick später kam die Stimme des Moderators gleichzeitig aus dem Telefon und dem Radio.

»Hallo.«

»Ja. Hallo«, schrie ich ins Telefon. Eine von atmosphärischen Störungen verzerrte Stimme, die mir vage bekannt vorkam, hallte aus den Lautsprechern der Anlage wider. »Ja. Hallo«, sagte sie.

»Ich bin eben erst in Amerika angekommen«, schrie ich ins Telefon.

»Ich bin eben erst in Amerika angekommen«, hörte ich mich über die Lautsprecher schreien.

»Stell dein Radio leiser. Ja, so ist es gut. Was ist dein Henkel?«

»Henkel?« – »Henkel?«

»Dein Name?«

»Ja. Falk, Lemuel.« – »Ja. Falk, Lemuel.«

»Welcher von beiden ist dein Vorname, Falk oder Lemuel?«

»Lemuel.« – »Lemuel.«

»Also schön, Lemuel, willkommen in den US von A. Was, äh, hast du gesagt, wo du herkommst?«

»Da bin ich Ihnen nicht sicher.« – »Da bin ich Ihnen nicht sicher.«

»Du bist uns nicht sicher? Ha, ha! Kleiner Scherz. Aber Spaß beiseite: Wieso bist du nicht sicher?«

»Ich bin in Leningrad geboren . . .« – »Ich bin in Leningrad geboren, aber ich bin aus Sankt Petersburg hierher gekommen. Geographisch nehmen beide denselben Platz ein. Emotional sind sie Lichtjahre auseinander.«

»Sankt Petersburg, das liegt, äh, in Rußland, stimmt's? Also, was führt dich nach Amerika, Lemuel?«

»Das Chaos führt mich . . .« – »Das Chaos führt mich nach Amerika.«

»Läufst du vor ihm davon oder darauf zu? Ha ha ha ha!«

»Beides. Ich dachte, euer Chaos wäre . . .« – »Beides, ich dachte, euer Chaos wäre schöner. So blöd es klingt, ich dachte, bei euch wären die Straßen mit Sony-Walkmans gepflastert.«

»Du bist schon ein komischer Heiliger, Lemuel. Willst du hier den Clown spielen und mich verarschen oder was? Oder hast du einen in der Krone? Kleiner Scherz am Rande. Aber sag mir eins, Lemuel, als jemand, der direkt vom Schiff kommt, sozusagen: Was ist dir als der größte Unterschied zwischen Amerika und Rußland aufgefallen?«

»Erstens, eure Städte, die Entfernungen . . .« – »Erstens, eure Städte, die Entfernungen dazwischen, sogar die Bürger sind kleiner als in Rußland, aber vielleicht wirken sie bloß kleiner, weil ich sie mir überlebensgroß vorgestellt habe. Zweitens, eure Wohnungen riechen nicht nach Petroleum.«

»Meine riecht nach Katzenstreu. Ha ha! Falls du zuhörst, Charlene, Schatz, ich hab nur Spaß gemacht. Okay, Lemuel, was wolltest du loswerden?«

36

»Loswerden?« – »Loswerden?«

»Warum hast du angerufen. Worüber möchtest du reden?«

»Ich möchte über . . .« – »Ich möchte über die Mordserie reden. Ich möchte Ihnen folgendes sagen – die Verbrechen wirken vielleicht zufällig, aber diese scheinbare Zufälligkeit ist nichts anderes als der Name, den wir unserer Unwissenheit geben.«

»Wenn ich dich richtig verstehe, willst du sagen, in den Morden ist eine Gesetzmäßigkeit, die der Polizei bloß noch nicht aufgefallen ist.«

»Es gibt eine Gesetzmäßigkeit . . .« – »Es gibt eine Gesetzmäßigkeit, die darauf wartet, entdeckt zu werden. Zufälligkeit in reiner Form gibt es leider nicht. Zumindest hat noch nie jemand ein Beispiel vorweisen können. Ich muß es wissen. Ich habe überall danach gesucht . . .«

»Tja, tut mir leid, aber ich muß immer passen, wenn es um irgendwas Reines geht. Ha ha ha ha. Aber verlaß dich drauf, wir leiten deinen Tip an Chester Combes weiter, den Kreissheriff. Und du, Lemuel, tust uns den Gefallen und hältst weiter die Augen offen nach der reinen Zufälligkeit – bestimmt ist sie irgendwo da draußen, lauert im Gebüsch, versteckt sich in dunklen Gassen. War nett, mit dir zu plaudern, Lemuel. Und alles Gute für deinen, äh, Aufenthalt in Amerika. Der nächste Anrufer . . .«

Ich merkte, daß er drauf und dran war aufzulegen. »Ich brauche Antworten auf Fragen«, rief ich ins Telefon. »Das mit dem high-five hab ich schon begriffen. Sie haben mir ›Henkel‹ erklärt und ›loswerden‹. Aber wie kann jemand sein Herz auf dem Ärmel tragen? Und was bedeutet eigentlich ›Nonstops to the most Florida cities‹? Wie kann eine Stadt mehr Florida sein als eine andere? In meiner Ausbildungsvorschrift der Royal Canadian Air Force, in der *King James Bible*, bei Raymond Chandler und im *Playboy* habe ich nie solche Ausdrücke gelesen. Und welche Seite oben ist, wer bestimmt darüber in Amerika? Außerdem, *last but not least*: Wer oder was ist ein Tender?«

Mir dämmerte, daß meine Stimme nicht mehr aus den Boxen widerhallte. Dann merkte ich, daß das Telefon an meinem Ohr stumm war. Im Radio sagte der Moderator: »Für alle, die eben erst eingeschaltet haben: Ihr hört WHIM Elmira, den Sender, bei dem Reden billig und Sex das Thema Nummer eins ist. Hallo.« Er fing an, mit einer Friseuse zu plaudern, die etwas über einen sogenannten G-Punkt sagte.

Frustriert, mit dem Gefühl, daß ich Amerika nie in den Griff bekommen würde, legte ich das Telefon zurück, schaltete das Radio ab, knipste die Deckenbeleuchtung und die Schreibtischlampe aus und ging durchs Zimmer, um durch zwei Glastüren auf das Garagendach zu schauen, das anscheinend im Sommer als Sonnenterrasse diente. Draußen hatte sich eine spröde Stille über das Stück von Amerika der Schönen gelegt, das ich sehen konnte. Über der Garage knarrten die Äste einer alten Eiche unter der Eislast wie die Takelage eines Schiffs. Beim Betrachten des Winterwunderlands begann der Teil von mir, der Chaostheoretiker ist, sich Fragen auszudenken. Sollte man die Ansammlung von Eis auf Ästen wie die Mordserie als einen weiteren Fußabdruck des Chaos sehen? Wenn ein Ast unter dem Gewicht des Eises abbrach, sollte man dann dieses Entfernen von abgestorbenem Holz als ein zufallsabhängiges Ereignis oder einen Akt Gottes interpretieren? Gibt es überhaupt so etwas wie Gott? War Eden wirklich, wie der Rebbe behauptete, ein Sumpf von Zufälligkeiten? Wenn ja, war diese Zufälligkeit rein und unverfälscht? Oder war es die zahme Variante, die Pseudo-Zufälligkeit, und damit nichts weiter als ein Fußabdruck der Ordnung, die wir Chaos nennen?

Angenommen, es gibt sowohl Gott als auch reine Zufälligkeit, welche Beziehung besteht dann zwischen ihnen?

Wenn Gott den Menschen erschaffen hat, sollte man das dann wirklich als Beweis dafür sehen, daß Er den Menschen verabscheute? Oder war die Schöpfung einfach bloß ein zufälliges Ereignis, von dem außer dem Menschen niemand etwas bemerkte?

Erneut hörte ich in meinem Kopf die Stimme des Rebbes. *»Ta'amu ure'u«*, sagte er. »Schmeckt und seht.«

2. KAPITEL

Frisch rasiert (wenn auch nicht gut rasiert), ein Stückchen Toilettenpapier auf einem eingetrockneten Schnitt am Kinn, umgeben von den Duftschwaden eines zollfreien Aftershaves, schlendert Lemuel am Vormittag die South Main Street entlang, vorbei an Teenagern, die das Eis vom Gehsteig hacken, hinein in das Dorf Backwater, Einwohnerzahl 1290, Studenten nicht mitgezählt. Bei jedem Atemzug brennt die kalte, trockene Luft ihm in der Nase, treibt ihm die Tränen in die Augen. Er blickt verstohlen auf einen seiner Ärmel, dann auf den anderen, sucht nach Spuren eines russischen Herzens; ist ein bißchen enttäuscht, als er nur ausgefranste Ärmel sieht.

Dutzende junger Leute, die Lemuel für Studenten hält, kraxeln die schmalen Pfade zum Campus hinauf, am Abhang des langgestreckten Hügels, der den Ort beherrscht. Mit wehenden bunten Schals bewegen sie sich in dem watschelnden Entengang, den er zum erstenmal bei Word Perkins gesehen hat, als dieser sich am Abend zuvor per *high-five* von ihm verabschieden wollte. Verblüfft bemerkt Lemuel, daß die Studenten offenbar tatsächlich dorthin wollen, wohin sie unterwegs sind. Er kommt zu dem Schluß, daß die Amerikaner vielleicht einen sonderbaren Gang haben, sich aber im Gegensatz zu ihren russischen Zeitgenossen nicht vor Reisen fürchten, die mit einer Ankunft enden.

Lemuel geht weiter, vorbei an einem Postamt, einem Drugstore, einem Billard-Salon, einer Buchhandlung. Die Gebäude sind eher winzig, von Wolkenkratzern keine Rede. Er erklimmt eine verharschte Schneewächte und geht vorsichtig weiter, die gesandete Straße entlang. An der nächsten Kreuzung bleibt er stehen und inspiziert ein Gebäude, das wie ein Hangar mit Flachdach aussieht; an einem galgenähnlichen Gebilde mitten auf dem gefrorenen Rasen hängt ein Schild, auf dem in bunten Neonfarben »E-Z Mart« steht. Aha, »EASY« Market, ein Supermarkt. Lemuel erinnert sich an Gerüchte von Hangars mit unendlich langen Regalreihen. Sein Schwiegersohn hatte sich angeblich mal in so einem Hangar in West-Berlin verlaufen und erst nach ein paar Stunden wieder hinausgefunden, eine Geschichte, die Lemuel seinerzeit für ein Gleichnis genommen hat . . .

Den Aktenkoffer unter dem Arm, drückt Lemuel mit der Schulter die Pendeltür auf und steht vor endlosen Regalreihen. Sein Herz, das er nicht auf dem Ärmel trägt, kommt ins Stottern und schlägt dann um so schneller. Er erschrickt über einen warmen Luftstrom, der aus einem in den Fußboden eingelassenen Gitter heraufweht. Er wirft sich durch diese Wand aus Wärme, schiebt sich durch ein Drehkreuz und geht beherzt in einen der langen Gänge. Auf beiden Seiten ziehen sich Regale entlang, so weit das Auge reicht – und die Regale sind ausnahmslos mit Lebensmitteln vollgestapelt!

Wenn das doch nur der Große Führer und Lehrer sehen könnte. Lenin hatte immer behauptet, Quantität lasse sich in Qualität umwandeln. Und hier, in den Gängen eines Lebensmittelgeschäfts, fand sich der greifbare Beweis dafür.

Lemuel inspiziert Dosen mit Corned beef, Maisgemüse und gebackenen Bohnen und bemerkt dabei, daß seine Fingerspitzen taub geworden sind. Als er Gläser mit kalorienarmer Erdnußbutter, Plastikbehälter mit Hershey-Schokoladencreme und Fäßchen mit Ahornsirup aus Vermont in Augenschein nimmt, werden ihm die Knie weich. Er taumelt, befürchtet einen Anfall von Schwindel im Endstadium, klammert sich an ein Regalbrett, atmet mehrmals tief ein und aus, faßt sich an die Nase und ist erleichtert, daß sie kalt und feucht ist. Oder (jäher Zweifel) ist das nur bei Hunden ein

Zeichen von Gesundheit? Verwirrt hastet er weiter und befingert unterwegs Klarsichtpackungen, die mit Spaghetti jeder erdenklichen Größe, Form und Farbe gefüllt sind. Seine Lippen bilden die Buchstaben nach, er liest die Etiketten auf Gläsern mit Spaghettisauce – mit oder ohne Fleisch, mit oder ohne Champignons, mit oder ohne Kalorien, mit oder ohne künstliche Farbstoffe. Blitzartig begreift er, daß es in diesem Wunder von einem Land Leute gibt, die Zeit und Geld darauf verwenden, Spaghettisauce rot zu *färben*.

Am Gemüsestand kämpft er mit den Tränen, als er die Fingerspitzen über einen knackigen Eissalat gleiten läßt. Er schickt sich an, eine Gurke zu streicheln, läßt sie aber wieder in den Behälter fallen, als eine vollschlanke Frau mit Schnurrbart, die einen mit Waschmitteln vollgestapelten Einkaufswagen vor sich herschiebt, entrüstet mit der Zunge schnalzt. Am Obststand verliert Lemuel vollends die Fassung. Er schnappt sich eine Zitrone – seit mehr als zwei Jahren ist ihm keine Zitrone mehr unter die blutunterlaufenen Augen gekommen –, hält sie sich an die Nase und saugt gierig den berauschenden Duft ein.

Benommen, geblendet, von einer Seite auf die andere taumelnd, biegt Lemuel so rasch um eine Ecke, daß er fast mit einem dunkelblonden Pferdeschwanz kollidiert. Er bemerkt, daß die junge Frau, die zu dem Pferdeschwanz gehört, eine Dose Sardinen über ihre Schulter in die Kapuze ihres Dufflecoats gleiten läßt.

»Was machen Sie da?« platzt er heraus.

Das Mädchen, das unter dem Dufflecoat enge, verwaschene Jeans und knöchelhohe Schnürstiefel trägt, dreht sich zu ihm um. »Yo! Ich klaue Sardinen«, verkündet sie in aller Unschuld. Sie blinzelt mit ihren riesiggroßen seetanggrünen Augen, als hätte sie Mühe, sie auf ihn scharfzustellen. »Und was klauen *Sie*?«

Lemuel hat das unheimliche Gefühl, schon einmal in diese Augen gesehen zu haben ... Verwirrt streckt er ihr die leeren

Hände hin, die Handflächen nach oben. »Ich klaue nichts. Ich schaue nur.«

Das Mädchen läßt ein genau berechnetes Lächeln aufblitzen, halb trotzig, halb entschuldigend; Sommersprossen tanzen auf ihrem Gesicht. »Hey, seien Sie kein Stockfisch. Klauen Sie was. Weiß doch jeder, daß die ihre Preise wattieren, um die Ladendiebstähle abzufedern. Deswegen muß auch wirklich wer was stehlen, damit die Supermärkte ehrlich bleiben. Logisch? Sonst machen die Extragewinne, weil keiner was klaut.«

»Ich muß gestehen, so hab ich das noch nie gesehen.«

Das Mädchen zieht eine Schulter hoch. »Hey, Sie sind ja der reinste Dichter.« Verträumt lächelnd schlendert sie zwischen den Regalen durch, studiert Etiketten und läßt die Dosen mitgehen, die ihr zusagen.

Lemuel gelangt auf Umwegen in die Bierabteilung und ist von der Auswahl überwältigt. Vor den Dosen und Flaschen und Sechserpacks und Zwölferpacks und Kästen jeder erdenklichen Form und Größe rollt er fassungslos die Augen. Ein junger Mann mit einem blonden Dreitagebart, das lange Haar mit einem bunten Band zurückgebunden, mit einer Nickelbrille auf der Nase und einem silbernen Ring im Ohrläppchen, bugsiert mühsam einen fahrbaren Untersatz mit Kästen alkoholfreien Biers an ihm vorbei. Ein Ansteckschild an seinem Flanellhemd weist ihn als »Manager« und »Dwayne« aus.

»Wenn Sie nicht finden, was Sie suchen«, sagt Dwayne, »fragen Sie.«

Lemuel nimmt seinen ganzen Mut zusammen. »Sie verkaufen nicht vielleicht auch Kwas?«

Der Manager kratzt sich am Bart. »Ist das ein Markenprodukt oder was Generisches?« Als Lemuel ihn verständnislos ansieht, fragt er: »Was genau ist denn Kwas?«

»Eine Art Bier, das aus Brot gebraut wird.«

»Wenn jemand da draußen so clever ist, daß er Bier aus

Brot machen kann«, erklärt Dwayne mit einem sympathischen Lachen, »werden wir das verdammt noch mal auch verkaufen. Falls Sie es noch nicht gehört haben sollten, im E-Z Mart ist der Kunde König.« Er holt einen Notizblock und einen Bleistift hervor. »Wie schreibt sich denn Kwas?« erkundigt er sich, die Bleistiftspitze leckend, und sieht Lemuel gespannt an.

»Kwas schreibt sich K, W, A, S.«

Dwayne schaut von seinem Block auf und mustert Lemuel durch seine kreisrunden Brillengläser. »Sie sprechen mit Akzent.«

»Finden Sie?«

»Ja, Sportsfreund, finde ich. Aber wegen einem Akzent braucht sich bei uns keiner schämen. Amerika ist ein Schmelztiegel von Akzenten. Wo kommen Sie her?«

»Sankt Petersburg. Rußland.«

Dwaynes Miene erhellt sich. »Ist ja cool. Als ich in Harvard Betriebswirtschaft studiert hab, hab ich meine Magisterarbeit über die Nachteile zentraler Planung in einer nicht marktorientierten Volkswirtschaft geschrieben. Der Titel war Spitze: ›Staatlich verordnete Inkompetenz.‹«

»Was machen Sie mit einem akademischen Grad von der Harvard University in einem Supermarkt in Backwater?«

Dwayne zieht ein Päckchen Life Savers aus der Brusttasche seines Hemdes, bietet Lemuel eins an und nimmt selbst eins, als dieser den Kopf schüttelt. »Ich hab eine Zeitlang an der Wall Street mitgemischt«, sagte Dwayne, »bei einer Brokerfirma, die zu den Fortune 500 gehörte. Ich hab die Struktur von Unternehmen analysiert, einen Haufen Geld verdient, mir die Hände in Vorstandstoiletten gewaschen, wo es richtige Handtücher gibt, eine Eigentumswohnung an der Third Avenue gehabt, die ganze Manhattan-Szene. Shirley, das ist die Kassiererin mit der Naturwelle, Shirley und ich haben dann beschlossen, daß wir lieber normale Fischchen in einem kleinen, unverseuchten Teich sein wollen als Goldfische in einer Kloake. Und deshalb« – Dwayne macht mit den Armen Schwimmbewegungen – »schwimmen wir jetzt hier herum.« Er steckt den Block wieder in seine Jeans und reicht Lemuel die Hand. »Für meine Freunde bin ich Dwayne.«

Lemuel schlägt ein. »Ich bin Falk, Lemuel, für jedermann.«

»Tja, war nett, mit Ihnen zu reden, Lem, Sportsfreund. Lassen Sie sich mal wieder sehen in unserem Teich, ja?«

Wieder draußen auf der Straße, verspürt Lemuel so etwas wie einen Tiefenrausch – er fühlt sich wie ein Taucher, der aus schwindelnden Tiefen hochgekommen ist. In seinem Kopf tönt eine Melodie, die er nicht kennt. Es dauert ein paar Minuten, bis er erleichtert feststellt, daß sie von dem stählernen Glockenspielturm oben am Waldrand kommt. Weiter vorn auf der Main Street geht er rasch entschlossen in den Studenten-Schnellimbiß »Kampus Kave«, der im Fenster seine »Geld kein Thema Pizza« anpreist, klettert auf einen Barhocker und bestellt Kaffee bei der Frau, die hinter der Theke ein Comicheft liest.

Sie blickt auf. »Mit oder ohne?«

Lemuel, der sich keine Blöße geben will, sagt: »Von jedem eins, wenn Sie so freundlich wären.«

Die Frau kichert. »Also den kenn ich noch nicht.«

Aufgewärmt von den zwei Tassen Kaffee, eine mit, eine ohne, erkundigt sich Lemuel nach dem Weg zum Kramladen. Er schlingt sich sein Khakituch um den Hals und macht sich auf den Weg. Wie er an einem modernen, ebenerdigen Gebäude aus Glas und Ziegeln vorbeikommt, sieht er eine Tafel, auf der in Leuchtschrift Tageszeit und Temperatur sowie die GELDMARKTSÄTZE VOM TAGE angezeigt werden. Eine Menschenschlange reicht aus dem Vorraum des Gebäudes bis auf die Straße hinaus. Ohne auch nur einen Moment zu überlegen, stellt er sich hinten an.

»Ach, bitte, was gibt es denn hier zu kaufen?« fragt er das Mädchen vor ihm.

Sie hört auf, ihren Kaugummi zu kauen, und nimmt den Kopfhörer aus einem Ohr. »Hm? Wie bitte?«

»Könnten Sie mir mitteilen, was hier verkauft wird?« Lemuel zeigt mit dem Kinn auf den Vorraum. »Bei so einer Schlange muß es was Wichtiges sein.« Er kramt in seinen Taschen nach dem kleinen Notizbuch, das er in Rußland immer dabei hatte, und blättert die Seite mit den Maßen seiner Geliebten auf – Büstenhaltergröße, Handschuhgröße, Schuhgröße, Strumpfhosengröße, Hutnummer, Hemdengröße, Schrittlänge, Körpergröße, Gewicht, Lieblingsfarbe (durchgestrichen, mit einer handschriftlichen Anmerkung von Axinja daneben: »Farbe egal«).

Die Liste löst in Lemuel heftige Sehnsucht nach dem vertrauten Chaos von Petersburg aus.

»Wir stehen am AM an«, erklärt das Mädchen mit weinerlicher Stimme. Sie stöpselt den Ohrhörer wieder ein und macht ein paar Tanzschritte, offenbar zu der Musik, die sie hört.

Lemuel wendet sich an einen jungen Mann, der sich hinter ihm angestellt hat. »Bitte entschuldigen Sie, was ist ein AM?«

»Automonetor.« Er bemerkt den fragenden Ausdruck in Lemuels Augen. »Hier kann man sich Kohle holen, also . . . Geld.«

Lemuel setzt die Teile des Puzzles zusammen. Das Wort »Geldmarktsätze« auf der Anzeigetafel, ein AM, der »Kohle« verteilt – offenbar ein Ausdruck für Geld – die rund zwanzig Personen, die trotz der minus zehn Grad Celsius geduldig Schlange stehen. Was könnte logischer sein: In Rußland steht man nach Kohle an, in Amerika der Schönen nach einer anderen Art Kohle. Die Straßen mögen nicht mit Sony-Walkmans gepflastert sein in diesem Gelobten Land, aber es ist trotzdem ein Land voller Wunder.

Lemuel spricht noch einmal den jungen Mann an, um sich seinen Verdacht bestätigen zu lassen. »Wenn ich an der Reihe

bin, wird also« – er zwinkert, zum Zeichen, daß er den Code
verstanden hat – »*Kohle* an mich ausgegeben?«

»Ja, aber nur, wenn Sie Plastik haben.« Der junge Mann
hält Lemuel seine Kreditkarte hin.

»Man braucht Plastik, um Kohle zu bekommen?«

»Ja. Das ist die Spielregel.«

»Und wo bekomme ich Plastik?«

»Da drin. Aber die Bank gibt Plastik nur an Leute aus, die
ein Bankkonto haben.«

Lemuel mustert das Gebäude. »Das sieht nicht wie eine
Bank aus.«

»Sondern wie was?«

»Es erinnert mich an eine Datscha, die ich einmal auf der
Krim gesehen habe.«

»Was ist eine Datscha?«

»Eine Datscha ist, wo die Angehörigen der Nomenklatura
ihre Wochenenden verbringen.«

»Was ist eine Nomen-wie-war-das-noch?«

»In Rußland sind das diejenigen, die entscheiden, welche
Seite oben ist. Wenn ich Ihnen einen Ratschlag erteilen darf,
junger Mann: In jedem beliebigen Land muß man vor allem
eins wissen, nämlich wer bestimmt, welche Seite oben ist.«

Lemuel erschreckt den jungen Mann mit einem verun-
glückten *high-five* und schert aus der Schlange aus, um seine
Erkundung des Gelobten Landes fortzusetzen.

Lemuels Wortschatz aus der Ausbildungsvorschrift der Royal
Canadian Air Force wächst in schwindelerregendem Tempo;
er kennt schon Ausdrücke, die sogar Raymond Chandler, er
ruhe in Frieden, nachschlagen müßte, wenn er noch am Leben wäre. High-five. Henkel. Geldmarkt. Kohle. Plastik. Und
loswerden nicht zu vergessen. Ganz zu schweigen von Stockfisch, offenbar etwas, was keiner sein will. Lemuel betritt den
Kramladen im Erdgeschoß eines heruntergekommenen, hundert Jahre alten zweigeschossigen Holzhauses an der Ecke

Main und Sycamore Street und strebt zum Ladentisch. »Ich suche den Friseursalon«, sagt er zu dem noch keine zwanzig Jahre alten Verkäufer, der mit einem Schraubenzieher die Schublade einer altmodischen Registrierkasse aufzubrechen versucht.

Der Verkäufer zeigt mit dem Kinn zum hinteren Teil des Ladens. Zwischen Gestellen mit Skianoraks, Langlaufskis und Jogginganzügen schlängelt sich Lemuel zu einer gebrechlich wirkenden Holztreppe durch. Eine große Hand mit unzüchtig ausgestrecktem, nach oben weisendem Mittelfinger ist auf die Scheunenbretter der Wand neben der Treppe gemalt.

Die Stufen ächzen unter Lemuels Gewicht. Das silbrige Schnippschnapp einer Schere ist hinter dem Vorhang zu hören, der am oberen Ende der Treppe anstelle einer Tür angenagelt ist. Lemuel tritt durch den Vorhang und steht im Frisiersalon.

Die junge Frau, die in dem Supermarkt mit den endlosen Regalreihen Sardinen gestohlen hat, tänzelt um einen jungen Mann herum, der auf einem altmodischen Drehstuhl aus Chrom und rotem Leder sitzt. Mit wippendem Pferdeschwanz springt sie zurück, um ihr Werk zu begutachten, macht dann einen Satz nach vorne und attackiert das Haarbüschel über einem Ohr. Schnipp-schnipp-schnipp-schnipp. Hinter ihr durchschneiden Sonnenstrahlen eine große Fensterscheibe, auf der verblichene Buchstaben einen Bogen bilden. Lemuel liest die Lettern von links nach rechts: R E D N E T. Es dämmert ihm, daß die Buchstaben ein Wort ergeben und daß das Wort von draußen zu lesen ist, für ihn also von rechts nach links.

»Tender . . . Aha! Das ist also ein Tender.«

Die Friseuse nickt zu den einfachen Holzstühlen hin, die an einer Wand aufgereiht sind. Sie läßt sich nicht anmerken, ob sie Lemuel aus dem E-Z Mart wiedererkennt. »Bin gleich für Sie da«, murmelt sie. Dann wendet sie sich wieder ihrem Kunden zu, baut sich hinter seinem Stuhl auf und mustert ihn im Spiegel. »Na, Warren? Du siehst beinah phantastös aus, aber nicht ganz.«

»Meine Koteletten sind ätzend.«

»Wenn du eine abweichende Meinung verträgst, ich finde, du siehst damit aus wie . . . Rhett Butler.«

»Wirklich?«

»Hey, du kennst doch meinen Werbeslogan: ›Ein Haarschnitt von mir macht einen andern Menschen aus dir.‹«

Lemuel stopft sein Halstuch in den Ärmel seines verschossenen braunen Mantels und legt diesem mitsamt seinem Sakko über eine Lehne, dann setzt er sich auf einen Stuhl neben einem niedrigen Tischchen mit einem ganzen Stapel *Playboys*. Er nimmt sich ein Heft, das durch so viele Hände gegangen ist, daß sich die Seiten wie weicher Stoff anfühlen. Mit einem Blick zu der Friseuse überzeugt er sich, daß er nicht beobachtet wird, und blättert sich bis zum Ausklappbild in der Heftmitte durch. Als Petersburg noch Leningrad war, hat er einmal einen *Playboy* auf einem Flohmarkt durchgesehen. Der Preis entsprach einem Wochenlohn, was ihn aber nicht abhielt, ihn zu kaufen, um sein Englisch zu verbessern. Er fand damals und findet auch jetzt, daß die splitternackten Frauen, die einem von den Seiten der Zeitschrift entgegenlächeln – das Schamdreieck säuberlich zu einem Spitzbart getrimmt, die Nippel ihrer makellosen Brüste wie Kanonenrohre auf den Leser gerichtet –, ungefähr so erotisch wirken wie tiefgefrorene Fische. Ihre Nacktheit geht seiner Ansicht nach nicht unter die Haut.

Am anderen Ende des Raums geht die Sardinendiebin vor ihrem Kunden in die Knie und schnippelt mit der Scherenspitze vorsichtig die aus den Nasenlöchern sprießenden Haare ab. Danach pudert sie ihm mit einem weichen Pinsel den Nacken ein, befreit ihm mit einem Ruck von dem blauweiß gestreiften Umhang und schüttelt die Haare auf den Boden, der mit einer dünnen Schicht Haare bedeckt ist, die ihr bei jeder Bewegung um die Füße wirbeln.

»Yo«, zitiert sie Lemuel herbei.

Der Student reicht der Friseuse einen Geldschein. »Behalt das Kleingeld, Rain. Bist du fur die Delta Delta Phi Party heute abend gebongt? Wie man hört, haben die ein paar heiße Filme besorgt.«

»Vielleicht.«

»Was heißt das, vielleicht?«

Sie schaltet plötzlich auf Abwehr und sagt: »Vielleicht heißt vielleicht nicht.«

Lemuel schwingt sich auf den Drehstuhl.

»Hey, Sie sind bestimmt neu hier, stimmt's?« sagt die Friseuse. »Und, haben Sie meinen Rat befolgt und was geklaut, damit der Supermarkt ehrlich bleibt?«

Lemuel hat gehofft, daß sie ihn wiedererkennen wird. Verdattert antwortet er: »Ich wollte Kwas klauen, habe aber in den Regalen keins gefunden.«

Die Sardinendiebin zuckt die Achseln. »Bloß gut, daß ich genug für uns beide geklaut hab.«

Lachend zieht sie ihm den gestreiften Umhang über den Kopf und steckt das obere Ende in seinen Kragen. Einen Moment lang sieht sie ihn komisch an, dann beugt sie sich vor und zieht behutsam das Stückchen Toilettenpapier von seinem Kinn ab. Ihr Gesicht ist so nahe, daß er ihren Lippenstift riechen kann. Wieder hat er das Gefühl, ihr schon einmal in die Augen gesehen zu haben . . .

»Ich habe mich beim Rasieren geschnitten«, brummt er verlegen.

»Ich hatte nicht angenommen, daß es bei einem Duell passiert ist.« Die Schere in der einen Hand und einen Kamm in der anderen, mustert Rain das graue Gestrüpp auf Lemuels Kopf. »Also, was wollen Sie?«

»Einen Haarschnitt.«

»Sehr witzig. Was für einen Haarschnitt? Wie wollen Sie wirken? Intellektuell? Gelehrt? Sportlich? Wie Woody Allen? Rhett Butler? Ich kann Sie in einen Renaissance-Mann verwandeln, daß Sie sämtliche Renaissance-Frauen von sich wegprügeln müssen.«

»Es gibt ein Institutsessen«, sagt Lemuel steif. »Da soll ich wie ein *Homo chaoticus* wirken, im Gegensatz zu einem *Homo sovieticus*.«

»Ich weiß, was ein Homosexueller ist. Aber ein Homochaoticus . . .«

»Das ist ein Mann in seiner Rolle als Chaotiker, also als Chaosprofessor.«

»Yo! Schon verstanden. Sie müssen einer von den Stockfischen aus dem gottverdammten Institut in der alten Bruchbude hinter der Bibliothek sein. Wissen Sie was? Wenn Sie wie ein Chaosprofessor aussehen wollen, sollten Sie Ihre Haare so lassen, wie sie sind.«

Mit gespreizten Fingern bemüht sie sich ein paar Minuten lang, sein Haar zu entwirren. Einmal verzieht Lemuel das Gesicht.

»Entschuldigung.« Sie setzt das halb trotzige, halb entschuldigende Lächeln auf, das er schon im E-Z Mart auf ihrem Gesicht gesehen hat.

Erst vorsichtig, dann mit wachsendem Zutrauen schnippelt sie an seinen Haaren herum. »Sie haben doch sicher einen Namen.«

»Falk, Lemuel.«

Rain hält im Schneiden inne und spricht mit Lemuels Spiegelbild. »L. Falk. Sie sind der russische Typ aus der Sendung heute nacht im Radio. Ich weiß noch, Sie haben gesagt, daß Zufälligkeit Unwissenheit ist oder so ähnlich. Ich war mir nicht sicher, was Sie damit gemeint haben, aber es hat sich jedenfalls verdammt intellell angehört. Hey, wie finden Sie das? Die Welt ist klein, stimmt's? Ich mein, ich war diejenige, die direkt nach Ihnen angerufen hat.«

»Sie sagten etwas über einen G-Punkt . . .«

»Sie haben mich also gehört?«

»Was, in Gottes Namen, ist ein G-Punkt?«

Rain rückt Lemuels Kopf zurecht und schnippelt weiter. »Den haben, glaub ich, Sigmund Freud und Co. entdeckt. Es ist ein äußerst empfindlicher Punkt ungefähr so groß wie ein Fingerabdruck auf der Innenseite der . . .« Die Schere zögert. »Sie wollen mich auf den Arm nehmen, stimmt's?«

Lemuel denkt sich, da er sitzt und sie steht und er sie deshalb nicht auf den Arm nehmen kann, ist das bestimmt wieder eine Redewendung, mit der er sich vertraut machen muß. Außerdem begreift er, daß es sich um was Sexuelles handelt. Er versucht sich zu erinnern, ob seine Geliebte daheim in Petersburg einen solchen Punkt hatte, kommt zu dem Schluß, daß das Thema ein Minenfeld ist, und umgeht es auf Zehenspitzen.

»Ist Rain Ihr Vorname oder Ihr Familienname?«

»Vorname. Mein Familienname ist Morgan. Ich hab denselben Namen wie ein Typ, den Sie als Russe und so wahrscheinlich nicht kennen. J. P. Morgan? Nein. Hab ich mir gedacht. Der hatte was mit Geld zu tun, und das ist was, womit ich auch gern zu tun hätte.« Sie schürzt die Lippen und linst über Lemuels Kopf weg zu seinem Spiegelbild. Offenbar zufriedengestellt, nimmt sie die andere Kopfseite in Angriff.

»Wie sind Sie denn zu diesem . . . Henkel gekommen: Rain – Regen?«

»Ich wurde nach dem Wetter am Tag meiner Geburt getauft. Mein voller Name, wie er in der Geburtsurkunde steht, lautet Strichweise Regen, aber das Strichweise laß ich meistens weg. Meine kleine Schwester heißt Leicht Bewölkt. Hippie-Eltern. Sachen gibt's.«

»Und was bedeutet ›Tender‹?«

Rain schaut zu dem REDNET an der Fensterscheibe. »Ich hab den Salon vom Kramladen gepachtet. Der Tender war im Vertrag inbegriffen. Ich seh das so: ›Tender‹, so sehen wir Frauen uns selbst – Sie wissen schon, ›Love me Tender‹ –, wir sind ›tender‹ zu den Männern, also zärtlich und sanft und liebevoll und einfühlsam. Aber die Männer haben die Tendenz, uns als ›Tender‹ zu sehen – als den kleinen Anhänger einer Dampflokomotive.« Sie zuckt die Achseln. »Ich geb mir Mühe, mich von den Männern nicht unterkriegen zu lassen. Es gelingt mir nicht immer.«

Breitbeinig, in den Knien federnd, umkreist Rain Lemuels Kopf und plappert weiter, während sie ihm die Haare schert. »Leute, die sich nicht kennen, fangen eine Unterhaltung meistens damit an, daß sie übers Horoskop reden. Sie haben sicher auch in Rußland schon von den Tierkreiszeichen gehört, oder? Also ich persönlich, ich glaub ja nicht an den ganzen Löwen- und Steinbockmist. Ist ja vielleicht ganz brauchbar zum Kennenlernen, aber dann, was kommt dann? Dieses im Aszendenten und jenes im Deszendenten. Ich bin praktizierende Katholikin, aber was ich praktiziere, ist nicht der Katholizismus. In der Messe war ich zum letztenmal, als ich per Anhalter durch Italien gefahren bin und Geld aus dem Klingelbeutel klauen mußte, um nicht zu verhungern. Außerdem hab ich die Kerzen gestohlen und sie an Straßenecken verhökert.«

»Wenn Sie nicht den Katholizismus praktizieren, was praktizieren Sie dann?«

»Ich praktiziere Haardesign, aber nur als Teilzeitjob – ich schneide Haare, um mich durchs College zu bringen. Ich praktiziere Horn in der Blaskapelle von Backwater, obwohl ich weder marschieren noch Noten lesen kann, ich spiele nach dem Gehör. Ich praktiziere Safer Sex, den ich auch nach dem Gehör spiele, obwohl heutzutage Safer Sex ja oft null Sex bedeutet. Ich praktiziere Hauswirtschaft, das ist mein Hauptfach, und Filmgeschichte, das ist mein Nebenfach. Ich praktiziere . . .«

Lemuel merkt, daß er sich allmählich ausblendet. Er hört ihre Stimme weiterplätschern, kriegt aber nicht mehr mit, was sie sagt. Es ist wie ein Film ohne Ton. Von Zeit zu Zeit murmelt er »Mhm«, wobei es sich um einen Ausdruck handelt, der in keinem Wörterbuch steht, den aber jeder zu verstehen scheint. Ihm wird bewußt, daß es eine seltsam intime Angelegenheit ist, sich von einer Frau, noch dazu einer attraktiven, die Haare schneiden zu lassen. Er ist keiner fremden Frau körperlich so nahe gewesen, seit der KGB ihn wegen seiner Unterschrift unter eine Petition verhaftet und mit Handschellen an eine Filmkritikerin gefesselt hat. Als Rain sich schräg über seine Brust beugt, um ihm die über die Augen fallenden Haare zu stutzen, spürt er die Bewegung der Luft und riecht für einen Moment einen Frauenkörper, ein nach Rosen duftendes Parfüm, das schon fast, aber doch nicht ganz verflogen ist. Aus dem Augenwinkeln mustert er ihre schmalen Hüften, die Linie ihres Oberschenkels, ihre Handgelenke, die Form ihrer Fingernägel, die Ringe, die sie an fast allen Fingern trägt, keiner gleicht dem anderen. Als sie sich abwendet, um nach dem Kamm zu greifen, genehmigt er sich einen ausgiebigen Blick auf ihren Arsch, der, in ausgewaschenen, hautengen Jeans steckend, das uneingeschränkte Prädikat »prachtvoll« verdient. Immer wieder einmal sind ihre Brüste für kurze Zeit auf seiner Augenhöhe, nur Zentimeter entfernt. Am Rand seines Blickfelds sieht er, wie sich die Knöpfe an ihrem Hemd spannen, erhascht er eine Ahnung von nackter Haut, die Andeutung einer schwellenden Brust zwischen den Knöpfen. Sie trägt offensichtlich keinen Büstenhalter, was in dem Arbeiterparadies, aus dem er geflohen ist, undenkbar gewesen wäre. Einmal streift die weiche Spitze ihrer Brust sein Ohr – oder ist er nur dabei, sich einem angenehmen Wachtraum hinzugeben?

Oj, *Ta'amu ure'u.*

Wenn er nur könnte.

Und dann kürzt sie auch ihm die Haare, die aus den Nasenlöchern sprießen, lockert den Umhang, pudert ihm den Nacken ein und nimmt ihm den Umhang ab. Steifbeinig steht Lemuel auf, setzt sich die Brille wieder auf und betrachtet sich im Spiegel.

»Und?«

»Ich fühle mich . . . gehobelt.«

»Das soll das Gegenteil von ungehobelt sein, stimmt's? Also muß es ein gottverdammtes Kompliment sein.«

Lemuel fährt sich mit den Fingern durchs Haar. »Ich hoffe, man wird mich nicht für einen Studenten halten.« Er zückt eine kleine Geldbörse mit Reißverschluß, zählt fünf Dollar-scheine ab und gibt sie ihr. »Ich habe gelesen, daß in Amerika Trinkgelder üblich sind, aber ich weiß nicht, wieviel.«

»Der Haarschnitt macht vierfünfzig. Die meisten geben mir fünf und sagen, ich soll das gottverdammte Kleingeld behalten.«

»Also bitte«, sagt er mit einem schwachen Lächeln, »behal-ten Sie das gottverdammte Kleingeld.«

Rain klimpert mit den Wimpern. »Kommt nicht oft vor, daß einer bitte sagt, wenn er mir sagt, daß ich das gottverdammte Kleingeld behalten soll.« Während Lemuel sich den Mantel anzieht, kommt sie unauffällig näher. »Ich mach Ihnen einen Vorschlag: Ich bin noch nie einem leibhaftigen Russen begeg-net. Und ich bin zu so einer Verbindungsparty heute abend eingeladen. Ich bin nicht gerade scharf darauf, zu Hause rumzuhocken. Außerdem bin ich nicht scharf drauf, da allein aufzukreuzen und mich betatschen zu lassen. Alle diese gott-verdammten Typen, die einem ganz nebenbei mit der Hand über Rücken und Schultern streichen, um festzustellen, ob man einen BH trägt.« Sie holt tief Luft. »Also, ich will keine Umschweife machen . . .«

»Sie sind schon der zweite Mensch, dem ich in Amerika begegne, der nicht gern Umschweife macht.«

»Wer war der andere?«

»Ein Rabbi.«

»Ascher Nachman, der flippige Rebbe?« Rain verzieht das Gesicht. »Der bezieht sein Gras von mir. Ich hab ihn mal gefragt, ob im Alten Testament oraler Sex vorkommt. Wissen Sie, was er gesagt hat? Er hat gesagt, das Alte Testament – er hat einen anderen Namen dafür, ich weiß nicht mehr genau, welchen – hätte eine gottverdammte mündliche Überlieferung. Außerdem hat er mir erzählt, daß dieser Onan – Sie wissen, wen ich meine? –, also der Typ, von dem das hochgestochene Wort für Wichsen kommt, dieser Onan hätte bloß Coitus interruptus gemacht, was, wie der Rebbe behauptet, eine gängige Methode der Geburtenkontrolle vor Christus war, also in der Zeit vor den Kondomen. Hey, wo steht denn geschrieben, daß ein sauberer junger Rabbi nicht ein dreckiger alter Lustmolch sein kann? Andererseits kann ein Rabbi, der Marihuana raucht, nicht ganz so übel sein. Vor allem nicht, wenn er statt Koteletten Korkenzieherlöckchen hat. Ich kenn Mädels, die würden einen Mord begehen für solche Löckchen. Ich hab ihm mal einen Haarschnitt auf Kosten des Hauses angeboten, wenn er mir das Geheimnis verrät, aber da läuft nichts, hat er gemeint. Na jedenfalls, um auf die Umschweife zurückzukommen, die ich nicht machen will: Hätten Sie Lust, mit mir da hinzugehen . . .«

Lemuel traut seinen Ohren nicht. »Sie bitten mich, Sie zu dieser Verbindungsparty zu begleiten?«

»Sagen wir, es würde mir nichts ausmachen, wenn's Ihnen nichts ausmacht.«

Lemuel denkt über die Einladung nach und nickt dann bedächtig. Rain hält ihm, ohne zu lächeln, die Hand hin. Lemuel schlägt ein, auch ohne zu lächeln. »Abgemacht«, sagt sie, als hätten sie einen Vertrag abgeschlossen.

Ich will mir Mühe geben und es so erzählen, wie's war.

Ich muß gehört haben, daß jemand die Treppe raufkommt, weil ich weiß noch, daß ich den Kopf gedreht und gesehen hab, daß sich der Vorhang zu mir her bauscht, als ob er die Wärme von einem näherkommenden Körper spürt. Und dann kam dieser Stockfisch, der mich im E-Z Mart fast über den Haufen gerannt hätte, durch den Vorhang in meinen Salon gestolpert. Also, wenn jemals jemand einen Haarschnitt dringend nötig hatte . . . Der hatte so ein verfilztes Knäuel Stahlwolle auf dem Kopf, wie man es – und das sagt Ihnen jemand, der's wissen muß – davon bekommt, daß man sich jahrelang die Haare von Dilettanten schneiden läßt, die eine stumpfe Gartenschere benutzen. Im Vergleich dazu hat der durchschnittliche Neandertaler bestimmt zivilisiert ausgesehen.

Abgesehen von den Haaren hatte er auch was, na ja, *Ausländisches* an sich. Ich rede nicht von dem billigen Aftershave, ich rede von der Art, wie er seine Klamotten trug, von den Klamotten als solchen. Die waren so unansehnlich, daß ich nicht weiß, ob ich sie beschreiben könnte, wenn mein Leben davon abhinge. Wenn ich mich konzentriere, kann ich mich gerade noch an einen verschossenen braunen Mantel erinnern, der fast bis auf seine Schuhspitzen zipfelte. Und an ein Halstuch kann ich mich erinnern, ein khakifarbenes, das er sich doppelt um den dicklichen Hals gewickelt hatte. Hosen muß er natürlich auch angehabt haben, aber ich kann mich weder an die Farbe erinnern noch daran, ob er Rechts- oder Linksträger war, ein Detail, das mir im allgemeinen nicht entgeht. Er hatte ein Hemd an, bis obenhin zugeknöpft, aber ich glaube nicht, daß er eine Krawatte trug. Nein, er hat bestimmt keine getragen. An eine Krawatte, in Backwater eher die Ausnahme als die Regel, würde ich mich bestimmt erinnern. Unter der Jacke trug er einen ärmellosen Pullover, und ich weiß von keinem dieser beiden Artikel mehr die Farbe, aber der Pullunder war der reinste Schuhputzlappen, völlig verfackt. Unter dem Arm hatte er eine abgeschlaffte Tasche aus Kunstleder. Daß es kein echtes Leder war, nahm ich deshalb an, weil einer, der so rumläuft, einfach nichts Echtes haben kann.

Also gut, jetzt sein Gesicht. Er hatte ein komisches, fast hätte ich gesagt bizarres Glitzern in den Augen, von dem ich nicht wußte, wo ich's hintun soll, bis ich zufällig in den Spiegel schaute, wie ich hinter ihm aufgefegt hab, und in meinen Augen genau dasselbe sah . . . Irgendwo hab ich mal gelesen, wahrscheinlich in einem *National Geographic* im Wartezimmer beim Frauenarzt, daß jedes Gesicht eine Karte von einem Land ist, an das wir uns vage erinnern. Also jedenfalls, ich kann Ihnen sagen, das stimmt. Mein Neandertaler – ich rede vom Haarschnitt, nicht von der Intelligenz, okay? –, mein Neandertaler hatte sich irgendwann im Leben mal furchtbar erschrocken, und die Spuren der Furcht, der Beunruhigung, der Überraschung, ja sogar der Verzweiflung waren ihm ins Gesicht geschrieben, in die Augen eingeprägt. Die blutunterlaufen waren. Was hieß, daß er entweder zuviel trank oder zuwenig schlief – oder beides.

Wenn ich einen Kunden seh, der eine Tasche dabei hat, Imitat oder nicht, halt ich ein Auge offen, damit er mir nicht meine gottverdammten *Playboys* klaut, was – entschuldigen Sie, wenn ich vorwegnehme, was Ihnen gleich durch den Kopf gehen würde – nicht dasselbe ist wie das Klauen von Sardinen im Supermarkt, weil ich meine Preise nämlich nicht wattier, um den *Playboy*-Schwund wettzumachen. Damit er merkt, daß ich ein Auge offenhalte, hab ich meinen üblichen Spruch abgelassen. »Bin gleich für Sie da«, hab ich gesagt. Ich hab zugesehen, wie er das Halstuch in das Armloch von seinem Mantel gestopft hat, eine Methode, die mir nicht fremd ist – sie erinnert mich an meinen Exmann, von dem ich mich nach zwei Monaten Eheunglück scheiden ließ, weil er seine Verwandten dazu angestiftet hatte, bei unserer Hochzeit Reis statt Vogelfutter auszustreuen. Roher Reis, falls Ihnen das noch nie einer gesteckt hat, quillt nämlich im Vogelmagen, verstehen Sie? Und das führt bei den Vögeln zu akuten Verdauungstörungen und, falls sie genug Reiskörner fressen, was sie bei Hochzeiten gern tun, zu einem qualvollen Tod.

Wo war ich?

Yo! Ich hab gesehen, wie er den *Playboy* befingert, und

auch, wie er ohne den Kopf zu heben zu mir hersieht, ob meine Wenigkeit ihn beobachtet, aber ich wandte den Blick ab – ich hab eine Schwäche für hochgestochene Redewendungen wie »wandte den Blick ab«, man klingt dann so . . . gebildet. Ich wandte also den obenerwähnten Blick ab, und er hat betont gleichgültig das Heft durchgeblättert bis zum Klappbild in der Mitte. Und damit bin ich bei der ersten Sache, die mir an ihm *gefiel*.

Für mich war er ein offenes Buch wie die meisten Männer, und was las ich in dem Buch? Daß er keine religiösen oder sonstigen Vorbehalte gegen Nuditäten hatte – welcher vernünftige Mensch hätte die auch? –, aber auch, daß er die Miezen nicht sexy fand. Das hat mich fasziniert, zugegeben. Ich meine, nach meinen Erfahrungen vögeln Frauen Typen, die sie im Grunde genommen mögen, vorausgesetzt, die Kerle sind mit einem Schwanz ausgestattet. Männer dagegen vögeln Muschis, ganz gleich, ob sie die dazugehörigen Frauen kennen oder nicht, von mögen ganz zu schweigen. Aber mein Neandertaler war irgendwie anders. Er war doppelt so alt wie ich, mindestens – ich bin dreiundzwanzig –, und ich hörte förmlich schon, wie mich die gottverdammten Verbindungsbrüder beim Delta Delta Phi als Grabräuberin und Friedhofsschänderin verarschen würden. Aber ich hab schließlich noch nie was drauf gegeben, was die Leute denken, immer vorausgesetzt, man zählt die Brüder von der Delta Delta Phi zu den denkenden Menschen.

Im Hinterkopf hatte ich auch noch andere Gründe, L. Falk, was sich als sein Henkel herausstellte, zu fragen, ob er mit mir auf die Party gehen wollte. Es heißt ja, alles über dreißig ist auf dem absteigenden Ast, aber ich frag mich langsam, ob ich nicht besser dran wäre mit einem ständigen Begleiter, der auf dem absteigenden Ast sitzt. Ich hab die Nase gestrichen voll von diesen Fuzzis, die denken, sie tun dir einen Gefallen, wenn sie dich vögeln, und tatsächlich danke sagen, wenn's vorbei ist, als ob du der gottverdammte Tender an ihrer Lokomotive wärst, sich aus dem Bett wälzen, sich den Pimmel an deinen gottverdammten Handtüchern abwischen und beim Abgang »Also, ich ruf dich an, ja?« sagen, obwohl sie genausogut wissen wie du, daß sie deine Telefonnummer gar nicht haben.

Ich hab genug von diesen einmaligen Gastspielen, die damit enden, daß ich dasitze und drauf warte, daß das gottverdammte Telefon klingelt.

Was mich sonst noch fasziniert hat an L. Falk? Also erstens einmal, daß er nicht geraucht hat. Das hab ich an seinem Atem gerochen, wie ich mich über ihn gebeugt hab, um ihm das angetrocknete Klopapier von dem Schnitt am Kinn abzuziehen. Ich hab auch nie geraucht, bis ich gesehen hab, daß irgend so ein gottverdammter Gesundheits- oder Krankheitsminister was darüber abgesondert hat, daß Typen, die rauchen, die Typen umbringen, die nicht rauchen. Die sind doch tatsächlich dabei, ihren gottverdammten radioaktiven Atommüll Backwater vor die Haustür zu kippen, und diesem Ausschuß ist es verdammt noch mal nicht zu blöd zu behaupten, daß das nicht ›Ihre Gesundheit gefährdet‹, ja? Aber *meine* gottverdammte Zigarette bringt angeblich die halbe Menschheit um! Sie müssen wissen, daß ich, damit wenigstens eine gegen diesen Schwachsinn protestiert, zu rauchen angefangen habe. Es war mir allerdings so widerlich, wie ich da aus dem Mund gerochen hab, daß ich es nach ein paar Tagen wieder gelassen hab, aber nicht ohne vorher diesem Gesundheits- oder Krankheitsminister mit der Hand einen geharnischten Brief zu schreiben, von wegen dieser gottverdammten radioaktiven Atommüllkippe und den Vogelmördern, die bei Hochzeiten rohe Reiskörner streuen.

Gut, er hat mir nicht geantwortet. Na und?

Wo war ich?

Yo! Ich war gerade am Erklären, was in meinem Gehirn vorgegangen ist, als ich L. Falk gefragt habe, ob er mit mir,

ähem, zu dieser Party gehen will. Es stimmt ja, was immer
wieder gesagt wird, daß Safer Sex praktisch dasselbe ist
wie null Sex, oder? Ich mein, ich danke Gott für den Zau-
berstab von Hitachi. Das letzte Mal, daß ich beinah gebumst worden wäre, ist jetzt sieben, in Worten sieben gottverdammte Wochen her; damals hab ich einen meiner eher-
nen guten Neujahrsvorsätze gebrochen und mein eigenes
Gras geraucht, statt es zu verkaufen. Das Ende vom Lied
war, daß ich mit dem aus Polen stammenden *Tackle* aus
der Football-Mannschaft von Backwater ins Bett gestiegen
bin. Die Unterhaltung ist immer öder und langweiliger geworden. »Nein, erst das Kondom«, hab ich zu ihm gesagt,
wie's im Kessel zu brodeln anfing. Jede Bewegung kommt
schlagartig zum Stillstand. »Was denn für ein Kondom?«
fragt der *Tackle* mit Panik in der Stimme. Ich mach keine
Umschweife. »Hey, ich kenn dich doch kaum, Zbig«, sag
ich. »Ich kann noch nicht mal deinen Nachnamen aussprechen. Du erwartest doch nicht, daß ich da ohne ein gottverdammtes Kondom mit dir bumse.« Er war richtig rührend.
»Ich bin kein Fixer«, hat er gesagt. »Und ich fick keine Knaben«, hat er gesagt.

Ich fick keine Knaben! Schon ein Witz, oder? Daß man
einem erwachsenen *Tackle* Aufklärungsunterricht erteilen
muß. Ich bin also von ihm runter und hab ihm die gottverdammten Leviten gelesen. »Du weißt doch: Das nächste
Mädchen, das du vögelst, könnte mit Jungen gebumst haben, die mit Jungen bumsen. Komm schon, Zbig, du wirst
doch *einen* kümmerlichen Überzieher für einen Regentag
eingesteckt haben.«

Mein gottverdammtes Pech, er hatte keinen. »Du könntest mir ja wenigstens einen blasen«, hat er gesagt, als ob
oraler Sex dasselbe wie Safer Sex wär. Nicht, daß ich das
einem Typen normalerweise abschlagen würde, wenn er
höflich fragt. Ich meine, wenn schon, denn schon. Überhaupt, ein Flötensolo unter guten Freunden, was ist das

schon groß? Was ich nicht leiden kann, wo ich *überhaupt* nicht drauf steh, ist, wenn sie dir deinen gottverdammten Kopf Richtung Süden drücken und schon zu stöhnen anfangen, eh du auch nur dort ankommst, um dir zu zeigen, wie tierisch sie der bloße Gedanke daran aufgeilt.

Sie müssen wissen, daß es mich anmacht, Typen aufzugeilen. Mein Exmann, der Vogelkiller, hat mir mal gesagt, ich wär eine Fellatrix. Ich hab's im Random-House-Wörterbuch in der Bibliothek nachschlagen wollen, aber Fehlanzeige. Es steht nicht drin. Aber man müßte schon ein Spatzenhirn haben, um sich nicht zusammenreimen zu können, was eine Fellatrix ist, und ich mußte ihm zustimmen. Meinem Exmann. Daß ich eine bin. Ich sterbe für das, was man in feinen Kreisen oralen Sex nennt. Ich lutsche gern. Ich begreif nicht, wieso das nicht mehr Frauen öfter machen. Weil, gibt's denn was Natürlicheres, als zu spüren, wie er im Mund hart wird? Zu spüren, wie die Dinge ihren Lauf nehmen. Der Einfluß, den man da hat!

Ich will damit wohl nur sagen, daß Blasen und Bumsen verdammt aufregende Aktivitäten sind. Ich hab mein erstes Flötensolo absolviert, als ich dreizehneinhalb war, und damit Sie sehen, wie wichtig mir das ist: Ich weiß immer noch, mit wem und wo. Es war ein pickliger Basketballspieler, in den ich verknallt war, Bobby Moran hat er geheißen, er war ein Cousin ersten Grades von mir, aber das ist eine andere Geschichte; Schauplatz der verruchten Tat war der Filmvorführraum an der Rückseite des Auditoriums für die unteren Klassen, oben über den hintersten Bänken. Mein Gott, das ist jetzt schon zehn Jahre her! Wenn ich dran denke, wie die Zeit verfliegt – und Sie müssen wissen, daß ich in den dazwischenliegenden Jahren wirklich fleißig geblasen habe und trotzdem überhaupt nicht blasiert bin. Für mich verlieren Blasen und Bumsen nie ihr Mysterium, diese absolut aufregende Mischung aus Lust, die man gibt, und Lust, die man dadurch empfindet, daß man Lust gibt.

Was ja der Grund dafür ist, daß wir unser Leben lang die Beine breit- und den Mund aufmachen für das Originellste, was Männer je zustande bringen: einen gottverdammten Ständer.

Sachen gibt's.

Womit ich wieder bei L. Falk und der Verbindungsparty wäre. Ich geh nicht automatisch davon aus, daß wir im Bett landen, immerhin ist er ja doppelt so alt wie ich und kann einen G-Punkt nicht von einem Loch in der Wand unterscheiden. Aber man muß natürlich bei jedem Date einkalkulieren, daß es auf Sex rausläuft – warum sollte man sonst überhaupt auf Verbindungspartys gehen, oder? Ich mein, warum geben sich die Typen so gottverdammt viel Mühe, einen zu überzeugen, daß sie nicht gewalttätig sind? Ich sag Ihnen, warum – weil sie einen zum Mitmachen bei einem im Grunde genommen doch ziemlich gewalttätigen Akt überreden wollen, darum. Wenn sie glaubwürdig sind, mach ich mit. Oder hab zumindest immer mitgemacht, bis diese gottverdammte Pest zugeschlagen hat. Und hier kommt L. Falk wieder ins Spiel. Ich müßte lügen, wenn ich nicht zugeben wollte, daß ich dran dachte – und immer noch dran denke –, er könnte die Erhörung meiner Gebete sein.

Wie immer in solchen Fällen gibt's auch hier eine Plus- und eine Minusseite. Auf der Minusseite muß man sich drüber klarwerden, daß der Typ ein Kaputtnik ist . . . abgebaggert, ausgebrannt, jenseits von Gut und Böse, hoch in den Vierzigern. Der ist so himmelweit weg von dem, was ich mir unter einem super Lover vorstelle, also weiter geht's gar nicht. Auf der Plusseite steht, daß er gar kein guter Lover sein braucht, weil ich gut genug bin für zwei. Außerdem ist er eindeutig nicht gewalttätig, was einem Mädel das Mitmachen erleichtert. Sogar daß er nicht in der Lage ist, den Finger auf den G-Punkt zu legen, könnte man als Pluspunkt werten – die Erkundung unbekannter Gewässer kann dem Rudergänger genausoviel Spaß machen wie dem Kapitän, stimmt's? Aber mit Abstand das dickste Plus in seinem Köcher ist, daß L. Falk aus Rußland kommt, wo es (ich kenn mich aus, ich hab den *Backwater Sentinel* abonniert) nicht nur praktisch kein Fleisch und kein Brot, sondern auch praktisch kein AIDS gibt.

Hey, Safer Sex ist vielleicht nicht Sex vom Feinsten, aber es wär immerhin Sex, oder?

Und last but not least interessiert er mich wegen der Geschichte mit den Serienmorden, die mir zufällig vorkommen, auch wenn unser *Homo chaoticus*, der Chaosprofessor L. Falk, meint, zufällig gibt's nicht. Sehen Sie's mal von meinem Standpunkt aus: Wenn die Morde nicht zufällig wären, wenn also jemand zum Beispiel nur stotternde Blondinen umbrächte oder linkshändige Lesbierinnen oder frivole Friseusen, die sich mit Thailand-Trüffeln was dazuverdienen, dann wüßte ich wenigstens, woran ich bin. Ich wüßte, ob ich ein potentielles Opfer bin oder nicht, stimmt's? Ich will damit sagen, weil die Morde zufällig sind, könnte ich ein faktisches Opfer werden, ohne auch nur gewußt zu haben, daß ich ein potentielles Opfer war. Zufallsmorde sind die schlimmsten – man weiß nie, ob man nicht die nächste ist.

Und weil ich nicht weiß, ob ich vielleicht die nächste bin, hab ich keinen Bock drauf, allein zu Hause zu hocken. Deswegen hab ich beschlossen, heute abend zu der Party zu gehen. Und deswegen macht's mir nichts aus, wenn jemand, der den G-Punkt nicht kennt, mich begleitet. Zu der Party. Und hinterher nach Hause.

Klar?

Klar.

Oliven mampfend, Martinis schlürfend, fachsimpelnd oder über die Börse und das Wetter redend, umkreisen die fünfzehn festangestellten Wissenschaftler zusammen mit dem

Dutzend Gastdozenten und der Handvoll Fellows am Institut für fortgeschrittene interdisziplinäre Chaosforschung die Tische im Speisesaal des Instituts, die die Form von zwei runden Klammern haben, und suchen nach ihren Namen auf den von Hand beschriebenen Tischkarten. Als sie ihre Plätze eingenommen haben, fangen Studentinnen mit adretten weißen Schürzchen an, aus Karaffen Wein einzuschenken. Der Direktor, J. Alfred Goodacre, packt Lemuel am Ellbogen und bugsiert ihn ans obere Ende der einen Klammer.

»Gratuliere zu dem Haarschnitt«, flüstert er ihm zu. »Sie hat schon was auf dem Kasten, unser Tender.«

Lemuel ist verwirrt. »Auf welchem Kasten hat sie was?« erkundigt er sich, aber der Direktor schüttelt gerade einem Gastprofessor aus Deutschland die Hand und überhört die Frage.

Weiter unten am Tisch ist Matilda Birtwhistle ins Gespräch mit ihrem Nachbarn Charlie Atwater vertieft. »Früher wurde bei Institutsessen der Wein nie dekantiert«, bemerkt sie.

»Die dekantieren ihn«, mutmaßt Atwater und nippt an seinem vierten Martini, »damit wir nicht merken, was für einen billigen Sauerampfer sie uns vorsetzen.« Er schnuppert an dem Wein in seinem Glas und verdreht angewidert die Augen.

Matilda Birtwhistle muß lachen. »Ach, hören Sie auf, Charlie.«

»Sie denken, ich übertreibe?« Atwater nimmt einen Schluck von dem Wein, spült sich damit den Mund aus, als ob er gurgeln wollte, und schluckt ihn dann runter. Die Augen fallen ihm fast aus dem Kopf. »Oh, mein Gott! Das ist *Château Migraine*!«

Rebbe Nachman, der Matilda Birtwhistle gegenübersitzt und sein Weinglas am Stiel hält, schwenkt die Flüssigkeit behutsam im Glas und sieht dann zu, wie sie an den Seiten herabrinnt. »Wenn Sie ein unabhängiges Gutachten brauchen«, ruft er quer über den Tisch. »*Mis en bouteille*, wie wir auf jiddisch sagen, im Keller des E-Z Mart an der Main Street. Und anschließend ist ihm der Transport nicht bekommen.« Er grinst schief, ruft »*Bolschoi lechaim*« und genehmigt sich einen kräftigen Schluck.

Später, als die Studentinnen die Dessertteller abräumen und Kaffee und Pfefferminzplätzchen servieren – erhebt sich der Direktor und schlägt mit einem Löffel an sein Glas. »Meine Herren, meine Damen.« Die Gäste unterhalten sich so angeregt, daß sie nicht merken, daß der Direktor Aufmerksamkeit heischt. »Eingangs« – Goodacre hebt die Stimme – »möchte ich Sie alle herzlich willkommen heißen bei unserem Institutsessen.« Die Gäste verstummen nach und nach.

»Lassen schie mich schagen«, flüstert Charlie Atwater, den Direktor nachäffend, seiner Tischnachbarin zu, »wie beeindruckt isch bin, so viele exzellente Forscher auf dem Gebiet der Chaoschtheorie in einem Raum verschammelt zu schehen.«

»Lassen Sie mich sagen«, fährt Goodacre fort, »wie beeindruckt ich bin, so viele exzellente Forscher auf dem Gebiet der Chaostheorie in einem Raum versammelt zu sehen.«

Matilda Birtwhistle kichert anerkennend.

»Albert Einstein hat einmal gesagt«, spricht der Direktor weiter, »das Unbegreiflichste am Universum sei, daß es begreifbar ist. Es ist mir ein großes Vergnügen, in den Reihen des Instituts einen Mann begrüßen zu dürfen, der mehr als sein Teil dazu beigetragen hat, dieses Universum begreifbar zu machen. Ich brauche ihn nicht vorzustellen. Sie alle sind mit seinen Arbeiten über Entropie ebenso vertraut wie mit seiner Suche nach absoluter Zufälligkeit in der Dezimalentwicklung von Pi. Viele von uns sind der Meinung, wenn es einen Nobelpreis für Mathematik gäbe, hätte er ihn inzwischen gewiß erhalten, und zwar dafür, daß er die Grenzen der Zufälligkeit weit hinausgeschoben hat. Lassen Sie uns gemeinsam unseren Gastprofessor aus Sankt Petersburg begrüßen. Meine Damen, meine Herren: Lemuel Falk.«

Die festangestellten Wissenschaftler, Gastdozenten und Fellows applaudieren stehend. Lemuel, den Kopf gesenkt, die Wangen gerötet, starrt auf seinen Aktenkoffer hinunter, der an einem Bein seines Stuhls lehnt. Alte Gewohnheiten sind zählebig. Am Steklow-Institut für Mathematik waren Institutsessen, vor allem solche mit Gästen aus dem Ausland, gute Gelegenheiten, Zwiebelbrötchen, Kaviar in Dosen und Halbliterflaschen polnischen Wodkas zu stehlen. Lemuel hat alle Hoffnung fahrenlassen, sich eine der Weinkaraffen aneignen zu können, weil die bestimmt vor und nach dem Essen gezählt werden. Aber sein Sinnen und Trachten ist darauf gerichtet, das übriggebliebene Sesambrötchen von dem Teller vor ihm in seinen Aktenkoffer umzubetten.

Aber wie soll er das anstellen, wenn aller Augen auf ihn gerichtet sind?

Der Applaus verebbt. Die Gäste lassen sich wieder auf ihren Stühlen nieder. Am oberen Ende der Klammer gibt sich Lemuel einen Ruck und kommt auf die Füße. Er rückt seine Brille zurecht, läßt den Blick über die dreiteiligen Anzüge, die Sportsakkos mit Wildlederflecken an den Ellbogen, die Kugelbäuche, die Bifokalbrillen, die Halb- und Vollglatzen und die Daumen schweifen, die Tabak in Pfeifenköpfen festdrücken. Er nickt mehreren Professoren des Instituts zu, die er von internationalen Symposien kennt. Er sieht, daß Rebbe Nachman ihm aufmunternd zulächelt.

»Ich kann zu Ihnen sagen . . .« hebt Lemuel an.

»Geht's bitte etwas lauter, Professor?« ruft jemand vom anderen Ende der Tafel.

Lemuel räuspert sich. »Ich kann zu Ihnen sagen, auch wenn Sie es vielleicht nicht hören wollen«, setzt er mit kräftigerer Stimme erneut an, »daß ich mit mehr Fragen als Antworten versehen nach Backwater gekommen bin. Ich will Sie nicht mit den leichteren langweilen: Wie kann man sein

Herz auf dem Ärmel tragen? Was kann eine Friseuse auf welchem Kasten haben? Was bedeutet ›Nonstops to the most Florida cities‹ wirklich? Wer bestimmt in Amerika, welche Seite oben ist? Ich möchte Ihnen nicht einmal mit der kniffligen Frage die Zeit stehlen, die Rebbe Nachman mir gestern abend gestellt hat, nämlich, wenn Gott den Menschen wirklich liebte, warum hat Er ihn dann erschaffen? Vielmehr werde ich mit Ihrer Erlaubnis gleich zu der Frage kommen, die mir Nacht für Nacht den Schlaf raubt . . .«

Lemuel überzeugt sich mit einem Blick auf den Teller, daß das Sesambrötchen noch da ist, und schaut dann wieder sein Publikum an. »Was ist das Chaos? Es ist schon oft definiert worden: als Ordnung ohne Periodizität, zum Beispiel; als scheinbar zufälliges wiederkehrendes Verhalten in deterministischen Systemen wie Meereswellen und Temperaturen, Börsenkursen, dem Wetter, der Fischpopulation in Teichen, dem Tropfen eines Wasserhahns. Ich möchte Ihnen zu bedenken geben, daß diese Definitionen nicht stichhaltig sind, ich möchte Ihnen eine andere Weise vorschlagen, das Chaos zu betrachten, nämlich diese: daß Systeme, die zu komplex für die klassische Mathematik sind, einfachen Gesetzen gehorchen. Lassen Sie mich Ihnen ein Beispiel geben. Mit dem Rüstzeug der klassischen Mathematik können wir mehr oder weniger die langfristige Bewegung der rund fünfzig Himmelsköper im Sonnensystem berechnen. Aber der Versuch, die kurzfristige Bewegung der etwa hundert Billionen Teilchen in einem Milligramm Gas zu berechnen, übersteigt die Möglichkeiten des leistungsfähigsten Computers, um nicht zu sagen des brillantesten Programmierers. Dennoch können wir viel über die Bewegung der Gasteilchen in Erfahrung bringen, wenn wir begreifen, daß dic unglaublich komplexe Welt in diesem Milligramm Gas einfachen Gesetzen gehorcht.«

Lemuels Mund ist auf einmal knochentrocken. Er trinkt einen Schluck Wasser. Als er wieder aufschaut, sieht er, daß die Gäste sich gespannt vorbeugen und an seinen Lippen hängen. Ermuntert redet er weiter. »Die Wissenschaft vom Chaos kann demzufolge als der Versuch gesehen werden, das Wesen der Komplexität zu begreifen. Meiner Ansicht nach sind die herkömmlichen Naturwissenschaften, also Physik, Chemie, Biologie und so weiter, zu *Tendern* geworden – zu Anhängern mit Brennstoff für die große Lokomotive, die wir als die Wissenschaft vom Chaos bezeichnen.« Ein Kichern geht durch seine Zuhörerschaft – jeder der Gäste war zu dieser oder jener Zeit schon einmal in Rains Tender. »Die einzige wahrhaft originelle und in manchen Fällen sogar brillante Arbeit wird heute von Chaostheoretikern geleistet, die gerade den Beweis dafür erbringen, daß komplexe Systeme einfachen Gesetzen gehorchen und sich dabei scheinbar unberechenbar verhalten. Was uns zu der Schlußfolgerung berechtigt« – Lemuel spricht jetzt sehr langsam, wählt die Worte mit Bedacht –, »daß deterministisches Chaos in den meisten Fällen die Erklärung für Zufälligkeit ist. Aber . . . ist es auch die Erklärung für jede Art von Zufälligkeit?«

Mehrere seiner Zuhörer stecken aufgeregt die Köpfe zusammen. »Was will er uns damit sagen?« begehrt der Gastprofessor aus Deutschland zu wissen.

»Er stellt die Theorie auf, daß das Chaos die zweite Geige nach der Zufälligkeit spielen sollte«, grollt sein Nachbar, ein Astrophysiker, bei dem es sich um eine Leihgabe des Massachusetts Institute of Technology handelt. Mehrere andere, die in Hörweite sitzen, nicken zustimmend.

Lemuel sieht den Rebbe direkt an. »Verzeihen Sie mir, Rebbe, wenn ich Ihnen sage, daß meine Frage für unser Verständnis vom Universum und von unserem Platz darin entscheidender ist als die, die Sie gestern abend aufgeworfen haben. Lassen Sie mich meine Frage anders formulieren. Wenn wir die scheinbare Zufälligkeit Schicht für Schicht abschälen, gelangen wir an eine Endstation, als die sich bis jetzt das Chaos erwiesen hat. Aber die eigentliche Suche beginnt erst. Liegt es nicht im Bereich des Möglichen, daß diese Endstation, das Chaos, in Wahrheit nur eine Zwischenstation ist? Und liegt es nicht gleichermaßen im Bereich des Möglichen, daß die wahre Endstation, der theoretische Horizont, jenseits dessen es keinen weiteren Horizont gibt, die reine, unverfälschte, nichtchaotische Zufälligkeit ist?«

Ein ungehaltenes Brummen erfüllt den Raum. »Sie sind im Grunde gar kein Chaostheoretiker«, ruft Sebastian Skarr ihm zu. »Sie sind ein Zufallsforscher, der das Chaos für seine Zwecke mißbraucht . . .«

Der Rebbe stimmt ihm widerstrebend zu. »Im tiefsten Innern, das haben Sie gestern abend selbst zugegeben, lieben Sie das Chaos nicht . . .«

»Das Chaos ist nicht Gott«, verteidigt sich Lemuel. »Und auf jeden Fall bin ich ein Zufallsforscher, der ungewollt ins Chaos geraten ist . . .«

»Sie bekennen, ein Chaostheoretiker wider Willen zu sein«, schimpft der deutsche Professor. »Könnte es sein, daß Sie aus Versehen ans falsche Institut geraten sind?«

Der Rebbe wirft die Arme hoch. »Reine, unverfälschte Zufälligkeit gibt es nicht. Sie jagen einem Phantom nach.«

Lemuel ist bestürzt über den Sturm, den er entfacht hat. »Meine Sichtweise der reinen Zufälligkeit«, verteidigt er sich, »ist chaosbezogen.«

Matilda Birtwhistle hebt den Finger. »Gestatten Sie eine Frage, Professor?«

»Das führt ins Uferlose«, verkündet der Direktor. »Wir sind hier nicht in einer Arbeitssitzung.«

»Die Chaotiker werden chaotisch«, bemerkt Charlie Atwater süffisant.

»Bitte sehr«, sagt Lemuel zu Matilda Birtwhistle.

»Sie vertreten bekanntlich die These, daß jede Zufälligkeit eine Pseudo-Zufälligkeit und diese Pseudo-Zufälligkeit ein Fußabdruck des Chaos sei.«

»Bis jetzt hat sich das leider immer bewahrheitet«, stimmt Lemuel zu.

»Wenn ich Sie richtig verstehe«, fährt Birtwhistle fort, »wollen Sie damit sagen, das Chaos könne sich eines Tages als ein Fußabdruck der Zufälligkeit erweisen . . .«

»Reiner, unverfälschter Zufälligkeit«, korrigiert Lemuel.

»Reiner, unverfälschter Zufälligkeit, gewiß. Aber falls sich das als zutreffend herausstellt, wie geht's dann weiter? Womöglich ist die reine, unverfälschte Zufälligkeit, die nach dem Chaos kommt, ihrerseits auch bloß der Fußabdruck von etwas anderem . . .«

»Vielleicht ein Fußabdruck desch reinen, unverfälschten Chaosch«, wirft Charlie Atwater ein.

Der Gastprofessor aus Deutschland schiebt angewidert seinen Stuhl zurück. »Wenn Sie mich fragen: Er sucht also die reine Zufälligkeit? Meinetwegen, warum nicht? Jeder hat sein Steckenpferd. Aber was er gefunden hat, ist die reine Lächerlichkeit.«

Nervöses Gelächter kommt auf, ebbt aber gleich wieder ab. Alle schauen erwartungsvoll zu dem Redner am oberen Ende der Klammer hin.

Lemuel sammelt seine Gedanken. »Als das Molekül entdeckt wurde, war es in gewissem Sinne ein Fußabruck des Atoms. Das Atom erwies sich dann unter anderem als Fußabdruck eines Kerns, der Atomkern als Fußabdruck von Protonen und Neutronen, und diese halten wir heute für Fußabdrücke von Mesonen und Quarks. Aber wovon sind Quarks der Fußabdruck? Wer könnte behaupten, sie seien nicht der Fußabdruck von etwas, was noch tiefer im Inneren versteckt liegt?«

»Matilda hat recht«, ruft Sebastian Skarr. »Wenn das, was Sie sagen, stimmt, wird die Reise nie zu Ende sein. Es gibt keine Endstation.«

»Wir sind keine Chaostheoretiker«, klärt Matilda Birtwhistle ihre Kollegen auf, »sondern vielmehr Raumfahrer, die dazu verurteilt sind, bis in alle Ewigkeit ein unendliches Universum zu erkunden.«

Lemuel zuckt die Achseln. »Wir werden an eine Endstation kommen, wenn wir auch nur ein einziges Beispiel für reine, unverfälschte Zufälligkeit finden. In diesem Augenblick werden wir wissen, daß nicht alles unter der Sonne vorherbestimmt ist, daß der Mensch Herr seines Geschickes ist.«

»Und wenn es so etwas wie reine, unverfälschte Zufälligkeit nicht gibt?« entgegnet Matilda Birtwhistle. »Was dann?«

Lemuel, der plötzlich erschöpft ist, murmelt: »Ihr alle seid Stockfische.«

»Lauter, bitte, Professor«, ruft jemand.

Charlie Atwater rülpst in die vorgehaltene Faust. »Dasch ischt allesch scher deprimierend«, stöhnt er. »Ich brauche unbedingt wasch tschu trinken.«

Lange Zeit schauen die Gäste in ihre Kaffeetassen. Lemuels Kopf fährt mehrmals unsicher in die Höhe. Er schaut zum Direktor hin, der offenbar Zwiesprache mit sich selbst hält; dann läßt er sich so ungeschickt auf seinen Stuhl zurücksinken, daß er den Teller mit dem Sesambrötchen herunterwirft. Er bückt sich tief hinab, steckt das Brötchen in seinen Aktenkoffer und kommt mit dem leeren Teller wieder hoch.

Eine Studentin mit einem Tablett Pfefferminzplätzchen geht hinter ihm vorbei. Sie legt ihm eines auf seine Untertasse.

»Ich danke Ihnen sehr«, sagt Lemuel.

Das Mädchen lächelt gewinnend. »War mir ein Vergnügen«, erwidert sie kichernd.

»Wenigstens eine, die hier vergnügt ist.«

Während er zusieht, wie seine Kollegen vom Institut für fortgeschrittene interdisziplinäre Chaosforschung ihre Stühle zurückschieben und sich allmählich von der Tisch-Klammer entfernen, fragt sich Lemuel, ob diese Vorstellung von einem endlosen Zyklus von Zufälligkeit und Chaos nicht bloß wieder einer seiner angenehmen Wachträume ist, etwas, was einen Teil von ihm zufriedenstellt, zu dem er noch nicht vorgedrungen ist . . .

Niedergeschlagen geht er hinaus und stößt beinah mit dem Rebbe zusammen. »Was habe ich falsch gemacht?« fragt er ihn. »Und was soll ich jetzt tun?«

Rebbe Nachman tanzt auf dem Eis, damit seine Zehen nicht taub werden. »Ein klugscheißender Goi hat einmal gelobt, sich zum Judentum zu bekehren, falls es dem berühmten Rebbe Hillel gelinge, ihm die ganze Thora in der Zeit auszulegen, die er, der Goi, auf einem Bein stehen könne. Rebbe Hillel war einverstanden, der Goi stellte sich auf ein Bein, und Rebbe Hillel sagte zu ihm: ›Was du nicht willst, daß man dir tu, das füg auch keinem andern zu. Das ist die ganze Thora, der Rest ist Kommentar. Gehe hin und studiere.‹«

Rebbe Nachmans Lächeln wirkt noch schiefer als sonst. »Ich glaube nicht, daß Sie jemals Zufälligkeit entdecken werden, ich meine reine, unverfälschte Zufälligkeit, und zwar aus dem simplen Grund, daß es sie nicht gibt. Andererseits: Sie werden Sie bestimmt nicht finden, wenn Sie nicht danach suchen. Gehe hin und studiere.«

3. KAPITEL

»Ich war mit Handschellen an eine Filmkritikerin gefesselt, die ebenfalls die Petition unterschrieben hatte«, schreit Lemuel, um den Krach zu übertönen, den er nicht als Musik anerkennen will. »Ich habe gehört, daß sie drei Jahre in einem sibirischen Gulag war und zur Essenszeit Eiszapfen aus Milch gelutscht hat.«

»Und wie haben Sie Ihren Kopf aus der Schlinge gezogen?« ruft ein Verbindungsbruder, der zu Sakko und Krawatte einen Footballhelm trägt.

»Hey, genau, wie eigentlich?« erkundigt sich Rain und nimmt mit kokettem Lächeln einen Schluck Wein.

»Unser Lem hier hat die Petition unterschrieben, der Bulle hat ihn kassiert und zum Verhör geschleppt«, rekapituliert Dwayne, der Manager vom E-Z Mart, mit lauter Stimme, »aber sie haben ihn nicht angeklagt. Also muß er einen Kniff angewandt haben.«

»Einen Kniff?«

»Einen Trick«, erklärt Dwaynes Freundin Shirley.

»Einen Schlich«, ergänzt Dwayne. »Eine Kriegslist.«

Lemuel lächelt säuerlich. »Ich habe in der Tat einen Kniff angewandt: ich hatte zwei Unterschriften«, schreit er. »Die eine war für meinen Personalausweis oder mein Soldbuch oder meine Anträge auf Erteilung eines Ausreisevisums. Die andere habe ich dort verwendet, wo cs nützlich sein konnte, hinterher abzustreiten, daß es meine Unterschrift ist. Als ich endlich verhört wurde, sagte ich, jemand anderer hätte meine Unterschrift gefälscht. Ein Graphologe wurde hinzugezogen, und sie ließen mich laufen.«

74

»Das muß doch verdammt gefährlich gewesen sein, als Antikommunist in einem kommunistischen Land zu leben«, bemerkt Rain.

»In Rußland haben wir ein Sprichwort – es ist gefährlich, recht zu haben, wenn die Regierung im Unrecht ist.«

Lemuel dreht sich um und sieht den Paaren im angrenzenden Raum zu. In dem Schummerlicht sieht es aus, als ob sie auf und ab hüpfen, die Köpfe zur Seite hängend, als hätten sie sich den Hals gebrochen. Er beugt sich näher zu Rain hin und schreit ihr ins Ohr: »Sieht aus . . .« Der Krach hört so abrupt auf, wie er begonnen hat. ». . . wie kollektiver Schluckauf«, hört er sich schreien. Er errötet.

Die drei Musiker in einer Ecke des Raums stimmen einen Slowfox an. Shirley sinkt Dwayne in die Arme, und die beiden schleichen im Takt der Musik übers Parkett.

»Hey, getanzt wird doch bestimmt auch in Rußland?« mutmaßt Rain. Lemuel spürt, wie ihr Atem ihm das Ohr wärmt. »Wie wär's, wollen wir . . .« Ihr Zeigefinger beschreibt einen Kreis.

»Ich weiß nicht, ob ich weiß . . .« will Lemuel protestieren, aber Rain trinkt auf einen Sitz ihren Wein aus, läßt das leere Glas am Stiel baumeln, zieht Lemuel in den anderen Raum und schmiegt sich in seine Arme. Er spürt das Weinglas im Nacken, er spürt ihre Brüste an seiner Brust, er spürt ihre Schenkel an seinen Beinen und riecht ihren Lippenstift. Unwillkürlich kommt ihm das »Oj« des Rebbes von den Lippen.

Rain drückt ihren Mund an sein Ohr. Es kitzelt richtig, wenn sie etwas sagt. »Die Geschichte mit den zwei Unterschriften – wann war das?« will sie wissen.

»Vor acht Jahren.«

»Ich kann mich an etwas erinnern, was sich vor dreiundzwanzig Jahren zugetragen hat«, sagt sie träge, »ich erinnere mich an meine Geburt.«

»Das erfinden Sie doch, oder? Ich erinnere mich nicht einmal an meine Kindheit, hauptsächlich deshalb, weil ich keine hatte.«

»Nein, ehrlich, ich erfinde das nicht. Ich war noch sehr jung bei meiner Geburt, aber wer ist das nicht? Trotzdem erinnere ich mich an jede Einzelheit. Ich erinnere mich an das feuchte Dunkel und dann die Kälte und das blendende Licht. Ich erinnere mich, daß mich jemand verkehrt herum gehalten und mir einen Klaps auf den Po gegeben hat. Soll ich Ihnen die schmutzigen Details beschreiben?«

»Ein andermal vielleicht.«

Sie schlurfen schweigend über die Tanzfläche. Nach einer Weile kitzelt ihn Rains Stimme wieder am Ohr. »Sie sind verheiratet?«

»Ich war verheiratet. Ich bin geschieden.«

»Wie oft waren Sie verliebt?«

Lemuel möchte mit den Achseln zucken, aber es geht nicht so recht, weil Rain an seinen Schultern hängt. »Vielleicht einmal. Einmal. Ja, einmal.«

»Klingt, als ob Sie sich nicht sicher sind.«

»Doch, ich bin sicher. Ich war einmal verliebt.«

»In Ihre Frau?«

»Ich hab mich im Leningrader Hochzeitspalast eingefunden, um meinen Namen in das Buch unter dem Leninbild zu schreiben, weil der Vater meiner Braut Direktor des Steklow-Instituts für Mathematik war und ich alles dafür gegeben hätte, an diesem Institut arbeiten zu können. Außerdem hatte seine Tochter eine Sechzigquadratmeterwohnung ganz für sich allein.«

»Aber in wen waren Sie dann verliebt, wenn nicht in Ihre Frau?«

»In ein Mädchen . . . Ich habe nie erfahren, wie sie hieß, nie mit ihr gesprochen.«

»Sie haben mit ihr gebumst, stimmt's?«

Lemuel wirft verlegen den Kopf herum.

»Das kapier ich nicht. Wenn Sie nie mit ihr gesprochen

haben, wenn Sie nie mit ihr gebumst haben, dann ist es, auch wenn sie existiert hat, genauso, als hätte es sie nie gegeben. Sie war eine Ausgeburt Ihrer Phantasie.«

»Sie war real«, beharrt Lemuel, aber Rain verfolgt ihren eigenen Gedankengang.

»Ich versteh nicht, wie man Leidenschaft für jemand empfinden kann, den es gar nicht gibt.«

Lemuel versucht, das Thema zu wechseln. »Ich nehme an, Sie waren schon oft verliebt.«

Rain lacht. »Öfter als oft. Ich war schon ein paar dutzendmal kurzfristig verliebt. Vielleicht sogar ein paar hundertmal.«

»Was heißt ›kurzfristig‹?«

»Dreißig Sekunden. Zwei Minuten. Zehn.«

»Wieviel Zeit muß vergehen, bevor Ihre Liebesaffären ernst werden?«

Rain ist gekränkt. »Die dreißig Sekunden oder zwei Minuten oder zehn ist es mir sehr ernst. Während ich liebe, bin ich verliebt.« Sie drückt ihren Minirock zwischen Lemuels Schenkel. »Und wenn ich verliebt bin, liebe ich im allgemeinen.«

»Und wie wär's mit einer Liebesaffäre, die einen Monat oder ein Jahr dauert? Wie wär's mit einer Ehe?«

»Mit der Ehe hab ich's schon probiert«, klärt Rain ihn auf. »Hat mir nicht gefallen. Dann hab ich's mit Scheidung probiert.«

»Wie lange waren Sie verheiratet?«

»Mir kam's vor wie eine ganze Eiszeit, aber es waren nur zwei Monate.«

»Was hat Ihnen an der Ehe nicht gefallen?«

»Mein Verflossener war gut im Bett, aber nicht bei mir.«

»Er hat Sie betrogen . . .«

»Er hat seine Freundinnen gebumst, falls Sie das meinen. Genau wie ich. Ich hab auch meine Freunde gebumst. Aber deswegen hab ich ihm nicht den Laufpaß gegeben.« Rain erzählt Lemuel, daß ihr Verflossener bei der Hochzeit Reis statt Vogelfutter ausgestreut hat. »Ich hätte eigentlich das Menetekel gleich sehen müssen«, ergänzt sie, »ich hätte ihn auf der Stelle verlassen sollen.«

Lemuel läßt nicht locker: »Aber Sie haben sich doch nicht wegen der Reiskörner scheiden lassen.«

Rain beugt sich zurück und sieht ihn forschend an. »Sie denken, die Story mit den Vögeln ist aus der Luft gegriffen?« Statt die Achseln zu zucken, zieht er die Augenbrauen hoch. Sie lächelt lieb, während sie in seine Arme zurückkehrt. Als sie wieder etwas sagt, ist ihre Stimme belegt. »Ich hab die ganze Zeit versucht rauszukriegen, wie Vernon mich haben wollte, und dann hab ich versucht, so zu sein. Nach ein paar Wochen auf diesem Karussell wußte ich nicht mehr, wer ich war. Hab mich aus den Augen verloren.« Ein schrilles Lachen bleibt ihr im Hals stecken. »Jetzt programmier ich mich nicht mehr. Ich versuch nicht mehr, so zu sein, wie irgendein Kerl mich haben will.« Sie holt tief Luft. »Ich bin verdammt noch mal, was ich bin.«

Ganz leise sagt Lemuel: »Sie werden sein, die Sie sein werden.«

Rain ist verblüfft. »Ja, genau das ist es. Was man sieht, ist, was man kriegt.«

Lemuel denkt an Nachmans Schilderung von Eva im Garten Jahwes. »Was ich sehe«, murmelt er verlegen, »ist eine versöhnende . . . Originalität.«

Rain bleibt wie angewurzelt stehen und sieht ihm tief in die Augen. Die Sommersprossen in ihrem Gesicht leuchten. »Yo«, sagt sie leise.

Ein barfüßiger junger Mann in einer Dschellaba kommt hereingestürmt und sagt etwas zu den Musikern. Die Musik bricht jäh ab. Die Musiker verstauen ihre Instrumente und gehen hinter dem jungen Mann her aus dem Raum. Dwayne versucht Shirley zu überreden, mit den Musikern nach unten zu gehen. Sie streiten sich im Flüsterton. Shirley schüttelt hartnäckig den Kopf. Lemuel hört sie sagen: »Ich bin heute einfach nicht in der Stimmung, Schatz.« Verärgert stakst Dwayne allein hinaus. Shirley wirft Lemuel quer durch den Raum Blicke zu und schiebt sich einen Kaugummistreifen in den Mund.

Rain schmiegt sich wieder in Lemuels Arme und tanzt weiter. »Anscheinend fangen die jetzt unten mit den Videos an«, klärt sie ihn auf. Ohne den Tanz zu unterbrechen, drückt sie den Mund an sein Ohr und macht einen Trommelwirbel nach.

»Was ist das?«

»Trommeln.«

»Trommeln?«

»Die Trommeln, die ich im Kopf höre, verstehen Sie?«

»Wahrscheinlich nichts Ernstes.«

»Hören Sie sie nicht?« Sie lehnt ihren Kopf an Lemuels Ohr. »Hören Sie genau hin. Ratata, ratata. Ich hör sie. Es ist eine Botschaft in Morsezeichen. Direkt in meinem gottverdammten Ohr.«

»Was für eine Botschaft?«

»Die Botschaft lautet: ›Du wirst alt.‹ Sie lautet: ›Nicht mehr lange, und du wirst durchsichtige Blusen tragen, und keiner wird hinsehen.‹ Sie lautet: ›Du hast noch nichts mit deinem Leben angefangen, außer daß du dich abstrampelst. Du bist so besessen von Safer Sex, daß du gar keinen Sex mehr kriegst.‹ An manchen Tagen hör ich die gottverdammten Trommeln gar nicht. Aber sie sind immer da. Wenn ich die Augen schließe und mich darauf konzentriere, hör ich sie. Ratata. Ratata.«

»Sind Sie nicht noch ein bißchen zu jung, um sich Sorgen übers Altwerden zu machen?«

Verärgert rückt Rain von ihm ab. »Man ist nie zu jung, um sich übers Altwerden Sorgen zu machen. Ich hab D. J.s Russische Literatur 404 belegt – da geht's hauptsächlich um L. N. Tolstoi –, um meine Scheine in Geisteswissenschaften zusammenzukriegen. L. N. Tolstoi, den kennen Sie doch, oder? Der hat mal was in der Art gesagt, daß eins im Leben sicher ist, nämlich daß man lebt und deswegen stirbt. Die einzige Zeit, wo der Körper nicht am Sterben ist, ist, wenn man bumst. Das ist jetzt von mir, nicht von Tolstoi. Lächeln Sie nicht so überheblich wie alle Männer, wenn sie was nicht verstehen – das ist eine gottverdammte wissenschaftliche Tatsache. Wenn man bumst, bleibt die Zeit stehen. Wenn man bumst, gibt es sowas wie ›Zeit‹ überhaupt nicht.« Rain wirft das leere Weinglas zielsicher in einen Papierkorb. »Volltreffer«, murmelt sie. »Ich muß mal pinkeln.«

Während Rain durch eine Tür verschwindet, steuert Shirley in Schlangenlinien auf Lemuel zu. Sie trägt hochhackige Schuhe, einen wippenden Minirock und einen handgestrickten Pullover mit Schulterpolstern.

»Super Party«, sagt sie.

Lemuel nickt halbherzig.

Sie hält ihm einen Kaugummi hin. Lemuel schüttelt den Kopf. »Ich hab Sie vom Supermarkt wiedererkannt«, sagt Shirley, schiebt sich den frischen Kaugummi zu dem anderen in den Mund und kaut munter drauflos, »aber ich kann mich nicht erinnern, Sie schon mal bei einer Delta-Fete gesehen zu haben.«

»Ich habe noch nie an einer Delta-Fete teilgenommen.«

»Sie sind ein ungeladener Gast«, ruft Shirley aus. »Ich mag Männer, die nicht eingeladen sind. Tanzen Sie oder so?«

Lemuel zieht sich an eine Wand zurück und räuspert sich. »Es spielt keine Musik mehr.«

Sie macht einen Schmollmund. »Das hält Sie aber nicht ab, mit dem Tender zu tanzen.«

Sie sinkt Lemuel in die Arme, so daß er keine Wahl hat. »Ich heiße Shirley«, verkündet sie. »Ich bin Dwaynes Herzblatt. Freut mich, Sie kennenzulernen.« Unbeholfen versucht sie zu tanzen, verlagert das Gewicht von einem Fuß auf den anderen. »Das war ja eine super Geschichte, die Sie da vorhin erzählt haben, von den zwei Unterschriften. Ich kann meinen Namen rückwärts schreiben. Yel-rihs.«

Lemuel blickt sich hilfesuchend um. Im anderen Raum sieht er den Rebbe, der in gespielter Bewunderung den Kopf wiegt.

An Lemuels Hals hängend, sagt Shirley: »Dwayne und ich, wir haben Marihuana vom Tender geraucht, bevor wir hierher gekommen sind. Ich bin so high, zwei Stunden hab ich solche Schmerzen gehabt, aber die sind wie weggeblasen.«

Sachte macht Lemuel Shirleys Handgelenke von seinem Hals los. Sie packt ihn am Ärmel. »Sie sprechen mit Akzent«, bemerkt sie. »Ich mag Männer, die nicht eingeladen sind und komisch reden.« Als Lemuel sich von ihr losreißt, bedrängt sie ihn: »Ich könnte Ihnen beibringen, Ihren Namen rückwärts zu schreiben.«

Lemuel tritt den Rückzug an. »Oh, Scheiße«, stöhnt Shirley. »Ich bin einfach nicht so gut wie Rain.«

Lemuel geht langsam zum Rebbe hinüber, der sich angeregt mit D. J. unterhält. Er unterbricht sich, um Lemuel zu begrüßen. »*Hekinah degul*. Nennen Sie das Studieren? Andererseits, wer könnte behaupten, daß man auf einer Verbindungsparty nichts über das Chaos lernen kann?«

D. J. , noch ganz in Gedanken, läßt Lemuel über den Kopf des Rebbes hinweg ein höfliches Lächeln zukommen. »Sie waren bei Sodom«, erinnert sie Nachman.

Der Rebbe nimmt den Faden ihrer Unterhaltung wieder auf. »Ich habe heute nachmittag den Anfang von Genesis 18 gelesen. Das ist da, wo Abraham es Jahwe ausreden will, alle Einwohner von Sodom umzubringen. ›Willst du denn den Gerechten mit dem Gottlosen umbringen?‹ fragt ihn Abraham. Abraham ist durchaus dafür, die Sünde auszurotten, aber nicht auf die Gefahr hin, daß das Kind mit dem Bade ausgeschüttet wird. Jahwe zerstört Sodom dennoch. Er bringt die Gerechten mit den Gottlosen um. Fragt sich nur: Warum?«

»Er ist faul«, mutmaßt D. J. »Er will sich nicht die Mühe machen, die Spreu vom Weizen zu sondern.«

Rain gesellt sich zu ihnen. »Wer ist faul?« fragt sie D. J. »Ihre Koteletten sehen phantastisch aus«, sagt sie zu Nachman. »Wann strecken Sie endlich die Waffen und verraten mir das Geheimnis?«

»*Hekinah degul*«, erwidert der Rebbe. »Meine Schläfenlocken sind top secret.«

D. J. hat für Rain nur ein kaltes Lächeln übrig. »Guten Abend, meine Liebe.«

»Warum bringt Jahwe die Gerechten mit den Gottlosen um?« will Lemuel wissen.

»Ich bin froh, daß Sie das fragen«, sagt der Rebbe. »Weil Jahwe durch und durch aus Zufälligkeit besteht. Er hat Zufälligkeit im Blut, in den Knochen, im Kopf. Zufälligkeit ist Sein *modus operandi*. Wenn Er bestraft, bestraft Er zufällig, also wahllos. Daher erfahren wir erst am Ende der Story, ob Sein auserwähltes Volk am Schluß gesund und munter im Land, wo Milch und Honig fließet, leben oder mausetot in der Wüste liegen wird. Nehmen Sie zum Beispiel die Geschichte, wo Jahwe auf dem Berg Sinai herumhängt, das ist Exodus Kapitel 19. Er weist Moses an, die Juden, die unten im Glutofen der Wüste schmachten, davor zu warnen, Ihn anzuschauen, sonst müßten viele von ihnen zugrunde gehen. Okay, vielleicht hatte Er da einen schlechten Tag – Zahnschmerzen, eine Magenverstimmung, Durchfall, was weiß ich. Der Sinai war nicht gerade ein Club Med. Aber muß Er deshalb gleich ein Kapitalverbrechen daraus machen, daß jemand Ihn ansieht? Wir können nur folgern, daß Er da eine launische Phase hat. Einmal droht Er, Isaak umzubringen, ein andermal schickt Er einen Todesengel, der Jakob um die Ecke bringen soll, und bei einer dritten Gelegenheit versucht Er höchstpersönlich, Moses zu ermorden, Seinen gesalbten Stellvertreter – ich spreche von Exodus Kapitel 4, Vers 24 bis 26. Ha! Mit Jahwe auf unserer Seite, wozu brauchen wir

Juden da noch Feinde? Er droht so oft, wie andere Leute furzen – einmal in die Frucht vom Baum der Erkenntnis gebissen, und es ist um dich geschehen, schau Mich an, und du trittst vor deinen Schöpfer, rühr Meine Lade an, und du kriegst einen tödlichen elektrischen Schlag. Ich spreche vom ersten Buch Chronika, Kapitel 13.« Mit schräggehaltenem Kopf rezitiert der Rebbe hingerissen den Text als eine Art Singsang: »›Und sie ließen die Lade Gottes auf einem neuen Wagen führen, aus dem Hause Abi-Nadabs. Usa aber und sein Bruder trieben den Wagen. David aber und das ganze Israel spielten vor Gott her, aus ganzer Macht, mit Liedern, mit Harfen, mit Psaltern, mit Pauken, mit Cymbeln und mit Posaunen. Da sie aber kamen auf den Platz Chidon, reckte Usa‹ – dieser arme Teufel, das sage ich, nicht die Bibel – ›seine Hand aus, die Lade zu halten; denn die Rinder schritten beiseit aus. Da erzürnte der Grimm des Herrn über Usa, und schlug ihn, daß er seine Hand hatte ausgereckt an die Lade.‹«

Der Rebbe bebt vor Empörung. »Erwägen Sie bitte die Möglichkeit, ja, ich spiele sogar mit dem Gedanken an Wahrscheinlichkeit, daß dieser Gott unserer Väter, dieser Jahwe, geheiliget werde sein Name, einen Charakterfehler hat. Dieser Charakterfehler besteht darin, daß Er nur mit Leuten klarkommt, die Ihn fürchten. ›Dienet dem Herrn mit Furcht‹, rät uns der Psalmist, ich spreche vom 2. Psalm, Vers 11. Und wodurch erzeugt Jahwe die Gottesfurcht? Indem er unberechenbar ist, dadurch. Mit anderen Worten, indem er nach dem Zufallsprinzip straft.«

»Ich versteh, was Sie meinen«, sagt Rain. Drei Köpfe drehen sich langsam zu ihr hin. »Wenn Gott nicht nach dem Zufallsprinzip strafen würde – ja? –, wenn Er nur beglaubigte Sünder oder stotternde Blondinen oder linkshändige Lesbierinnen umbrächte, wüßte jeder, wo er dran ist. Man wüßte, ob man ein potentielles Opfer ist oder nicht. Und diejenigen, die sich ausrechnen würden, daß sie keine potentiellen Opfer sind, würden Gott nicht fürchten. Ich meine, wieso auch?

Wieso Gott fürchten? Wenn man kein potentielles Opfer ist? Aber weil Gott nach dem Zufallsprinzip straft, könnte jeder ein tatsächliches Opfer werden, ohne je gewußt zu haben, daß er ein potentielles Opfer ist. Und nach dem Motto ›sicher ist sicher‹« – Rains Stimme versickert allmählich – »fürchten deshalb alle Gott, hab ich nicht recht?«

»Ich hätte es vielleicht eleganter formuliert«, erklärt der Rebbe, »aber Sie haben den Nagel auf den Kopf getroffen.« Er wendet sich wieder D. J. und Lemuel zu. »Furcht ist Sein Charakterfehler, Zufall ist Sein Laster, Zufall ist Sein Beiname. Jahwe hält das auserwählte Volk durch das Zufallsprinzip auf Trab. Er ist zu dem Schluß gekommen, daß es ohne *jir'a*, das bedeutet Gottesfurcht, keinen *emuna*, das bedeutet Gottesglaube, geben kann. Und wer könnte behaupten, daß er nicht recht hat?« Der Rebbe sieht Lemuel mit einem Grinsen an. »Nehmen wir zum Beispiel Sie – Sie strampeln sich ab, um den Zufall aufzustöbern, und dabei haben Sie ihn direkt vor der Nase! Suchen Sie Gott! *Sela*.«

»Eine eindrucksvolle Vorstellung«, bemerkt Lemuel sanft. »Aber Jahwes Zufälligkeit, angenommen, Er existiert, und angenommen, sie existiert, ist weder rein noch unverfälscht. Sie erscheint uns bloß als Zufälligkeit, weil wir nicht genug über Jahwe wissen und darüber, was in seinem Kopf vorgeht. Am Schluß wird sich Jahwes Zufälligkeit als dasselbe entpuppen wie alle Zufälligkeit – das heißt, als Pseudo-Zufälligkeit, als ein bloßer Fußabdruck des Chaos.«

Der Rebbe zuckt die Achseln, beugt sich zu D. J. und tuschelt mit ihr. Sie errötet und sagt ganz leise »Nicht jetzt«.

Der Rebbe läßt sich nicht beirren. »Vielleicht haben Sie schon einmal von Rebbe Hillel gehört, einem *ilui*, das bedeutet Genie, wenn es jemals eins gegeben hat. Er hat im zweiten Jahrhundert gelebt und ist unter anderem bekannt für den Spruch: »Wenn nicht jetzt, wann dann?«

Rain packt Lemuel am Ellbogen und zieht ihn zur Tür. »Wohin bringen Sie mich?« erkundigt er sich.

Das spöttische Gelächter des Rebbes verfolgt ihn. »Denken Sie daran, was Augustinus, der Achetyp eines Goi, einmal gesagt hat«, ruft er ihm nach. »›Herr, mache mich keusch, aber noch nicht gleich.‹«

»Ich bringe Sie in den Bauch der Erde«, verrät Rain ihm fröhlich und zieht ihn die Wendeltreppe zum Kellergeschoß hinunter. Sie müssen sich durch Jungen und Mädchen durchschlängeln, die auf den Stufen sitzen und eine Zigarette herumgehen lassen.

»Yo, Rain«, sagt einer der Jungen. »Wir sitzen fast auf dem trockenen.«

Ein gutaussehender Junge mit schwarzen Haaren und einem Raubvogelgesicht hält Rain am Knöchel fest. »Wir könnten Nachschub gebrauchen.«

Rain macht sich los. »Du kannst mich mal«, gibt sie zurück, »im Salon besuchen.«

Lemuel fällt auf, wie konzentriert die Jungen und Mädchen der Zigarette mit den Blicken folgen. Ein Rauchwölkchen steigt ihm in die Nase. Der Duft kommt ihm irgendwie bekannt vor . . .

Als sie an einer offenen Tür am Fuß der Treppe vorbeigehen, sieht er ein halbes Dutzend Jungen in violetten Strickjacken, auf die ein großes gelbes »BU« aufgenäht ist, um einen blanken Holztisch mit mehreren Krügen in der Mitte herumsitzen. Eine Studentin, der die langen Haare übers picklige Gesicht fallen, füllt aus einem der Krüge winzige Schnapsgläser. Sie schaut auf ihre Armbanduhr. »Okay . . . jetzt«, sagt sie. Die Jungen heben die Gläschen hoch und kippen den Inhalt.

»Kinderkram«, meint Rain und bugsiert Lemuel zu einem Zimmer am Ende des Gangs. »Ich zeige Ihnen, womit sich erwachsene Menschen die Zeit vertreiben.«

Sie zieht Lemuel in das Zimmer. Schwarzweißbilder flimmern auf einem Fernsehschirm. Dunst treibt träge durch das schwach flackernde Licht. Lemuel schnuppert. Das erinnert

ihn an . . . ah! Die Regenwolke, die über Nachmans Börsen-
seiten gehangen hat. Er atmet den Rauch ein, ihm wird
schwindlig . . .

Eine Stimme aus dem Dunkel: »Hey, Rain.«

»Yo, Warren.«

»Bist ja doch da.«

»Pssst.«

»Psssssst«, sagt jemand zu dem, der »Pssst« gesagt hat.

»Ist doch sowieso ohne Ton«, sagt Rain. »Warum dürfen wir
dann nicht reden?«

»Ist das deine neue Masche, Rain«, fragt ein anderer, »Grä-
ber schänden?«

»Fick dich ins Knie, Elliott«, antwortet Rain flüsternd. »In
mancher Hinsicht – aber das geht über deinen Horizont – ist
er jünger als wir beide zusammen.«

»Verwechselst du da nicht Jugend mit Unschuld?« lacht
Elliott.

»Wenn ihr hochgeistige Gespräche führen wollt, verzieht
euch nach oben«, meckert Dwayne.

»Jetzt haltet endlich die Klappe«, ruft jemand anders.

Die Rauchschwaden verdunkeln den Fernsehschirm. Auf
eine Geste von Rain hin läßt sich Lemuel umständlich auf
einem Kissen nieder und lehnt sich mit dem Rücken an die
Wand. Während sich seine Augen an die Dunkelheit gewöhnen, erkennt er allmählich etwa ein Dutzend Jungen und
Mädchen eng beisammen auf niedrigen Sofas und Kissen.
Mehrere sind scheinbar zusammengewachsen wie siamesi-
sche Zwillinge. Aus der dunkelsten Ecke des Zimmers kommt
ein kehliges Schnurren wie von einer Katze, die gestreichelt
wird.

Rain schiebt ihre Arme unter die von Lemuel. »Das ist
vielleicht einer der besten Fickfilme, die ich je gesehen hab«,
haucht sie.

Lemuel klopft panisch seine Jackentaschen ab, auf der
Suche nach seiner Brille, setzt sie sich unbeholfen auf und

heftet den Blick auf den Fernseher. Mittlerweile von dem Mief ziemlich berauscht, hat er das Gefühl, verkehrt herum durch ein Opernglas zu schauen. Alles ist so unglaublich klein ... Er wischt sich den Schweiß von der Stirn, blinzelt heftig und konzentriert sich auf die winzigen Bildchen auf dem Fernsehschirm. Trotz des Qualms erkennt er drei silbrige Gestalten, die scheinbar eine Art stilisiertes Ballett ohne Musik aufführen, sich abwechselnd übereinander beugen und einander aufspießen.

»Elliott, kannst du nicht zurückspulen und das Ganze nochmal in Zeitlupe abspielen?« fragt Dwayne.

Jemand, der auf der Couch sitzt, löst sich von seinem siamesischen Zwilling und richtet ein kleines schwarzes Kästchen auf den Fernseher. Der Film läuft im Schnellgang rückwärts. Mit einem Ruck trennen sich die ineinander verzapften Gestalten, und alles lacht. Das Bild erstarrt für einen Moment, dann beginnt das Ballett von vorne, diesmal in Zeitlupe.

In der dunkelsten Ecke stöhnt ein Junge: »Nein, hör um Gottes willen nicht auf.«

Ein Mädchen kichert leise. »Aber ich muß mal Luft holen.«

»Jetzt mach schon weiter, hm?«

»Pssst.«

»Oj!«

Als Lemuel Rain nach dem Film nach Hause begleitet, verliert er sich in einem betörenden Wachtraum. Er ist fünfundzwanzig Jahre jünger und Student an der mathematischen Fakultät der Lomonossow-Universität auf den Leninbergen mit Blick auf Moskau. Naheinstellung von Lemuel als Mauerblümchen bei einem Komsomol-Tanzvergnügen in einem Kellerraum des Kulturzentrums. Plötzlich werden die Lampen abgedunkelt, und Rockmusik dröhnt aus den Lautsprechern. Großaufnahme von Lemuel, wie er nach links schaut und feststellt, daß er einen siamesischen Zwilling an der

Hüfte hängen hat, ein Mädchen mit langem, dunkelblondem Pferdeschwanz. Verschiedene Einstellungen von Studenten, die sich in quälend langsamer Zeitlupe bewegen, selbstgedrehte Zigaretten anzünden und aneinander aufspießen. Schwenk auf Lemuels siamesischen Zwilling, als dieser sich an ihn schmiegt. Auf Lemuels Gesicht: Er spürt, wie eine ihrer Brüste seinen Arm streift, riecht ihren Lippenstift. »Kinderkram« ruft sie, um die Musik zu übertönen. Ihre Worte kitzeln ihn am Ohr. Schneller Schnitt auf den siamesischen Zwilling, der nach dem Nachtfalter in seiner Hose greift. »Ich zeige Ihnen, womit sich erwachsene Menschen die Zeit vertreiben.«

Oj . . .

Rain, die neben Lemuel hergeht, bemerkt seinen ins Leere gerichteten Blick. »Einen Rubel für Ihre Gedanken?«

»Es gibt keinen Rubel mehr, jedenfalls keinen, der noch was wert wäre.«

Rain will das Flämmchen der Unterhaltung am Leben erhalten, prallt aber an seinem gutturalen »Mhm« ab. Sie kommen an einem 24-Stunden-Waschsalon vorbei, biegen in eine ungepflasterte Gasse ein, bleiben an einer schmalen Holztreppe stehen, die in den ersten Stock eines Hauses hinaufführt. Rain haucht auf ihre Fäustlinge, um sich die Finger zu wärmen, und wendet sich Lemuel zu. Sie sieht ihn an und versucht, zu einem Entschluß zu kommen.

Lemuel streckt ihr die Hand hin. »Ich danke Ihnen für den interessanten Abend.«

Rain übersieht seine Hand, bemüht sich um einen ironischen Tonfall. »War mir ein Vergnügen. Wie hat Ihnen denn der Porno gefallen?«

»Der Porno?«

Sie tritt nervös von einem Fuß auf den anderen. »Der Pornofilm. Es wird doch wohl auch in Rußland solche Filme geben, oder? Würde mich interessieren, wie die amerikanische Pornographie im Vergleich dazu abschneidet.«

Ein aufgeregtes Grunzen entweicht Lemuels Kehle. »Ich hab verkehrt herum durchgeschaut . . . die Gestalten waren zu klein . . .«

»Sie haben ihn gar nicht gesehen?« Sie kann ihm die Antwort vom Gesicht ablesen. »Wachen Sie auf, L. Falk. Sie sind nicht bloß ein Stockfisch, Sie sind ein Weichkäse. Wenn ich auch nur halbwegs bei Verstand wär, gäb's für mich nur eins: Verschwinde hier wie Wladimir! Da seh ich mir extra einen Hardcore-Film mit Ihnen an, und Sie gucken, verdammt noch mal, gar nicht hin! Wie soll ich Sie denn sonst scharf machen?«

»Mich scharf machen?«

»Sie in Stimmung bringen. Hochbringen. Das Feuer anfachen für eine größere Verschmelzung.«

Ganz leise sagt Lemuel: »Sie haben mich scharf gemacht, als sie mir die Haare in den Nasenlöchern geschnitten haben. Sie machen mich scharf, wenn Sie ins Zimmer kommen.«

Rain fällt die Kinnlade herunter, dann macht sie den Mund langsam wieder zu, während in ihr ein Entschluß Gestalt annimmt. »Als ob ich Subtext sprechen würde, stimmt's? Das mit dem Subtext hab ich aus der Einführung in die Psychologie. Man sagt was, meint aber eigentlich was ganz anderes. ›Ich kann nicht‹ bedeutet ›Ich will nicht‹. ›Ich weiß nicht‹ heißt ›Ich will nicht drüber nachdenken‹. Zum Beispiel könnte ich Sie jetzt zum Y-jacking einladen.« Sie bemerkt den verständnislosen Blick in seinen Augen. »Yo, ich vergesse andauernd, daß Sie von einem andern Planeten sind. Y-jacking ist, wenn man zwei Kopfhörer in ein und denselben Walkman einstöpselt. Wenn ich Sie jetzt zu mir hinauf einlade zum Y-jacking, dann ist das, was ich eigentlich sagen will, also der Subtext: ›Ich bin absolut heiß, ich glaube, Sie sind so wenig gewalttätig, daß Sie bei einem gewalttätigen Akt mitmachen können.‹ Verstehen Sie überhaupt, was ich sage, L. Ficker-Falk? Die meisten Kerle sagen ihr Leben lang das eine und meinen das andere. Im Gegensatz zu meiner Wenigkeit, und das ist der Grund, warum ich keine gottverdammten Umschweife mache.« Sie holt tief Luft. »Also was nun, wollen Sie, oder wollen Sie nicht? Mit mir ficken? UAwg.«

»Sie fragen mich«, wiederholt Lemuel die Frage, um sich zu überzeugen, daß er sie richtig entschlüsselt hat, »ob ich . . . ficken will?«

Rain ist kurz davor, die Waffen zu strecken. »Ja oder nein? Wollen Sie oder wollen Sie nicht?«

»Ficken ist . . . eine brutale Art . . . es auszudrücken.«

»Wie würden Sie's denn sagen? Sich lieben?«

»Sich lieben, ja.«

»Sich lieben geht am Wesentlichen vorbei, L. Falk. Es unterschlägt die Gewalt. Es unterschlägt den Orgasmus.«

»Ich kann verstehen, daß Sie den Orgasmus nicht unterschlagen wollen.«

»Hören Sie gut zu, L. Falk: Ich klaue Sardinen im E-Z Mart, ich klaue Geld aus dem Klingelbeutel, ich mogle beim Strip-Poker und bei der Zwischenprüfung, und ich gebe meine Trinkgelder bei der Einkommensteuererklärung nicht an. Aber ich fälsche keine Wörter, okay? Ich nenne Dinge wie Ficken beim Namen. Und ich simuliere nie einen Orgasmus.«

Lemuel, dem die Worte fehlen, streift einen Handschuh ab, streckt die Hand aus und berührt Rains Wange mit der Rückseite seiner schwieligen Finger. »Sie sind ein junges Mädchen«, sagt er heiser. »Und auch ein schönes Mädchen. Junge Männer würden sonstwas dafür geben, mit Ihnen schlafen zu können. Sie brauchen nur zu lächeln, und schon können Sie alle Liebhaber bekommen, die Ihr Herz begehrt. Sie brauchen nur die Beine übereinanderzuschlagen, wenn Sie diesen kurzen Rock anhaben, und Sie müssen die Polizei rufen, damit sie die Ordnung wiederherstellt. Sie haben es nicht nötig, sich einen alten Mann wie mich ins Bett zu holen. Bitte sehr, sehen Sie mich doch einmal genau an, ich bin ein Stockfisch, ich bin ein Weichkäse, ich bin sechsundvierzig und demnächst hundertsechs, der Rücken tut mir weh, wenn ich bergauf gehe, die Knie tun mir weh, wenn ich bergab gehe. Ich bin auf der Flucht vor dem irdischen Chaos, aber ich trage offenbar mein eigenes Chaos bei mir, wohin ich auch gehe.« Lemuel hebt das Kinn um einen Teilstrich an. »Ich kann aufrichtig zu Ihnen sagen, daß ich kein großartiger Liebhaber bin. Ich kann sogar zu Ihnen sagen, daß ich nicht einmal ein guter Liebhaber bin. Von einem gewissen Alter an wird den Männern der Spaß am Sex durch die Sorge verdorben, daß sie versagen könnten . . . jeder Orgasmus ist ein Triumph. Ich bin eine schwache Batterie – man drückt auf den Anlasser, man hört ein knirschendes Geräusch, der Motor dreht sich, man hält die Luft an und hofft, er wird anspringen, betet sogar, aber nein, nichts.« Er zuckt die Achseln. »Überhaupt nichts.«

Rain kämpft mit einem Kloß im Hals, einem Schmerz in der Brust. »Hey, es gibt ja auch Starterkabel«, sagt sie, »oder man schiebt das Auto an und läßt es bergab rollen, dann läuft der Motor, auch wenn die Batterie leer ist. Und ehe man sich's versieht, ist man auf der Interstate und überschreitet die zulässige Höchstgeschwindigkeit.« Sie lehnt sich an ihn und läßt ihre Lippen so leicht an seinen streifen, daß es ihm den Atem verschlägt. »Ich hab die Nase voll von den Aufsteigern«, flüstert sie. »Was ich brauche, ist jemand, der abwärts mobil ist.« Sie hält den Kopf schräg, klimpert mit den Wimpern und sieht ihn an mit den seetanggrünen Augen, die er bestimmt schon einmal gesehen hat. »Hey, was meinen Sie, sollen wir nicht mal Ihre Batterie prüfen, L. Falk. Yo?«

Lemuel überläßt sich einem höchst erfreulichen Gedankenspiel: Er stellt sich vor, was ihm hier geschieht, geschehe ihm tatsächlich. Er mustert sie aufmerksam, um festzustellen, ob sie an Wankelmütigkeit leidet, bevor er sich endlich räuspert.

Was dann herauskommt, ist ein zaghaftes »Yo«.

Zum zweitenmal hält ihm Rain die Hand hin, ohne zu lächeln. Zum zweitenmal nimmt Lemuel sie, ohne zu lächeln. Sie schlagen ein.

Ich hab auf den ersten Blick gesehen, daß L. Falk invalide war, sexuell, mein ich, nicht körperlich, ja? Mein Instinkt sagte mir, daß er Schwierigkeiten haben würde, ihn rauszukriegen, geschweige denn hoch. Deshalb bin ich zu dem Schluß gekommen, daß es ausnahmsweise mal nichts schaden konnte, ein paar gottverdammte Umschweife zu machen. Ich knipste die Deckenlampe aus und stellte den Projektor an, mit einem Stück malvenfarbener Seide vor der Linse. Ich goß ihm einen Schluck billigen Kognak ein, zündete Räucherstäbchen an und probierte es mit Konversation.

»Also, womit genau verdienen Sie sich eigentlich Ihr Geld?«

An Mobiliar hab ich eine niedrige Couch, die ich einmal von einem Laster der Heilsarmee gerettet hab, und ein paar zusammenklappbare Küchenstühle, von denen manche sich noch zusammenklappen lassen und manche nicht, der Zahn der Zeit nagt eben an allem, nicht? Die Wohnung war ein einziges Chaos; es lag nicht daran, daß die Dinge nicht an ihrem Platz waren, sondern ehrlich gesagt eher daran, daß nichts einen festen Platz hatte. Ich verstaute mein Horn in der Badewanne und kickte die dreckige Wäsche unter die Kommode, legte die verstreuten Zeitschriften auf einen Stapel, versteckte die losen Tampons in Maydays Decke und schleifte die Decke, an die sich Mayday mit Krallen und Zähnen klammerte, ins Gästezimmer. Ich wollte nicht, daß meine arthritische Ratte von einer Hündin die Atmosphäre mit einem ihrer lautlosen Furze verpestete; der Tierarzt führt die Furzerei auf ihr Alter zurück, Mayday hat fünfzehn Hundejahre und zwei Hundemonate auf dem Buckel – was, apropos Zufälle, genausoviel ist wie hundertsechs Menschenjahre. Ich schlenkerte meine Schuhe weg, drapierte mich auf die Couch, so daß der Minirock an meiner grünen Strumpfhose hochrutschte, und nahm die Arme hoch, so daß sich meine Nippel von innen gegen mein Hemd drückten. Das letztere ist ein kleiner Trick, den ich gelernt hab, als ich einmal in den Sommermonaten in Atlantic City als Bewährungshelferin arbeitete. (Es ist eine unverschämte Lüge, daß die Bewährungshelferin, also meine Wenigkeit, gefeuert wurde, weil sie mit den auf Bewährung Entlassenen schlief; ich wurde gefeuert, weil ich gestand, bei Woolworth ein Paar Ohrringe für siebenundneunzig Cent geklaut zu haben.) Ich klopfte mit der flachen Hand auf die Couch neben mir, aber L. Falk zog sich einen Klappstuhl heran, drehte ihn herum, so daß die Lehne vorn war, und setzte sich rittlings drauf.

»Ich dilettiere in Chaosforschung«, sagte er, als wär's das, worauf ich mit angehaltenem Atem wartete, als wär das eine Antwort auf meine Frage, »aber die große Leidenschaft meines Lebens ist der reine Zufall, den es wahrscheinlich gar nicht gibt.«

»Ich mag Ereignisse, die aus der Reihe tanzen«, sagte ich ihm. »Aber ich kapier immer noch nicht, wie man Leidenschaft für etwas empfinden kann, was nicht existiert.«

»Ich kann zu Ihnen sagen, leicht ist es nicht.«

Ich sagte ihm, er solle eine Platte auflegen, während ich mir etwas Bequemeres anzog. Ich habe so ein arabisches Gewand; das Gute daran ist, daß es bis zum Nabel ausgeschnitten ist, das Schlechte, daß es kratzt, aber ich dachte mir, es wär wohl am besten, alle Register zu ziehen. Ich hatte begriffen, daß L. Falks Nüsse schwer zu knacken sein würden.

Ich war im Schlafzimmer und sprengte die Laken mit Rosenwasser ein, als ein mir unbekanntes Musikstück anfing. »Wo haben Sie denn das gefunden?« rief ich durch die halboffene Tür.

»Auf dem Stapel Schallplatten.«

D. J. hatte den Rebbe zur CD bekehrt, und deshalb hatte der mir ein paar von seinen alten LPs geschenkt, an dem Abend, an dem er mir von der mündlichen Überlieferung im AT und dem Pionier der Geburtenkontrolle namens Onan erzählt hatte. Der Rebbe hätte auch einen Treffer landen können, ich meine, er spielte ein nicht-gewalttätiges Spiel und war überzeugend genug, daß ich mitgemacht hätte, das Dumme war nur, daß ich gerade menstruierte.

Erinnern Sie sich an »wandte den Blick ab«? »Menstruieren« gehört in die gleiche gottverdammte Liga.

Wo war ich?

Yo! Als der Rebbe rot gesehen hat, sind seine Augen noch weiter hervorgetreten, er hat was von »unrein« gemurmelt und ihn wieder eingepackt.

Unrein.

Ich.

Sachen gibt's.

Ich machte die Schlafzimmertür ganz auf und stellte mich so in Positur, daß ich gewissermaßen eingerahmt war. Das hab ich aus einem Lauren-Bacall-Film. Und dann hab ich geschnurrt wie ein Kätzchen: »Was für eine Platte haben Sie denn da aufgelegt?«

»Ein Quintett . . .« Er drehte sich zu mir um, er sah das arabische Gewand, er folgte dem Ausschnitt bis zum meinem Nabel, er schluckte schwer.

Das Geheimnis von gutem Sex läßt sich in einem einzigen Wort zusammenfassen, nämlich Vorspiel, stimmt's? Um wirklich was zu nützen, sollte das Vorspiel allerdings im Gegensatz zur landläufigen Meinung nicht nur vor, sondern auch nach der verruchten Tat stattfinden. Was, anders ausgedrückt, nicht mehr und nicht weniger bedeutet, als daß es keinen Anfang und kein Ende haben, sondern ewig weitergehen sollte. Offensichtlich verstehen verschiedene Leute verschiedene Sachen unter Vorspiel. In meinem ersten Studienjahr in Backwater hatte ich eine Mitbewohnerin, die eine Massagedusche als Vaginalspray verwendete – sie nannte es die längste Ejakulation in der Geschichte des Universums. Sie hat mir ihre Massagedusche mal geborgt, aber mir war das eine zu nasse Angelegenheit, also bin ich bei meinem bewährten Hitachi-Zauberstab geblieben.

Ich schweife ab.

Vorspiel.

War doch ganz natürlich, daß ich mich aufs Vorspiel konzentriert hab, wie ich L. Falk trotz leerer Batterie zum Anspringen bringen wollte, oder? Als wir eine Ewigkeit Konversation getrieben hatten, konnte ich ihn wenigstens dazu bewegen, es sich auf dem Bett bequem zu machen, obwohl seine Vorstellung von Bequemlichkeit der Lage eines Embryos im Mutterschoß verzweifelt ähnlich sah. Er hat verlangt, ich soll die Nachttischlampen ausknipsen, aber wir haben einen Kompromiß ausgehandelt: Ich hab die eine ausgemacht und die andere auf den Boden gestellt. Ich hatte meine liebe Mühe, ihm die Schnürsenkel zu lösen, in die er, du ahnst es nicht, doppelte Knoten gemacht hatte, und seine Beine zu begradigen.

»Hey, gaaanz locker«, sagte ich mit meiner supersexy Stimme, und fing an, ihm das Hemd aufzuknöpfen. Ich setzte mich auf, griff nach dem Saum vom meinem arabischen Gewand und zog es mir über den Kopf. Ich hatte noch die grünen Strumpfhosen an. Ich beugte mich über ihn und ließ meine Titten über seine Brust streichen. Dann fing ich an, ihm die Nippel zu lecken.

Brustwarzen sind nach meiner unmaßgeblichen Meinung der am sträflichsten vernachlässigte Teil der männlichen Anatomie, die meisten Kerle zerfließen vor Dankbarkeit, wenn man ihnen auch nur die geringste Aufmerksamkeit schenkt. Nach einer Weile haben sie sich aufgerichtet, was ich als günstiges Omen, ja als vielversprechendes Zeichen wertete. Ich hab einen Zahn zugelegt – ich machte seinen Gürtel und den Hosenknopf auf, öffnete den Reißverschluß und ließ meine Hand abwärts über seinen Bauch kriechen, der überraschend glatt war – ich hatte Stahlwolle erwartet –, um im Unterholz ein verschrumpeltes weiches Würmchen zu finden, das sich im Gestrüpp versteckte.

Mein *Homo chaoticus* hatte noch einen weiten Weg vor sich bis zum *Homo erectus*!

L. Falk wurde schrecklich nervös, zerrte an seiner Hose, nestelte am Reißverschluß herum. »Oj . . . Ich sage ja, ich bin eine leere Batterie.«

Ich hab mich neben ihm ausgestreckt, ein Bein über ihn drapiert, und meine Hand auf seinem Pimmel gelassen, nicht aggressiv, bloß so, wie man sich an einer Lederschlaufe in der U-Bahn festhält. Und ich hab ihm ins Ohr geflüstert. »Ich weiß ja nicht, wie das in Rußland ist«, hab ich angefangen, oder jedenfalls so ähnlich, »aber du mußt noch viel über uns Amerikanerinnen lernen. Nichts macht bei uns ein Mädel so heiß wie ein Kerl, der Probleme mit der Potenz hat. Wir haben die Nase voll von den Typen, die immer gleich im Handumdrehen einen Ständer kriegen. Irgend so ein Deckhengst fordert dich zum Tanzen auf, und kaum hält er dich im Arm, muß er dich auch schon mit der Nase auf seine gottverdammte Erektion stoßen, indem er sich an dich preßt. Wo wir eigentlich drauf stehen, worauf wir so richtig scharf sind, ist ein Typ, dessen Sexualität subtiler ist. Du kriegst ihn hoch, verlaß dich drauf, L. Falk, und wenn er dann steht, wird das mein Verdienst sein.«

Das komische war, ich hatte das noch nie gedacht, aber als ich mich das sagen hörte, wußte ich, daß ich wirklich dran glaubte. L. Falk muß auch geglaubt haben, daß ich dran glaubte, denn ich spürte, wie sein Körper, der bis dahin gelinde gesagt wie ein Flitzbogen gespannt war, sich unter mir entspannte und sein Schwanz in meiner Hand härter wurde.

Bizarr, wie ein Körper weich werden kann, wenn sich ein Teil von ihm versteift . . .

Ich will Sie nicht mit schmutzigen Einzelheiten anöden, ich beschränke mich auf die Highlights. Einmal, als wir uns küßten, kam ich zum Luftholen hoch und sagte zu L. Falk: »Hey, gefällt mir, deine Musik.«

Er dachte, ich meinte die LP vom Rebbe, und sagte atemlos: »Schubert . . . es ist sein Streichquintett . . . in C-Dur.«

»C-Dur, wow! Hast du vielleicht ein paar Akkorde drauf, die ich noch nicht kenne?«

Im anderen Zimmer kratzte die Nadel in der Endrille der Platte. »Ich kann sie noch mal auflegen«, sagte er.

Falls ich jemals für die Heiligsprechung nominiert werden sollte – nicht lachen, das ist nicht so weit hergeholt, wie es scheinen mag –, wird auf der Habenseite meines Kontos stehen, daß ich ausnahmslos jeden Sonntag zur Messe ging, als ich in Italien war, und daß ich an dem Abend nur ein einziges Mal die Geduld mit meinem *Homo chaoticus* L. Falk verloren hab.

»Ich will nicht das C-Dur von diesem Wie-heißt-er-noch hören«, ließ ich ihn wissen. »Ich will *dein* C-Dur hören.«

Es muß ungefähr in dem Augenblick gewesen sein, daß er sich auf mich wälzte und anfing, sich mit meinen Möpsen zu verlustieren, und da hat er die Tätowierung gesehen. Sie sitzt in einem Feld von Sommersprossen unter meiner rechten Titte. Ich hab mir die Tätowierung mal in einem Moment des Wahnsinns in Atlantic City machen lassen, im Sonderangebot. L. Falk muß in einem früheren Leben ein Schmetterling gewesen sein, denn die Tätowierung hat ihn mächtig beeindruckt. Er griff nach der Lampe auf dem Boden und hielt sie hoch, um besser sehen zu können.

»Ein sibirischer Nachtfalter!« rief er und betastete ihn mit den Fingerspitzen.

»Ein ganz normaler gottverdammter Schmetterling«, hab ich ihn korrigiert, aber ich glaube nicht, daß er es gehört hat.

»Nicht zu fassen, ein sibirischer Nachtfalter in Backwater, Amerika«, flüsterte er. Und dann sagte er so komische Sachen, die ich nicht so recht verstand, irgendwas über Luftwirbel, die entstehen, wenn ein Nachtfalter die Flügel schwirren läßt, daß die Luftwirbel sich in Schwingungen fortpflanzen und daß diese Schwingungen – ich weiß nicht, ob das so stimmt, okay? – die Ostküste von Amerika der Schönen lahmlegen könnten. Irgendwas in der Art.

Man muß schon eine ziemlich verkorkste Phantasie haben, um das Wetter einem Schmetterling in die Schuhe zu schieben.

Jeder spinnt ja auf seine Weise. Der Anblick von dem Falter hat L. Falk richtig auf Touren gebracht, und eh man bis drei zählen kann, waren wir mitten drin, mitten im wildesten Zweikampf, in einer größeren Verschmelzung. Er hat geschwitzt und gegrunzt und gekeucht und immer wieder mal runtergeschaut, um sich zu überzeugen, daß der Schmetterling nicht davongeflattert war, und dann wurde er plötzlich stocksteif über mir, die blutunterlaufenen Augen weit aufgerissen und starr und erschrocken. Und dann brach er auf mir zusammen.

Nein, ich hab nicht direkt gespürt, daß er gekommen ist, aber ich wollte ihn nicht in Verlegenheit bringen und hab deshalb nicht gefragt.

Ich will die Frage beantworten, bevor Sie sie stellen. Also, so, wie es war, war es . . . anders. Auf eine Art, die ich immer noch nicht so ganz enträtselt hab, war es . . . es war – befriedigend. Seine Leistung, auch was die Dauer angeht, und auch die aktuelle Größe seiner Ausrüstung – ent-

schuldigen Sie, daß ich es so unverblümt ausdrücke –
ließen sicher zu wünschen übrig. Andererseits spürte ich,
daß L. Falk . . .

Lassen Sie mir eine Sekunde . . .

Wo war ich?

Ich spürte, daß L. Falk . . . *mich* wollte, ein Gefühl, das
ich schon einmal gehabt haben muß, ich weiß nur nicht
mehr, wann.

Natürlich wollte L. Falk hinterher wissen, wie er gewesen war. Wieso wollen Männer eigentlich immer hören,
was für phantastische Liebhaber sie sind? Ich wollte ihm
nicht die nackte Wahrheit um die Ohren hauen – daß nämlich, was das rein körperliche Gefühl angeht, meiner Meinung nach kaum ein Unterschied zwischen Safer Sex und
null Sex besteht. Also hab ich einen auf witzig gemacht.
»Ich träum schon seit ewigen Zeiten von dem, was ich den
kosmischen Fick nenne – einem so total umwerfenden
Fick, daß er der Fick aller Ficks wäre. Ich stell ihn mir als
so überwältigend vor, daß die zwei oder drei oder vier, die
daran beteiligt wären, beschließen würden, nie wieder zu
ficken. Die schlechte Nachricht ist, daß es mit dir nicht der
kosmische Fick war. Die gute Nachricht ist demnach, daß
wir weitermachen können.«

Ich lachte. Er lächelte sein rasierklingendünnes Lächeln, das zu einem Drittel als leicht amüsiert und zu zwei
Dritteln als tief nachdenklich rüberkommt, als ob er versuchte, zwischen den Zeilen zu lesen . . .

»Hey, du hast gefragt.«

»Und du hast geantwortet.«

Später ließ ich Mayday wieder ins Wohnzimmer und
wärmte eine tiefgefrorene Pizza im Wäschetrockner auf;
mein Herd hat nämlich kein Backrohr, und Pizza ist neben
Spiegeleiern eins der wenigen Dinge, die ich zubereiten
kann. Ich hatte mir mein arabisches Gewand wieder über-
geworfen, aber L. Falk hat immer wieder mit dem Finger

den V-Ausschnitt geteilt, um einen Blick auf den Schmetterling zu werfen. Wir saßen also am Tisch und starrten auf die leergegessenen Teller, als er das Stück Kreide sah, das an einer Schnur neben der Tafel hängt, auf der ich mir notiere, was ich einkaufen oder wen ich anrufen muß oder wann meine letzte Periode angefangen hat. Auf einmal grapschte sich L. Falk die Kreide und fing an, wie ein Besessener auf die Tafel zu kritzeln. Ich hab's nicht abgewischt, es steht immer noch drauf, falls Sie sich selbst überzeugen wollen: I. J. u. I. V. n. G. e. m. n. a. a. m. A. u. m. U. z. G. Ich hab ihn natürlich gefragt, was das bedeuten soll, aber er hat nur gesagt, daß das von Leo N. Tolstoi ist, daß in Rußland jedes Kind die Story kennt und daß ich sie selber entziffern müßte.

Als er wieder an den Tisch zurückgekommen ist, hat er sich so schwer auf den Stuhl fallen lassen, daß der zusammengeklappt und L. Falk auf dem Hosenboden gelandet ist.

Mich hat's fast zerrissen vor Lachen.

Und L. Falk auch. Wir haben uns beide die Bäuche gehalten. Ich weiß nicht, warum, aber ich fing an zu lachen und er lächelte ein Lächeln, das zu zwei Dritteln amüsiert war, und im nächsten Moment hat er auch lachen müssen, und auf einmal hab ich so laut darüber gelacht, daß er lacht, daß mir die Tränen gekommen sind. Und dann, so wahr ich hier stehe, hat er auch zu heulen angefangen. Sie hätten uns sehen sollen, L. Falk auf dem Boden, ich neben ihm auf den Knien, von Lachen geschüttelt, und beiden laufen uns die Tränen übers Gesicht ... Als wir uns endlich die Tränen abgewischt hatten, ist das Gelächter von vorn losgegangen. Irgendwann in all dem Lachen und Weinen und Lachen hat er was gebrabbelt, wo ich mir keinen Reim drauf machen konnte – irgendwas in der Richtung, daß er jetzt versteht, wie es möglich ist, sein Herz auf dem Ärmel zu tragen.

Und im nächsten Moment waren wir schon mittendrin in dem Vorspiel, das danach kommt.

L. Ficker-Falk.

Sachen gibt's.

Am nächsten Morgen haben sie ihren ersten Streit. Es geht, zumindest oberflächlich betrachtet, um rein gar nichts.

Rain schlägt zwei Eier in die Pfanne. »Sonnenseite nach oben und kurz gewendet, mit frisch geklauten geräucherten Muscheln als Beilage, eine Spezialität des Hauses«, prahlt sie.

»Was bedeutet kurz gewendet?«

»In der letzten Sekunde dreh ich die Spiegeleier um und brate den Dotter kurz an. So läuft die Sonne nicht in die Muscheln.«

»Laß das kurz gewendet weg, wenn ich bitten darf. Mir sind auslaufende Dotter lieber.«

»Aber Sonnenseite nach oben ist nicht die Spezialität des Hauses«, beharrt Rain. »Sondern Sonnenseite nach unten.«

Lemuel mustert sie. Er lächelt das überwiegend nachdenkliche dünne Lächeln. »Wer bestimmt, welche Seite oben ist?«

»Hey, ist doch meine Küche, oder? Und es sind meine Eier. Und es ist meine Pfanne. Ich bestimme.«

»Du gibst keinen Millimeter nach, was?«

Rain wendet sich ihm zu. »Mein Dad, der Hangarchef vom Bodenpersonal eines B-52-Bombers war, hat mir beigebracht, mein Territorium immer an der gottverdammten Grenze zu verteidigen. Manchmal bedeutet das, daß man aus einer Mücke einen Elefanten machen muß.«

»Wir nähern uns diesem Dilemma von den entgegengesetzten Enden des Spektrums«, sagt Lemuel. »Mein Vater hat mir beigebracht, daß man sich, wenn man weiterleben und weiterkämpfen will, auch mal zurückziehen und sich an einem großen Fluß oder in einer großen Stadt neu sammeln muß.

Die Russen, die Napoleon aufgehalten haben, die im Großen Vaterländischen Krieg die Faschisten aufgehalten haben, haben diese Methode mit einigem Erfolg angewandt.«

»Hey, sehe ich aus wie eine Faschistin?« Mayday, die sich unter dem Tisch zusammengerollt hat, folgt dem Streit mit den Augen. »Und sieht das hier aus wie ein großer Fluß oder eine große Stadt? Tu mir einen Gefallen und iß die Eier kurz gewendet.«

Rain wendet die Spiegeleier in der Pfanne. Lemuel zuckt gleichmütig die Achseln. »Wenn wir an einen großen Fluß oder in eine große Stadt kommen«, sagt er leise, »wirst du einen anderen L. Falk kennenlernen.«

4. KAPITEL

Lemuel beginnt den Tag mit einem flotten Marsch – durch die Gänge des E-Z Mart. Im Hinausgehen wirft er einen Zettel in Dwaynes Eingangskörbchen, auf den er geschrieben hat, welche Artikel bedenklich knapp geworden sind. »Gestern waren viel mehr fettarme Joghurts da als heute«, hat er notiert. »Dasselbe gilt für Kellogg's Cornflakes und Mrs. Foster's krümelfreie Schokoladenkekse.«

Als die Turmuhr der frisch getünchten Kirche der Siebenten-Tags-Adventisten neun schlägt, findet sich Lemuel im Institut ein und flirtet kurz mit seinem weiblichen Freitag, einer fülligen Frau namens Mrs. Shipp, die errötet, als er mit den Lippen ihren Handrücken streift. In seinem Büro verstellt er die Jalousien, bis das Licht stimmt, und schreitet die Abstände zwischen den Wänden ab, um sich zu bestätigen, was er schon weiß, nämlich daß der ihm zugeteilte Raum doppelt so groß ist wie sein altes Büro in Sankt Petersburg. Er nimmt eines der mitgebrachten Bücher aus dem Regal, schlägt es an verschiedenen Stellen auf, um Variable zu überprüfen, die mit dem langsamen Kreisen der Galaxien und dem wilden Flug der Elektronen zusammenhängen, und ruft dann Mrs. Shipp zum Diktat.

»Beginnen sollte der Vortrag«, intoniert er, den Kopf im Nacken, die Augen geschlossen und das Ohr auf das Kratzen des Füllers auf ihrem Notizblock eingestimmt, das ihn an den endlos in der letzten Rille von Schuberts Streichquintett in C-Dur schleifenden Tonabnehmer erinnert, »mit der Definition des ersten Eigenwerts und der Eigenfunktion im klassischen Fall, und anschließend sollte ich diskutieren, was ich unter dem Maximum-Prinzip verstehe. An dieser Stelle sollte ich eine Fußnote anbringen und erklären, daß ich im klassischen oder stetigen Fall die Krein-Rutman-Theorie des ersten Eigenwerts zugrunde lege.«

»Entschuldigen Sie, Herr Professor«, unterbricht ihn Mrs. Shipp, »wie schreibt man bitte Krein-Rutman?«

»K, W, A, S.«

»Ich verstehe nicht . . .«

Lemuel erinnert sich an die Redewendung, die Rain benutzte, als sie ihm den G-Punkt erklären wollte. »Ich habe Sie . . . auf den Arm genommen, Mrs. Shipp.« Er buchstabiert ihr den Namen Krein-Rutman und diktiert weiter. »Ich darf nicht vergessen zu erwähnen, daß der stetige Bereich bei den Randbedingungen die Gültigkeit des Hopf-Lemmas voraussetzt . . .«

»Entschuldigen Sie . . .«

Lemuel öffnet die Augen.

»Wie schreibt man bitte Hopf-Lemma, Herr Professor?«

»S, T, O, C, K, Bindestrich, F, I, S, C, H.«

Mrs. Shipp schreibt erst mit, dann schaut sie auf. »Das ist wohl wieder einer Ihrer Scherze?«

Lemuel dreht sich mit seinem Sessel und schaut durch die Jalousie hinaus. Er sieht Studenten, die am Fuß des Glockenspielturms auf Mülltonnendeckeln den vereisten Hang zum Parkplatz der Bibliothek hinunterschlittern. Wenn er sich konzentriert, kann er ihr Gekreisch hören. Er sehnt sich danach, seine Arbeit liegenzulassen, den Hügel zu dem Turm hinaufzusteigen und auch auf einem Mülltonnendeckel den Hang hinunterzufahren. Er überlegt, ob es möglich wäre, aus Gewicht und Gestalt des Mülltonnendeckels, dem Reibungskoeffizienten der vereisten Oberfläche und der Topographie des Abhangs die Bahn eines bestimmten Deckels bei einer beliebigen Fahrt zu berechnen. Er überlegt, was ihn davon abhält, sich zu den vor Begeisterung schreienden Studenten auf dem Hügel zu gesellen.

Er fragt sich, was bei ihm nicht stimmt, daß er jedes irdische Vergnügen unweigerlich in Futter fürs Chaos verwandelt.

»Ich kann zu Ihnen sagen, daß es sich um ein schwaches Beispiel für russischen Humor handelt«, sagt Lemuel schließlich über die Schulter zu Mrs. Shipp.

Später, als die Sekretärin das Diktat abtippt, kopiert er ein paar Programme von einer mitgebrachten Diskette auf die Festplatte des Computers in seinem Büro und meldet sich dann beim Großrechner des Instituts an, einer Cray Y-MP C-90. Die Wissenschaftler des Instituts reißen sich um Rechenzeit an dem Supercomputer; Lemuel ist gebeten worden, sich mit maximal vier Stunden pro Tag zu begnügen, damit die festangestellten Wissenschaftler und die anderen Gastdozenten die Cray ebenfalls nutzen können. Eilig gibt er ein paar Variable und einige Zeilen eines Computercodes ein, läßt ein Programm laufen, geht im Büro auf und ab, während die Cray mit den Zahlen spielt, und hastet zum Drucker, als dieser mit der Ausgabe der Ergebnisse beginnt. Er studiert den Ausdruck, so wie er aus dem Drucker läuft, und schüttelt frustriert den Kopf. Er ist überzeugt, daß irgendwo eine Variable fehlt, aber wo? Wie soll man eine Variable finden, wenn sie deshalb fehlt, weil sie eine Variable ist? Wie kann man Leidenschaft für etwas empfinden, was es gar nicht gibt?

Oj, klingt ihm der Refrain des Rebbes im Ohr, mir dreht sich der Kopf von den vielen Fragen ohne Antworten.

Gegen zehn geht Lemuel zur Teepause in Nachmans riesiges Büro, das seinem eigenen schräg gegenüber liegt. Nachmans Schreibtisch, der am einen Ende des Raums steht, ist beladen mit Zeitschriften, unbeantworteten Briefen, unvollendeten Aufsätzen und Seiten des *Jewish Daily Forward*, in die Sandwiches eingewickelt sind. Hinzu kommen zwei Telefone, ein Glas Senf, Elmer's Alleskleber, mehrere Ersatz-Glühbirnen, eine alte Underwood-Reiseschreibmaschine, eine Schachtel Teebeutel, ein Klebefilm-Abroller ohne Inhalt, ein Opernglas, ein Becher mit gespitzten Bleistiften, eine

Kaviardose, in der sich (wie Lemuel erfährt, als er seinen Hausgenossen näher kennenlernt) römische Münzen und Topfscherben befinden, die der Rebbe höchstpersönlich vor ewigen Zeiten bei seiner ersten Reise durchs Heilige Land in den Dünen von Caesarea gesammelt und illegal ausgeführt hat. Hüfthohe Bücherstapel lehnen an Wänden und Stühlen. Büchertürme ragen bis über die Simse und verdunkeln die Fenster. Am anderen Ende von Nachmans Büro bilden die Bücherstapel Gassen, und die Gassen bilden ein Labyrinth. Noch mehr Bücher sind auf einem Tisch in einer Ecke gestapelt und in das Regal an der Wand gegenüber den Fenstern gestopft.

Der Rebbe errät Lemuels Gedanken. »Sie sind verblüfft von der Unordnung hier. Sie fragen sich, wie ich da noch etwas finden kann.« Er hält zwei Zuckerwürfel über seine Tasse, zwinkert und wirft sie nacheinander ab wie Bomben, so daß der Tee über den Schreibtisch spritzt. Er rührt mit einem Brieföffner um. »Unordnung«, sagt er, bläst über den Tee und nimmt laut schlürfend den ersten Schluck, »ist der größte Luxus derer, die in geordneten Verhältnissen leben. Wir erschaffen ein Chaos. Wir suhlen uns in Unordnung.«

Einen Moment lang läßt sich Lemuel widerstrebend in einen düsteren Wachtraum ziehen . . . unscharfe Bilder von Unordnung drücken wie Migräne auf die Rückseite seiner Augäpfel . . . eine Flutwelle gesichtsloser Männer schwappt durch Türen und Fenster, Schuhe mit dicken, eisenbeschlagenen Sohlen treten nach Menschen, die am Boden liegen.

»In Petersburg«, erzählt er dem Rebbe und schüttelt sich wie ein aus dem Wasser kommender Hund, »haben wir in einer Art permanentem Chaos gelebt und uns in Ordnung gesuhlt, wenn wir sie irgendwo finden konnten.« Und düster fügt er hinzu: »Was nicht oft der Fall war.«

Der Rebbe nickt nachdenklich. Lemuel zuckt die Achseln. Nach einer Weile deutet er mit seiner Teetasse auf die Bücherberge. »Wie viele haben Sie?«

»Zu Hause und hier vielleicht insgesamt zwölf-, fünfzehntausend.«

»Und, haben Sie die alle gelesen?«

»Kein einziges«, erklärt der Rebbe stolz. »Juden legen mir seit Jahren Bücher auf die Schwelle wie Moses im Körbchen. Ich nehme sie an, weil sie von Gott handeln – es ist gegen jüdisches Gesetz, ein Buch zu vernichten, das den heiligen Namen Gottes enthält.«

»Eines Tages werden Sie so viele Bücher haben, daß sie Sie lebendig begraben werden.«

»Welch eine Art zu sterben . . . der Eastern Parkway *Or Hachaim Hakadosch*, zu Tode gequetscht unter einer Lawine von Büchern, die den heiligen Namen Gottes enthalten. Solcher Tod gebiert christliche Heilige.«

»Ich wußte nicht, daß Juden christliche Heilige werden können.«

Ein schiefes Lächeln erhellt Nachmans Gesicht. »Und Simon, genannt Petrus, was war der?«

Lemuel trinkt einen Schluck Tee und platzt mit der Frage heraus, die er bisher nicht zu stellen wagte. »Wenn ich bitten darf, wie kommt es, daß es einen jüdischen Rabbi, einen Gottesmann aus dem innersten Herzen Brooklyns, an ein Institut verschlägt, das sich dem Chaos widmet?«

Der Rebbe schaut Lemuel an. »Welche Version hätten Sie denn gern?«

»Wie viele gibt es?«

»Es gibt die offizielle Version, die im Hochglanz-Vorlesungsverzeichnis des Instituts steht. Und dann gibt es die mehr oder minder wahre Geschichte.«

Durch ein Grunzen gibt Lemuel ihm zu verstehen, daß ihm die wahre Geschichte lieber wäre.

»Ich will mittendrin anfangen«, verkündet der Rebbe. »Ich war Lehrer an einer Talmudschule in Saint Louis, mußte aber kündigen, als meine Studenten es sich in den Schädel setzten, daß ich möglicherweise der Messias sei. Ich versuchte, es ins

Lächerliche zu ziehen, so wie Jesus von *Natzereth* es ins Lächerliche gezogen hat, indem ich ihnen nämlich sagte: ›Ihr sagt recht daran, denn ich bin es auch.‹ Ha! Als Messias ergeht es einem ähnlich wie einem Spion. Man wird immer wieder gefragt: ›Sie sind es also, ja?‹ Sagt man darauf das Offenkundige – ›Wenn ich es wäre, würde ich es Ihnen sagen?‹ –, ist der andere erst recht überzeugt, daß man es ist. Natürlich bin ich nicht der Messias, aber wenn ich es wäre, würde ich es trotzdem abstreiten. Wie auch immer, ich ging her und kaufte ein Brownstone-Haus am Eastern Parkway im Bezirk Crown Heights von Brooklyn und gründete meine eigene Talmudschule. Die ersten paar Jahre ging alles gut. Aber wer hätte ahnen können, daß das Viertel sich in ein *schwartzer*-Getto verwandeln würde? Sie sind sich dessen wahrscheinlich nicht bewußt, aber die Konkurrenz auf dem Talmudschulensektor ist hart. Ich bekam nicht mehr genug Schüler zusammen. Die wenigen Unverwüstlichen, die sich auf Straßen voller arbeitsloser Schwarzer wagten, waren, gelinde gesagt, nicht gerade das Gelbe vom Ei. Manche konnten kaum Hebräisch lesen und schreiben, geschweige denn Aramäisch. Ich gab Nachhilfeunterricht in Lesen und Schreiben, aber das war, wie wenn man ins Feuer spuckt. Es dauerte nicht lange, und ich kam mit meiner Hypothek in Verzug. Ich hielt mich über Wasser, indem ich aus dem Keller der Talmudschule koscheren Wein verkaufte, und hielt mir die verdammten Nazi-Banker, von denen manche Juden waren, vom Leib, indem ich sie des Antisemitismus bezichtigte. Aber dann brachte ich mit einem Interview in einer Talkshow die ganz Welt gegen mich auf . . .«

»Ich dachte, in Amerika kann jeder sagen, was ihm in den Sinn kommt.«

»In Amerika kann jeder *denken*, was ihm in den Sinn kommt. Aber manches sagt man nicht laut. Was ich laut sagte, war: Wir müßten uns mit der Musik abfinden, auch wenn uns die Melodie nicht gefalle, und die Musik sei nun mal, daß die Gois den Juden auch in tausend Jahren den Holocaust nicht verzeihen würden. Ha! Hätte ich für jedesmal, wo mein Telefon klingelte, einen Dollar gekriegt, ich hätte die Hypothek auf einen Sitz zurückzahlen können. Die jüdischen Organisationen heulten wie Wölfe vor meiner Tür. Der *Jewish Daily Forward* kastrierte mich in einem Leitartikel. Die führenden Institutionen rochen Blut, schlossen auf eine Wunde und entzogen mir die Lizenz. Ich verlor meine vielgeliebte Talmudschule.«

»Womit wir beim Institut wären.«

»Womit wir beim Institut wären. Ich erinnerte mich, irgendwo, vielleicht im *Scientific American*, einen Artikel über das Institut für Chaosforschung gelesen zu haben. Spontan schrieb ich eine Bewerbung – was hatte ich schon zu verlieren? –, in der ich vorgab, ich hätte mich mein Leben lang für die Spuren des Chaos in der Thora interessiert. Da Physiker und Chemiker und Mathematiker im Personalausschuß des Instituts das Sagen hatten, rechnete ich mir aus, daß sie nicht genug über die Thora wissen würden, um einen Rebbe abzulehnen, noch dazu den *Or Hachaim Hakadosch* aus Brooklyn. Und siehe da, meine Rechnung ging auf.«

Der Rebbe schraubt den Deckel von dem Senfglas ab, schnuppert am Inhalt, schraubt den Deckel wieder drauf. »Um Ihnen die Wahrheit zu sagen, Gott ist mein Zeuge – ich glaubte anfangs nicht an mein eigenes Blabla. Aber als ich dann so tat, als ob, erkannte ich, daß es in der Thora tatsächlich Spuren des Chaos gibt. Ha! Ich bin seit meiner Kindheit ein Thora-Junkie, öffne immer wieder Austern der Weisheit auf der Suche nach der PERLE, in Großbuchstaben, die ich für GOTT, in Großbuchstaben, hielt. Und was habe ich gefunden? Ich fand eine ganz normal geschriebene Kuriosität, die sich als Chaos entpuppte!«

Der Rebbe läßt sich in seinen Sessel zurücksinken. Müde schließen sich die Lider über seinen hervortretenden Augen. »Ihre Freundin Rain würde sagen: Sachen gibt's.«

Kurz vor der Mittagspause kreuzt Charlie Atwater in Lemuels Büro auf, in der Hand mehrere Seiten mit Meßergebnissen zur Oberflächenspannung von Tränen. Er verrät nicht, wie er an das Datenmaterial gekommen ist, aber es ist ein offenes Geheimnis am Institut, daß er eine Affäre mit seiner Sekretärin hat und ihr das Leben schwermacht. Da noch nicht Mittag ist, hat er seinen ersten Drink noch vor sich und spricht die Konsonanten richtig aus. Er ist ganz aus dem Häuschen.

»Ich habe noch nie Tränen untersucht«, sagt er. Mit leicht zitterndem Finger zeigt er auf die säuberlichen Spalten mit Zahlen, die für den unbefangenen Betrachter scheinbar keinerlei Ordnung, keine Gesetzmäßigkeit erkennen lassen. »Die Zahlen beginnen genau wie bei aus dem Hahn tropfendem Leitungswasser bei Zimmertemperatur, aber dann« – er blättert zur zweiten Seite um – »spielen sie verrückt. Ich habe in Tränen geangelt, aber ich weiß nicht, ob ich Pseudo-Zufälligkeit oder reine Zufälligkeit am Haken habe.«

Lemuel, der zum erstenmal auf dieser Seite des Atlantiks seine Domäne abschreitet, klinkt sich von seinem Bürocomputer aus in die Cray Y-MP C-90 des Instituts ein. Mit einem Programm, das er noch in der ehemaligen Sowjetunion geschrieben hat, läßt er Atwaters Zahlen von dem Großrechner auf die verräterischen Spuren einer Ordnung durchforsten. Die ersten Ergebnisse sind nicht schlüssig, deshalb extrapoliert er – er erweitert Atwaters Experiment um neun hoch neun. Noch ehe eine Stunde vergangen ist, findet er einen schwach erkennbaren Pfad und schlägt ihn ein. Am frühen Nachmittag kann er am Horizont den fast unsichtbaren Schatten eines Musters ausmachen, das mathematische Porträt der Ordnung im Herzen eines chaotischen Systems, das die Chaosforscher als seltsamen Attraktor bezeichnen. Lemuel macht Atwater auf das Muster aufmerksam. Der schlampt inzwischen wieder bei den Konsonanten: »Alscho stehen Tränen doch im Zuschammenhang mit dem Chaos. Ich brauche unbedingt wasch zu trinken.«

Dunkelheit liegt über Backwater, als Lemuel Feierabend macht. »Wissen Sie schon das Neueste?« fragt ihn Mrs. Shipp, als er im Hinausgehen an ihrem Schreibtisch vorbeikommt. »Es ist in aller Munde. Der Zufallsmörder hat wieder zugeschlagen.«

Rain, die nackten Füße auf Mayday, hört aus dem Radiowecker in der Küche Nachrichten, als Lemuel auftaucht. Der Leichnam einer Studentin an einer staatlichen Universität nicht weit von Backwater ist mit einem Plastiksack über dem Kopf und einem Loch von einer .38er Kugel im Kopf in einem Keller an ein Rohr gefesselt gefunden worden. Rain ist so entsetzt, daß sie die Scheibe Vollkornweizenbrot vergißt, die sie in ihren altmodischen Toaster mit den aufklappbaren Seiten gesteckt hat. Es fällt ihr erst wieder ein, als das Brot in Flammen aufgeht. Mayday rappelt sich mühsam auf und betrachtet die Rauchwolken, die aus dem Toaster aufsteigen.

»Ich bin sogar schon zu blöd, eine gottverdammte Scheibe Brot zu toasten«, giftet sie. »Von jetzt an«, gelobt sie, während sie mit einem Küchenhandtuch die Flammen ausschlägt, »kriegt jeder Unbekannte, der in den Tender kommt, eine Ladung Lachgas in die Visage.«

Plötzlich steht das Handtuch in Flammen. Mit einem spitzen Schrei wirft sie es durch die Küche. Es landet auf einem Pappkarton mit Küchentüchern und Servietten. Im Handumdrehen brennt der ganze Karton. Rain grapscht nach der Milchtüte auf dem Tisch und versucht, das Feuer mit Milch zu löschen, aber die Tüte ist fast leer. Sie rennt zum Ausguß, füllt ein Glas mit Wasser und wirft in ihrer Panik das Glas mitsamt dem Wasser nach dem Karton, mit dem Erfolg, daß das Feuer auf einen Stapel Zeitungen übergreift. Die Küche füllt sich mit Rauch.

»Um Himmels willen, so tu doch was!« schreit sie.

Lemuel macht den Hosenschlitz auf, holt seinen Penis heraus und uriniert auf das Feuer. Zischend gehen die Flammen aus. Rain reißt das Fenster auf. Kalte Luft dringt in die

Küche ein, in der es nach Rauch, Urin und verbranntem Papier stinkt. Sie schlingt die Arme um den Oberkörper und betrachtet Lemuel mit einem an Bewunderung grenzenden Ausdruck.

»Wenn ich's mir genau überlege«, sagt sie, »läßt deine Ausrüstung doch nichts zu wünschen übrig.«

Lemuel wischt den Küchenboden mit Ammoniak auf, während Rain die Wände mit Rosenwasser besprüht. Hinterher lassen sich beide erschöpft auf die Couch fallen. Lemuel erwähnt, daß er im *Backwater Sentinel* eine Anzeige für einen Film von Nikita Michalkow gesehen hat, der diesen Abend im russischen Original mit englischen Untertiteln läuft. Er erwähnt, daß er sich danach sehnt, wieder einmal Russisch zu hören, aber Rain meint, sie müsse unbedingt an einer Versammlung der Siebenten-Tags-Baptisten teilnehmen, also komme es nicht in Frage, sich den Film anzusehen, und ebensowenig komme es für sie in Frage, ohne bewaffneten Begleitschutz die North Main Street entlangzuschlendern, solange ein Zufallsmörder die Gegend unsicher mache.

Lemuel erlaubt sich den Hinweis, daß er nicht bewaffnet ist.

Ernst und besorgt sagt Rain darauf: »Hey, ich weiß, daß du nicht mit einer gottverdammten Kanone in der Tasche rumläufst. Wie ich Bewährungshelferin war, bin ich viel mit Polizisten zusammengewesen, und dabei hab ich gemerkt, daß Typen, die bewaffnet sind, Typen, die's nicht sind, auf eine ganz besondere Art anschauen. Schon wie du das erste Mal den Kopf durch den Vorhang im Tender gesteckt hast, hab ich sofort gewußt, daß du nicht bewaffnet bist.«

Ihre Augen weiten sich, weil ihr gerade was eingefallen ist. Sie denkt daran, wie er den Küchenbrand gelöscht hat. »Jedenfalls nicht mit einer Feuerwaffe«, schränkt sie nachdenklich ein.

D. J. Starbuck zieht einen Schuh aus und trommelt mit dem Pfennigabsatz auf das Pult, aber keiner achtet darauf.

»Wir haben so viele Petitionen unterschrieben, daß sie uns schon zu den Ohren rauskommen«, schreit Matilda Birtwhistle. »Wir sind es der nächsten Generation schuldig, unsere Maßnahmen zu verschärfen.«

»Mit einem Wort«, schreit Rain, die Mayday unterm Arm hat, »unsere Geduld ist am Ende.«

»Bis hierher und nicht weiter«, ruft der Rebbe in eines der über den Saal verteilten Mikrofone. Dröhnend hallt seine Stimme aus den beiden Lautsprechern, die beiderseits des hölzernen Gekreuzigten an der Wand aufgehängt sind.

Shirley, die auf Dwaynes Schultern sitzt, kreischt: »Wenn die wirklich nach Backwater kommen und Ärger haben wollen, dann können sie ihn kriegen!«

Lemuel schreit Rain ins Ohr: »Wer kommt nach Backwater? Und was für Ärger wollen die haben?«

Ein ältlicher Professor der Kunstgeschichte mit gepflegtem Spitzbart reißt dem Rebbe das Mikrofon aus der Hand. Er fuchtelt mit seinem Spazierstock und ruft mit schwacher Stimme: »Wir müssen denen den Krieg erklären. Backwater muß zur Front werden.«

»*Carpe diem*, Professor Holloway«, schreit einer der Footballspieler, die unter dem Buntglasfenster stehen. Die anderen Footballspieler intonieren im Chor: »*Car-pe di-em, car-pe di-em.*«

Ein halbes Dutzend Cheerleader, die gerade von einer Probe gekommen sind und noch ihre violetten Strumpfhosen und rot und goldfarbenen Plisseeröckchen anhaben, klettern auf die Bänke im hinteren Teil der Kirche und beginnen mit einem Singsang: »Schiebt sie zurück, schiebt sie zurück, schiebt sie weit zurück!« Die hundertfünfzig Menschen, die in der Kirche der Baptisten des Siebenten Tages zusammengepfercht sind, nehmen den Schlachtruf auf. »Schiebt sie zurück, schiebt sie zurück, schiebt sie weit zurück!«

»Wer soll zurückgeschoben werden?« quengelt Lemuel.

»Die Bulldozer«, schreit ihm Rain ins Ohr.

»Ruhe bitte, Ruhe, wenn ich bitten darf«, kreischt D. J. schrill in ihr Mikrofon am Pult.

»Jetzt beruhigt euch doch um Himmels willen«, belfert Jedidiah Macy, der baptistische Geistliche, der rechts vom Altar auf dem Orgelstuhl sitzt.

Nach und nach legt sich der Tumult. Die Cheerleader steigen von den Bänken. Die Leute setzen sich.

»Ich beantrage, daß wir über die Frage abstimmen«, sagt D. J. ins Mikrofon.

»Ich unterstütze den Antrag«, ruft der Rebbe mit bedenklich hervortretenden Augen in sein Mikrofon.

»Jeder, der für militante Aktionen ist, sagt bitte aye.«

Ein vielstimmiges Aye hallt von den Deckenbalken wider.

»Und wer ist dagegen?«

D. J. blickt sich in der plötzlich still gewordenen Kirche um. Ein Grinsen verdrängt ihren üblichen sardonischen Ausdruck. »Die Mehrheit ist eindeutig dafür«, verkündet sie triumphierend.

»Ich schlag vor«, meldet sich Word Perkins, das Faktotum des Instituts, zu Wort, »daß wir losen und der Verlierer sich unter den ersten Bulldozer legt.«

»Wir haben für militante Aktionen gestimmt, nicht für ein Selbstmordkommando«, widerspricht D. J. erschrocken. Sie beugt sich näher zum Mikrofon. »Ich bitte um Vorschläge für militante Aktionen.«

Der baptistische Geistliche springt vom Orgelstuhl auf und reckt die Faust. »Schluß mit dem parlamentarischen Scheiß, wir teilen uns in Ausschüsse und gehen auf die Straße.«

Die Menge, mit dem verdatterten Lemuel in ihrer Mitte, schreit begeistert ihre Zustimmung hinaus.

Die Naturwissenschaft sagt uns, daß der Kern unseres Planeten aus geschmolzenem Eisen und Nickel besteht, Millionen Grad Celsius heiß, wenn nicht noch heißer. Der empirische Befund widerspricht dem. Als ich da mit dem von Rain so genannten B-Team hinter einem niedrigen Zaun am Rand des Ackers kauerte, gut eine halbe Stunde vor Sonnenuntergang, spürte ich durch die dicken Sohlen meiner neuen Timberland-Schuhe (die mich – ich muß verrückt gewesen sein, daß ich sie kaufte – im Dorfladen den Gegenwert von 79 990 Rubeln gekostet hatten) eine eisige, bis ins Mark dringende Kälte aus den Eingeweiden der Erde. Wenn es zwischen meinen Füßen und China wirklich etwas Heißes, Geschmolzenes gab, merkte ich jedenfalls nichts davon.

Rain hatte mir eingeschärft, ich sollte mich warm anziehen, und deshalb trug ich fast alles, was ich an Kleidern besaß – lange Unterwäsche über meiner normalen Unterwäsche, zwei Hemden, den Pullunder, den mir meine Mutter nach ihrer Entlassung aus dem Gefängnis gestrickt hatte, über dem gekauften langärmeligen Pullover, meinen abgetragenen braunen Mantel, der mir bis an die Knöchel reichte, vor Mund und Nase mein Khakituch und auf dem Kopf Rains Skimütze mit der Bommel.

Ich hätte genausogut nichts anhaben können, so kalt war mir.

Wir waren um vier Uhr früh da hinausgegangen, um »in Stellung zu gehen«, bevor die Trooper die Straße sperrten. So hatte es der Baptistenpfarrer formuliert. Er war Militärkaplan in Vietnam gewesen, in dem imperialistischen Krieg, den Amerika die Schöne um die Vorherrschaft in Südostasien führte. Er sprach im Militärjargon, und aus seinem Mund hörte sich »in Stellung gehen« an wie ein Manöver einer römischen Legion.

Ich weiß noch, daß ich nach rechts und links schaute, um festzustellen, ob irgend jemand im B-Team noch am Leben war, abgesehen vom Rebbe, der seit unserer Ankunft ununterbrochen flüsterte. In der silbrigen Stille des abnehmenden Mondes sah ich Dampfwölkchen aus den Mündern von Rain und Mayday und Dwayne und Shirley und Word Perkins kommen und hörte etwas weiter weg unterdrücktes Husten und Murmeln. Diese schwachen Zeichen überzeugten mich, daß es noch Leben auf der Erde gab.

»In der altindischen Mythologie«, dozierte der Rebbe – er hatte Angst, es war seine Art, die Teufel in Schach zu halten –, »geht der Kosmos durch drei Phasen: Erschaffung, symbolisiert durch Brahma, Ordnung, symbolisiert durch Wischnu, und eine Wiederkehr der Unordnung, symbolisiert durch Schiwa. Das entspricht der Schöpfung, dem Paradies und der Sintflut in der Thora. Die Ordnung Wischnus und die Unordnung Schiwas kann man vielleicht ebenso wie die Ordnung des Paradieses und die Unordnung der Sintflut als die zwei Seiten einer Medaille betrachten, als zwei Gesichter desselben Gottes, zwei Aspekte derselben Realität. In meiner Lesart der Thora koexistieren diese Aspekte genauso wie in der Chaostheorie, womit, falls Sie eine vorurteilsfreie Meinung hören wollen, wieder einmal bewiesen wäre . . .«

Rains gequetschte Stimme unterbrach den Rebbe. »Da kommen sie.«

Ihre Worte wurden weitergesagt.

»Da kommen sie, mein Engel«, echote Shirley mit Beklommenheit in der Stimme.

»Da kommen sie«, schnaubte Word Perkins.

»Wer kommt?« fragte ich Rain, aber sie spähte so angestrengt über den Zaun, hinter dem wir hockten, daß sie mich nicht hörte. Ich enteiste mit einer heroischen Willensanstrengung meine Gelenke, kniete mich hin und schaute über den Zaun. Ich sah die Scheinwerfer von Autos, die in einer Entfernung von ungefähr einem Kilometer langsam durch eine Kurve krochen. Rain fing an, laut zu zählen, mit einer Stimme, der man anhörte, daß ihre Kiefermuskeln eingefroren waren. »Eins, zwei drei, vier, Jesus, fünf, sechs, heiliger Bimbam, sieben, acht, neun. Sieben Autos voller gottverdammter Bullen! Die großen Scheinwerfer dahinter, das müssen die Tieflader mit den Bulldozern sein. Was denken die, wen sie vor sich haben, Saddam Hussein?«

Das A-Team lag zwischen uns und den Scheinwerfern in Stellung. Die gut zehn Kamikazes – das war der Codename des Baptistenpfarrers für die Freiwilligen im A-Team – hatten sich aneinander und an die Pfeiler der Brücke gekettet, die über einen zugefrorenen Bach führte. Wir konnten die Kamikazes als Silhouetten im Scheinwerferlicht ausmachen, als die Polizeiautos in Dreierreihe auf der anderen Seite der Brücke hielten. Wir hörten Autotüren zuschlagen, hörten die Kamikazes die Parolen rufen, die sie in der Kirche geprobt hatten. »Backwater braucht keinen Atommüll« oder so ähnlich.

Auf einmal flammte ein greller Scheinwerfer auf.

»Das heißt, daß die Fernsehkameras laufen«, verkündete Rain aufgeregt.

Wir sahen den alten Professor Holloway vor der Menschenkette auf und ab schreiten und den Stock über seinem Kopf herumwirbeln, während eine Phalanx von Troopern, manche von ihnen offenbar mit Gewehren bewaffnet, näherrückte. Dann plärrte eine Stimme aus einem batteriebetriebenen Megaphon: »Was ich hier in der Hand halt is ein Gerichtsbeschluß, mit dem Ihn untersagt wird, die Bulldozer zu behindern, die Erdbewegungen für den Bau der Atommülldeponie durchführen solln. Ich forder Sie auf, sich zu zerstreun. Wenn Sie sich weigern, muß ich Sie verhaftn wegn Widerstand gegen . . .«

Der Rest der Warnung ging in einem schrillen Rückkopplungspfeifen unter.

Rain drückte ihre Lippen an mein Ohr. »Typen, die bewaffnet sind, *reden* auch anders mit Typen, die nicht bewaffnet sind, stimmt's?«

Die Polizei machte kurzen Prozeß mit dem A-Team. Trooper zerschnitten mit Bolzenschneidern die Schlösser an den Ketten, und die Kamikazes, die immer noch tapfer ihre Parole intonierten, wurden zu einem Bus getragen, der hinter den Tiefladern aufgetaucht war.

Ich weiß noch, daß ich mich fragte, ob der Bus geheizt sein würde; ich weiß noch, daß ich dachte, je eher wir festgenommen wurden, um so größer wären unsere Chancen, die Nacht zu überleben.

Der Schlachtplan, den sich der Baptistenpfarrer ausgedacht hatte – neben mir (ich habe meine zwei Jahre Wehrpflicht mit Baumwollpflücken in Usbekistan verbracht) der einzige von uns, der über nennenswerte militärische Erfahrung verfügte –, war derselbe wie der von Wellington in der Schlacht bei Waterloo. Wie der Baptistenpfarrer uns erklärt hatte, war unsere Strategie einer gegen zehn und unsere Taktik zehn gegen einen. Das A-Team war der Schlüssel zum Erfolg. Sobald ihre Ketten durchgezwickt wurden, sollten die Kamikazes die Polizei zu der irrigen Annahme verleiten, die übrigen Mitglieder der Bürgerinitiative gegen die Atommülldeponie hätten gekniffen.

Die Trooper fielen offenbar auf die Kriegslist herein, denn sie winkten die beiden Tieflader weiter, ohne das Deponiegelände vorher zu inspizieren. Der erste schwach hellgraue Schimmer, in den sich Streifen von Ocker mischten, tauchte am Osthimmel auf, als die Tieflader parallel zu unserem Acker auffuhren, keine fünfzig Meter von der Stelle, wo wir uns hinter dem Zaun zusammenduckten. In der Annahme, falls weitere Demonstranten auftauchten, würden sie aus Richtung Backwater kommen, blockierten die Polizisten die Brücke, indem sie ihre Wagen darauf abstellten. Die Fahrer der zwei gigantischen Bulldozer begannen zusammen mit vier Männern, die Plastikhelme über Skikapu-

zen trugen, die Heckrampen der Tieflader herunterzukur-
beln.

Die Winden quietschten. Die vier stählernen Rampen
schlugen auf dem Asphalt auf.

Als ob das ein vereinbartes Zeichen wäre, stand der Baptistenpfarrer auf und brüllte »Vorwärts, christliche Solda-
ten!« Mit diesem Schlachtruf sprang er durch eine Lücke in
dem Zaun. D. J., der ein zeltähnlicher Umhang um die Knöchel wehte, stolperte hinter ihm her. Rechts von mir rüste-
ten sich mehrere Footballspieler zu einem Flankenangriff.
Ich erhaschte einen Blick auf ein paar hübsche Ärschchen,
als die Cheerleader, die immer noch ihre Strumpfhosen und
kurzen Röckchen anhatten, über den Zaun kletterten. Und
ich sah, wie sich der Rebbe, in kohlschwarzem Mantel und
kohlschwarzem Schlapphut, höchst würdevoll erhob und
sich sorgfältig den Staub von den Knien klopfte, um dann
mit ausgreifenden Schritten auf die Tieflader zuzugehen.

»*Chasak*«, rief er, mehr, so schien mir, an sich selbst gerichtet als an die Mitstreiter, »sei stark.«

»Komm«, schrie Rain und zerrte Mayday und mich hinter sich her. Dwayne führte Shirley durch eine andere
Lücke im Zaun. Sekunden später tanzten wir wie die Indianer im Kreis um sechs Arbeiter und die beiden Tieflader
herum.

Unsere Taktik – zehn von uns gegen einen von denen –
hatte geklappt.

Einer der Arbeiter stieg aufs Trittbrett, griff ins Führerhaus und drückte anhaltend auf die Hupe. Von der Brücke
her antwortete eine Sirene auf einem der Polizeiautos. Wir
sahen, wie die Trooper sich Hals über Kopf in ihre Autos
schwangen. Zwei fuhren gleichzeitig los und stießen zusammen. Dicht vor uns sprang einer der Mammut-Bulldozer
an, dann kam der Motor auf Touren, und der Bulldozer
kroch auf seinen gigantischen Panzerraupen langsam auf
die Rampe zu.

»Die Kamikazes sollten doch die Rampen blockieren«, brüllte der Baptistenpfarrer.

»Die Kamikazes sind alle verhaftet«, rief Dwayne.

»Du meine Güte«, jammerte der Baptistenpfarrer.

Und dann strömten Trooper in braunen Uniformen und mit braunen Stetsons auf dem Kopf aus den Polizeiautos und stürzten sich auf die Cheerleader, die sich tapfer mit ihren Stäben verteidigten. Eine grellweiße Lampe ging an und tauchte die Szenerie in taghelles Licht. Ich sah zwei Männer mit langen, schmalen Kameras auf der Schulter dicht hinter den Troopern.

Rain zog Mayday und mich hinter den ersten Tieflader, auf dem sich der riesige Bulldozer Zentimeter für Zentimeter auf die Rampe zubewegte. »Leg dich auf die Rampe«, schrie sie mir ins Ohr. »Die haben nicht den Mumm, wen zu zerquetschen.«

Sie hielt mit der einen Hand Mayday an der Leine und mit der anderen mich am Halstuch fest, als wollte sie um jeden Preis verhindern, daß ich ihre Anweisung befolgte. Ihre Stimme sagte, geh, ihre Hand an meiner Leine sagte, bleib. Ihre meergrünen Augen, so groß, wie Augen nur sein können, und vor Angst überfließend, sahen mich an, als sei ich ein potentielles Opfer . . .

Plötzlich wußte ich, wo ich diese Augen schon einmal gesehen hatte.

Unter diesen Umständen war es ein Kinderspiel, mich auf die Rampe zu legen. Tatsache ist, daß ich enttäuscht war, als mir klarwurde, daß das alles war, was sie von mir wollte. Ich hätte alles für sie getan . . . Ich wäre an einem dieser langen Seile um die Fesseln in die Tiefe gesprungen, wo man Zentimeter über dem Boden abgefangen wird. Es war eine Möglichkeit, eine Schuld zu begleichen . . .

An dieser Stelle sollte ich eine Fußnote anbringen, um die Geschichte in den richtigen zeitlichen Zusammenhang zu stellen. Ich hatte einmal in Leningrad eine Demonstrati-

on gesehen, das war 1968, an dem Tag, als das staatliche
Fernsehen sein Programm für die Sondermeldung unterbrach, sowjetische Truppen hätten Prag von den Konterre-
volutionären befreit. Ich fuhr gerade mit meinem Skoda
am Smolny vorbei, in dem sich die Zentrale der Kommunistischen Partei befand, als sechs unerschrockene Seelen
Transparente entfalteten, auf denen die sowjetische Invasion in der Tschechoslowakei verurteilt wurde. Sie hatten
kaum die Transparente über ihre unschuldigen Köpfe erho-
ben, als sie von einer Flutwelle von KGB-Agenten ver-
schlungen wurden, die aus Türen und Erdgeschoßfenstern
des Gebäudes hervorbrach, als wäre sie eigens für so eine
Eventualität da drin eingeschlossen gewesen. Die KGB-
Agenten gingen nicht gerade zartfühlend mit den vier jungen Männern und zwei jungen Frauen um – sie rissen ihnen die Transparente aus den Händen, warfen die Demonstranten zu Boden und traten sie mit den dicksohligen, eisenbeschlagenen Schuhen, die KGB-Leute immer trugen.
Ich sah, wie eine der beiden Frauen an den Haaren zu einem Mannschaftswagen ohne Aufschrift gezogen wurde.
Während sie an meinem Auto vorbei über die Pflasterstei-
ne geschleift wurde, schaute sie zu mir auf, und ihre meergrünen Augen senkten sich in meine mit einer Intensität,
wie sie nur ein liebender Mensch in einen Blick legen
kann. Sie sah mich an – das wurde mir später klar –, als
sei ich ein potentielles Opfer . . . In der Zeit, die ein Herz
für einen Schlag braucht, ein Auge für einen Lidschlag,
eine Lunge für die Aufnahme eines Fingerhuts Luft, wurde
ich von wilder, ewiger, quälender Liebe zu ihr gepackt. Es
ist demütigend für mich, Ihnen das zu sagen, aber obwohl
ich mit eigenen Augen sah, wie sie an den Haaren wegge-
zerrt wurde – mein Gott, das ist ein wahres Detail –, kam
ich meiner Geliebten nicht zu Hilfe. Ich stieg nicht aus meinem in der Tschechoslowakei hergestellten Auto aus, um
zu dem befehlshabenden Offizier hinzugehen, mich als

jüngstes designiertes Mitglied in der Geschichte der Sowjetischen Akademie der Wissenschaften vorzustellen und Protest zu erheben. Hier waren die Faschisten, und hier war ein großer Fluß, und trotzdem sammelte ich mich nicht. Ich hatte nach wie vor zwei Unterschriften, wissen Sie, eine für Personalausweise und Soldbücher und Visumanträge, eine zweite für die Fälle, in denen es nützlich sein konnte, hinterher abzustreiten, daß es meine Unterschrift war . . .

Wollte Gott, es wäre anders, aber in meinem Fall ist das, was man sieht, nicht das, was man kriegt. Bis ans Ende meiner Tage werde ich mir diese Feigheit nicht verzeihen . . . was vermutlich der Grund war, warum ich, als Rain sagte, ich solle mich auf die Rampe legen, bei mir dachte, was habe ich denn außer meinem Leben noch zu verlieren, wo ich doch alles andere schon verloren habe?

So kam es, daß ich meinen hundertsechs Jahre alten Körper auf der Rampe ausstreckte, während um mich herum die Welt verrückt spielte. Schattenhafte Gestalten rannten hierhin und dorthin, Menschen schrien, eine Tränengasgranate flog Dwayne vor die Füße, rollte ein Stückchen, explodierte unter dem kurzen Röckchen eines der Cheerleader-Mädchen und entließ eine dünne weiße Wolke, die Trooper fummelten an ihren Gasmasken herum, der Baptistenpfarrer fluchte und hustete, D. J. mußte sich erbrechen, und der Rebbe, jetzt ohne Hut, hielt ihr den Kopf. Aus dem Augenwinkel sah ich, wie Dwaynes Herzblatt Shirley von zwei Troopern weggeschleift wurde, die doppelt so groß waren wie sie; ich konnte ihre Schuhe nicht sehen, aber ich wußte, daß sie dicke, eisenbeschlagene Sohlen haben mußten; ich sah Mayday inmitten dieses Wahnsinns friedlich pissen, ich sah Word Perkins mit einem irren Grinsen im Gesicht die Luft aus einem riesigen Reifen lassen, ich sah Rain unter dem Führerhaus des riesigen Bulldozers auf und ab hüpfen, sich die Augen reiben und den Fahrer anschreien: »Da liegt ein Mensch auf der Rampe. Hast du mich verstanden, du gottverfluchter Scheißkerl? Du wirst einen *Homo chaoticus* ermorden, wenn du nicht aufpaßt.«

Schwer zu sagen, ob der Fahrer sie in dem Chaos hören konnte oder ob er ihr, falls ja, einfach nicht glaubte. Wie auch immer, er fuhr jedenfalls mit seinem Bulldozer weiter rückwärts auf die Rampe zu. Ich verdrehte den Kopf, schaute nach oben und sah, wie sich die riesigen Ketten über den Rand der Ladefläche schoben und langsam nach unten kippten, auf die Rampe zu, auf der ich lag. Ich wandte den Kopf ab . . . Ich würde mich nicht von der Stelle rühren, aber ich hatte auch nicht den Nerv hinzusehen. Ich spürte, wie mir am ganzen Körper heiß wurde, und dachte, daß vielleicht doch geschmolzenes Metall zwischen mir und China war, bis ich merkte, daß ich in ein unglaublich helles Licht blinzelte und jemand schreien hörte, alle sollten aus dem Weg gehen, damit er schießen könne. Ich stellte mir vor, die Trooper würden mir eine Kugel ins Herz schießen, bevor der Bulldozer den Körper zermanschte, in dem es schlug, was ich für die amerikanische Art der Verhinderung von Grausamkeit an einem *Homo sapiens* hielt.

Ich hörte einen unirdischen, an Mayday erinnernden Jauler von Rain: »Runter von der gottverdammten Rampe!«

Ich hörte, wie ich mir sagte, das hier sei ein großer Fluß, und ich war glücklich, auf meine alten Tage doch noch einen gefunden zu haben.

Und dann wich ganz plötzlich das Pandämonium einer so abgrundtiefen Stille, daß es schien, als hätte die Erde auf einmal aufgehört sich zu drehen. Ich fragte mich, ob so etwas möglich war, ich fragte mich, ob dies das reine, unverfälscht zufällige Ereignis in der Geschichte des Universums war, nach dem ich suchte. Dann sah ich, wie dem Rebbe die Augen aus den Höhlen traten, und ich hörte deutlich die Wörter »oj« und »vej« auf das Pflaster spritzen

wie zwei dicke Tropfen aus einem Wasserhahn, und mir
dämmerte, daß ich den Eastern Parkway *Or Hachaim Hakadosch* hören konnte, weil ich den Motor des Bulldozers
nicht mehr hörte. Ich wandte den Kopf, um wieder die
Rampe hinaufzuschauen, aber ich konnte nichts sehen,
und dann begriff ich, warum ich nichts sehen konnte: Die
Panzerkette war nur Zentimeter von meinem Gesicht entfernt und verstellte mir den Blick. Vor meinem geistigen
Auge sah ich, wie ein Mädchen an den Haaren durch die
Landschaft meines unzerquetschten Herzens geschleift
wurde, und ich dachte, wo du auch sein magst, ich habe
meine Schuld bei dir beglichen, und dann zog mich Rain an
den Füßen und half mir, unter der stählernen Raupe her-
vorzukriechen und von der Rampe zu klettern, und hysterisch schluchzend klammerte sie sich an mich.

Dann wurde ich ohnmächtig.

5. KAPITEL

Die Türen der drei mit Maschendraht abgetrennten Zellen sind offengelassen worden, damit die achtundsechzig Menschen, die bis zur Verhandlung festgenommen sind, die Toiletten benutzen können, ohne den Sheriff zu belästigen, den man durch die offene Tür hören kann, die zum Büro führt. Er versucht gerade herauszukriegen, in welcher Richtung Jerusalem liegt. »Wenn die Sonne scheint, was, äh, nicht alle Tage vorkommt, geht sie in dem Fenster da auf«, sagt der Sheriff, Chester Combes, »und das heißt, daß von Rechts wegen irgendwo da drüben Osten sein muß.«

»Du mußt berücksichtigen, daß das jetzt die Wintersonne ist, Sheriff«, wendet Norman ein, der spindeldürre Hilfssheriff, der den Demonstranten geübt die Fingerabdrücke genommen hat, als sie mit dem Bus angekommen waren. »Das heißt, Osten muß fast haargenau da sein, wo der Wasserkühler steht.«

»Sie haben mich nach meiner Meinung gefragt, und ich hab sie Ihnen gesagt«, wendet sich der Sheriff gereizt an den Rebbe. »Jerusalem liegt scheint's ein Stück links vom Wasserkühler, eher mehr auf der mittleren Reihe von den Steckbriefen an der Tafel. Aber denken Sie, was Sie wollen, ich hab noch was anders zu tun als wie rauskriegen, wo Jerusalem liegt, nämlich zum Beispiel einen Serienmörder fangen.«

»Mhm«, stimmt Norman zu.

»Also, sicherheitshalber würde ich sagen«, meint Rebbe Nachman diplomatisch, »die Wahrheit liegt in der Mitte zwischen Ihnen beiden.«

Der Rebbe schlendert in seinen Käfig zurück, verwandelt

ein Halstuch in einen Gebetsschal, bedeckt sein Haupt mit einem an den vier Ecken verknoteten Taschentuch und beginnt, das Gesicht in die mutmaßliche Richtung Jerusalems gewandt, sein Abendgebet zu verrichten. Er verneigt sich, richtet sich wieder auf, blickt ab und zu über seine linke Schulter, ob die Kosaken kommen, und intoniert einen Singsang: *»Baruch atah adonai, eloheinu melech ha'olam, ascher bidvaro ma'ariv aravim uvebechechmah poteach sche'arim ubitvunah et ha'emanim . . .«*

Die Footballspieler und die Cheerleader, die auf Matratzen aus den Katastrophenbeständen der Kreisverwaltung kampieren, singen eine leicht verjazzte Version von »We shall overcome«, verlieren aber bald die Lust und probieren es mit schlüpfrigen Limericks. *»There once was a cockney from Boston . . .«* rezitieren sie mit Stimmen, die an den nicht jugendfreien Stellen unhörbar werden. Nach jedem Limerick brechen sie in wüstes Gelächter aus.

Der baptistische Geistliche sitzt auf einer Bank vor den Zellen und liest das Markusevangelium aus einer kleinen in Leder gebundenen Bibel vor. ». . . und sie kamen zum Grabe, da die Sonne aufging. Und sie sprachen untereinander: Wer wälzt uns den Stein von des Grabes Tür?«

In einer Ecke des mittleren Käfigs sitzen ein Dutzend Studenten höherer Semester mit den drei Bibliothekaren der Backwater University, D. J. und einem halben Dutzend Universitätsdozenten im Kreis um Professor Holloway herum, der ein Seminar über etruskische Votivkunst abhält.

Word Perkins, der nicht weit davon auf einer Matratze vor sich hingedöst hat, stützt sich auf den Ellbogen auf, unterdrückt ein Gähnen, rückt sein Hörgerät zurecht und hört eine Zeitlang zu. »Darf man mal eine Frage stellen, Professor?« unterbricht Word Perkins. »Is ja echt intressant, was Sie da erzähln, und ich will um Himmels willen nix anders nich behauptn, aber wieso beschäftigen Sie sich mit rußkischer Kunst, wo sie doch so tief is?«

»Amerika ist ein Land, in dem wirklich jeder eine Frage stellen darf«, sagt D. J. trocken. »Und es auch tatsächlich tut.«

In dem Käfig, der Jerusalem am nächsten liegt, nicht weit von der Stelle, wo der Rebbe betet, diskutieren Lemuel und vier Kollegen vom Institut für fortgeschrittene interdisziplinäre Chaosforschung leise und angeregt über Chaostheorie. »Jedesmal wenn ich einen Artikel lese, in dem die Ursprünge des Chaos auf die Ursprünge des Universums zurückgeführt werden«, klagt einer der Wissenschaftler, »überkommt mich das flaue Gefühl, daß es sich um ein sinnloses Unterfangen handelt. Was macht es schon aus, ob das Chaos vor oder nach dem Urknall entstanden ist? Das einzig wichtige ist doch wohl, daß es existiert.«

»Schma jisrael adonai eloheinu, adonai ech-a-a-a-ddd . . .« intoniert der Rebbe; er hält sich die Hand über die Augen und zieht die letzte Silbe des hebräischen Wortes »eins« in die Länge.

»There once was an orphan of Killarney . . .«

»Und sie sahen dahin«, murmelt der baptistische Geistliche, »und wurden gewahr, daß der Stein abgewälzt war.«

In der mittleren Zelle setzt sich Word Perkins auf und spricht D. J. direkt an. »Das Dumme bei Eierköpfen – ja? – is, daß sie denkn, wenn sie was wissen, gehört ihn das, was sie wissen.«

»Die Ursprünge des Chaos«, doziert Lemuel, »können uns viel über das Wesen des Chaos verraten. Hat der Urknall, in einer Mikrosekunde unberechenbarer Launenhaftigkeit, das Chaos gezeugt? Oder war der Urknall selbst determiniert, aber unberechenbar, und demzufolge von Anfang an chaotisch? Wie war die zeitliche Abfolge?«

»Adonai eloheinu emes. . .«

»There once was a wrestler from Baltimore . . .«

»Ihr suchet Jesum von Nazareth, den Gekreuzigten; er ist auferstanden, und ist nicht hier. Siehe da, die Stätte, da sie ihn hinlegten.«

Word Perkins reißt sich angewidert das Hörgerät aus dem Ohr. »Ich kann Leute nich ausstehn, die auf dem sitzen, was sie wissen . . .«

»Die zeitliche Abfolge läßt sich oft nicht bestimmen«, sagt einer der Wissenschaftler zu Lemuel. »Was war zuerst da, die Henne oder das Ei?«

»Ich neige dazu, Ihnen recht zu geben«, sagt der Wissenschaftler, der ursprünglich die Frage gestellt hat. Er nickt dem baptistischen Geistlichen zu. »Manche Dinge gehen *scheinbar* anderen Dingen voraus. Aber tun sie das wirklich? Ist Jesus aus dem Grab verschwunden, bevor der Stein vom Eingang der Höhle weggerollt wurde, woraus wir den Schluß zu ziehen hätten, daß Er auferstanden ist? Oder ist Er hinterher verschwunden, was uns zu dem Schluß führen würde, daß Er die Kreuzigung irgendwie überlebte und auf seinen eigenen zwei Beinen davonging?«

Lemuel dreht sich um und sieht zu Rain hinüber, die mit Mayday auf dem Schoß auf einer Matratze sitzt und in ein leises Gespräch mit Dwayne vertieft ist. Shirley kauert hinter Rain und flicht einen Zopf aus ihrem Pferdeschwanz. Rains Gesicht ist abgezehrt, die Augen wirken dunkel und verstört, als sähen sie, was hätte passieren können. Ihre hohlen Wangen tragen noch die Spuren eines Tränenstroms, so scheint es Lemuel. Er wendet sich wieder den Kollegen zu. »Es stimmt, daß Entscheidungen, die jetzt, heute, getroffen werden, die Eigenart haben, sich selbst in die Vergangenheit zurückzuprojizieren«, sagte er und reibt sich mit Daumen und Mittelfinger die Brauen, um einen Migräneanfall in Schach zu halten. Mit einem verlegenen Grunzen paraphrasiert er Einstein: »Die Theorie bestimmt, was wir beobachten.«

»*Mi kamochu be'olim adonai, mi kamochu ne'edor bakodesch, norah tehilot oseh peleh . . .*«

»*There once was a lady from Tulsa . . .*«

»Und sprach zu ihnen: Gehet hin in alle Welt, und prediget das Evangelium aller Kreatur. Wer da glaubet und getauft wird, der wird selig werden; wer aber nicht glaubet, der wird verdammt werden.«

»Halten Sie es nicht für möglich, etwas unabhängig von Theorie zu beobachten?« fragt einer der Kollegen Lemuel.

»Die Tatsache«, antwortet ihm Lemuel, »daß Sie die Beobachtung für eine nützliche Methode halten, *ist* bereits eine Theorie.«

»Wir sind Gefangene der Theorie«, sagt ein anderer niedergeschlagen.

»Hey, ich sag euch, von wem wir Gefangene sind«, meldet sich Rain, während sie Mayday die ausgefransten Ohren krault und mit dem Kinn zum Hilfssheriff zeigt, der in der Tür aufgetaucht ist. »Von den kapitalistisch-militaristischen Typen, die denken, sie können ihren gottverdammten radioaktiven Müll auf uns abladen.«

»Bravo, Babe«, sagt Dwayne.

»*Baruch atah adonai, gojel israel . . .*«

»*There once was a girl scout from Milwaukee . . .*«

»Wie gesagt«, versucht Professor Holloway den Faden wieder aufzunehmen, »die Etrusker, zumal die frühen Etrusker der Periode von 900 bis 800 vor Christus, hielten Weihgaben . . .«

Der Hilfssheriff nähert sich mit einer Klemmtafel in der Hand dem Käfigbezirk. Die Gebete, die Limericks, die Diskussionen verstummen. »Dies ist der letzte Aufruf für McDonald's«, verkündet er. »Noch mal zur Kontrolle, ich hab siebenunddreißig Hamburger, sechzehn mit Käse und einundzwanzig ohne. Außerdem hab ich vierzehn mittlere Pommes . . .«

Shirley hebt die Hand. »Hey, Norman, kann ich noch von mittlere auf große Pommes umbuchen?«

»Klar«, bestätigt der Hilfssheriff, streicht mit unendlicher Geduld einmal »mittlere« aus und macht einen Strich mehr auf seiner Liste der großen Pommes.

Nach dem Essen geht Lemuel mit einem Plastiksack herum und sammelt die Abfälle ein, dann geht er ins Büro, um ein paar Worte mit dem Sheriff zu wechseln.

»Ich habe mich gerade gefragt, ob Sie neulich nachts meine Nachricht bekommen haben«, sagt er.

Der Sheriff, ein kahl werdender Mann mittleren Alters mit einem über ein breites, geprägtes Lederkoppel hängenden Bauch, schreibt etwas in seine Kladde. »Über was für eine Nachricht reden wir?«

»Wegen des Serienmörders.«

Der Sheriff blättert eine Seite zurück, kontrolliert einen Eintrag, wendet die Seite um und schreibt weiter. »Was wissen Sie über den Serienmörder, das ich nicht weiß?« fragt er, ohne aufzuschauen.

»Ich habe den Moderator einer Hörersendung im Radio angerufen und ihm gesagt, daß die Serienmorde nicht zufällig sind. Er hat versprochen, diese Mitteilung ans Büro des Sheriffs weiterzuleiten.«

Der Sheriff hebt langsam den Blick. »Woher wolln Sie wissen, daß die Morde nich zufällig sind?«

»Diese Verbrechen mögen zufällig erscheinen, aber diese vermeintliche Zufälligkeit ist nichts anderes als unsere Unwissenheit.«

Der Sheriff schürzt die Lippen. »Was sind Sie denn, so eine Art Kriminologe?«

»Ich bin ein Zufallsforscher, der noch nie auf reine Zufälligkeit gestoßen ist, aus dem simplen Grund, daß es sie höchstwahrscheinlich nicht gibt. Ich kann zu Ihnen sagen, daß es eine Gesetzmäßigkeit in den Morden gibt, wir müssen sie nur finden.«

Sheriff Combes, der sich von niemandem ins Bockshorn jagen läßt, klappt seine Kladde zu und nimmt Lemuel mit den Augen Maß. In der Branche hat er den Ruf, in der Lage zu sein, Größe und Gewicht eines Mannes mit einer Genauigkeit von einem Zoll und zwei Pfund anzugeben. »Ich schätze Sie auf fünf Fuß neun Zoll und hundertsiebzig Pfund.«

Lemuel rechnet rasch Zoll in Zentimeter und Pfund in Kilo um. »Woher wissen Sie das?«

Der Sheriff übergeht die Frage. »Sie müssen von diesem Institut drüm in Backwater sein . . . für fortschrittliche disziplinierte Chaotenforschung oder so ähnlich.« Als Lemuel nickt, fährt er fort: »Ich bin ein Ordnungshüter alter Schule, womit ich sagen will, daß ich im Gegensatz zu manchen von den Schlaubergern bei der Kriminalpolizei nix von vornherein ausschließ, wenn's um die Aufklärung von rätselhaften Verbrechen geht. Sagen Sie's nich weiter, die Staatspolizei tät mich mit Hohngelächter aus dem Kreis jagen, aber ich hab ne Zigeunerin in Schenectady, die Eingeweideschau macht, ich hab ne stockblinde Rumänin in Long Branch, die Tarotkarten legt, ich hab einen aus dem Amt verstoßenen katholischen Priester in Buffalo, der einen Silberring über einer Landkarte pendeln läßt, und die arbeiten alle an dem Fall. Also warum nich auch ein Zufallsforscher? Sagen Sie mir eins, Mr. . . .«

»Falk, Lemuel.«

Der Sheriff legt den Kopf schief. »Sie sind also der Falk, von dem alle reden. Ich persönlich hab noch nich die Gelegenheit gehabt, Sie im Fernsehn zu sehn. Also sagen Sie mir, Mr. Falk, was macht ein zufälliges Ereignis zufällig.«

»Ein Ereignis ist zufällig«, erklärt ihm Lemuel, »wenn es nicht vorherbestimmt und nicht vorhersehbar ist.«

Die Augen des Sheriffs werden schmal. »Nehm wir mal an, Sie finden was Gesetzmäßiges an den Verbrechen, das könnte dann zu einem Motiv führen und das Motiv zu dem Täter. Hmmm. Wenn ich Ihnen Fotokopien von den Akten überlasse, wärn Sie dann bereit, sie im Hinblick dadrauf durchzusehn, ob die betreffenden Verbrechen echt zufällig sind?«

»Ich hab so was noch nie gemacht«, sagt Lemuel. »Könnte eine interessante Übung sein.«

Später, bevor er die Lichter ausmacht, geht Norman, der Hilfssheriff, zwischen den Matratzen in den Zellen durch und

verteilt Plastiktassen und Thermosflaschen mit kochend-
heißem Kräutertee, die die Frauen von mehreren der Professoren gebracht haben.

»Hey, danke, Norman.«

»Mhm.«

Rain, die im Schneidersitz auf einer Matratze im dritten
Käfig sitzt, füllt zwei Plastiktassen und reicht eine Lemuel,
der auf der Matratze nebenan sitzt, mit dem Rücken am
Maschendraht der Zelle lehnt und sich eine Decke bis zum
Hals hochgezogen hat.

»Also, D. J. hat mir gesagt, was die vielen Buchstaben
bedeuten, die du auf meine Tafel geschrieben hast«, bemerkt
sie. »Ich habe einen Pluspunkt dafür bekommen, daß ich die
Frage gestellt hab.« Sie nimmt einen Schluck Kräutertee,
merkt, daß er zu heiß ist, und schwenkt ihn im Mund, bevor
sie ihn runterschluckt.

»Muß euch jetzt das Licht abdrehn«, ruft der Hilfssheriff
von der Tür her. »In den Klos laß ich Licht an und Türen auf,
okay? Frühstück is um acht. Die Verhandlung fängt um neun
an. Auch im Namen vom Sheriff und den andern Hilfssheriffs
will ich noch sagen, daß wir genauso gegen die Deponie in
unserm Kreis sind wie ihr. Wir hoffen, ihr nehmt uns das nich
übel, daß wir euch eingebuchtet haben. Bloß Befehle ausgeführt. Na, jedenfalls, wir wolln jetzt heim und wünschen euch
allen eine gute Nacht und schöne Träume.«

»Nacht, Norman.«

»Nacht, Norman.«

»Nacht, Norman.«

»Mhm.«

Im Dunkeln greift Rain unter Lemuels Decke und streichelt ihm die Fingerknöchel. »Hey, du glaubst nicht wirklich
an Tolstois verschlüsselte Mitteilung an Sonja, oder?« Sie
berührt mit den Lippen sein Ohr und zitiert: »›Ihre Jugend
und Ihr Verlangen nach Glück erinnern mich nur allzusehr
an mein Alter und meine Unfähigkeit zum Glück.‹«

»Doch, ich glaub daran«, murmelt Lemuel nach einem Weilchen. »Du bist ein Gebilde meiner Phantasie.«

Rain legt den Kopf an seine Schulter. »Und wie ist es bei Tolstoi und Sonja ausgegangen?«

»Es hat bös geendet. Sie haben sich fast während ihrer ganzen Ehe gegenseitig zerfleischt.«

»Oh.«

»Am Schluß ist er davongelaufen und auf einem Bahnhof irgendwo in der hintersten Provinz gestorben.«

Rains Stimme klingt höher als sonst; ihr wird bewußt, daß sie das erste intellektuelle Gespräch ihres Lebens führt. »Nach dem, was D. J. sagt, war dieser Typ, der Tolstoi, ein falscher Fuffziger, hat gern den Armen gespielt und Bauernhemden getragen, aber die hat er jeden Tag gewechselt, die getragenen wurden von Dienstboten gewaschen und gebügelt. Du bist kein falscher Fuffziger, L. Falk. Ein Mädchen könnte sich glücklich schätzen, mit einem wie dir zusammenzusein.«

»Du kennst mich nicht«, stöhnt Lemuel. »Was du siehst, ist nicht, was du kriegst. Es gibt Teile von mir, zu denen du noch nicht vorgedrungen bist . . . es gibt Teile von mir, zu denen ich noch nicht mal selber vorgedrungen bin.«

»Hey. Ich hab nichts gegen einen kleinen Abstecher hie und da, ja?«

»Jeder liebt die Reise«, entgegnet Lemuel ärgerlich, obwohl er sich eigentlich über sich selbst ärgert. Er bemerkt, daß er sich schon wieder mit Daumen und Mittelfinger die Augen massiert. »Aber das Ankommen verursacht einem Migräne.«

Lemuel kann nicht einschlafen, ist aber zu zerstreut, um die Nacht zu nutzen. Dunkle Gestalten bewegen sich ruhelos auf den Matratzen und erinnern ihn an die Besserungsanstalt, in die er gesteckt wurde, nachdem seine Eltern Scherereien mit dem KGB bekommen hatten. Er wollte, er könnte sich erinnern, wo und wann er die Ausbildungsvorschrift der Royal Canadian Air Force verloren hat. Er wollte, er könnte sich erinnern, warum er sich nicht einmal mehr an so was Simples wie den Verbleib eines Buches erinnern kann. Wenn er es könnte, würde ihm vielleicht eine Last von den Schultern genommen . . .

Wenn . . .

Wenn . . . Sein ganzes Leben scheint auf Pfeilern aus Wenns aufgebaut zu sein, die in den Treibsand unsteter Erinnerungen gerammt wurden.

Seine Gedanken schweifen zu Rain ab. Er versucht ihre Liebesnacht zu rekonstruieren, herauszufinden, was zuerst war und was danach kam, und merkt, wie er sich in einen erotischen Wachtraum hineinziehen läßt. Eine Hand kommt unter seine Decke gekrochen, findet seine Hand und fängt an, seinen Daumen zu streicheln, als könnte der dadurch länger und dicker werden. Eine Stimme haucht ihm was ins Ohr.

Yo! Du warst total super heute morgen. Wie du dich auf die Rampe gelegt hast . . . Du hättest ums Leben kommen können . . . Dafür kriegst du jetzt dein Dessert, du hast dir's verdient.

Lemuel, der nicht Sex im Sinn hat, sondern Essen, hört sich sagen: *Ich hab ja noch nicht mal das Hauptgericht gehabt.*

Die Stimme, die nicht Essen im Sinn hat, sondern Sex, murmelt: *Wir beginnen das Festmahl trotzdem mit dem Dessert. Nimm's als das Vorspiel, das danach kommt.*

Lemuel hört, wie sich jemand an einer Thermosflasche zu schaffen macht. Er hört Kräutertee in eine Tasse gluckern. Er hört jemanden trinken. Dann lehnt sich ein Körper an ihn, eine Hand findet seine Hand, ein angewärmter Mund schließt sich über seinem Daumen und fängt an, ihn mit Zunge und Lippen zu liebkosen.

Nach einer langen, langen Zeit vergeht die Wärme, der

Mund zieht sich zurück. Wieder läuft Kräutertee in eine Tasse und wird getrunken. In der stillen Dunkelheit meint Lemuel zu hören, wie sich jemand mit der Flüssigkeit den Mund spült. Eine Hand gleitet zu seinem Hosenschlitz hinunter und zieht den Reißverschluß auf. Eine Stimme haucht ihm ins Ohr.

Hey, hier kommt das Hauptgericht, sagt sie.

Es dämmert Lemuel, als sich der Mund über einem Teil von ihm schließt, zu dem er bisher noch nicht vorgedrungen ist, daß es doch kein Traum ist.

Der Gerichtsdiener verliest die Namen und hakt sie auf seiner Liste ab.

»Starbuck, D. J.«

»Anwesend.«

»Perkins, Word.«

»Anwesend, hm?«

»Holloway, Lawrence R.«

»Anwesend.«

Auf einer Holzbank in der letzten Reihe des Gerichtssaals rückt Rain unauffällig näher an Lemuel heran, der Akten in einer Plastiktüte durchblättert. Sie streichelt den Hund, den sie auf dem Schoß hat, und spricht mit Lemuel, ohne ihn anzusehen. »Manchmal frage ich mich, ob das alles einen Sinn hat«, sagt sie aus dem Mundwinkel. »Die ganze Hektik, mein ich. Safer Sex, mein ich. Manchmal denk ich mir, ich sollte mir besser ein Boot kaufen und zu dem gottverdammten Horizont davonsegeln.«

»Wenn du am Horizont angekommen bist«, sagt Lemuel, »siehst du einen neuen Horizont am Horizont.«

»Fargo, Elliott.«

»Anwesend.«

»Afshar, Izzat.«

»Anwesend.«

»Hey, das ist ja eine ekelhafte Vorstellung. Aber Boote

135

machen mich sowieso nervös. Die sind meistens auf dem Wasser. Und ich kann nicht schwimmen.«

»Woodbridge, Warren.«

»Anwesend.«

»Jedzhorkinski, Zbigniew.«

»Anwesend.«

»Übrigens, letzte Nacht«, schneidet Lemuel behutsam ein neues Thema an. »Wo hast du eigentlich diesen Trick gelernt?«

Verlegen krault Rain ihrem Hund das Ohr. »Du meinst, Tee trinken, um den Mund anzuwärmen?«

Lemuel ist peinlich berührt und grunzt nur.

»Nachman, Ascher ben.«

»Anwesend.«

»Macy, Jedidiah.«

»Anwesend.«

»Dearborn, Dwayne.«

»Anwesend.«

»Stifter, Shirley.«

»Ebenfalls anwesend.«

Der Gerichtsdiener nimmt die Brille ab, haucht auf die Gläser und fängt an, sie mit seinem Taschentuch zu putzen.

»Das hab ich an der High-school gelernt, in der Unterstufe«, erzählt Rain. »Da muß ich zwölf gewesen sein, knapp dreizehn. Eines Tages haben die mich im Umkleideraum der Jungen erwischt, wie ich mit meinem Cousin Bobby geknutscht hab – du weißt schon, dem Basketballspieler, von dem ich dir erzählt hab –, und mich zum Schultherapeuten geschleppt, der mich zu meiner Mutter geschleppt hat, die mich zum Gemeindepfarrer geschleppt hat. Der Pfarrer muß den Argwohn gehabt haben, daß ich ihm was verschweige, weil er hat mich gefragt, ob Bobby meine Titten angefaßt hätte. Er fragte, ob Bobby mir die Hand in die Unterwäsche geschoben hätte. Er fragte, ob ich Bobbys Pimmel angefaßt hätte. Er fragte, ob ich mich in Oralverkehr ergangen hätte.

136

Hinterher hab ich ein Lexikon aufgetrieben und ›sich erge-
hen‹ und ›Oralverkehr‹ nachgeschlagen. Da hab ich dann
begriffen, was der Pfarrer mit seiner nächsten Frage gemeint
hatte. Er hat sich ganz dicht an das Holzgitter vorgebeugt,
ich konnte hören, wie er im Marschtempo ein- und ausgeat-
met hat, als er mich fragte, ob ich mir vorher den Mund
angewärmt hätte. Da saß ich also, in puncto Unschuld der
Jungfrau Maria dicht auf den Fersen, ja?, und hab die Grenzen des verbotenen Sex erkundet. Und ich hab's kapiert.
Dank dem Pfarrer hab ich kapiert, daß Sex noch mehr war
als Cousin Bobby auf den Mund zu küssen.«

»Morgan, Rain.«

Rain schaut auf. »Yo.«

Der Gerichtsdiener späht über den Rand seiner Lesebrille.
»Die übliche Antwort ist ›Anwesend‹.«

Rain lächelt kampflustig. »Yo«, wiederholt sie mit Nach-
druck.

Die Footballspieler und Cheerleader kichern über Rains
Unverfrorenheit. Dwayne flüstert ihr aufmunternd zu: »Weiter so, Babe.«

Der Gerichtsdiener verzieht das Gesicht.

»Falk, Lemuel.«

Lemuel hebt die Tatze. »Yo.«

Diesmal bricht wilder Applaus im ganzen Saal aus.

»Darling, Christine«, schreit der Gerichtsdiener in den
Tumult.

Eines der Cheerleader-Mädchen springt auf und stellt sich
in den Gang. »Gebt mir ein Yo«, ruft sie.

Alle achtundsechzig Angeklagten jauchzen im Chor: »YO!«

»Ich hör euch nicht«, ruft das Mädchen.

Die Angeklagten drehen die Lautstärke um ein paar Dezi-
bel auf: »YOOO!«

»Ich hör euch immer noch nicht.«

»YOOOOOOOO!«

Rain lehnt sich wieder zu Lemuel hin. »Als ich zwölf war,

knapp dreizehn, war ich so dünn wie eine Nagelfeile und so platt wie ein Bügelbrett. Ich hatte vorstehende Schneidezähne und knubblige Knie. Zum Ausgleich hab ich mir eine Zeitlang Watte in den BH gestopft. Ich hab nur aus Armen und Beinen bestanden und bin regelmäßig über mich selber gestolpert, wenn ich aus dem Bett gestiegen bin. Dann hab ich auch noch Akne im Endstadium bekommen und gedacht, ich hätte sie mir bei meinem Cousin Bobby geholt. Du kannst dir vorstellen, wie deprimiert ich war, oder? Damals hab ich beschlossen, mir zehn Jahre zu geben, um schön zu werden.« Rain wirft nervös den Kopf herum, weil ihr die Haare übers Auge hängen. »Das ist das erste Jahr, in dem ich schön bin. Und ich genieße es. Und wie.«

Lemuel sieht sie an. »Ich kann zu dir sagen, ich auch, ich genieße es auch. Und wie.«

Eine Tür in der hinteren Saalwand geht auf. »Erheben Sie sich«, ruft der Gerichtsdiener, und eine Richterin marschiert mit klackenden Absätzen über den Holzfußboden zum Podium. »Die Verhandlung ist eröffnet«, verkündet der Gerichtsdiener. »Den Vorsitz führt die ehrenwerte Henrietta Parslow.«

Die Richterin läßt sich in ihrem Leder-Drehsessel nieder, setzt sich die Brille auf und ruft mit einer knappen Handbewegung die Verteidiger und Staatsanwälte zu sich. Vier Männer in dreiteiligen Anzügen treten vor. Man konferiert im Flüsterton. Einer der Verteidiger hebt die Stimme.

»Meine Klienten werden sich im Höchstfall des Unbefugten Betretens schuldig bekennen.«

Die Richterin klopft einmal mit dem Hammer auf den Tisch. Die Verteidiger gehen wieder zu ihren Plätzen. Nuschelnd beginnt die Richterin, die Anklageschrift zu verlesen. ». . . um oder gegen . . . in voller Absicht . . . Verordnung gegen Unbefugtes Betreten . . .« Sie schaut auf. »Ich nehme jetzt die Schuldbekenntnisse der Angeklagten entgegen.«

Der Gerichtsdiener verliest erneut die Liste.

»Starbuck, D. J.«

»Schuldig.«

»Perkins, Word.«

»Schuldig, hm?«

»Holloway, Lawrence R.«

»Schuldig.«

In Panik wendet sich Lemuel Rain zu. »Warum bekennen die sich alle schuldig?« flüstert er.

»Unsere Anwälte haben die dazu gebracht, die Anklage auf Unbefugtes Betreten zu beschränken, im Austausch gegen die Zusage, daß wir uns alle schuldig bekennen«, flüstert Rain zurück.

Auf dem Podium zieht sich die Richterin die Lippen nach.

»Nachman, Ascher ben.«

»Schuldig.«

»Macy, Jedidiah.«

»Schuldig.«

»Dearborn, Dwayne.«

»Schuldig.«

»Stifter, Shirley.«

»Ebenfalls schuldig.«

»Morgan, Rain.«

»Yo. Schuldig.«

»Falk, Lemuel.«

Die Richterin hält im Schminken inne und läßt den Blick durch den Saal schweifen. Der Gerichtsdiener, die Verteidiger und der Protokollführer drehen die Köpfe, um sich den Mann genau anzusehen, der auf den Namen Falk, Lemuel hört.

»Falk, Lemuel«, wiederholt der Gerichtsdiener.

Rain versetzt Lemuel einen Rippenstoß. »Na, mach schon«, flüstert sie. »Du spuckst dreißig Dollar Strafe aus und verschwindest hier wie Wladimir.«

Lemuel erhebt sich mühsam. Er räuspert sich. Streckt das Kinn vor. »In einem zivilisierten Land würde der Fahrer des Bulldozers vor Gericht stehen«, erklärt er. »Er hätte mich fast umgebracht.«

Die Richterin faßt Lemuel mit Samthandschuhen an. »Dem Gericht ist bekannt, daß Sie ein Geständnis wegen Unbefugten Betretens unterzeichnet haben.«

Lemuel schüttelt den Kopf. »Das ist nicht meine Unterschrift.«

»Er hat es vor meinen Augen unterschrieben«, versichert der Gerichtsdiener.

»Ich hab auch gesehen, wie du's unterschrieben hast«, flüstert Rain. »Wie hast du das denn gedeichselt?«

»Ich habe von rechts nach links geschrieben«, flüstert Lemuel zurück. »›Klaf Leumel.‹ Es heißt immer noch Lemuel Falk, aber die Handschrift ist ganz anders.«

Die Richterin wendet sich an den Kreisstaatsanwalt. »Ist der Angeklagte vorbestraft?«

Der Staatsanwalt, ein kurzsichtiger Beamter mit Fliege, hält sich eine gelbe Karteikarte vor die Nase. »Bei der Aufnahme seiner Personalien, Euer Ehren, gab er zu, schon einmal festgenommen worden zu sein, erklärte jedoch, es sei nicht zu einer Verurteilung gekommen.«

»Ich hatte Unannehmlichkeiten, wurde aber nicht angeklagt«, beharrt Lemuel.

»Da das angeblich in der ehemaligen Sowjetunion war«, fährt der Staatsanwalt fort und wirft einen finsteren Blick in Lemuels Richtung, »sind wir zu diesem Zeitpunkt außerstande, den wahren Sachverhalt zu ermitteln.«

Die Richterin spricht Lemuel direkt an: »Weswegen *wurden* Sie denn festgenommen, Mr. Falk?«

»Das *Komitet gossudarstwennoi besopasnosti* kam dahinter, daß jemand mit dem Namen L. Falk eine Petition unterschrieben hatte, in der der sowjetische Imperialismus in Afghanistan kritisiert wurde.«

»Was ist dieses Komitet soundso?«

»Das war der amtliche Name des KGB.«

»Und, haben Sie die besagte Petition unterschrieben?«

»Mein Name stand darunter, aber ich konnte die Leute

überzeugen, daß es nicht meine Unterschrift war. Ich hatte zwei Unterschriften, eine für meinen Personalausweis oder mein Soldbuch oder meine Anträge auf Erteilung eines Visums. Die andere Unterschrift habe ich dort verwendet, wo es nützlich sein konnte, hinterher abzustreiten, daß es meine Unterschrift war.«

»Und welche dieser beiden Unterschriften steht auf dem Dokument, auf dem Sie das Unbefugte Betreten gestanden haben?« will die Richterin wissen.

»Die, bei der jeder Graphologe schwören würde, daß es nicht meine ist.«

Ein wenig pikiert wendet sich die Richterin an die beiden Verteidiger. »Ich sehe keine Möglichkeit, das Schuldbekenntnis von siebenundsechzig Angeklagten zu akzeptieren, wenn der achtundsechzigste sich für nicht schuldig erklärt. Wenn er des Unbefugten Betretens für nicht schuldig befunden wird, was wir als theoretisch möglich ansehen müssen, würde das bedeuten, daß auch die anderen siebenundsechzig nicht schuldig sind.«

Die Angeklagten in den vorderen Reihen besprechen sich hastig mit den beiden Verteidigern, lösen sich dann aus der Gruppe und versuchen, Lemuel zu überreden, sich schuldig zu bekennen.

»Wenn Sie nicht auf den Kuhhandel eingehen«, warnt ihn D. J., »kommt es zu einem richtigen Verfahren. Und wer füttert dann meine Kätzchen?«

»Eine zweite Verhandlung bedeutet, noch ein oder zwei Nächte im Gefängnis«, fügt der Rebbe hinzu. »Und ich weiß nicht mal genau, in welcher Richtung Jerusalem liegt.«

»Wie soll ich die Miete für den Tender bezahlen, wenn ich keinem die Haare schneide?« fragt Rain.

»Ich mußte schon zwei Seminare ausfallen lassen«, beklagt sich Professor Holloway.

»Ich hab schon zwei Trainingsspiele verpaßt«, sagt einer der Footballspieler. »Hobart mischt uns am Samstag abend auf, wenn unsere Verteidigung bis dahin nicht bombenfest steht.«

»Das ist Zbig«, teilt Rain Lemuel im Flüsterton mit. »Er ist ein *Tackle* polnischer Abstammung mit einem unaussprechlichen Nachnamen.«

»Dann müssen wir uns Anwälte nehm«, gibt Word Perkins mit einem ärgerlichen Blick auf die dreiteiligen Anzüge zu bedenken. »Die kriegen in der Stunde mehr wie ich in der ganzen Woche.«

»Möchte sich der Angeklagte jetzt erklären?« fragt die Richterin vom Podium herab.

»Du hast ja wirklich mitgemacht«, flüstert Rain.

»Wer entscheidet, welche Seite oben ist?« fragt Lemuel Rain.

»Hey, denen gehört das Grundstück für die Deponie«, erwidert Rain leise. »Denen gehört die Polizei. Denen gehört das Gericht. Die entscheiden.«

»Falk, Lemuel?« ruft der Gerichtsdiener.

Lemuel zuckt die Achseln. »Schuldig«, brummelt er.

Die Richterin schlägt mit dem Hammer auf den Tisch, als sei etwas versteigert worden. Als das letzte Schuldbekenntnis protokolliert ist, verurteilt sie jeden Angeklagten zu dreißig Dollar ersatzweise dreißig Tagen Haft, rafft ihre Akten zusammen und trippelt hinaus, bevor jemand es sich anders überlegen kann.

Als die Angeklagten aus dem Gerichtsgebäude strömen, jeder um dreißig Dollar erleichtert, sind sie im ersten Moment von der grellen Sonne geblendet. Lemuel, flankiert von Rain und dem Rebbe, in der Hand die Plastiktüte mit den Akten des Sheriffs, hört von der Straße her zögernde Jubelrufe. Er beschattet sich mit einem Hefter die Augen, blinzelt und erkennt ungefähr hundert Studenten, die sich in einem kleinen Park auf der anderen Straßenseite hinter der Absperrung der Polizei versammelt haben. Über ihren Köpfen schwebt ein riesiges, wie ein Spinnaker in der Sonne geblähtes Transparent. Darauf steht in riesigen Lettern:

L. FALK

»Was für eine Sprache ist das, *Klaf L*?« fragt Lemuel den Rebbe.

»Auf keinen Fall Hebräisch und auf keinen Fall Jiddisch. Klingt für mich wie Liliputanisch.«

Rain winkt aufgeregt. »Die sind so total happy, daß sie das gottverdammte Transparent verkehrt rum halten«, ruft sie aus. »Verstehst du? Das ist wie der *rednet* auf dem Fenster von meinem Friseurladen.«

Die Studenten sehen etwas oder jemanden und lassen ein Gebrüll los, das sich anhört wie das Donnern einer Brandung. Anscheinend wiederholen sie immer wieder dieselben zwei Wörter.

»Ell Falk! Ell Falk! Ell Falk!«

»L. Ficker-Falk!« haucht Rain ehrfürchtig.

Zwei Busse fahren vor dem Gericht vor, und die Angeklagten steigen ein, um die fünfzehn Meilen bis zum Campus in Backwater zu fahren. Auf der Straße, bei einem weißen Lieferwagen mit den Buchstaben »ABC« an der Seite, ruft jemand: »Da ist er – der mit dem gammligen braunen Mantel und der Skimütze mit der Bommel!«

Verwirrt stolpert Lemuel die Stufen hinab auf die Busse zu und sieht sich jählings zwei Dutzend erwachsenen Männern gegenüber, die verschiedene Kameras auf ihn richten. Andere Männer halten lange Stangen, von denen Mikrofone herunterhängen. Blitzlichter flammen auf. Lemuel, der durchaus einen Lynchmob von einem Empfangskomitee unterscheiden kann, wenn er einen sieht, weicht schrittweise zurück; Anzeichen von Angst zeigen sich im jähen Weiß seiner sonst blutunterlaufenen Augen, im leichten Hochziehen der Augenbrauen, im fast unmerklichen Zittern seiner Nasenflügel.

»Wieso haben Sie für eine Müllkippe Ihr Leben aufs Spiel gesetzt?« schreit jemand.

»Wie fühlen Sie sich, jetzt, wo der Gouverneur nicht weiterarbeiten läßt, bis ein neues Gutachten fertiggestellt ist?«

Rain packt Lemuel am Handgelenk und reißt seinen Arm hoch, als sei er eben Schwergewichtsmeister geworden. »Er fühlt sich absolut galaktisch«, ruft sie. »Er kommt aus dem Land, das der Welt Tschernobyl geschenkt hat. Er weiß, was es heißt, Milch von Kühen zu trinken, die gottverdammtes radioaktives Gras fressen müssen.«

»Er ist dagegen, den Garten Gottes mit atomaren Abfällen zu vergiften«, wirft der Rebbe ein.

Die Kameras und Mikrofone rücken konzentrisch gegen Lemuel vor.

»Stimmt es, daß Sie Gastprofessor am Institut für Chaosforschung sind?«

»Was können Sie uns über den Zusammenhang zwischen Chaos und Tod sagen?«

»Ich kann zu Ihnen sagen . . .« setzt Lemuel an, aber seine Stimme geht unter im Geschrei der fragenden Journalisten. Am Häkchen eines Fragezeichens hängt immer schon wieder die nächste Frage. In ihrer hektischen Fragerei merken die Journalisten offenbar nicht, daß keine Antworten kommen.

»Ist das ein Designermantel, den Sie da tragen, Professor?«

»Haben Sie schon früher einmal einen Selbstmordversuch unternommen?«

»Wenn die Bulldozer wiederkommen, werden Sie sich dann wieder auf die Rampe legen?«

»Wer weiß, welche Seite oben ist?« schreit Rain. Ihre Erregung überträgt sich auf Mayday, die ihr zu Füßen vor Nervosität einen Furz läßt. »Wenn die wiederkommen«, fährt Rain fort, »ist auch der Professor wieder zur Stelle.«

»Wußten Sie, daß eine Fernsehkamera Sie aufnahm, während Sie auf der Rampe lagen?«

»War Ihnen klar, daß die Bilder zur besten Sendezeit ausgestrahlt werden würden?«

»Achtzig Millionen Amerikaner haben gesehen, wie Sie dem Tod ins Auge blickten. Wie fühlt man sich, wenn man plötzlich ein Held ist?«

»Wie fühlt man sich, wenn man Menschenmassen anlockt?«

»Ich bin allegorisch gegen Menschenmassen«, murmelt Lemuel.

»Was hat er gesagt?«

»Könnten Sie das wiederholen?«

Bevor Lemuel den Mund aufmachen kann, schreit ein anderer: »Wie ist es, noch am Leben zu sein?«

»Stimmt es, daß Sie ein führender Dissident in der Sowjetunion waren?«

Verzweifelt versucht Lemuel, auch mal ein Wort dazwischenzukriegen. »Es gibt keine Sowjetunion mehr . . .«

»Können Sie das Gerücht bestätigen, daß Sie sich einmal vor Breschnews Limousine gelegt haben, um sie an der Ausfahrt aus dem Kreml zu hindern?«

»Stimmt es, daß Sie auf dem Roten Platz verhaftet wurden, weil Sie gegen die sowjetische Invasion in Afghanistan demonstriert hatten?«

»Stimmt es, daß Sie Petitionen unterschrieben haben, in denen der KGB aufgefordert wurde, sich öffentlich für siebzig Jahre Terror zu entschuldigen?«

»Ich habe Petitionen unterschrieben, aber ich habe nicht meine richtige Unterschrift verwendet«, versucht Lemuel zu erklären, aber die Fragen übertönen nach wie vor die Antworten.

»Ist etwas Wahres an dem Gerücht, daß Sie Rußland verlassen haben, um sich dem Wehrdienst zu entziehen?«

»Was halten Sie von den amerikanischen Frauen?«

»Was halten Sie vom amerikanischen Essen?«

»Was halten Sie von Amerika?«

»Ihr Städte, Ihre Bürger sind kleiner als in Rußland«, antwortet Lemuel, »aber vielleicht kommt mir das nur so vor, weil ich erwartete, daß . . .«

»Sind Sie verheiratet?«

»Waren Sie Ihrer Frau jemals untreu?«

»Falls Sie sich mit dem Präsidenten der Vereinigten Staaten träfen, was würden Sie ihn fragen?«

In einer ganz plötzlich eintretenden Pause kann man Lemuel deutlich sagen hören: »Ich würde ihn fragen, wie eine Stadt mehr Florida sein kann als eine andere.«

»Sind Sie für oder gegen die Geschwindigkeitsbegrenzung auf fünfundfünfzig Meilen?«

»Sind Sie für oder gegen die Frauenbewegung?«

»Sind Sie für oder gegen die Todesstrafe?«

»Die Sozialisten haben ihre Chance gehabt«, sagte Lemuel, »jetzt muß der Kapitalismus Gelegenheit bekommen . . .«

Ein Fernsehreporter dreht sich um und spricht in die Kameras. »Der russische Immigrant, der sein Leben riskiert hat, um den Kreis vor radioktiver Verseuchung zu bewahren, ist entschieden für die Todesstrafe.«

»Würden Sie uns Ihre Meinung über den sauren Regen sagen?«

»Was halten Sie von gemischten Schulen als Maßnahme gegen ethnisches Ungleichgewicht?«

»Würden Sie sich ein amerikanisches oder ein japanisches Auto kaufen?«

»Wie stehen Sie zum Haushaltsdefizit?«

»Sind Sie jemals Mitglied der Kommunistischen Partei gewesen oder sind Sie es noch?«

»Es gibt keine Kommunistische Partei mehr«, murmelt Lemuel, aber es ist, als sei er gar nicht anwesend.

»Sind Sie homosexuell oder sind Sie es jemals gewesen?«

»Ist etwas Wahres an dem Gerücht, daß Sie HIV-positiv sind?«

»Würden Sie es wieder tun?«

»Wenn Sie noch einmal leben könnten, was würden Sie anders machen?«

»Wenn Sie etwas ungeschehen machen könnten, was Sie getan haben, wofür würden Sie sich entscheiden?«

»Wenn Sie etwas tun könnten, was Sie unterlassen haben, wofür würden Sie sich entscheiden?«

Ohne zu überlegen, platzt Lemuel mit etwas heraus, was ihm selbst sinnlos erscheint. »Ich würde denen sagen, daß ich es war, der die Ausbildungsvorschrift versteckt hat.« Aber keiner hört ihm zu.

»Wie denken Sie über Abtreibung?«

»Haben Sie vor, politisches Asyl zu beantragen?«

»Wollen Sie die amerikanische Staatsbürgerschaft beantragen?«

»Haben Sie vor, bei der nächsten Wahl für den Kongreß zu kandidieren?«

»Welches sind Ihre akademischen Ambitionen?«

Rain zieht sich eins der baumelnden Mikrofone vor den Mund. »Er hat keine Ambitionen«, ruft sie in das Mikrofon – ein Statement für die überregionalen Sechsuhrnachrichten. »L. Falk ist abwärts mobil. Er möchte nur leben und leben lassen in einem Kreis ohne radioaktive Müllkippen, ohne Serienmorde und ohne Vögel, die an aufgequollenem Reis ersticken.«

»Wie heißen denn Sie?« erkundigt sich ein Reporter.

»R. Morgan«, ruft Rain ihm zu, »wie J. P. Morgan. Falls Sie den nicht kennen, der hatte was mit Geld zu tun, und das ist was, womit ich auch gern zu tun hätte.«

»Würden Sie bitte mal herschauen, Mr. Falk.«

»Könnten Sie bitte zu der amerikanischen Flagge am Gerichtsgebäude hinaufsehen, Mr. Falk?«

»Heben Sie bitte noch mal seinen Arm hoch, Miss.«

»Wie denken Sie über die Legalisierung von Drogen?«

»Über den Schutz der Ozonschicht?«

»Über den Verbrauch fossiler Brennstoffe.«

»Wie stehen Sie zur Abtreibung?«

»Die Frage hat er vorhin schon nicht beantwortet«, bemerkt eine bekannte Moderatorin.

»Was halten Sie von der kostenlosen Verteilung von Kondomen an High-schools?«

»Ich bin zu sehr beschäftigt mit der Suche nach reiner, unverfälschter . . .« setzt Lemuel an.

»Sind Sie für die Abschaffung des Wahlmännergremiums?«

»Ich bin *für* Bildung und . . .« setzt Lemuel an.

»Danke für das Interview, Mr. Falk«, ruft ein Journalist von der Straße herauf.

»Ihr seid . . .« will Lemuel antworten, aber die Journalisten stürmen bereits davon, um den Redaktionsschluß nicht zu verpassen.

». . . Weichkäse, alle miteinander«, vollendet Lemuel leise den Satz.

ZWEITER TEIL

AMBULANCE

1. KAPITEL

Ein Wispern, das von etwas anderem als dem Winter kündet, dringt an Lemuels Ohr: Ein Lüftchen, das über die nicht mehr gefrorene Erde streicht, Wasser, das durch die nicht mehr mit Eis verstopfte Kehle eines Baches schießt, das Läuten des Glockenspiels, das durch die nicht mehr in der Nase brennende Luft hallt. Die Bestätigung für das herannahende Winterende findet Lemuel im Zeiger an Rains Schweizer Uhr, der die Mondphase anzeigt und verrät, daß die Jahreszeit sich dem F des Frühlings zuneigt.

In einem nostalgischen Wachtraum sieht er sich am Z von Zufälligkeit lehnen.

Mittlerweile so etwas wie eine Berühmtheit, hält es Lemuel nach der Verhandlung wegen Unbefugten Betretens noch volle drei Wochen in der Wohnung über dem Rebbe aus, bevor er seinen riesigen Pappkoffer, seinen Tornister von der Roten Armee und seine Plastiktüte aus dem Duty-free Shop packt und alles in Rains Wohnung verfrachtet. Die offizielle Erklärung für diesen Schauplatzwechsel ist, daß er sich vor den Fernsehreportern retten muß, die das Haus des Rebbe Tag und Nacht belagern und im Freien Scheinwerfer aufbauen, in der Hoffnung, daß er doch einmal das Fenster einen Spaltbreit öffnen und ihnen Antworten auf ihre zugerufenen Fragen zurufen wird. Der wahre Grund für den Umzug ist, daß er sich ans Y-jacking in der Badewanne mit einem weiblichen Wesen gewöhnt hat, dessen Nacktheit unter die Haut geht, und auch daran, mit einem sibirischen Nachtfalter im selben Bett zu schlafen und am Morgen von Strichweise Regen geweckt zu werden, die ihm »Yo!« ins Ohr murmelt, während sie seinem schläfrigen Fleisch verwertbare Erektionen entlockt.

Aufgrund seiner langen Erfahrung mit Unannehmlichkeiten fragt sich Lemuel, wann die Seifenblase platzen und die Probleme beginnen werden.

Das Telefon in der Wohnung über dem Rebbe hört auch nach Lemuels Auszug nicht zu klingeln auf. Der Rebbe rennt die Treppen hinauf und stürzt in seiner Hektik mehrere Büchertürme um. Er stellt sich jedem Anrufer als Lemuels Agent vor und notiert Angebote, für umweltfreundliche Waschmittel oder Backofenreiniger zu werben.

»Sie lassen sich schon wieder eine lukrative Gelegenheit durch die schwieligen Finger gleiten«, tadelt er Lemuel, wenn er ihm die Angebote des Tages durchtelefoniert.

Lemuel hört kaum auf den Rebbe. Es hat fünf weitere Morde gegeben in den drei Wochen, die er jetzt über den Dossiers sitzt, die ihm der Sheriff gegeben hat, wodurch sich die Gesamtzahl der Opfer auf achtzehn erhöht hat. Er ist besessen von der Idee, die Informationen in den Akten des Sheriffs zu quantifizieren, seinen Computer mit Bytes zu füttern, Programme zu entwickeln, mit denen er das Material auf Zufälligkeit testen kann. Ist er nun endlich doch auf ein Beispiel für reine, wenn auch makabre, Zufälligkeit gestoßen? Sein Herz sagt: Warum nicht? Sein Kopf sagt ihm, daß diese scheinbare Zufälligkeit nichts weiter ist als der Name, den er seiner Unwissenheit gibt.

Aber was weiß er nicht?

»Was sollte ich mit dem Geld anfangen?« fragt er, als der Rebbe ihn wegen des letzten Anrufs belemmert, eines Angebots, für biologisch abbaubare Unterwäsche zu werben. »Ich bin jetzt schon reicher, als ich es mir in meinen kühnsten Träumen erhofft hätte. Das Institut zahlt mir zweitausend US-Dollar im Monat. In Petersburg wären das zwei Millionen Rubel. Als ich Rußland verließ, betrug mein Monatsgehalt am Steklow-Institut siebentausendfünfhundert Rubel.«

»Sind Sie auf ihren Streifzügen nie auf etwas gestoßen, was den Namen Kapitalismus trägt? Mit Geld kann man noch mehr Geld machen«, ruft der Rebbe. »Mit mehr Geld kann man Gott dienen, kann man eine Talmudschule bauen, kann man den ganzen Tag und auch noch nächtens im Schlaf die Chaossträhnen in der Thora entwirren. Ihre Haltung ist mir ein Rätsel«, fährt er erregt fort. »Sie ist unamerikanisch.«

»Ich bin kein Amerikaner«, erinnert Lemuel den Rebbe.

»Das ist keine Entschuldigung«, knurrt der Rebbe.

Da die Temperatur schon den dritten Tag über den Nullpunkt steigt, kann man hören, wie Rain in der Garage unter der Wohnung eine betagte Harley-Davidson tunt. Am Sonntag bringt sie den Motor auf Touren und macht mit Lemuel eine Spritztour auf der schmalen, gewundenen, unbefestigten Straße, die sich um den See herum und durch einen Kiefernwald westlich von Backwater schlängelt. Auf dem Soziussitz hinter Rain klebend, sich mit Schenkeln und Armen an sie klammernd, den Kopf platt an die Rückseite ihrer abgenützten ledernen Fliegerjacke gedrückt und den pfeifenden Fahrtwind im Ohr, während über ihm Wolken durch die kahlen Zweige flitzen, verspürt Lemuel ein merkwürdiges Hochgefühl ... ein Loslassen ... Er spürt, daß er zum erstenmal über die Welt des Chaos hinausgelangt in Richtung ... worauf?

In Richtung auf etwas, womit er keine Erfahrungen hat und das er nicht quantifizieren, geschweige denn identifizieren kann.

Als sie auf der Rückfahrt nach Backwater den See erreichen, lenkt Rain die Maschine von der Straße, stellt den Motor ab und schlendert ans Ufer hinunter, um ihr Spiegelbild im stillen Wasser zu betrachten. »Ich bin wirklich schön geworden«, bemerkt sie, als Lemuel nachkommt.

»Bescheiden bist du nicht geworden«, erwidert er trocken.

»Hey, laß mich zufrieden«, gibt Rain zurück. »Als Mädchen muß man doch wissen, was für einen spricht.«

Sie legen sich in die Sonne, die zum erstenmal seit Lemuels Ankunft im Gelobten Land nicht nur Licht, sondern auch Wärme spendet. Der Klang von Rains Stimme macht ihn schläfrig, und er gleitet in einen unruhigen Schlaf. Der kleine Junge krümmt sich in einer Ecke . . . die gesichtslosen Männer mit den dicksohligen, eisenbeschlagenen Schuhen zerlegen einen Schrank . . .

Rain rüttelt ihn wach. »Du willst doch wohl nicht auf mir übernachten?«

»Ich hab mich nur ein bißchen ausgeruht.«

»Wo war ich? Ach ja. Wenn Menschen im Krematorium verbrannt werden, ja?, dann zersetzen sich die Zahnplomben und tragen dazu bei, die Ozonschicht zu zerstören, die uns vor der Sonne schützt. Der hochtrabende Name dafür ist Treibhauseffekt.« Rain dreht den Kopf und sieht, daß Lemuel amüsiert lächelt. »Also, ich versteh ja nicht, wie du über so etwas Ernstes wie das Ende der Welt grinsen kannst. Ich hab gelesen, daß es in zehn Jahren kein Ozon mehr geben wird, und das heißt, auch keinen Winter. Die Polkappen schmelzen jetzt schon ab. Wenn das so weitergeht, werden eines Tages sämtliche Küstenstädte der Welt überflutet sein.«

»Wieso weißt du so viel über den Treibhauseffekt?«

»Mein Exmann, der Vogelmörder, hat in einem Treibhaus Marihuana angebaut. Wenn du einen finanziellen Ratschlag gratis haben willst, L. Falk – leg dein Geld in Firmen an, die Ruderboote, Kanus, aufblasbare Flöße oder so was herstellen. Ich hab früher in Atlantic City gelebt, aber weil ich nicht schwimmen kann, bin ich landeinwärts nach Backwater gezogen.«

Auf dem Heimweg hält Rain vor dem E-Z Mart und klaut vier Dosen *gefilte fisch*. An der Kasse diskutiert sie lange mit Dwayne und Shirley, die ihre besten Freunde in Backwater sind. Dwayne meint, der grundlegende Unterschied in der Welt sei der zwischen den Besitzenden und den Habenichtsen und demgemäß zwischen den überwiegend weißen, indu-

strialisierten Ländern auf der Nordhalbkugel und den überwiegend farbigen Agrarländern auf der Südhalbkugel. Shirley behauptet, Dwayne habe sich nie von seinem Harvard-
Studium erholt. Die Welt sei, wie jeder Dummkopf sehen
müsse, außerdem aufgeteilt in Männer und Frauen. Rain
bringt alle zum Lachen, indem sie dagegensetzt, in Wirklichkeit sei die Welt aufgeteilt in das anale und das orale Lager.

»Jeder, der was anderes denkt, lebt hinterm Mond«, sagt
sie.

»Und zu welcher Fakultät gehörst du, Babe?« erkundigt
sich Dwayne mit einem tückischen Grinsen. »Anal oder
Oral?«

»Einmal darfst du raten«, entgegnet Rain.

Spontan lädt Rain die beiden zum Abendessen ein. Shirley,
die heftig Kaugummi kaut, während sie Lemuel beäugt, der
auf dem Parkplatz auf der Harley sitzt, fragt: »Kommt dein
russischer Freund auch mit?«

»Man sieht deinen Hammer, Babe«, witzelt Dwayne.

Shirley wird richtig rot. »Hammer kriegen doch nur
Jungs.«

»Der Plural von Hammer«, klärt Dwayne sie mit einem
lüsternen Lächeln auf, »ist Hämmer.«

»Da sieht man's wieder mal«, sagte Shirley zu Rain. »Bei
der ersten Gelegenheit macht er seinen Hosenstall auf und
läßt seine Harvard-Bildung raushängen.«

»Rain hat mir gesagt, ihr beiden seid fest verbandelt«, sagt
Lemuel, während sie die Klappstühle an den Küchentisch
ziehen.

»Ja, wir sind schon lange zusammen«, sagte Dwayne. »Ist
doch so, oder, Babe?«

Rain, die in einer Schublade nach einem Dosenöffner
kramt, lächelt Dwayne zu. »Ich hab in meinem ersten Studienjahr im Mart als Kassiererin gearbeitet«, erklärt sie Lemuel. »Dwayne hat mir unter die Arme gegriffen, finanziell,

wie ich die Idee hatte, den Tender zu eröffnen und Haare zu schneiden.«

»Und mit Drogen zu handeln«, ergänzt Shirley boshaft.

»Man muß sehen, wo man bleibt«, sagt Rain. »Dwayne hat mich damals gerettet – er hat den Pachtvertrag mitunterschrieben und mir das Geld für den Friseurstuhl vorgestreckt, den Shirley bei einem Trödler in Rochester entdeckt hatte.«

Mayday, die auf ihrer Decke vor sich hinträumt, zuckt im Schlaf.

»Sie jagt Schmetterlinge«, erklärt Rain.

Lemuel sagt verträumt: »Ich auch, ich jage im Schlaf auch kleine geflügelte Kreaturen. Neben reinen, unverfälschten Regenbogen.«

Shirley schiebt die Dosen mit *gefilte fisch* über den Tisch hinweg Lemuel hin. »Ich wette, Sie haben gedacht, sie hat das Zeug echt im Mart geklaut«, sagt sie zu ihm. »Dwayne hat ein weiches Herz – er läßt alle seine Freunde klauen.«

Lemuel erwidert: »Auch ein weiches Herz kann man auf dem Ärmel tragen.«

Shirley kommt nicht mit. »*Was* kann man *wo* tragen?«

Lemuel wendet sich an Dwayne. »Sie haben also die ganze Zeit gewußt, daß Rain in Ihrem Supermarkt klaut?«

»Das ist mir egal«, sagte Dwayne. »Ich verkaufe alles so teuer, daß die Verluste durch Ladendiebstähle wettgemacht werden.«

Rain wirft Dwayne den Öffner zu, und er fängt an, die Dosen aufzumachen. »Hey, ich hab dir ja gesagt, er wattiert seine Preise«, sagt sie.

Shirley sagt: »Rain meint, wir müssen alle hin und wieder was klauen, damit die Supermärkte nicht zu hohe Gewinne machen, weil kein Mensch was mitgehen läßt.« Sie legt den Arm um Rains Arsch und drückt ihn. »Du bist schon eine Marke.«

»Ich hab dich unheimlich gern«, lacht Rain. Sie beugt sich hinunter und küßt Shirley leicht auf den Mund.

»Na, ich dich doch auch«, erwidert Shirley mit einem verlegenen Kichern.

Dwayne schiebt jedem eine Dose *gefilte fisch* hin. Rain teilt Matzen aus wie Spielkarten. »Weil du jüdischen Glaubens bist«, sagt sie zu Lemuel, »hab ich mir gedacht, du magst so was.«

»Kommt aus Israel«, wirft Shirley munter ein.

»Wenn du schon *gefilte fisch* klaust, hättest du auch noch Rettich mitnehmen können«, beklagt sich Dwayne.

Nach dem Abendessen entschuldigt sich Lemuel und geht ins Gästezimmer, um noch mehr Bytes aus den Akten des Sheriffs in seinen Tischcomputer einzugeben. Die anderen gehen nach einer Weile ins Wohnzimmer. Shirley nimmt die Mäntel herunter, drapiert sich über die Couchlehne und bittet Rain um einen Hit. Rain nimmt ein ausgehöhltes Exemplar des *Hite Report* aus dem Regal, öffnet es auf dem Tisch, schiebt die LSD-Tabletten und Päckchen mit Hasch beiseite, nimmt sich einen Joint und kuschelt sich vor dem Fernseher zusammen, in dem ein Humphrey-Bogart-Film ohne Ton läuft. Sie zündet den Joint an, nimmt einen tiefen Zug und reicht den Joint an Shirley weiter. Shirley zieht einmal daran und gibt ihn an Dwayne weiter.

»Ich kapier das nicht«, sagte Dwayne mit einem seltsamen Unterton zu Rain.

»Was kapiert er nicht?« fragt Shirley Rain. »Was kapierst du nicht, mein Engel?«

Dwayne spielt mit dem Silberring in seinem Ohr. »Ich blick da nicht durch, bei Lem und Rain. Ich seh natürlich, was *er* davon hat, da müßte man ja blind sein. Aber was bringt es Rain?«

»Lem ist ein Sahnetörtchen«, sagt Shirley. »Ich hab auch eine Schwäche für süße Sachen.«

»Er kommt aus einem Land, wo die moderne Pest praktisch unbekannt ist«, erklärt Rain mit der Andeutung eines trotzigen Lächelns. »Außerdem ist er unschuldig – wann hat einer von euch Typen das letzte Mal sein weiches Herz auf dem Ärmel getragen? Außerdem ist er schlauer als wir drei zusammen.«

»Wo Rain recht hat, hat Rain recht«, sagt Shirley verträumt.

»Und noch was, last but not least«, fährt Rain fort. »Seit er bei mir wohnt, hör ich keine Trommeln mehr im Ohr.«

»Aber mag er denn Joghurt?« fragt Dwayne anzüglich.

»Dwayne ist ganz wild auf Joghurt«, bemerkt Shirley. »Stimmt's, Schatz?«

»Rain weiß, daß ich Joghurt mag. Das weißt du doch, oder, Babe?«

Rain beobachtet durch die offenstehende Tür Lemuel, der zusammengesunken an seinem Computer sitzt. Als der zweite Joint zur Hälfte geraucht ist, springt sie auf, schaltet den Fernseher aus und bedeutet Dwayne und Shirley, daß es Zeit ist, die Kurve zu kratzen.

Shirley schmollt. »Du schmeißt uns doch nicht schon raus? Es ist ja noch heute.«

»Ich hatte ja irgendwie gehofft, wir könnten über Nacht bleiben«, sagt Dwayne.

»Und ich hatte gehofft, die neue Ware begutachten zu können«, gesteht Shirley, die inzwischen angenehm bekifft ist.

»Ein andermal, versprochen«, sagt Rain.

»Was Rain verspricht, das hält sie auch«, sagt Dwayne mit einem wissenden Lächeln.

Rain gibt ihnen noch zwei Joints als Wegzehrung mit. Sie läßt sich auf die Couch fallen, schlenkert die Schuhe weg und streichelt Mayday mit den Zehen. Nach einer Weile ruft sie: »Wenn ich dich um mich habe, komme ich mir minderwertig vor. Hörst du, L. Ficker-Falk? Ich mein, ich bin doch dumm wie Bohnenstroh verglichen mit dir. Du weißt so viel, daß du

158

sogar weißt, was du nicht weißt. Wo hast du eigentlich all das Zeug über Chaos und Zufall gelernt?«

Lemuel kommt gemächlichen Schritts ins Zimmer und zieht die Augenbrauen hoch, als er das mit Tabletten, Päckchen und Joints gefüllte ausgehöhlte Buch sieht. »Wo sind denn Dwayne und Shirley hin?«

»Die haben sich verdünnisiert.« Sie sieht Lemuel argwöhnisch an. »Also, wie wird man ein *Homo chaoticus?*«

Lemuel läßt sich neben ihr auf der Couch nieder und reibt sich die Augen, die röter sind als gewöhnlich. »Ich habe alles, was ich weiß, in der U-Bahn aufgeschnappt«, erklärt er. »Ich hatte einen Professor, Litzky hat er geheißen, das war ein echter Neuerer, der ist schon ganz im Chaos aufgegangen, bevor die Welt noch wußte, daß das eine Wissenschaft ist. Er wurde wegen antikommunistischer Tendenzen von der Moskauer Universität ausgeschlossen, nachdem jemand ein Exemplar von Solschenizyns *Im ersten Kreis* bei ihm gefunden hatte. Das war mitten im Semester. Professor Litzky setzte seine Vorlesungen in der U-Bahn fort. Er rief immer seine Studenten an, nannte eine U-Bahn-Station und eine bestimmte Zeit. Wir zwängten uns alle in den Wagen, die Türen gingen zu, und Litzky dozierte über Fraktale als Möglichkeit, das Unendliche sichtbar zu machen, über die endlosen Verzweigungskaskaden, über Unstetigkeiten, über Periodizitäten. Er dozierte zwölf bis fünfzehn Stationen lang, und manche von uns machten sich krakelige Notizen, während die U-Bahn über die Gleise ratterte. Während der Vorlesung steckten wir ihm Umschläge mit Rubelscheinen in die riesigen Taschen seines Mantels. Von Litzky verfaßte Artikel wurden nicht veröffentlicht, Bücher kamen ohnehin nicht in Frage, aber er gilt trotzdem heute noch als Vater des sowjetischen Chaos.«

Lemuel schüttelt verzweifelt den Kopf. Seine Stimme belegt sich. »Du hättest uns sehen sollen, wie wir da in der U-Bahn rumhingen, uns an den Schlaufen festhielten und uns zu ihm hinbeugten, um ja kein Wort, keine Silbe zu verpassen, und wie er in seinem zwei Nummern zu großen Mantel an jeder Haltestelle eine Pause machte, bis die aufgezeichnete Ansage der Station kam, und sich dann wieder ins Chaos stürzte. Von Diffeomorphismen gefalteter Zahlenebenen hörte ich zum erstenmal zwischen Flughafen und Retschnoi Woksal. Von stetigen ›Nudel‹-Abbildungen zwischen Komsomolski und Marx-Prospekt. Wir genossen die Reise und fürchteten die Ankunft. Wir wußten nie vorher, an welcher Haltestelle die Vorlesung enden würde. Litzky wartete immer bis zum allerletzten Augenblick und sprang erst aus dem Wagen, wenn die Türen schon zugingen; einmal verfing sich sein Mantel in der Tür, und wir mußten die Notbremse ziehen, um ihn zu befreien. Er stakste immer davon und tauchte in der Menge unter, mit eingezogenem Kopf wie eine Schildkröte, verloren in seinem Mantel, verloren in seinen Gedanken. Dann sahen wir uns an, erstaunt über Dinge, die er nicht erklärt hatte, von denen er annahm, wir würden sie schon verstehen, erstaunt über eine Welt, in der das Chaos wie ein altes Hemd an Passagiere eines U-Bahn-Zuges weitergereicht wurde. Später, im mündlichen Examen, wurden wir aufgefordert, unsere Quellen anzugeben, aber keiner hatte den Mut, Litzky zu nennen. Also logen wir und gaben Aufsätze von obskuren Transsylvaniern oder Ungarn an.« Lemuel schüttelt den Kopf, während er versucht, seine eigene Geschichte zu verdauen. »In *Schuld und Sühne* läßt Dostojewski eine Figur namens Rasumichin sagen, daß es möglich ist, uns zur Wahrheit durchzulügen.« Die Stimme versagt ihm, seine Augen sind auf etwas in der Vergangenheit gerichtet. »Ich habe mich weiß Gott mein Leben lang zur Wahrheit durchgelogen.«

Rain zieht Lemuels Kopf an ihre Brust und massiert ihm die Stirn. »Rußland«, hört sie ihn murmeln, »ist das letzte.«

»Verglichen mit Amerika«, sagt Rain, ihren eigenen Gedanken nachhängend, »ist Rußland einsame Spitze. Das einzig Interessante, was *mir* jemals in der U-Bahn passiert ist, war, als ein Exhibitionist seine Hose aufgemacht hat. Sachen gibt's.«

Lemuel kann nicht schlafen und geht bis in die frühen Morgenstunden in dem unaufgeräumten Wohnzimmer auf und ab, denkt über die Weiße der Nacht nach, kritzelt Differentialgleichungen auf die Rückseite von Briefumschlägen, versucht, die Mysterien der Serienmorde aufzuklären, die sich hartnäckig als zufällig darstellen, gleichgültig, wie oft er die Münze wirft.

Irgendwann nach Mitternacht kommt Rain auf der Suche nach einem Glas Wasser durchs Zimmer. Sie trägt flauschige Hauspantoffeln und ein T-Shirt, das in der Wäsche eingegangen ist und ihr kaum bis zum Nabel reicht. Die ausgebleichte Aufschrift quer über die Brust lautet: »Frauen, die Männern nacheifern, haben keinen Ehrgeiz.« Unter dem Satz steht der Name T. Leary.

»Wer ist T. Leary?« fragte Lemuel Rain, als sie aus der Küche zurückgeschlurft kommt.

»Ich nehme an, er war ein Zeitgenosse von Tolstoi.« Sie läßt sich in den einzigen Sessel im Zimmer fallen und die Beine über die Armlehne baumeln. Mayday auf ihrer Decke wacht auf, gähnt, schließt dann ein Auge und beobachtet Rain mit dem anderen. Rain schaut durch die offene Küchentür zurück und sieht das I. J. u. I. V. n. G. e. m. n. a. a. m. A. u. m. U. z. G. auf der Tafel. »Was ich dich fragen wollte«, sagt sie betont beiläufig, »wie lange behalten die dich eigentlich an deinem Chaos-Institut?«

»Der Vertrag über die Gastprofessur lautet auf ein Semester.«

Die Stille zwischen Frage und Antwort ist plötzlich elektrisch geladen.

»Und dann?«

Lemuel zuckt die Achseln.

»Hast du schon mal dran gedacht hierzubleiben? Am Institut? In Amerika?«

»Was muß ich tun, um Amerikaner zu werden?«

Rain bringt ein angestrengtes Lächeln zustande. »Hey, kauf dir eine Knarre.«

Lemuel muß lachen, aber sein Herz ist offenbar nicht dabei. »Ob ich am Institut bleiben kann, hängt davon ab, ob eine Planstelle für einen Wissenschaftler frei wird.«

»Wenn du dich entschließen würdest, in Amerika zu bleiben, könnte es also auch noch andere Wege geben, stimmt's?«

Lemuel grunzt.

»Ich meine«, spricht Rain ärgerlich weiter, »willst du überhaupt in Amerika bleiben?«

»Ich hab noch nicht viel drüber nachgedacht«, sagt er vage.

»Vielleicht solltest du aber viel drüber nachdenken«, sagt sie. Als er nicht antwortet, zuckt sie gereizt die Achseln. Sie streckt den nackten Arm aus, um das Radio einzuschalten. Es läuft gerade das Ende der Kurznachrichten von WHIM.

». . . Wetter im Drei-Kreise-Bezirk am heutigen dritten März wird teilweise bewölkt sein, also auch teilweise nicht bewölkt; für den Nachmittag wird strichweise Regen vorhergesagt, und die Temperaturen werden auf 50 Grad Fahrenheit oder knapp darüber steigen. Wenn Sie im Haus bleiben, sollten Sie also möglichst wenig anziehen. Schreibst du mit, Charlene, Schatz? Ha, ha! Okay, jetzt nehmen wir noch ein paar Anrufe entgegen.«

Der Moderator schwatzt ein paar Minuten mit einer Frau, die gegen Abtreibung ist, und spricht dann mit einem katholischen Priester, der gegen empfängnisverhütende Mittel ist. »Die einzige Rechtfertigung für die Fleischeslust«, sagt der Priester, »ist die Möglichkeit der Fortpflanzung.«

Erbost schnappt sich Rain das Telefon und tippt eine Nummer ein, die sie anscheinend im Kopf hat. »Ich hab genug Scheine, um einen gottverdammten Magistertitel in Fleischeslust zu kriegen«, bemerkt sie.

»Hallo«, schreit sie ins Telefon. »Da bin ich wieder.«

Eine verknisterte Stimme tönt aus dem Radio. »Da bin ich wieder.«

»Bist aber früh auf heute, Rain. Oder womöglich verdammt lang wachgeblieben.«

»Ich bin von dem . . .« – »Ich bin von dem Anrufer vor mir aufgeweckt worden, der da rumgesülzt hat von wegen Fleischeslust und so. Der hat doch keinen blassen Schimmer. Der weiß so wenig, daß er nicht mal weiß, was er nicht weiß.«

»Kannst du das noch mal langsam sagen, zum Mitschreiben . . .«

»Was verstehen denn Priester . . .« – »Was verstehen denn Priester vom Vögeln? Der Grund, warum ich praktizierende Katholikin bin, aber nicht den Katholizismus praktiziere, wenn du verstehst, was ich meine, ist, daß die organisierte Religion eine Verschwörung gegen die Frauen ist.«

»Hör gut zu, Charlene, Schatz. Rain hat eine neue Verschwörungstheorie.«

»Genau. Wenn du meine Meinung . . .« – Genau. Wenn du meine Meinung hören willst, Religion ist nichts weiter als ein Komplott der Männer, um den Frauen multiple Orgasmen vorzuenthalten, die Männer ja nicht haben können, indem sie uns Schuldgefühle suggerieren, falls wir Spaß am Sex haben. Machen wir doch keine gottverdammten Umschweife. Jeder weiß, daß ein guter Orgasmus selten allein kommt.«

»Ich nehme an, du sprichst aus Erfahrung.«

»Hey, Erfahrungen hab ich . . .« – »Hey, Erfahrungen hab ich wirklich genug gemacht. Die besten übrigens mit Männern jüdischen Bekenntnisses.«

»Was ist denn so toll an jüdischen Liebhabern? Wo ich praktizierender Adventist vom Siebenten Tag bin, solltest du vielleicht lieber mal kurz weghören, Charlene, Schatz.«

»Hey, das kann ich dir . . .« – »Hey, das kann ich dir sagen, was an jüdischen Liebhabern so toll ist. Erstens einmal hast du ein kleineres Risiko, Gebärmutterhalskrebs zu kriegen, wenn dein Partner beschnitten ist.«

»Wo hast du denn diese Weisheit her?«

»Das hab ich . . .« – »Das hab ich gelesen, und zwar entweder im *Hite Report* oder im *Backwater Sentinel* oder im *National Geographic*. Sonst lese ich nämlich nichts, abgesehen von den Sachen fürs Studium.«

»Ich hab immer gehört, Beschnittene hätten weniger Gefühl.«

»Also ich kann mich . . .« – »Also ich kann mich in dem Punkt nicht beklagen.«

»Glaub ich dir auf's Wort. Willst du nicht bei der Telefonistin deine Telefonnummer hinterlassen, bevor du auflegst? Ha, ha! Kleiner Scherz am Rande, Charlene, Schatz. War nett, mit dir zu plaudern, Rain. Für alle, die eben erst eingeschaltet haben, ihr hört WHIM Elvira, wo sich die Elite ein Stelldichschwein gibt. Der nächste Anrufer bitte.«

»Hey, von Priestern könnte ich dir Sachen erzählen«, redet Rain unbeirrt weiter. »Zum Beispiel damals, wo ich beichten mußte, daß ich meinen Cousin Bobby auf den Mund geküßt hatte . . .« Sie merkt, daß ihre Stimme nicht mehr aus dem Radio kommt. »Was sagt man dazu? Hat der Kerl doch einfach aufgelegt.«

Lemuel schaut auf dem Weg zum Institut im E-Z Mart vorbei, läuft einmal schnell durch die Gänge, mit Dwayne im Schlepptau, der Block und Bleistiftstummel gezückt hat. Dwayne hat in Lemuel ein Naturtalent für Supermarkt-Management entdeckt. Der Gastprofessor ist dahintergekommen, daß ein Supermarkt viel mit einem Schiff gemeinsam hat; beides sind perfekte Metaphern für die Chaosforschung, denn bei beiden nimmt man an, daß sich Ordnung hinter der scheinbaren Unordnung verbirgt. Schon mehrmals hat Lemuel, stets auf der Suche nach Spuren von Ordnung im Chaos der Regale, Dwayne auf Fehler im Computerprogramm des

Supermarkts aufmerksam gemacht, das die Lagerbestände dem voraussichtlichen Bedarf der Ortsbewohner anpaßt.

»Ich hab das dumpfe Gefühl, daß dir der Eissalat ausgeht«, bemerkt Lemuel, als sie am Gemüsestand vorbeikommen. »Gleiches gilt für Dijonsenf, Mrs. Hammersmith's kalorienarme Doughnuts, die importierte französische Salatsauce und die Sparpackung Stay Free.« Lemuel bleibt vor einem Artikel stehen, der ihm bislang noch nicht aufgefallen ist. »Yo! Was ist denn das, Dwayne? Was soll das heißen, ›Einmal drin, nie mehr raus‹?«

»Na, ein ›Kakerlaken-Motel‹ eben. Eine Kakerlaken-Falle.«

An der Kasse begrüßt ihn Shirley. Sie fährt sich mit den Fingern durch die Naturlocken.

»Na, was läuft?« fragt sie.

»Nichts Besonderes«, erwidert Lemuel.

Shirley drückt das Kreuz durch, so daß sich ihre winzigen Brüste unter dem weißen Kittel abzeichnen. »Anscheinend hab ich immer noch meine Schwäche für Männer, die uneingeladen erscheinen.«

»Nur keine Panik«, lacht Lemuel

Eine dürre Kassiererin, die an der nächsten Kasse die Einkäufe eines untersetzten Orientalen eintippt, unterbricht ihre Arbeit und bittet Lemuel schüchtern um ein Autogramm.

Der Orientale, der Nadelstreifen trägt und mit einem spröden britischen Akzent spricht, fragt die Kassiererin: »Sagen Sie, ist der Mann eine Zelebrität?«

Shirley kichert belustigt. »Ist er eine Zelebrität, ist er keine?«

Die dürre Kassiererin klimpert mit ihren riesigen falschen Wimpern. »Ich hab Sie in der Glotze gesehn«, erzählt sie Lemuel feierlich. »Ich fand Sie allererste Sahne.«

Der Orientale verzieht das Gesicht. »Allererste Sahne?«

»Hey, Ihr Kunde braucht den einen oder anderen Tip, oder?« sagt Lemuel kichernd. Er dreht sich zu dem Orientalen um. »Ich kann zu Ihnen sagen, ›allererste Sahne‹ kommt aus derselben Familie wie ›phantastös‹, und das ist ein Cousin ersten Grades von ›phallüstig‹. Astreines Englisch«, fügt er augenzwinkernd hinzu. »Sachen gibt's.«

Beim Betreten seines Büros wird Lemuel von seinem weiblichen Freitag aufgehalten. »J. Alfred möchte mit Ihnen sprechen«, teilt ihm Mrs. Shipp mit.

»Ich freue mich, Sie zu sehen«, sagt ein paar Minuten später der Direktor zu Lemuel und zieht ihn in eine Ecke seines Büros. Er dirigiert seinen Besucher zu einer Ledercouch und stellt sich händeringend vor ihn hin. »Kaffee, Tee, Slibowitz mit oder ohne Mineralwasser?«

Goodacre nickt heftig, als Lemuel zu bedenken gibt, für Kaffee sei der Vormittag schon zu weit fortgeschritten und für Alkohol der Tag noch zu jung. Der Direktor läßt sich in einem Eames-Sessel nieder, dreht sich damit um 360 Grad, als müsse er sich aufziehen, kaut nachdenklich an der Unterlippe und räuspert sich überflüssigerweise.

»Kommen Sie mit Ihrer Arbeit gut voran?« erkundigt er sich fürsorglich. »Haben Sie sich am Institut für fortgeschrittene interdisziplinäre Chaosforschung eingelebt?«

Lemuel blinzelt langsam. »Seit ich hier bin, ist mir vieles klarer geworden.«

»Ich bin erleichtert, das zu hören«, sagt Goodacre. »Sie wirken wie jemand, der weiß, auf welcher Seite sein Brot mit Butter bestrichen ist, der einen diskreten, gutgemeinten Rat nicht übelnimmt. Ich erinnere mich, daß ich Ihnen am Tag Ihrer Ankunft einen Tip hinsichtlich Ihrer äußeren Erscheinung gab. Nun, gesagt, getan.« Der Direktor entläßt einen Schwall jovialen, verschwörerischen Gelächters in Lemuels Richtung. »Ich kann Ihnen sagen, daß das Institut sich des Privilegs, einen Mann Ihres Kalibers unter seinen wissenschaftlichen Mitarbeitern zu haben, sehr wohl bewußt ist. Wir wiegen uns gern in dem Glauben, mit dem Institut für fortgeschrittene Forschung an der Princeton University um die insgesamt für diesen Forschungszweig zur Verfügung stehenden Mittel zu konkurrieren. Und Kapazitäten wie Sie machen uns zweifellos konkurrenzfähiger. Und damit komme ich zum Kern der Sache, zum Auge des Sturms. Obwohl wir unseren Sitz in einem abgelegenen Tal in einem abgelegenen Winkel des puritanischen Amerika haben, sehen wir uns als Hort des Liberalismus, als eine tolerante Gemeinschaft gleichgesinnter Intellektueller. Was der einzelne tut und mit wem er es tut, ist seine eigene Sache.«

Lemuel grunzt.

»Nichtsdestotrotz«, fährt Goodacre fort, mit einer Stimme, die kaum noch vom leisen Knirschen eines rostigen Scharniers zu unterscheiden ist, »gibt es eine Schmerzgrenze . . . muß der Liberalismus irgendwo ein Ende haben . . .«

Lemuel liest zwischen den Zeilen. »Sie sprechen von Rain.«

»Sie sind aus der Wohnung über dem Rebbe ausgezogen. Sie sind zu ihr gezogen.«

»Das verdammte Telefon ist heißgelaufen, wissen Sie. Die Nächte waren künstlich weiß – auf der Straße waren Filmscheinwerfer aufgebaut. Ich konnte die Nacht nicht mehr nutzen . . .«

»Ich war fest überzeugt, ich würde Sie dazu bringen können . . .«

»Rain hat mir angeboten, mir amerikanisches Englisch beizubringen . . .«

»Am Institut wird eine Planstelle frei . . . ein fester Vertrag Vertrag . . .«

»Ich kann zu Ihnen sagen, daß unsere Beziehung, die zwischen Rain und mir, rein oraler Art ist . . .«

»Der Rebbe hat uns wissen lassen, daß er an den Eastern Parkway zurückkehren, eine Talmudschule aufmachen und Vorlesungen über das Chaos im Alten Testament halten möchte . . .«

Beide Männer holen tief Luft.

»Um es ganz klar zu sagen«, setzt Goodacre neu an, »eine für alle Welt sichtbare Liaison zwischen einem der Gastprofessoren des Instituts und einer Friseuse, die in einem unteren Semester studiert und halb so alt ist wie er, belastet unsere liberale Tradition. Laut Vertrag, Lemuel – ich darf Sie doch Lemuel nennen? –, sind Sie für ein Semester hier bei uns. Es war unsere Hoffnung und, angesichts der Zustände in der ehemaligen Sowjetunion, doch wohl auch Ihre, daß dieses Gastspiel in eine Dauerstellung münden würde.«

Lemuel rutscht unbehaglich auf der Couch herum. Sein Herz sagt ihm, daß die Russen, die gegen Napoleon kämpften, einen Fehler machten, als sie zurückwichen; Rains Vater hatte recht – man mußte sein Territorium an der gottverdammten Grenze verteidigen. Jetzt mache ich viel Aufhebens von einer Sache, die viel Aufhebens verdient. Ich sage zum erstenmal im Leben etwas ohne Subtext. Kann ich denn erwarten, das zu überleben? Will ich es denn überleben? Er schließt die Augen, massiert mit Daumen und Mittelfinger eine sich ankündigende Migräne und sieht sich, in einem quälenden Wachtraum, auf den befehlshabenden Offizier zugehen, sich als jüngstes designiertes Mitglied in der Geschichte der Sowjetischen Akademie der Wissenschaften ausweisen und energisch gegen die Brutalität der Polizei protestieren.

»Wahrscheinlich hab ich irgendwas nicht mitbekommen, J. Alfred«, hört er sich leise sagen, mit einer Stimme, die, wie seine zweite Unterschrift, auf keinen Fall seine eigene ist. »Ich darf Sie doch J. Alfred nennen? Hat es etwas mit Chaostheorie zu tun, mit wem ich ficke?«

Goodacre fällt die Kinnlade herunter. Einen Augenblick lang fürchtet Lemuel, der Direktor erleide einen Herzanfall. Er fragt sich, ob man in Amerika der Schönen wegen Totschlags verurteilt werden kann, weil man etwas ohne Subtext gesagt hat.

Schließlich schnappt Goodacres Mund wieder zu. Er kommt mit einem Ruck auf die Beine. »Danke, daß Sie vorbeigekommen sind«, sagt er. Er macht keine Anstalten, ihm die Hand zu geben.

Lemuel zieht eine Schulter hoch. »Nicht der Rede wert«, murmelt er. »Allererste Sahne.«

»Du hast *was* gesagt?« explodiert Rain, als Lemuel sie im Tender anruft und ihr von seiner Unterredung mit J. Alfred Goodacre berichtet. »Du denkst, da war kein Subtext, ja? Aber es war doch einer da.«

Lemuel hört Herzeleid heraus, wo er freudige Überraschung erwartet hat. »Also, was war der Subtext?«

»Hey, daß du nicht in Backwater bleiben willst, das ist der Subtext. Daß du nicht mit einer Friseuse zusammenleben willst, die in einem unteren Semester studiert und halb so alt ist wie du.« Lemuel will widersprechen, aber sie fällt ihm ins Wort. »Du bist verliebt in meinen tätowierten Schmetterling, aber für den *Homo sapiens*, der dazugehört, hast du nicht viel übrig.«

»Das verstehst du falsch«, protestiert Lemuel. »Er wollte, daß ich den Bus anhalte und aus unserer Beziehung aussteige. Ich hab nein gesagt. Ich hab ihm gesagt, er soll sich ins Knie ficken.«

»Hey, ist ja irre. Aber was willst du dann machen, wenn dein Vertrag abgelaufen ist? Wer sonst in Amerika wird schon einen *Homo chaoticus* einstellen, der leidenschaftlich hinter was her ist, was gar nicht existiert? Mann, bist du von allen guten Geistern verlassen?«

»Lassen Sie ihr Zeit, sie wird sich schon wieder abregen«, sagt der Rebbe zu einem tief deprimierten Lemuel, als dieser in der Hoffnung, Tee und Sympathie zu bekommen, in Nachmans Büro auftaucht.

»Stimmt das, was Goodacre sagt: Daß Sie am Ende des

Schuljahrs wieder an den Eastern Parkway zurückkehren wollen?«

»Das kam ganz plötzlich. Ich habe IBM verkauft, ich habe General Dynamics verkauft, ich habe mir ein bißchen Startkapital bei einem Dritten geborgt, für den ich gelegentlich freiberuflich etwas mache, und mit dem ganzen Geld habe ich mich in eine genossenschaftliche Talmudschule eingekauft, die demnächst an der Ecke Kingston Avenue/Eastern Parkway mitten im Herzen von Brooklyn eröffnet wird. Es soll eine Konfessionsschule ohne konfessionelle Engstirnigkeit werden. Es wird außer mir noch zwei Rebbes geben, von denen der eine Anti-Antisemitismus lehren wird, also den positiven Umgang mit dem Neuen Testament, unter Betonung der Tatsache, daß Jesus und seine Jünger Juden waren. Der andere Rebbe wird einen Überblick über die Geschichte des Martyriums geben, von der Schlange im Garten Eden, die dazu verdammt wurde, für immer auf dem Bauch zu kriechen, weil sie das Kapitalverbrechen begangen hatte, eine bestimmte Obstsorte zu empfehlen, bis zu Jesus von *Natzereth*, der zur Kreuzigung verdammt wurde, weil er das Kapitalverbrechen begangen hatte, sich als König der Juden auszugeben. Ich selbst werde einen Kurs mit dem Titel ›Chaos und Jahwe: Zwei Seiten einer Medaille‹ geben. Zufällig bin ich vor kurzem auf ein erquickliches Zitat für die Beschreibung der Lehrveranstaltung im Hochglanz-Vorlesungsverzeichnis der Schule gestoßen – vielleicht kennen Sie es, vielleicht auch nicht: Es ist George Russells Warnung an den jungen James Joyce: ›Sie haben nicht genug Chaos in sich, um eine Welt zu erschaffen.‹ Wie finden Sie das?«

Bevor Lemuel antworten kann, ist der Rebbe schon beim nächsten Gedanken. »Meine Zwickmühle – ich habe mich die ganze Nacht damit rumgequält und quäle mich schon den ganzen Vormittag damit rum – ist, daß ich Jahwe liebe, wie könnte es auch anders sein, aber Ihn eigentlich nicht richtig *mag*, geheiliget sei Sein Name. An manchen Tagen ist mir richtig übel davon. Warum, frage ich mich, kuscht der Eastern Parkway *Or Hachaim Hakadosch*, dessen Begierde unter anderem auf Ordnung gerichtet ist, vor einem Gott, dessen Beiname Zufälligkeit ist? Ich gestehe Ihnen, es gibt Tage, an denen ich versucht bin, den Rat von Hiobs Weib zu befolgen, ich spreche von Hiob Kapitel 2, Vers 9. Als sie dazukommt, wie ihr armer Teufel von Mann sich mit einem Scherben die Schwären schabt, spricht sie zu ihm: ›Hältst du noch fest an deiner Vollkommenheit? Fluche Gott und stirb.‹«

»Und, was hält Sie zurück?«

Der Rebbe wirft resigniert die Arme hoch. »Ich liebe das Leben«, gesteht er, »vor allem, wenn man die Alternative bedenkt. Außerdem gibt es ein altes jüdisches Sprichwort, das ich jetzt gleich erfinden werde. Es besagt, man solle so lange wie möglich leben, damit man möglichst kurze Zeit tot ist.«

Eines der zwei Telefone auf dem Schreibtisch des Rebbes surrt. Er packt den Hörer, murmelt *»Hekinah degul«*, hört zu, zieht eine Augenbraue hoch, reicht Lemuel den Hörer. »Es ist Ihr Amanuensis«, sagt er. »Das ist Liliputanisch für weiblicher Freitag.«

Mrs. Shipps Mitteilung klingt wie eine Durchsage vom Tower eines Flughafens. »Schon wieder hat eine dieser Journalistenkreaturen um die Erlaubnis gebeten, auf unserer Rollbahn zu landen«, sagt sie. »Diesmal ist es eine Frau, die mit einem Akzent spricht, der mich an Ihren erinnert, nur daß er noch stärker ist. Als ich sie fragte, wo sie herkommt, sagte sie etwas über das Chaos anderer Leute, das angeblich schöner ist. Ist das ein Land? Ich habe sie in Warteposition gesetzt, im Konferenzraum am Ende des Flurs.«

»Ich traue Journalisten nicht über den Weg«, sagt Lemuel zum Rebbe. »Marx, Lenin, Trotzki waren allesamt zeitweise Journalisten, und schauen Sie sich an, was sie Mütterchen Rußland angetan haben.«

Lemuel stürmt in den Konferenzraum, fest entschlossen,

die Journalistin zum Teufel zu jagen – er gibt Interviews nur nach Vereinbarung, und Vereinbarungen lehnt er ab –, bleibt aber wie vom Donner gerührt stehen, als er besagter Journalistin ansichtig wird.

»Sdrawstwui, Lemuel Melorowitsch.«

»Yo! Axinja! Tschto ty delajesch w Amerike?«

»Choroschi wopros . . .«

2. KAPITEL

Wenn man seinen eigenen Augen nicht trauen kann, wessen Augen kann man dann trauen? Und doch war sie es, in voller Lebensgröße, größer denn je, mit einem verkrampften Lächeln, das nichts mit Humor oder Freude zu tun hatte, ihre schlaffen Brüste in einen BH gezwängt, der schon so oft gewaschen worden war, daß er wie ein Staublappen aussah, der Staublappen von BH deutlich zu sehen unter einer kunstseidenen Bluse, die im Lauf der Jahre vergilbt war, die Augenbrauen bis auf die Knochen ausgezupft und angstvoll nach oben gebogen. Meine Geliebte aus Petersburg, Axinja Petrowna Wolkowa, nach Amerika gekommen, um meinem störrischen Fleisch der Himmel weiß was zu entlocken.

»Sdrawstwui, Lemuel Melorowitsch.«

»Yo! Axinja! Tschto ty delajesch w Amerike?«

»Choroschi wopros . . .« sagt sie. »Wo können wir reden?«

Russisch zu sprechen war mir ungewohnt. Vergeblich zermarterte ich mir das Gehirn nach einer Entsprechung für »Was läuft?« oder »Keine Panik«. »Das hängt davon ab, worüber du reden willst«, sagte ich schließlich.

»Dein Russisch ist eingerostet«, bemerkte sie. »Du sprichst mit Akzent.«

Ich sah, daß sie angespannt war. Sie schaute immer wieder durch die offene Tür zu Mrs. Shipp hin, strich unaufhörlich mit der Handfläche nicht vorhandene Knitter in ihrem Rock glatt, eine Geste, die ein Bild von Axinja in Petersburg vor mir erstehen ließ – nach jedem Schäferstündchen hatte sie ein Handtuch auf meinem Schreibtisch ausgebreitet und jedes ihrer Kleidungsstücke sorgfältig gebügelt, bevor sie sie wieder anzog. Einmal hatte ich ihr vorgeworfen, sie wolle die Spuren der Leidenschaft beseitigen, aber das hatte sie vehement abgestritten. »Falten, sogar in der Kleidung, lassen einen älter aussehen, als man ist«, hatte sie gesagt.

»Meine Redaktionskollegen bei der *Petersburg Prawda*«, sagte sie jetzt, »haben Associated Press abonniert. Sie haben den Bericht über den verrückten Russen gelesen, der sich auf die Rampe gelegt hatte, um die Bulldozer daran zu hindern, Erde für eine Atommülldeponie auszuheben. Sie haben mich hergeschickt, damit ich dich interviewe.«

»Das ist über drei Wochen her. Du hast dir ganz schön Zeit gelassen.«

»Ich bin mit dem Zug, mit einem Frachter und mit dem Bus gefahren«, sagte sie. »Flugtickets kann sich die *Petersburg Prawda* nicht leisten.«

Eine innere Stimme sagte mir: Verschwinde hier wie Wladimir! »Du hast doch nicht den weiten Weg gemacht, um mich nach meiner Meinung über Abtreibung oder das Ozonloch zu fragen«, mutmaßte ich.

Sie beugte sich näher zu mir. Ihre Brüste fielen in ihr verwaschenes Sicherheitsnetz. »Hat sich das Chaos von jemand anderem als schöner erwiesen? Komm heim zu dem Chaos, das du kennst, Lemuel Melorowitsch. Ich habe diskret Nachforschungen angestellt – noch hält man dir deinen Platz am Steklow-Institut für Mathematik frei.« Sie ließ ihre Fingerspitzen auf meinen Oberschenkel sinken. Mir fiel auf, daß ihre Nägel bis auf die Fingerkuppen abgenagt waren. »Vieles ist anders geworden in Rußland«, fuhr sie fort. »Die Amerikaner haben einen Fonds eingerichtet, um zu verhindern, daß russische Wissenschaftler sich in Libyen oder im Irak verdingen . . . Jetzt werden alle bis auf die Putzfrauen am Steklow in US-Dollars bezahlt. Ich hab gehört, daß jemand mit deinen Dienstjahren sechzehn Dollar die Woche kriegen würde. Das sind fast sechzehntausend Rubel in der Woche, also vierundsechzigtausend Rubel im Monat . . .«

»So etwas wie Rubel gibt's nicht mehr«, warf ich ein, aber sie ließ sich nicht vom Kurs abbringen.

»Da ist noch nicht die Jahresgratifikation von fünfzig Dollar eingerechnet, ganz zu schweigen von dem, was du bei Institutsessen mitgehen lassen kannst . . .«

»Ich bin ein Kaputtnik«, sagte ich.

»Was für eine Sprache ist das denn?« wollte Axinja wissen.

»Liliputanisch«, klärte ich sie auf. »Es bedeutet, daß ich müde bin«, fügte ich müde hinzu.

Axinja stand auf, machte die Tür zu, kam zurück und drehte ihren Stuhl herum, so daß wir nebeneinander saßen. Sie lehnte sich nach rechts, sprach aus dem Mundwinkel mit mir, die Augen starr geradeaus; ich lehnte mich nach links und hörte ihr mit geschlossenen Augen zu.

»Die Wahrheit ist, daß sie mich hergeschickt haben, weil sie dachten, die Botschaft wäre bekömmlicher, nachdem du die Botin vernascht hast.«

»Hey, und wer hat dich geschickt?«

Ihre Lippen bewegten sich kaum. »Sie. Die. Die Leute, für die du an der Sprachverschlüsselung gearbeitet hast. Die haben auch Associated Press abonniert.«

Ich erschrak, als sie meine Verschlüsselungsarbeit erwähnte, ich selbst hatte daheim in Petersburg nie mit jemandem darüber gesprochen. In solchen Situationen räuspere ich mich immer, also habe ich es wahrscheinlich auch in diesem Moment getan.

»Sie tragen dir nichts nach, Lemuel Melorowitsch«, beeilte sie sich hinzuzufügen. »Sie werden dir aus deinem Weggang keinen Strick drehen, vorausgesetzt, das Konto wird durch deine Rückkehr ausgeglichen. Sie sehen es so, daß du in Panik geraten bist, als dein Visumsantrag zum erstenmal nicht abgelehnt wurde.«

Mir wurde plötzlich klar, daß ihre kleine Ansprache den hölzernen Klang hatte, den Worte annehmen, wenn man sie vorher geprobt hat. Vor dem Spiegel? Vor den Leuten, die mir meinen Weggang nicht verübeln würden, vorausgesetzt, ich kam zurück?

»Du bist zu dem Schluß gekommen, daß der verrottende Kern der Bürokratie vom Chaos infiziert war«, sagte Axinja. »Das waren deine eigenen Worte. Du bist zu dem Schluß gekommen, daß die Lage ernster war, als du angenommen hattest. Sie wollen dich zurückhaben, Lemuel Melorowitsch. Das bedeutet, daß die Lage günstiger ist, als du angenommen hast. Und das bedeutet außerdem, daß die Dinge nicht so chaotisch sind, wie sie zu sein scheinen. Du bist zu dem Schluß gekommen, daß es Zeit war zu gehen, weil man dir die Erlaubnis dazu erteilt hatte. Jetzt ist es Zeit zurückzukehren, weil sie dich zurückhaben wollen.«

Ich hob den Finger, wie ein Student, der darum bittet, auch einmal was sagen zu dürfen. »Ich möchte dir eine heikle Frage stellen.«

Aus den Augenwinkeln sah ich, daß sie zögerte.

»Hast du einen sogenannten G-Punkt?«

Sie starrte mich an. »Einen *was* Punkt?«

Ich gestand ihr, daß ich ungeheuer erleichtert war, das zu hören, und jede Silbe kam mir von Herzen. Damit wir uns nicht falsch verstehen: Nach einem gewissen Maß an Unterweisung durch Rain wußte ich mehr oder weniger, *wo* der G-Punkt war, war mir aber immer noch nicht ganz sicher, *was* er war. Man kann nur eine begrenzte Anzahl Fragen stellen, ohne als der Idiot dazustehen, der man ist.

Ich beschloß, das Thema zu wechseln. »Wo bist du abgestiegen?«

»In dem Motel am Stadtrand«, erwiderte Axinja. »Das kostet vierzigtausend Rubel am Tag. Gott sei dank brauche ich das nicht selber zu bezahlen. Ich verdiene nur viertausendachthundert Rubel im Monat.« Sie brach in Tränen aus. »Um Gottes willen«, stammelte sie, und ihre Brüste hoben und senkten sich im Rhythmus ihres Schluchzens, »komm nach Hause.«

Ich machte die Tür auf und rief Mrs. Shipp über den Gang zu, sie solle Rain für mich anrufen.

Einen Augenblick später summte das Telefon im Konferenzraum. Ich nahm ab und hörte Rains Stimme.

»Was läuft?« sagte sie.

»Hey, du bist also gar nicht mehr sauer?«

»Nein«, antwortete sie in einem Tonfall, aus dem klar hervorging, daß sie es doch noch war.

Ich drehte Axinja den Rücken zu und legte die Hand um die Sprechmuschel. »Ich bin in deinen Körper verliebt«, sagte ich rasch. »Ich finde, er ist allererste Sahne. Ich bin in deinen sibirischen Nachtfalter verliebt . . .«

»Du, ich brauch das nicht, dieses . . .«

»Man muß sich an dich gewöhnen«, sagte ich mit einiger Dringlichkeit.

»Yo.« Es klang, als widerstrebte es ihr, daß man sich an sie gewöhnte.

»Ich brauche dich . . .«

»Was du brauchst, ist der eine oder andere Tip, wie du . . .«

»Ich erwäge ernsthaft das Für und Wider einer Leidenschaft für jemanden, der existiert.«

Eine lange Pause trat ein.

»Hast du gehört, was ich zu dir gesagt habe?«

»Bin ja nicht taub.«

»Jemand, den ich aus Petersburg kenne, ist in Backwater aufgetaucht . . .«

»Schön für ihn.«

»Es ist eine Sie.«

Rain zögerte einen Moment, dann streute sie beiläufig

eine Einladung ins Gespräch ein. »Dann bring sie halt zum Abendessen mit.«

Ich erklärte Axinja die Situation. Die Person, mit der ich eine Wohnung teile, eine Friseuse, ja, die außerdem an der Universität Hauswirtschaft studiere, habe sie zum Abendessen eingeladen. Für Axinja, für die Gemeinschaftswohnungen die Regel waren, nicht die Ausnahme, wäre alles andere verdächtiger gewesen. Sie zuckte die Achseln. »Von mir aus«, sagte sie mit einem in die Ferne gerichteten Blick. »Vorausgesetzt, die Reise dahin endet mit einer Ankunft.«

Sie ließ sich von mir in die Ärmel ihres mit einem alten Stoffmantel gefütterten Ledermantels helfen, sie ließ sich von mir aus dem Gebäude führen, die Straße entlang, am Waschsalon vorbei zu der Seitengasse der North Main Street und schließlich die Holztreppe hinauf. Den ganzen Weg sagte sie kein Wort. Ich tastete über der Wohnungstür nach dem Schlüssel, als Rain die Tür aufriß. Sie legte den Kopf schief, lächelte eisig und taxierte die russische Konkurrenz.

»Axinja, das ist Rain. Rain, das ist Axinja.«

»Freut mich sehr, Ihre Bekanntschaft zu machen«, sagte Rain mit seltsam maskuliner Stimme. Sie nahm Axinjas Mantel und warf ihn über die Lehne der Couch, auf der sich schon Mäntel und Pullover und Miniröcke türmten. »Wo hat sie denn diese Klamotten her?« fragte sie mich aus dem Mundwinkel.

Axinja sah sich angewidert im Zimmer um. Sich selbst überlassen, hätte sie die Ärmel hochgekrempelt und gründlich aufgeräumt. »*Tschto ona goworit?*« wollte sie wissen.

»Sie fragt, wo du deine Bluse gekauft hast. Sie hat eine Schwäche für durchsichtige Kleider.«

»Hey, stimmt ja, ihr zwei sprecht ja russisch miteinander«, begriff Rain. »Hab ich doch tatsächlich vergessen, daß L. Falk Ausländer ist.«

Beim Abendessen zog Rain alle Register, servierte kurz gewendete Spiegeleier auf kaltem Toast, reichte italienischen Wein aus einer Flasche in Plastikstroh, wartete mit Weizenvollkornbrot und dünnen Scheiben von einem Käse auf, der irgendwie mißglückt war und große Löcher hatte. Sie stellte Axinja einen Teller hin, bot ihr die Ketchupflasche an und ertränkte ihre eigenen Eier in dem roten Zeug, als Axinja mißtrauisch ablehnte.

Rain, das muß man ihr lassen, gab sich redlich Mühe, ein Gespräch mit der Außerirdischen anzufangen, die vor ihrer Haustür gelandet war, denn so kam ihr die Russin mit der durchsichtigen Bluse und dem verwaschenen BH vor.

»Was machen Sie, wenn Sie nicht gerade Backwater einen Besuch abstatten?« fragte sie Axinja.

»Ich chatte eine gutte Raise, danke vielmals«, erwiderte Axinja.

Rain ließ sich durch das Fehlen einer direkten Beziehung zwischen ihren Fragen und Axinjas Antworten nicht aus dem Konzept bringen.

»Sind Sie zum erstenmal in Amerika?«

Axinja sah mich an. »Ist die nicht ein bißchen jung für dich?« fragte sie mich auf russisch.

»Unsere Beziehung ist rein platonisch«, klärte ich Axinja auf russisch auf. »Sie brät kurz gewendete Spiegeleier, und ich mache hinterher den Abwasch.«

Axinja legte ein breites Lächeln auf, ein sicheres Zeichen dafür, daß sie mir kein Wort glaubte. Sie wandte sich wieder Rain zu.

»Ich war gebort« – sie fragte mich auf russisch, was »nach« auf englisch heiße – »nach der Tod von Josif Stalin, deshalb ich nicht weiß, wie ist gewesen.« Nachdem sie sich das von der Seele geredet hatte, entrang sich ihr aus irgendeinem Grund ein tiefer Seufzer der Erleichterung.

»Hey, das tut mir wirklich leid, ehrlich«, sagte Rain mit

einem längeren und härteren Gesicht, als ich es je bei ihr gesehen hatte.

»Sie sagt, es tut ihr leid«, dolmetschte ich, als ich Axinjas verständnislosen Blick sah.

»Die redet wie ein Maschinengewehr«, sagte Axinja auf russisch. »*Was* tut ihr leid?«

Ich leitete die Frage an Rain weiter.

»Das mit Stalin. Daß er gestorben ist.«

Ausgerechnet in diesem Moment kam Mayday in die Küche getrottet und schnüffelte an Axinjas gemusterten Strümpfen. Sie wedelte mit ihrem obszön unbehaarten Stummelschwanz, blinzelte mit ihren vom grauen Star fast erblindeten Augen und dachte sicherlich, was sie da roch, müsse irgendeine exotische Hautkrankheit sein.

Axinja zuckte mit den Knien vor der schnorchelnden rosa Nase zurück und kreischte auf russisch: »Was ist das?«

»Eine Hündin. Sie ist sehr alt«, fügte ich hinzu, als erkläre das alles – die sackenden grauen Hautfalten am Hals, die aus dem sabbernden Maul baumelnde schwarze Zunge, die Triefaugen und die rosa Schweineschnauze.

»Alter ist keine Entschuldigung.« Axinja bemerkte einen üblen Geruch und rümpfte angeekelt die Nase.

Rain, stets auf einen Fauxpas von Mayday gefaßt, drängte das Tier von Axinjas Füßen weg. »Zisch ab, Mayday. Furz in deine Decke.«

Selbstgefällig sagte Axinja: »Sie hat das Vieh Mayday genannt.«

»So heißt es nun mal.«

»Könnte es ein, daß du dem sowjetischen Chaos entflohen bist, um hier Wohnungsgenosse einer amerikanischen Kommunistin zu werden?«

Ich lachte in mich hinein. »Der einzige Marx, den Rain kennt, ist Groucho.«

Das überzeugte Axinja nicht. »Sie hat dieses groteske

Tier nach dem geheiligten Feiertag des Proletariats benannt, dem Ersten Mai.«

Als ich dieses Bonbon an Rain weitergab, kicherte sie nervös. »Hey, sie heißt nicht Mayday nach dem Feiertag, sondern nach den letzten Worten von meinem Dad. Der war doch Sergeant bei der Air Force, ja? Eines späten Abends im Januar war er auf dem Rückweg zu seinem Stützpunkt und ist mit seinem Volkswagen gegen einen Telegraphenmast geschleudert. Ich war damals die meiste Zeit alleine, weil die Freundin von meinem Vater sich mit einem subalternen Offizier von der Forresta rumgetrieben hat, und als er die einzige Nummer gewählt hat, die er auswendig wußte, bin ich ans Telefon gegangen. Er hat von einer Zelle aus angerufen, die nicht weit von der Unfallstelle stand. Er hat nur Mayday gesagt. Immer und immer wieder. Mayday. Mayday. Ich hab gedacht, er ist betrunken, und hab aufgelegt. Bis zum heutigen Tag weiß ich nicht, was dieses Mayday heißen sollte, wenn es überhaupt was heißen sollte. Am nächsten Morgen kamen zwei Militärpolizisten und sagten mir, sie hätten meinen Vater tot in dieser Telefonzelle gefunden. Sie sagten, er wär verblutet.«

Rains Geschichte, oder besser gesagt, die nüchterne Art, wie sie erzählte, raubte mir den Atem. Buchstäblich.

»Wenn du ohnmächtig wirst«, sagte Axinja besorgt, »leg den Kopf zwischen die Knie.«

In meinem Kopf hörte ich eine Kinderstimme, immer und immer wieder, die sagte: *Ich hab das Code-Lexikon nicht versteckt.* Zum erstenmal im Leben erkannte ich die Stimme. Es war meine eigene, obwohl ich keine Ahnung hatte, warum ich abstritt, ein Code-Lexikon versteckt zu haben.

Ich nahm mir Rain vor. »Was erzählst du denn da?« zischte ich in dem wütenden Flüsterton, den Russen verwenden, wenn sie sich in ihren Gemeinschaftswohnungen streiten.

Sie flippte aus. »Der hätte ja bloß ordentliches Englisch

reden brauchen wie jeder normale Mensch, dann hätte ich vielleicht kapiert, daß er irgendwie in Schwierigkeiten war . . .«

»Dein Vater war in einer Telefonzelle am Verbluten, und das nennst du ›irgendwie in Schwierigkeiten‹?«

»Also auf eins kann ich wirklich verzichten, nämlich daß du mir hier Schuldgefühle einimpfst.« Wütend versetzte sie dem Plastikmüllsack einen Tritt. »Das war alles, lange bevor ich Bobby Moran zum erstenmal einen geblasen hab, da war ich nicht nur nicht erwachsen, sondern noch nicht mal halbwüchsig. Also laß mich in Frieden, ja?«

Axinja blätterte die M-Einträge in ihrem Englisch-Russisch-Lexikon durch. »Mayhem. Mayonnaise. Maypole. Aber kein Mayday.« Sie sah auf, in der Hoffnung, Öl in unser Feuer gießen zu können. »Wahrscheinlich ist das irgendein religiöser Ritus der Indianer. Hört sich an wie etwas, was ein primitiver Mensch kurz vor seinem Tod sagen würde.«

Rain bestand darauf, daß ich ihr das übersetzte. »Mein Dad war alles andere als ein primitiver Mensch«, sagte sie mit eisiger Stimme zu Axinja.

So ging das eine endlose halbe Stunde lang weiter. Rain legte die zünftige Imitation einer Hausfrau hin und räumte das Geschirr ab, stellte es oben auf dem ohnehin schon hohen Stapel schmutzigen Geschirrs neben der Spüle, servierte koffeinfreien Kaffee und Doughnuts. Axinja fragte, ob es in der Wohnung eine Toilette gebe, und verschwand darin, nachdem ich ihr das Licht angemacht hatte. Als ich in die Küche zurückkam, sah mich Rain mit einem Blick an, der mir komisch erschien.

»Das ist die, von der du mir erzählt hast, stimmt's? Die, mit der du dich immer am Montagnachmittag und am Donnerstagabend getroffen hast? Die vorher dein Zimmer aufgeräumt und nach dem Sex immer ihre Klamotten gebügelt hat? Also was ist, willst du's mit ihr treiben?«

»Yo?«

»Mein Angebot: Du willst sie vögeln, also laß dich nicht abhalten, mir soll's recht sein. Ich könnte euch sogar zuschauen dabei, verstehst du? Oder ich könnte partizipieren. Oder mich verdünnisieren. Ganz wie's beliebt.«

»Du möchtest par-ti-zi-pie-ren?«

»Mich anschließen. Mitmachen. Kol-la-bo-rie-ren.« Eines ihrer Augen zuckte suggestiv. »Hey, überleg's dir.«

Ich holte tief Luft, ich nahm die Schultern zurück, ich fuhr mir mit den Fingern durch meine strubbeligen Haare. »Ich will sie nicht vögeln«, verkündete ich mit angemessener Würde. »Und ich will nicht, daß du partizipierst oder dich verdünnisierst.«

»Also gibt's doch keinen Grund, sauer zu sein.«

»Ich bin nicht sauer«, beteuerte ich, aber ich log durch meine schlecht gerichteten, fleckigen Zähne. Ich war sauer auf Rain, weil sie sich nicht für den Tod ihres Vaters verantwortlich fühlte. Ich war sauer auf Axinja, weil sie nach Backwater gekommen war. Ich war sauer, weil Rain so gleichgültig reagierte. Ich war sauer, weil sie es für möglich hielt, ich könnte wollen, daß sie mit mir kollaboriert, wenn ich mit Axinja kollaboriere. (Ich hatte schon von solchen Sachen gehört, hatte sogar von solchen Sachen phantasiert, hielt sie aber im Grund für Auswüchse westlicher Dekadenz.) Vor allem aber war ich sauer auf mich selbst, weil es mir Angst einjagte, daß die Stockfische, für die ich daheim in Rußland die Verschlüsselungsarbeit gemacht hatte, meine Abreise bemerkt hatten und mich zurückhaben wollten.

Die Klospülung ging. Es dauerte eine Ewigkeit, bis Axinja zurückkam. Rain und ich wechselten Blicke. Ich zuckte die Achseln. Rain zuckte auch die Achseln. Als sie hinauflangte, um den koffeinfreien Kaffee wieder auf das Bord zu stellen, rutschte ihr T-Shirt hoch, so daß einen Moment lang die weich geschwungene Unterseite ihrer Brust und der in einem Meer von Sommersprossen badende sibirische Nachtfalter zu sehen waren.

Ich putzte mein Auge blank, wie wir im Russischen sagen. Und mein Herz.

Axinja kam in die Küche geschlendert. Sie hatte einen diabolischen Ausdruck im Gesicht.

»Ich hab den schwedischen Rasierapparat, den ich dir zum Namenstag geschenkt habe, im Arzneischränkchen neben ihren Binden gesehen«, teilte sie mir in frostigem Ton auf russisch mit.

»Hey, tut euch keinen Zwang an und redet ruhig weiter in dieser Geheimsprache«, bemerkte Rain schnippisch.

»Wir haben nur ein Badezimmer«, erklärte ich Axinja auf russisch. »Und in dem einen Badezimmer ist nur ein Arzneischränkchen.«

»Und es ist auch nur ein Schlafzimmer da«, gab Axinja zurück. »Und in dem einen Schlafzimmer ist nur ein Bett.«

»In dem Zimmer mit meinem Computer steht eine Couch, die sich aufklappen läßt.«

»Im Moment ist sie zugeklappt. Wenn du sie jemals aufklappen würdest, dann würde dir auffallen, daß kein Bettzeug drin ist.«

»Ich hatte mich schon gefragt, was du so lange machst«, sagte ich leise.

»Tut ruhig so, als ob's mich gar nicht gäbe«, murmelte Rain. »Ich hab nichts dagegen.«

Axinja kramte in ihrer Handtasche nach einem bestickten Taschentuch und putzte sich zierlich die Nase in den Teil, der nicht bestickt war.

»Wann läuft dein Vertrag hier aus?« fragte sie. »Was kann ich tun, um dich zu bewegen, mit mir nach Rußland zurückzukehren?«

Ich weiß nicht, warum, aber ich hatte plötzlich den Wunsch, ihr wehzutun. »Was ist denn für dich drin, wenn du mich zurückbringst?«

Tränen schossen Axinja in die Augen und ließen ihre Wimperntusche verlaufen. »Wie kannst du so etwas von mir denken?« Sie strich sich eine silberweiße Strähne zurück. »*Du* bist drin für mich.«

Ich beobachtete, wie ihr die Tränen über die Wangen rollten, und nahm mir vor, mit Charlie Atwater darüber zu sprechen. Er hatte sich schon mit der Oberflächenspannung von Tränen befaßt, aber es galt, noch einen weiteren chaosbezogenen Blickwinkel zu erforschen. Wenn Gewicht, Gestalt und Oberflächenspannung einer Träne bekannt waren, wenn man den Reibungskoeffizienten der Haut und die Topographie der Wange, über die sie lief, kannte, würde es dann möglich sein, die Bahn der Träne in jedem Einzelfall zu berechnen?

Ich fragte mich, wieso mich Axinjas Kummer so kalt ließ.

Was war mit mir los, daß ich, statt Gefühle zu haben, immer nur ans Chaos dachte?

Hatte ich genug Chaos in mir, um eine Welt zu erschaffen? Oder zuviel Chaos, um in dieser Welt noch leben zu können?

Mir drehte sich der Kopf von all diesen Fragen mit schmerzlichen Antworten.

Axinja muß gemerkt haben, daß ich mit den Gedanken woanders war. »Es hat eine Zeit gegeben, wo es dich zu Tränen gerührt hat, wenn du mich weinen gesehen hast«, sagte sie, kehrte Rain den Rücken, um ihre Gefühle zu verbergen, und betupfte sich mit einem Zipfel des Taschentuchs die Augen. »Als meine Mutter starb, mußte ich dich trösten, obwohl du sie nie kennengelernt hattest. Amerika hat dir seinen Stempel aufgeprägt, Lemuel Melorowitsch. Sogar dein Englisch klingt seltsam . . . eigentlich nicht wie richtiges Englisch.«

Rain gähnte lautstark, strich sich das Haar zurück, tappte zur Spüle hinüber und fing an, unter großem Gespritze ihre Unterwäsche in einem Wännchen auszuwa-

schen. »Deine russische Freundin geht mir langsam auf
den Geist«, sagte sie durch das Rauschen des Wasserhahns. »Ich glaube, ich würde doch nicht kollaborieren,
nicht mal, wenn ihr mich darum bitten würdet.«

»Was sagt sie?«

»Du bist schon der zweite leibhaftige Russe, den sie kennengelernt hat«, erklärte ich matt. »Sie kann ihr Glück gar
nicht fassen.«

Axinja drehte langsam den Kopf und taxierte Rain, wie
nur eine Frau eine andere Frau taxieren kann. »Ihr Arsch
ist zu klein«, sagte sie auf russisch, »ihr Mund ist zu groß,
und die Ohrläppchen sind komisch geformt. Hüften und
Brüste sind ihr keine gewachsen, aus bestimmten Blickwin-
keln sieht sie aus wie ein Junge. Was ist für dich drin? Daß
sie mit dir schläft?«

Ich dachte, *sie* ist für mich drin, aber der Impuls, Axinja
wehzutun, war verflogen, und ich sagte es nicht laut.

Axinja verschränkte die Arme vor der Brust, oder besser
gesagt, sie legte die Arme auf ihre Brust. »Ich wette, sie
hat einen G-Punkt«, sagte sie in einer plötzlichen Erleuchtung.

»Wenn ich eine größere Verschmelzung mit einer eingehen müßte, deren Titten so hängen wie ihre«, sagte Rain
von der Spüle her mit einem verkniffenen Lächeln, »tät ich
den Cadillac überholen.«

»Sie redet wie ein Wasserfall«, kommentierte Axinja ge-
hässig. »Sagt sie mehr, als man beim bloßen Hinhören versteht?«

»Es ist ihre Küche. Es sind ihre Eier. Es ist auch ihre
Bratpfanne.«

»Hat sie wirklich einen Cadillac?« erkundigte sich Axinja, gegen ihren Willen beeindruckt, auf russisch.

»Sie fühlt sich nicht besonders«, erklärte ich Axinja.
»Den Cadillac überholen ist Liliputanisch für kotzen.«

»Das ist jetzt schon das zweite Mal, daß du dieses Liliputanisch erwähnst«, meinte Axinja gereizt. »Was ist das eigentlich, ein Dialekt, der im Staat New York gesprochen wird?«

Der Himmel weiß, wie ich ihr erklärt hätte, was Liliputanisch ist, wenn wir nicht durch eine Sirene abgelenkt worden wären. Der Heulton veränderte sich, als der Wagen in die Gasse einbog, was, wie jedes Schulkind weiß, auf den Doppler-Effekt zurückzuführen ist. Axinja, die gerade am Küchenfenster stand, sah entsetzt auf das Blinklicht auf dem Dach des Polizeiautos hinunter, während dieses vor der Holztreppe hielt. Ich erinnere mich, das Raymond Chandler den Ausdruck »das Blut wich aus ihrem Gesicht« benutzt, aber bis zu dem Augenblick hatte ich dieses Phänomen nie selbst beobachtet. Ganz plötzlich so grau wie ein Bürgersteig, legte Axinja eine Hand aufs Fensterbrett, um nicht zu Boden zu sinken.

»Das ist die Miliz«, stieß sie auf russisch hervor. »Die wollen mich als russische Spionin verhaften.«

Ich trat ans Fenster, als die Autotür zugeschlagen wurde, und erkannte Norman, den Hilfssheriff, der weiß, wo Jerusalem liegt. Er schaute herauf und winkte. Ich hob die Hand und grüßte ihn durchs Fenster. Er kam die Treppe rauf.

»Keine Angst«, sagte ich zu Axinja. »Das ist bloß Norman.«

Rain ging an die Wohnungstür und kam mit Norman im Schlepptau zurück. Er kam großspurig in die Küche gestiefelt. Beim Klicken seiner eisenbeschlagenen Schuhe auf dem Linoleum überlief es mich kalt. Er knallte zwei Aktenordner auf den Küchentisch, bemerkte Axinja in der hintersten Ecke und nickte ihr freundlich zu.

»Sag ihm um Gottes willen, daß ich Journalistin bin und keine Spionin«, zischte sie mir auf russisch zu. Sie sah Norman an und lächelte verkrampft. »Einen guten Tag wünsche ich, Herr Polizist.«

»Das ist eine alte Freundin von mir aus Petersburg«, klärte ich Norman auf. »Sie will mich wegen der Atommülldeponie interviewen.«

Norman tippte an die breite Krempe seines Sheriff-Hutes. »Freunde von Lem.«

»Was soll das heißen, ›Freunde von Lem‹?« erkundigte sich Axinja auf russisch.

»Das ist so eine Angewohnheit der Amerikaner, daß sie nur einen halben Satz sagen – den Rest muß man sich dazudenken«, erklärte ich ihr. »Deswegen ist die politische Situation hier so konfus. Ich glaube, er wollte sagen, Freunde von Lemuel sind auch seine Freunde.«

Diese Erklärung stürzte Axinja in noch größere Verwirrung. »Wie kann ich eine Freundin von ihm sein, wo ich ihn gerade erst kennengelernt habe?«

Norman, der immer noch den Hut aufhatte, rückte sein Holster und sein Gemächte zurecht und setzte sich rittlings auf einen Klappstuhl. Rain stellte eine Tasse lauwarmen Kaffee vor ihm auf den Tisch. Norman kippelte mit dem Stuhl und verkündete: »Der Sheriff schickt mich.« Er wollte noch etwas sagen, aber dann trübte sich sein Blick, weil er vergessen hatte, was er ausrichten sollte. Um seine Gedächtnislücke zu verbergen, kippte er mit dem Stuhl wieder nach vorne und fing an, Zucker in seine Tasse zu schaufeln, bis sie überlief und der Kaffee in die Untertasse rann. Norman blickte auf und sah, daß wir ihn alle anschauten. Dann leuchteten seine Augen auf – ihm war wieder eingefallen, was man ihm aufgetragen hatte.

»Die hams noch nich im Radio gebracht, aber es hat schon wieder zwei Serienmorde gegeben, einen oben an der Nordgrenze von unserm Kreis, ein siemundsiebzigjähriger Weißer, der als Nachtwächter in einer Schuhfabrik gearbeitet hat, der andre zwei Stunden später in Wellsville, ein vierundvierzig Jahre alter Japaner, der in einer Tankstelle gearbeitet hat, die die ganze Nacht auf hat, und beide Opfer sind mit einem mit Knoblauch eingeriebenen Dumdum-Geschoß aus nächster Nähe ins Ohr geschossen worden, mit derselben Pistole Kaliber 38. Das erste Mal, daß wir zwei in Zeit und Ort so nah beinandere Morde haben.«

»Mein Gott«, stöhnte Rain an der Spüle. »Der verdammte Zufallsmörder hat wieder zugeschlagen.«

»Meinst du, ich sollte mich an die sowjetische Botschaft wenden?« fragte Axinja auf russisch vom Fenster her.

»Es gibt keine sowjetische Botschaft mehr«, murmelte ich auf russisch.

»Die reden in einer Fremdsprache«, erklärte Rain Norman.

»Mhm«, sagte Norman. Er wandte sich mir zu. »Der Sheriff will wissen, wie Sie weiterkommen. Die Zigeunerin in Schenectady, die Eingeweide schaut, und die blinde Rumänin in Long Branch, die Tarotkarten liest, die ham beide das Handtuch geschmissn. Sie und der abgehalfterte katholische Priester, der ein Ring über einer Landkarte baumeln läßt, ihr seid die einzigsten, die noch nach dem Täter suchen.« Norman ließ ein jungenhaftes Lächeln aufblitzen. »Abgesehn von der Polizei.«

Ich beschloß, mir »das Handtuch schmeißen« zu merken, die Bedeutung war aus dem Zusammenhang klar, und fing an, die beiden Ordner durchzublättern, die Norman mir gebracht hatte.

»Wenn Sie den Sheriff sehen«, sagte ich zu ihm, »sagen Sie ihm, daß es schon wärmer wird.«

Norman trank einen Schluck lauwarmen Kaffee, beschloß, noch mehr Zucker hineinzutun, als könnte der die Wärme ersetzen, und nahm noch einen Schluck.

»Wird schon wärmer«, wiederholte er.

»Wärmer in dem Sinne, ob die Morde zufällig sind oder nicht.«

»Mhm.«

Als Norman gegangen war, borgte ich mir Rains Harley

aus, trat auf den Kickstarter und fuhr Axinja wieder in ihr
Hotel draußen vor der Stadt.

»Willkommen im Kakerlaken-Motel«, sagte ich, als wir
vor ihrem Bungalow hielten. »Einmal drin, nie wieder
raus.«

»Du hast dich verändert«, sagte Axinja. »Früher hast du
dich schweinisch benommen, aber nicht schweinisch daher-
geredet.« Sie beugte sich vor und legte ihre Lippen auf meine. In Rußland wäre das als Kuß durchgegangen. »Komm
heim«, flüsterte sie atemlos. »Hier bist du wie ein Fisch auf
dem Trockenen.«

Ich machte ihre Arme los, so sanft ich konnte, und ging
zur Harley zurück. »Ich schwimme, wann und wo ich
schwimmen will.«

»Was hält dich hier?« wollte sie wissen. Ihre Stimme hatte den klagenden Ton, den das Russische gern annimmt,
wenn man Fragen stellt, auf die man die Antworten schon
kennt.

Am nächsten Bungalow ging eine Verandalampe an, und
der Orientale, dem ich im E-Z Mart begegnet war, steckte
den Kopf aus der Tür. »Wenn Sie unbedingt streiten müssen«, rief er mit seinem spröden britischen Akzent, »dürfte
ich dann höflichst vorschlagen, daß Sie damit bis zum Morgen warten, dann sind Sie beide munterer.«

Ich trat auf den Kickstarter, daß die Harley unter mir in
die Knie ging, und brachte den Motor auf Touren. Axinja
muß ihre Frage wiederholt haben, ich sah, wie ihre Lippen
die Worte »Was hält dich hier?« formten. Durch den Lärm
der aufheulenden Harley gab ich ihr die Antwort. In
Rußland, sagte ich unhörbar, hatte ich herumgestanden
und auf gute Nachrichten gewartet. Dann hatte ich herumgestanden und auf Nachrichten gewartet. Dann hatte ich
herumgestanden und auf den Tod gewartet. Im Laufe der
Jahre waren meine Knöchel geschwollen. Und mein Herz
auch.

Das letzte, was ich von Axinja sah, als ich auf der Harley losfuhr, war der perplexe Ausdruck auf ihrem Gesicht, was mich vermuten ließ, daß meine Botschaft verstümmelt bei ihr angekommen war.

Hey, Lippenlesen ist nicht so einfach. Herzlesen auch nicht.

Als er in die Wohnung zurückkommt, ist der Projektor mit der malvenfarbenen Seide darüber eingeschaltet, und Rain sitzt splitternackt im Lotussitz auf dem einzigen Bett im einzigen Schlafzimmer. Er wirft einen langen Blick auf ihre Hüften, ihre Brüste, und kommt zu dem Schluß, daß alles durchaus weiblich aussieht. Rain hat eine der beiden Nachttischlampen ausgeknipst und die andere auf den Boden gestellt, zum Zeichen, daß sie sexuelle Aktivitäten erwartet.

»Wie stehst du eigentlich zu Joghurt?« fragt sie.

»In Rußland glauben alle, daß Menschen, die Joghurt essen, länger leben.«

Rain scheint erleichtert. »Ich hab mal in einer Frauenzeitschrift gelesen, daß man keine Hefepilzinfektion bekommt, wenn man Spülungen mit Joghurt macht. Deshalb mach ich das hin und wieder.«

Im dämmrigen Licht der Nachttischlampe auf dem Boden läßt sich Lemuel in einen verlockenden Wachtraum sinken. Der sibirische Nachtfalter unter Rains rechter Brust schwirrt mit den Flügeln, fast so, als wollte er einen Schwarm Sommersprossen vertreiben . . .

»Was den Joghurt angeht«, sagt Rain mit einem halb trotzigen, halb entschuldigenden Lächeln, das Lemuel als Zeichen von Unsicherheit an ihr kennengelernt hat, »den könntest du als eine Art Mitternachts-Snack betrachten.«

So schließt denn Lemuel von Angesicht zu Angesicht Bekanntschaft mit einem Teil der weiblichen Anatomie, dem er noch nie so nahe gekommen ist. Und dabei merkt er – irgendwann muß ihm das schon einmal widerfahren sein, er weiß nur nicht mehr, wann –, daß nicht nur die Reise, sondern auch die Ankunft ihren Reiz haben kann.

Frisch rasiert, das unvermeidliche Stückchen Toilettenpapier am unvermeidlichen eingetrockneten Schnitt auf dem Kinn, die Wangen durchdringend nach Rains Rosenwasser duftend, wandert Lemuel gegen zehn Uhr vormittags die South Main Street entlang, vorbei an der Post, dem Drugstore, dem Billard-Salon, der Buchhandlung. Über Nacht sind die Fassaden der Gebäude weiß getüncht und mit psychedelischen Graffiti besprüht worden, die in makraben Details die Eroberung von Backwater durch die Marsmenschen darstellen, das Thema des diesjährigen Frühlingsfestes. Horden von Marsmenschen, die Gesichter fettig grasgrün beschmiert, die Ohren spitz zulaufend und nach hinten geklebt, die Köpfe starrend von Antennen, die an die Knochen oberhalb der Augen geklebt sind, tummeln sich auf den schmalen Pfaden des langgestreckten Hügels, der das Dorf überragt, schreien unverständliche Wörter einer erfundenen Sprache hinaus, kommen aus den Erdgeschoßfenstern der Wohnheime gesprungen und schwenken die Beutestücke eines interplanetarischen Kriegs: Slips, Büstenhalter und Unterröcke, die gestern noch Eigentum studierender weiblicher Erdlinge waren.

Auf dem Rasen vor der Bank auf der anderen Straßenseite liest Lemuel auf der elektronischen Anzeigetafel anstelle von Uhrzeit und Temperatur einen aufmunternden Spruch: ES IST NIE ZU SPÄT FÜR EINE GLÜCKLICHE KINDHEIT.

Lemuel macht sich keine Illusionen über die Allgemeingültigkeit dieser Behauptung. So weit seine Erinnerung zurückreicht, war es zu spät für eine Kindheit, von glücklich ganz zu schweigen. Und davor verlieren sich die Ereignisse in einem wallenden Nebel, der sich manchmal gerade lange genug lichtet, um ihm den Blick auf etwas zu gestatten, was er lieber nicht sehen möchte . . .

»*Golbasto momaren evlame gurdilo shefin mully ully gue*«, ruft ein Verbindungsbruder, den Lemuel auf dem Delta-Delta-Phi-Fest gesehen hat, einem befreundeten Marsmenschen zu, während die beiden an der Anzeigetafel vorbeigehen.

»*Tolgo phonac*«, ruft der andere zurück.

»*Tolgo phonac*«, bestätigt der erste Marsmensch unter schallendem Gelächter.

Von dem Glockenspielturm am Waldrand kommt schrilles Geläute. Mit schwirrenden Flügeln flattern Dutzende von Tauben, die in der Turmspitze nisten, zum Himmel auf. Die Marsmenschen haben den Turm besetzt und spielen auf den Glocken, was im *Backwater Sentinel* als offizielle Hymne des Frühlingsfestes bezeichnet wurde, eine Melodie, die Lemuel verdächtig bekannt vorkommt. Plötzlich fällt ihm ein, wo er sie schon einmal gehört hat – Rain hat sie auf ihrem Horn geblasen. »*Oh, when the saints go marching in*«, singt Lemuel im Takt mit den Glocken vom Turm, »*oh when the saints go mar-ching in, da da da, da da da dada, when the saints go marching in.*«

Ein Stück weiter die Straße hinunter biegt unter großem Getöse eine Kavalkade von Kabrios, deren Hupen das Glockenspiel übertönen, von der Sycamore in die South Main Street ein. Die Autos, vollgepackt mit Marsmenschen, fahren in gemessener Prozession die doppelte weiße Linie in der Mitte der breiten Straße entlang. Ein Pickup mit dem Aufnahmeteam eines Fernsehsenders aus Rochester, das den Umzug von der Plattform aus filmt, fährt neben der Kolonne her. Von den Bürgersteigen auf beiden Seiten der South Main feuern Marsmenschen zwei Flitzer an, die zwischen den Wagen der Kolonne dahintraben. Nur mit Joggingschuhen bekleidet, winken Dwayne, der Manager des E-Z Mart, und sein Herzblatt Shirley, die, wie sich zeigt, auch von Natur aus gewelltes Schamhaar hat, fröhlich der Zuschauermenge zu.

Dwayne, dessen Hodensack und riesiger Penis flappen, erblickt Lemuel. »Lem, Babe, was läuft?«

»Yo. Nichts Besonderes.« Lemuel tut so, als wäre es was ganz Alltägliches, mit einem Mann zu schwatzen, der nackt über die South Main Street joggt. »Hab gar nicht gewußt, daß du so auf Jogging stehst.«

»Tja, Babe, ich mach auch T'ai chi. Ein gesunder Geist in einem gesunden Körper, das ist meine Philosophie.«

»Wär auch meine«, murmelt Lemuel, »wenn ich meine Ausbildungsvorschrift der Royal Canadian Air Force noch hätte.«

»Wir sehn uns nachher noch«, ruft Dwayne über die Schulter zurück.

»Rain hat uns nämlich wieder zum Abendessen eingeladen«, schreit Shirley mit ihrer hohen Stimme.

Der Kameramann ruft ihr von der Plattform des Pickups aus zu: »Wie wär's mit einem lauten Hallo für die Lieben daheim?«

Shirley bekommt einen Lachanfall, bedeckt mit der einen Hand ihre kleinen spitzen Brüste, dreht sich um und winkt mit der freien Hand zur Fernsehkamera hin. Dann ruft sie noch Lemuel zu: »Soll ich Ihnen nach dem Essen beibringen, wie man seinen Namen rückwärts schreibt?«

»Wow«, schreit Dwayne in die Fernsehkamera und hebt die Faust.

Ein Echo kommt von den Marsmenschen in den Kabrios. »Wooow«

Lemuel lenkt seine Schritte in den Studenten-Schnellimbiß. Die Kellnerin, die auf den Namen Molly hört, schaut von ihrem Comic-Heft auf. »Na, wenn das nicht Mister-von-jedem-eins ist«, sagt sie. »Bin gleich bei Ihnen.«

Lemuel entdeckt in einer Nische im Hintergrund den Rebbe und läßt sich auf die Bank ihm gegenüber gleiten. Der Rebbe, der aussieht wie eine Leiche auf Urlaub, schnitzt mit einem kleinen Taschenmesser יהדה in die Tischplatte.

»Was schreiben Sie denn da?« will Lemuel wissen.

»Yod, heh, vav, heh. Was sich Jahwe ausspricht.« Der Rebbe richtet seine Glotzaugen himmelwärts und fixiert den Deckenventilator direkt über ihm, als wollte er Gott herausfordern, ihn zu erschlagen, weil er seinen Namen laut ausgesprochen hat.

Molly stellt Lemuel zwei Tassen Kaffee hin. »Einen mit, einen ohne«, sagt sie mit unbewegter Miene. (Sie haben es zu ihrem kleinen Scherz unter Freunden gemacht.) Sie legt den Kopf schief, um das Schnitzwerk des Rebbes genauer zu betrachten. »Ich hab ja nichts dagegen, wenn die Leute Initialen in meine Tische ritzen, das machen sie alle, das ist mehr oder weniger Tradition«, sagt sie, »aber in Anbetracht der Tatsache, daß wir in den USA leben, finde ich, es sollte wenigstens Englisch sein.«

»Würden Sie für den Namen Gottes nicht vielleicht eine Ausnahme machen?«

»Jesus, geboren in einer Krippe in Bethlehem, ist der Name Gottes.«

»Jesus, der fast mit Sicherheit nicht in Bethlehem geboren wurde – der Geschichte haben Bibelgelehrte schon längst den Teppich unter den Füßen weggezogen –, ist der Name von Gottes Sohn. Ich schnitze den Namen Gottes, Seines Vaters, der da ist im Himmel.«

Molly sieht zu, wie der Rebbe die fremdartigen Schriftzeichen in das Holz ritzt. »Mein erster Mann, er ruhe in Frieden, hat nach seinem Schlaganfall plötzlich rückwärts geschrieben. Ich mußte das Blatt vor einen Spiegel halten, um zu sehen, was er wollte.«

»Im Hebräischen«, sagt der Rebbe, »ist von rechts nach links vorwärts.«

»Sie wollen mich verkohlen.«

Der Rebbe blinzelt zu ihr hinauf. »Unterbrechen Sie mich, falls Sie das alte jüdische Sprichwort schon kennen, das ich gleich erfinden werde. Es ist die Geschichte eines Mannes, der Agnostiker und Legastheniker ist und unter Schlaflosigkeit leidet. Er liegt in der Nacht wach und denkt darüber nach, ob es einen Hund gibt.«

»Wenn das ein Witz sein soll, Rabbi Nachman, dann hab ich ihn nicht verstanden«, gibt Molly zu.

»Na, ›dog‹, rückwärts gelesen, wird zu ›God‹.«

Molly schürzt die Lippen. »Ich kapier trotzdem nicht, was ein Hund mit Gott zu tun haben soll.«

Kopfschüttelnd schiebt sie sich durch die Schwingtüren in die Küche. Lemuel tut Zucker in beide Tassen Kaffee und rührt zerstreut den ohne um, während er den mit schlürft. »Sie wirken äußerst niedergeschlagen, Ascher. Hey, ich hoffe, es ist nichts schiefgegangen mit Ihrer Talmudschule.«

Der Rebbe, der über eine Tragödie schlimmer als der Holocaust nachdenkt, schüttelt den Kopf. »Es ist viel ernster. Es gibt da in der Thora die Stelle, wo Jahwe Abraham vors Zelt zieht und ihm den Sternhimmel zeigt. ›Zähle die Sterne‹, sagt er zu ihm. ›Also soll dein Same werden.‹ Ich spreche von Genesis 15, Vers 5. Ich las es gestern wieder einmal, und da plötzlich krachte die tragische Wahrheit wie eine Tonne Bücher auf mich herab.« Der Rebbe ringt in höchster Pein seine übergroßen rosa Pranken und blickt auf. Lemuel sieht Tränen in seinen Augen glitzern. »Verstehen Sie nicht? Die Zahl der Sterne am Himmel ist begrenzt, nicht unendlich. Das bedeutet, daß Jahwe dem Abraham sagt, er werde eine begrenzte, nicht eine unendliche Zahl von Nachkommen haben. Jahwe sagt ihm nichts anderes – mein Gott, ich könnte mich ohrfeigen dafür, daß ich das nicht schon eher begriffen habe, und noch mehr könnte ich mich dafür ohrfeigen, daß ich es jetzt begreife, denn wer möchte schon mit einer solchen Erkenntnis herumlaufen –, als daß das jüdische Volk eines Tages am Ende sein wird.«

»Hey, es entstehen doch andauernd neue Sterne aus urzeitlichen Gaswolken«, sagt Lemuel.

Der Rebbe horcht auf. »Sind Sie da ganz sicher?«

»Sicher bin ich sicher. Erst letzte Woche haben Astronomen Fotos von fünfzehn embryonalen Sternen im Orionnebel veröffentlicht. In den unendlichen Weiten des Weltraums werden jeden Tag der Woche, jede Stunde des Tages neue Sterne geboren, während andere zugrunde gehen.«

Ein Seufzer der Erleichterung entringt sich der Rabbinerbrust. »Oj, das war knapp. Ich fühle mich wie ein Verurteilter, der in letzter Sekunde begnadigt wird.«

Der Rebbe klappt sein Taschenmesser zu, glättet mit der flachen Hand einen Dollarschein, beschwert ihn mit dem kleinen Blechbehälter, in dem die Zahnstocher stehen, und stibitzt ein paar Würfel Zucker aus der Dose. »Ein Glück für die Juden, daß ich Sie heute getroffen habe«, sagt er zu Lemuel, schiebt sich seitlich aus der Bank und schlurft auf die Straße hinaus.

Lemuel hat den mit ausgetrunken und nimmt den ersten Schluck von dem lauwarmen ohne, als sich der untersetzte Orientale, der ihn wegen seines Streits mit Axinja vor dem Kakerlaken-Motel zurechtgewiesen hat, seiner Nische nähert. Er trägt einen dreiteiligen Nadelstreifenanzug und einen Regenschirm in der einen und einen Aktenkoffer in der anderen Hand.

»Erlauben Sie?« fragt er mit britischem Upperclass-Akzent.

Lemuel blickt in sein Buddhagesicht hinauf. »Was soll ich erlauben?«

»Erlauben Sie, daß ich mich zu Ihnen setze?«

»Hängt davon ab, was Sie mir verkaufen wollen.«

Der Orientale setzt sich auf den Platz des Rebbe und betastet die frisch eingeritzten hebräischen Buchstaben mit den Fingerspitzen, als läse er Blindenschrift. »Jah-we«, sagt er, beide Silben betonend.

»Sie sprechen Hebräisch«, wundert sich Lemuel.

»Ich habe in Oxford Sprachen studiert«, erklärt der Orientale. »Ich spreche sieben nahöstliche und fernöstliche Sprachen und zwölf Dialekte. Sie sind Lemuel Falk, der berühmte Zufallsforscher, nicht wahr?«

»Berühmt – ich weiß nicht.«

»Sie sind ungebührlich bescheiden«, sagt der Orientale mit beruhigender Stimme. »Ich würde gern mit Ihnen über den DES-Verschlüsselungs-Standard sprechen, den verschiedene Organe der amerikanischen Regierung benutzen, wenn sie sich untereinander verständigen wollen, ohne daß ihnen jemand dabei über die Schulter sieht.«

Lemuel will sich drücken, versucht aufzustehen, aber der Orientale langt über den Tisch und packt ihn mit eisernem Griff am Handgelenk. »Der Verschlüsselungs-Standard beruht auf einer Geheimzahl, dem sogenannten Schlüssel, anhand dessen der Algorithmus die Mitteilung verwürfelt. Mit Hilfe derselben Zahl kann der Empfänger die Nachricht entschlüsseln.«

Lemuel dämmert es, daß der Orientale ihn schon seit Tagen beschattet. Er erinnert sich, daß er ihn einmal an der Kasse des Supermarkts gesehen hat, erinnert sich, ihn erneut in der Zuschauermenge gesehen zu haben, als Dwayne und Shirley nackt über die South Main joggten. Und er hatte im Kakerlaken-Motel den Bungalow neben Axinjas gemietet.

»Ich verstehe nicht, was das alles mit mir zu tun hat.«

»Bitte lassen Sie mich ausreden. Um einen Code zu knacken, muß man ein Computerprogramm laufen lassen, das jeden möglichen Schlüssel ausprobiert, bis einer davon das Schloß entriegelt und die Tür aufspringt. Meine Vorgesetzten haben Grund zu der Annahme, daß Sie für Ihre früheren Arbeitgeber ein fast vollständig zufallsgesteuertes Verschlüsselungssystem entwickelt haben, das es einem Computer so gut wie unmöglich macht, zufällig auf den richtigen Schlüssel zu stoßen. Meine Vorgesetzten sind außerdem überzeugt, daß Sie, nachdem Sie dieses Wunder beinahe vollständiger Zufälligkeit vollbracht haben, sicherlich auch in der entgegengesetzten Richtung arbeiten und ein Computerprogramm entwickeln könnten, das komplizierte statistische Abweichungen in großen Datenmengen auflisten könnte – die Schwachstelle selbst bei fast perfekter Zufallssteuerung – und somit in der Lage wäre, jeden Verschlüsselungscode zu knacken, den es heute auf der Welt gibt.«

Lemuel grunzt auf seine unverbindliche Art und befreit nicht ohne Mühe sein Handgelenk aus dem Griff des Orientalen.

»Um mich wenigstens ein bißchen kürzer zu fassen«, sagt der Orientale. »Ich bin ermächtigt, Ihnen eine Dauerstellung anzubieten.«

»Hey, ich hab schon einen Job.«

»Wann läuft Ihr Vertrag mit dem Institut für fortgeschrittene interdisziplinäre Chaosforschung aus?«

»Komisch, alle wollen wissen, wann mein Vertrag ausläuft. Ende Mai.«

»Und was machen Sie dann? Ins geheiligte Sankt Petersburg zurückkehren und täglich fünf Stunden Schlange stehen, um Wurst zu essen, die aus toten Hunden fabriziert wurde?«

»Habe ich eine andere Wahl?«

Buddhas Augen verengen sich, als er das Zupfen an seiner Leine spürt und sie einzuholen beginnt. »Sie könnten leben wie Gott in Frankreich, genauer gesagt in einer kleinen ländlichen Gemeinde nicht weit von London, die sich der theoretischen Mathematik verschrieben hat. Sie könnten dort Ihre Suche nach reiner, unverfälschter Zufälligkeit auf unserem Supercomputer fortsetzen. Und in Ihrer Freizeit könnten Sie uns gelegentlich ein bißchen beim Erstellen oder Knacken von Geheimcodes zur Hand gehen. Und Sie könnten sofort Geld abheben, das bereits für Sie auf ein Konto eingezahlt wurde.«

»Was für ein Konto?«

Die Lippen des Orientalen verziehen sich zu einem aufrichtigen Lächeln. Er tippt auf ein paar Tasten eines Zahlenschlosses, läßt den Aktenkoffer aufschnappen, nimmt einen Paß und ein Sparbuch heraus und legt beides auf den Tisch. Lemuel blättert den Paß durch, es ist ein britischer, voller Ein- und Ausreisestempel verschiedener Länder. Außerdem enthält der Paß ein mehrere Jahre altes Polizeifoto von ihm und lautet auf den Namen Quinbus Flestrin. Lemuel schießt der Gedanke durch den Kopf, daß er, wenn ihm dieser Paß gehörte, nicht nur zwei Unterschriften, sondern auch zwei Namen hätte. Er schiebt den Paß beiseite und wirft einen Blick in das Sparbuch; offenbar hat jemand mit dem unwahrscheinlichen Namen Quinbus Flestrin bei einer Bank namens Lloyds 100 000 englische Pfund zu seinen Gunsten eingezahlt. Er rechnet rasch um und kommt auf den Gegenwert von rund hundertfünfzig Millionen Rubel. Saniert bis ans Lebensende, saniert auch noch fürs nächste Leben, denkt Lemuel verdattert, bläst auf seinen lauwarmen Kaffee, um ihn abzukühlen, und stürzt ihn dann auf einen Sitz hinunter, um seine Verwirrung zu verbergen.

»Falls Sie bezweifeln sollten, daß unsere Absichten ehrenhaft sind, wie man so sagt, habe ich hier außerdem einen Flugschein erster Klasse Rochester–New York–London, ausgestellt auf den Namen Quinbus Flestrin«, fügt der Orientale hinzu.

Lemuel räuspert sich. »Eins würde ich gern wissen – ich bin nun mal neugierig.«

»Wie könnte es auch anders sein«, sagt der Orientale mit einem buddhagleichen Flattern der Augenlider.

»Wie sind Sie dahintergekommen, daß ich mich in Backwater aufhalte?«

»Ich trete wohl niemandem auf die Zehen, wenn ich es Ihnen verrate. Meine Vorgesetzten lassen seit einiger Zeit eine Journalistin beobachten, die sich als freie Mitarbeiterin des auferstandenen russischen KGB betätigt. Sie heißt Axinja Petrowna Wolkowa. Heutzutage neigen russische Geheimdienstleute angesichts des akuten Mangels an Fremdwährung dazu, Felder in der Nähe der Heimat zu bestellen – beispielsweise verwenden sie viel Zeit und Energie auf Operationen in der Ukraine oder in Usbekistan. Als deshalb eine von ihnen mit der Eisenbahn durch Europa fuhr, zu Schiff den Atlantik überquerte und dann einen Bus bestieg, um in ein Städtchen in der hintersten Ecke des Staates New York zu gelangen, wollten wir natürlich wissen, was es in einem Altwasser namens Backwater wohl geben könne, was einen derartigen Devisenaufwand rechtfertigte. Und so stolperten wir über Lemuel Melorowitsch Falk, der für seine Arbeit auf dem Gebiet der reinen Zufälligkeit und der Chaostheorie mit dem Leninpreis ausgezeichnet wurde.«

Molly kommt auf dem Weg zur Küche dicht an ihnen vorbei. »Na, alles paletti?«

»Sie haben hier ein höchst erfreuliches Etablissement«, versichert ihr der Orientale.

»Na, das finde ich aber nett von Ihnen. Wir geben uns jedenfalls die größte Mühe.« Sie schenkt dem Orientalen ein anmutiges Lächeln. »Schnitzen Sie übrigens ruhig Ihre Initialen in den Tisch, wenn Sie möchten, nur bitte in englischen Buchstaben.«

»Sie erwähnten, daß ich Ihnen in meiner Freizeit bei Geheimcodes zur Hand gehen könne«, sagt Lemuel. »Liegt das in meinem Belieben, oder ist es eine Bedingung?«

»Es ist, was unsere Freunde im alten Rom eine *conditio sine qua non* genannt hätten«, räumt der Orientale ein.

3. KAPITEL

Jüngere Semester driften mit der Ziellosigkeit von Trümmern, die nach einem Schiffbruch an Land getrieben werden, in den Hörsaal. Sie lassen sich müde auf die Stühle sinken, strecken die Gliedmaßen in alle Himmelsrichtungen und sitzen da mit glasigen Augen und scheinbar zu ewigem Gähnen geöffneten Mündern. Der Minutenzeiger der großen Wanduhr springt mit lautem Klicken auf zwei Minuten vor der vollen Stunde. Es ist die elfte Stunde vormittags.

»Meine Zensuren bilden eine Kurve«, erklärt Miss Bellwether Lemuel an der Tafel. Sie weist auf die Studenten, die verstreut in dem ansteigenden Hörsaal sitzen. »Nehmen Sie zum Beispiel diesen Kurs, der als ›Einführung in die Chaostheorie‹ im Vorlesungsverzeichnis steht. Von den achtzehn Studenten bekommen bei mir zwei ein A, zehn ein B und sechs ein C.«

»Und Sie vergeben kein D und kein F?« erkundigt sich Lemuel.

Miss Bellwether kichert. »Sie müßten schon sehr gute Gründe haben, um einen Studenten durchfallen zu lassen. Wie unser für die Zulassung zuständiger Dekan gerne sagt, sollte man nie vergessen, von wem man sein Gehalt bekommt.« Sie nickt zu den Studenten hin, von denen mehrere fest zu schlafen scheinen. »Wollten wir jeden durchfallen lassen, der einmal in der Vorlesung einnickt, gäbe es keine Studenten mehr in Backwater. Wir würden vor leeren Bankreihen dozieren. Ich weiß nicht, wie das bei Ihnen in Rußland war, Mr. Falk, aber unsere Studenten kommen ans College, um auf Partys zu gehen, Hasch zu rauchen und, verzeihen

Sie den Ausdruck, herumzuvögeln. Es ist schon schlimm genug, daß wir diese Orgie immer wieder mit Lehrveranstaltungen unterbrechen. Wir sollten nicht übermütig werden und auch noch darauf bestehen, daß sie dabei wach bleiben.«

Lemuel schaut in die Runde und murmelt: »In Amerika der Schönen ist die Bildung chaosbezogen.«

»Das können Sie laut sagen.«

Miss Bellwether schaut ihren Gastdozenten mißtrauisch an. Der Minutenzeiger springt auf die Zwölf. Sie schlendert zur Tür, läßt drei weitere Studenten ein und schließt die Tür wieder. Sie kehrt aufs Podium zurück und zieht ihre winzige Armbanduhr auf, während sie Köpfe zählt. »Du lieber Himmel, dreizehn von insgesamt achtzehn, kein schlechter Schnitt für den Morgen nach dem Frühlingsfest. Ist es der Ruhm des Gastdozenten, der Sie Schlag neun aus dem Bett holt, oder die Tatsache, daß ich in dem Ruf stehe, jedem Marsmenschen, der regelmäßig seinen warmen Körper in die Vorlesung schleppt, mindestens ein C zu geben? Egal. Hier ist, direkt aus St. Petersburg in Rußland, Lemuel Falk, derzeit Gastprofessor an unserem Institut für fortgeschrittene interdisziplinäre Chaosforschung. Mr. Falk ist Experte von Weltrang auf dem Gebiet der reinen Zufälligkeit, von der wir letzte Woche gesprochen haben, wie sich diejenigen von Ihnen, die wach waren, vielleicht erinnern. Heute wird Mr. Falk über die transzendente Zahl *Pi* und ihre Beziehung zur reinen Zufälligkeit sprechen. Bitte sehr, Mr. Falk.«

Lemuel steckt die Hände tief in die Taschen der Cordhosen, die Rain in einem Secondhand-Shop in Hornell für ihn erstanden hat.

»Yo.«

Zwei der in der letzten Reihe schlafenden Jungen strecken die Beine in eine andere Richtung. Die Mädchen in der ersten Reihe wechseln Blicke. Noch nie hat jemand eine Gastvorlesung mit »Yo« begonnen.

»Also über Pi läßt sich allerhand sagen. Pi bezeichnet das

Verhältnis zwischen dem Umfang und dem Durchmesser eines Kreises. Jedes Kreises. Jedes beliebigen. Eines Nadelstichs. Oder der Sonne. Oder der Umlaufbahn eines Raumschiffs. Man teilt den Umfang eines Kreises durch den Durchmesser und erhält Pi, das ungefähr drei Komma eins vier beträgt.«

In der zweiten Reihe fällt einem Studenten das Kinn auf die Brust.

»Drei Komma eins vier«, wiederholt Lemuel. »Diejenigen von Ihnen, die nicht gerade ihren wohlverdienten Schlaf nachholen, erinnern sich vielleicht, daß Miss Bellwether Pi als transzendente Zahl bezeichnet hat. Pi ist eine transzendente Zahl in dem Sinne, daß sie unser Vermögen, sie genau zu bestimmen, übersteigt; wenn Sie sich vornehmen, die Dezimalstellen von Pi zu berechnen, dann werden Sie, auch wenn Ihre Handschrift noch so klein ist, das Blatt Papier mit Zahlen vollschreiben. Mehr noch, Sie können alles Papier der Welt vollschreiben und werden trotzdem Pi noch nicht einmal angekratzt haben. Das liegt daran, daß die Dezimalerweiterung von Pi unendlich lang ist. Ich kann zu Ihnen sagen, daß die Unendlichkeit so etwas ist wie der Horizont, den man von einem Schiff aus sieht – man kann noch so lange auf ihn zufahren, er bleibt immer außer Reichweite. Der Versuch, Pi zu berechnen« – Lemuel stößt plötzlich auf einen Aspekt des Problems, der ihm noch nie aufgefallen ist –, »ist eine Reise, bei der man nie ankommt.«

In der zweiten Reihe sitzt ein gutaussehender, dunkelhäutiger Student mit Hakennase und pechschwarzem Haar über sein Heft gebeugt und schreibt so schnell mit, wie Lemuel spricht. Er schaut auf, als Lemuel innehält. Ihre Blicke treffen sich. Der Junge nickt Lemuel zu, wie um ihn zum Weitersprechen zu ermuntern.

»Wo war ich?«

»Sir, Sie sagten, die Berechnung von Pi sei eine Reise, bei der man nie ankommt«, assistiert der dunkelhäutige Student.

»Yo. Jedesmal, wenn Sie eine neue Dezimalstelle hinzufügen, erhöhen Sie die Genauigkeit um das Zehnfache. So nähert sich also 3,141592 – Pi auf sechs Dezimalstellen berechnet – dem wahren Wert von Pi mit zehnmal höherer Genauigkeit als Pi auf fünf Dezimalstellen berechnet.«

Eine der Studentinnen in der ersten Reihe steckt einer anderen, die hinter ihr sitzt, einen Zettel zu. Die liest ihn und fängt zu kichern an. Miss Bellwether wirft ihr einen strafenden Blick zu, und sie reißt sich zusammen.

»Fünf Stellen. Der erste, der sich mit der Untersuchung von Pi befaßte, obwohl er es noch nicht so nannte, war ein ägyptischer Mathematiker, der vor rund 3650 Jahren ein noch sehr ungenaues Pi benutzte, um eine Kreisfläche zu berechnen. Im vorigen Jahrhundert berechneten Mathematiker Pi auf zwei Stellen genau: drei Komma eins vier. Mit der Erfindung des digitalen Elektronenrechners nach dem, was Sie im Westen als den Zweiten Weltkrieg bezeichnen, konnten Mathematiker Pi auf zweitausend Dezimalstellen berechnen. Damals erschien das schon als gewaltige Leistung. Mit Hilfe der neuesten Generation parallel arbeitender Supercomputer habe ich selbst Pi auf mehr als drei Milliarden Dezimalstellen berechnet.«

Der dunkelhäutige Student in der zweiten Reihe hebt den Bleistift, mit dem Radiergummi nach oben.

»Sir?«

»Yo.«

»Warum?«

»Warum was?«

»Sir, warum sich die Mühe machen, so viele Stellen zu berechnen, wenn doch ganze siebenundvierzig Stellen schon ausreichen, um die Bahn eines Raumschiffs mit beinahe perfekter Genauigkeit zu bestimmen – allenfalls plus-minus des Durchmessers eines Protons?«

»Izzat Afshar«, informiert Miss Bellwether, die an der Wand lehnt, Lemuel in sachlichem Tonfall, »ist Austauschstudent aus Syrien. Im Gegensatz zu manchen unserer eigenen hausbackenen Studenten gelingt es ihm nicht nur, in der Vorlesung wachzubleiben, sondern er macht sogar Hausaufgaben.«

»Das ist eine absolut faszinierende Frage«, sagt Lemuel zu Izzat.

»Sir, ich warte gespannt auf Ihre Antwort.«

Die Augen eines Studenten, der in der letzten Reihe vor sich hindöst, öffnen sich flatternd. »Izzat ist ein amtlich beglaubigter Schwachkopf«, sagt er laut. Das Mädchen in der zweiten Reihe kichert erneut.

»Hey, bitte unterlassen Sie das«, weist Lemuel den Studenten in der hintersten Reihe zurecht. Er starrt ihn an, bis er wegschaut und wieder einschläft. Lemuel wendet sich an Izzat. »Also, aufgepaßt. Die Berechnung von Pi auf drei Milliarden Stellen hat eine praktische Seite, mit der ich mich hier nicht befassen werde. Sie hat aber auch eine theoretische Seite, und mit der werde ich mich befassen. Die drei Milliarden dreihundertdreißig Millionen zweihundertsiebenundzwanzigtausend siebenhundertdreiundfünfzig Dezimalstellen von Pi, die mir bekannt sind, bilden allem Anschein nach die zufälligste Zahlenreihe, die der Mensch je entdeckt hat. Ich für mein Teil vermute, daß man den Wert von Pi von heute bis zum Jüngsten Tag berechnen könnte, ohne in diesem Wahnsinnswurm Methode zu entdecken; ohne jemals an einen Punkt zu gelangen, wo man mit Sicherheit die nächstfolgende Ziffer vorhersagen könnte. Natürlich blitzt hier und da etwas auf, was ich als Zufallsordnung bezeichne, die, in der Theorie, ein Bestandteil reiner, unverfälschter Zufälligkeit ist; etwas, was wirklich zufällig ist, weist natürlich auch zufällige Wiederholungen auf. Das ist der Grund, weshalb so um die dreihundertmillionste Dezimalstelle acht aufeinanderfolgende Achten auftauchen. Und später zehn Sechsen. Und irgendwann nach den ersten fünfhundert Millionen stößt man auf die Zahlenfolge eins zwei drei vier fünf sechs sieben acht neun.«

Der Bleistift schießt wieder hoch. »Sir, wollen Sie damit sagen, daß eine wahrhaft zufällige Reihe von Zahlen zwangsläufig zufällige Wiederholungen aufweisen muß?«

Lemuel verbeugt sich spöttisch. »Exakt.«

»Sir, wie erkennt man den Unterschied zwischen zufälligen Wiederholungen, die eine Zahlenfolge als wirklich zufällig ausweisen, und nichtzufälligen Wiederholungen, die darauf schließen lassen, daß eine Zahlenreihe keineswegs zufällig, sondern chaotisch ist?«

»Hey, Izzat, kannst du das am Flaggenmast hissen und noch mal davor salutieren?« witzelt einer der Jungen in der letzten Reihe.

»Abermals eine absolut faszinierende Frage«, räumt Lemuel ein. »Ich nehme an, Sie warten gespannt auf meine Antwort.«

»Ja, Sir.«

»Nichtzufällige Wiederholungen lassen, wenn ich sie durch ein von mir selbst entwickeltes Computerprogramm laufen lasse, etwas erkennen, was wir in der Chaosbranche als seltsamer Attraktor bezeichnen, und dabei handelt es sich um ein mathematisches Abbild der Ordnung, die wir im Innersten eines chaotischen Systems vermuten. Wenn man dagegen zufällige Wiederholungen mit demselben Programm analysiert, dann – Pfeifendeckel.«

»Wie bitte, Sir? Pfeifendeckel?«

»Pustekuchen. Nichts. Nada. Null. Niente. Nothing. Was wir als diskrete Aufforderung verstehen sollten, den Hut abzunehmen, Kerzen anzuzünden und im Flüsterton zu sprechen, weil wir uns möglicherweise im Dunstkreis reiner, unverfälschter Zufälligkeit befinden.«

»Sir, Sie sprechen von reiner, unverfälschter Zufälligkeit, als handle es sich dabei um eine Religion, als sei sie das Werk Gottes.«

»Reine, unverfälschte Zufälligkeit«, entgegnet ihm Lemuel – die Worte strömen aus einem unerforschten Brooklyn im tiefsten Inneren seines Herzens – »ist nicht das *Werk* Gottes. Sie *ist* Gott.«

Lemuels Augen leuchten vor Ergriffenheit. Also hatte der Rebbe doch recht. Zufälligkeit *ist* Sein Beiname.

»Scheiß Jahwe«, murmelt er.

»Sir?«

Nach der Vorlesung verstaut Izzat gemächlich seine Sachen in einem Kroko-Aktenkoffer und steht erst auf, als er mit Lemuel allein im Raum ist. Schüchtern nähert er sich dem Gastprofessor.

»Sir, wäre es wohl möglich, ein paar Worte unter vier Augen mit Ihnen zu wechseln?«

»Hey, habe ich Sie nicht in einer früheren Inkarnation auf der Delta-Delta-Phi-Party Hasch rauchen sehen?«

»Das ist durchaus denkbar, Sir.«

»Und wurden Sie nicht zu dreißig Dollar ersatzweise dreißig Tage Haft verurteilt, weil Sie gegen die Atommülldeponie demonstriert haben?«

»Sir, Sie sind offenkundig mit einem ausgezeichneten Gedächtnis für Gesichter gesegnet.«

Lemuel zuckt mit einer Schulter. »Also, was wollten Sie mich fragen?«

»Sir, darf ich fragen, wann Ihr Vertrag mit dem Institut für fortgeschrittene interdisziplinäre Chaosforschung ausläuft?«

»Fragen Sie. Fragen Sie. Das wollen alle wissen, also warum nicht auch Sie?«

»Sir, wann läuft Ihr Vertrag aus?«

»Wann endet das Semester?«

»Am einunddreißigsten Mai.«

»Und am einunddreißigsten Mai läuft auch mein Vertrag aus.«

»Sir, was werden Sie dann tun? In die Wohnung in St. Petersburg zurückkehren, die Sie mit zwei Ehepaaren teilen, die kurz vor der Scheidung stehen?«

Lemuel zieht die Hose und die Augenbrauen hoch. »Sie kennen offenbar Einzelheiten über mich, die nicht in meiner offiziellen Biographie im Hochglanz-Vorlesungsverzeichnis des Instituts stehen. Worauf wollen Sie hinaus?«

»Sir, mein Vater ist Minister des Inneren . . .«

»Ihr Vater ist Minister welches Inneren?«

»Der Arabischen Republik Syrien, Sir. Als ich ihm mitteilte, daß ich an Ihrer Gastvorlesung teilnehmen würde, schickte er mir ein dringendes verschlüsseltes Fax, in dem er mir die praktische Seite der Berechnung von Pi auf drei Milliarden Dezimalstellen erläuterte . . .«

»Ihr Vater, Minister des Inneren der Arabischen Republik Syrien, versteht etwas von der praktischen Seite der Berechnung der Dezimalstellen von Pi?«

»Sir, mein Vater hat am Massachusetts Institute of Technology Mathematik studiert. Er schrieb seine Magisterarbeit über allgemein Bekanntes und seine Dissertation über Spieltheorie. Das erklärt, warum er Chef des Verschlüsselungs- und Entschlüsselungsdienstes meines Landes geworden ist. Es erklärt außerdem, warum er eine genaue Vorstellung von Ihrem bemerkenswerten Beitrag zur Kunst der Kryptographie hat. Ich selbst habe nur eine verschwommene Vorstellung, Sir, denn die mathematischen Feinheiten übersteigen eindeutig mein Begriffsvermögen, aber mir scheint, Sie haben ein Computerprogramm entwickelt, das mit fast vollkommener Zufälligkeit in die drei Milliarden dreihundertdreißig Millionen zweihundertsiebenundzwanzigtausend siebenhundertdreiundfünfzig Dezimalstellen von Pi greift, um einen zufälligen dreistelligen Code zu extrahieren, der dann zur Verschlüsselung und Entschlüsselung geheimer Nachrichten dient.«

»Hey, mir scheint, Ihr Vater, der Minister des Inneren, ist durchaus auf dem laufenden.«

Izzat lächelt schüchtern. »Sir, mein Vater, der Minister des Inneren, ist bekannt dafür, daß er über vorzügliche Informationsquellen in den zentralasiatischen Republiken der ehemaligen Sowjetunion verfügt. Das erklärt, warum es ihm gelang, viele Ihrer Wissenschaftler-Kollegen zu verpflichten. Dank meinem Vater, dem Minister des Inneren, beschäftigt die Arabische Republik Syrien nun ehemalige sowjetische Raketentechniker, Triebwerksingenieure, Laser- und Telemetrieexperten, Kernphysiker . . . Ich könnte die Aufzählung beliebig fortsetzen.«

»Ich brauche dieses Gespräch so dringend wie ein Loch im Kopf . . .«

Auf dem Gang erklingen melodische Gongtöne. »Sir, um in der unnachahmlichen Sprache meiner Verbindungsbrüder zu reden: Checken Sie's. Mein Vater . . .«

»Der Minister des Inneren . . .«

». . . hat mich angewiesen, Ihnen politisches Asyl in der Arabischen Republik Syrien anzubieten.«

»Wenn ich politisches Asyl brauchte, wäre Syrien das letzte Land auf der Erde, in das ich gehen würde. Lachhaft! Politisches Asyl! In der Arabischen Republik Syrien!«

»Sir, Sie ziehen voreilige Schlüsse, ohne sich die Vorteile politischen Asyls in der Arabischen Republik Syrien zu vergegenwärtigen.«

»Nennen Sie mir einen einzigen Vorteil. Politischen Asyls. In der Arabischen Republik Syrien.«

»Vierundzwanzigstündiger Zugang zu einem Fujitsu-Supercomputer, um Ihrer Arbeit an der reinen, unverfälschten Zufälligkeit nachzugehen. Ein Nummernkonto in der Schweiz mit einem siebenstelligen Anfangsguthaben – mein Vater, der Minister des Inneren, meint damit britische Pfund. Ein vollklimatisiertes Maisonette-Penthouse im Zentrum von Damaskus ganz für Sie alleine. Eine Eigentumswohnung mit kompletter Dienerschaft in Dair As Sur am Euphrat, das ein milderes Klima hat als Miami. Ah, ich sehe Ihnen an, daß Sie wetterfühlig sind. Da Sie aus einer Stadt nur einen Schneeballwurf vom Nördlichen Polarkreis kommen, wer könnte Ihnen da verübeln, daß Sie sich zu Florida oder einer ähnlich paradiesischen Gegend hingezogen fühlen? Womit ich beim letzten Punkt auf der Liste meines Vaters angekommen bin: Soviel schwarzen Beluga, wie Ihr Herz begehrt . . .«

Lemuel schaut aus dem Fenster und entdeckt Rain, die, das Horn mit einer geflochtenen Kordel schräg über den Rücken gehängt, zu ihrer Probe mit der Blaskapelle eilt.

»Was mein Herz begehrt, ist nicht schwarzer Beluga.«

»Sir, ich kenne meinen Vater und kann Ihnen versichern, was immer Ihr Herz begehrt, Sie brauchen es nur zu erwähnen, und es gehört Ihnen.«

Lemuel, der sich in einem schmerzlichen Wachtraum verloren hat, peilt einen Horizont hinter dem Horizont an. »Mein Herz begehrt . . . zu wissen, was aus meiner Ausbildungsvorschrift der Royal Canadian Air Force geworden ist.«

»Sir?«

Word Perkins, das Faktotum des Instituts, ist verwundert, zu so später Stunde noch Licht unter Lemuels Tür zu sehen, und steckt ohne anzuklopfen den Kopf herein. »Na, hab ich Sie erwischt, Professa aus Petasburg. Wieder mal bis tief in Nacht mit Ihrm Compjuta hinterm Massenmörder her, wie?«

Lemuel ist beim Schreiben seines Programms an einer kniffligen Stelle angekommen und hackt noch ein paar Zeichen auf den Bildschirm.

Word Perkins, der seine Runde als Nachtwächter macht, ist auf der Suche nach einer Ausrede für ein Päuschen. Probeweise setzt er Lemuel einen Schuß vor den Bug. »Wennse mich schon fragen, also das wolln viele Leute wissen, wie einer zu eim Henkel wie ›Word‹ kommt. Ganz einfach. Mein alter Herr war Baptistenpfarrer inner Bronx«, erklärt er, während er langsam den Lichtschein der Schreibtischlampe umkreist. »Ich war's erste von zwölfen. Also is mein Papa hergegang und hat mich Word getauft, nach dem Johannes seim Ewangeljum. ›Im Anfang war das Woat . . .‹«

Lemuel schaut von der Tastatur auf. »Können Sie auch den Rest der Passage aufsagen?«

Word Perkins schwingt sich auf die Ecke von Lemuels Schreibtisch und greift in die Tasche, um sein Hörgerät lauter zu stellen. »Na klar«, sagt er, »›Im Anfang war das Woat, und das Woat war bei Gott, und das Woat war Gott.‹«

»Das Wort *war* Gott«, wiederholt Lemuel langsam.

»So steht's jenfalls drin.«

»Welches Wort war Gott?«

»Könn mich durchsuchen.«

»Durchsuchen? Ach, ich verstehe. Ich könnte Sie durchsuchen – stimmt's –, und würde trotzdem nicht drauf kommen, welches Wort Gott war.«

»Hm?«

»Andererseits, wenn Sie mich durchsuchten, würden Sie vielleicht drauf kommen, welches Wort Gott war.« Lemuel lächelt triumphierend. »Yo! Zufälligkeit ist das Wort. Das war Gott.«

Word Perkins versteht gar nichts mehr, nimmt die blaue Polizeimütze ab, die er immer trägt, wenn er als Nachtwächter arbeitet, und kratzt sich über einem zu groß geratenen Ohr, wodurch er flockige Schuppen löst, die zu Boden schweben.

»Dieser Johannes!« erregt sich Lemuel. Rasch fügt er hinzu: »Hey, nichts gegen besagten Heiligen. Aber er muß schon wirklich ein As gewesen sein. Stellen Sie sich vor. Am Anfang war die Zufälligkeit, und die Zufälligkeit war bei Gott, und die Zufälligkeit *war* Gott.«

Word Perkins' Augen verengen sich zu einem mißtrauischen Schlitz. »Diese Zufälligkeit, die Gott war, die hat nix zu tun mit Skilanglauf, oder?«

Lemuel schüttelt den Kopf. »Nein.«

Word Perkins akzeptiert das mit einem bedächtigen Nicken; der Groschen ist gefallen. »Da hab ich mich ja wien Trottel aufgeführt, an dem Abnd, wo Sie nach Backwater gekomm sind. Weil ich gesagt hab, daß das hier mit dem vielen Schnee das reinste Paradies für Zufallsforscher sein muß.«

»Sie sind viel weniger ein Trottel als die meisten anderen«, versichert Lemuel Word Perkins. »Sie geben es zu, wenn Sie sich geirrt haben. Außerdem hat sich Backwater tatsächlich als Paradies für Zufallsforscher erwiesen.«

»Wenn se nix mim Schnee zu tun hat, was hat's dann auf sich mit der Zufälligkeit, die Gott war?« Word Perkins beißt sich auf die Lippe. »Wo Sie doch Gasprofessa sind an der Chaosschule, freß ich'n Besen, wenn der Zufall nich was mit'm Chaos zu tun hat.«

»Zufälligkeit und Chaos hängen miteinander zusammen, aber nicht so, wie Sie denken. Chaos ist das Gegenteil von Zufälligkeit, Word. Im tiefsten Innern enthält das Chaos den Keim der Ordnung. Auch wenn wir sie nicht sehen können, ja?, ist die Ordnung doch da. Reine Zufälligkeit dagegen verbirgt in ihrem tiefsten Innern . . .«

»Langsam kapier ich. Die Zufälligkeit, die nix mit Schnee nich zu tun hat, verdeckt die Unordnung.«

»Nicht so sehr Unordnung, denn die setzt bewußte Vermeidung von Ordnung voraus, sondern ein schlichtes, elegantes, völlig natürliches Fehlen jeder Ordnung.« Lemuel spricht jetzt mit sich selbst. Teile eines Puzzles fügen sich zusammen. »Yo! Der Rebbe, dem Zufälligkeit körperliches Unbehagen bereitet, der sie für ein Laster hält, hat Spuren von Zufälligkeit bei Gott entdeckt, und das ist der Grund, warum er Gott liebt, Ihn aber nicht *mag*. Ich für mein Teil halte Zufälligkeit für eine Tugend, und als ich Spuren von Gott in der Zufälligkeit entdeckte, hat mir das geholfen, Ihn zu mögen, obwohl ich nicht hundertprozentig sicher bin, daß es ihn überhaupt gibt.«

Word Perkins ist verwirrt. »Wie kann man was mögen, was es gar nich gibt?«

»Ich kann zu Ihnen sagen, daß es nicht leicht ist.« Lemuel

taucht ab ins Labyrinth seiner eigenen Logik. »Hey, Dostojewski ist auf dem falschen Dampfer, wenn er Iwan Kara-
masow sagen läßt, wenn Gott tot wäre, dann wäre alles erlaubt. Gerade weil Gott lebt, weil Er die Inkarnation der
Zufälligkeit ist, ist alles erlaubt. Verstehen Sie, Word? Verdammt noch mal, wenn Er sein kann, wann und wo Er will,
dann können wir, seine Ebenbilder, das auch.«

»Ja, na ja, was mir so an Ihn gefällt, Professa aus Petasburg, ja?, is, daß Sie nich auf dem hocken, was Sie wissen –
Sie bring's unter die Leute.« Word Perkins rutscht vom
Schreibtisch herunter und geht in Richtung Tür. »Denk'n Sie
nich, daß mir unser kleiner Plausch nich gefällt, aber ich muß
mit meiner Runde weitermachen. Schrein Sie, wenn Sie's gut
sein lassen wolln, ja? Dann kann ich die Tür hinter Ihn
abschließen.« Sein Kichern hallt durch den langen Korridor.
»Wolln ja nich, daß sich Unbefugte reinschleichn und sich am
Chaos von unserm Institut vergreifn, oder?«

»Nein«, stimmt Lemuel zerstreut zu und dreht sich wieder
zum Bildschirm um.

Er gibt ein paar Befehle ein, lehnt sich zurück und sieht
zu, wie endlose Ziffernkolonnen über den Bildschirm marschieren; der Großrechner des Instituts, eine Cray Y-MP C-
90, vergleicht, von Lemuels Tastatur aus gesteuert, die neuesten beiden Serienmorde mit den achtzehn Morden davor.
Der Supercomputer nähert sich den Verbrechen aus verschiedenen Richtungen, vergleicht Alter, Beruf und äußere Merk-
male der Opfer, die Tageszeiten der Verbrechen, die Monats-
tage, die Mondphasen, die Schauplätze der Morde. Ausge-
hend von den Fallbeispielen der beiden neuen Serienmorde
hat Lemuel auf der Suche nach dem Keim von Ordnung in all
der Unordnung neue Elemente einprogrammiert: Körpergröße und Gewicht der Opfer beispielsweise, oder die Farbe
der Kleidung, die sie trugen, als sie umgebracht wurden.
Obwohl er numerische Äquivalente in immer neuen Kombi-
nationen und Permutationen analysiert und zahllose Varia-

tionen über ein und dasselbe Thema durchspielt, entdeckt der Supercomputer nicht die Spur von Ordnung in diesem Wust von Zufälligkeit.

Frustriert und immer noch überzeugt, daß er irgend etwas übersehen hat, schaut Lemuel besorgt auf die Wanduhr. Nach dem Belegungsplan, der vor dem Direktorat ausgehängt ist, darf er von seinem Terminal aus den Supercomputer des Instituts bis Mitternacht nutzen, und dann soll die Cray für eine routinemäßige Wartung ihres Kühlsystems abgeschaltet werden. Indem er mit steifen Fingern auf die Tastatur ein-hackt, weist Lemuel den Großrechner an, das Problem aber-mals aus einer anderen Richtung anzugehen, und lehnt sich dann zurück und starrt auf den Bildschirm, auf dem neue Zahlenkolonnen erscheinen. Nach wie vor scheint jedes der Verbrechen rein zufällig zu sein, die Software liefert keinerlei Anhaltspunkte für einen seltsamen Attraktor, der eine Über-schneidung andeuten würde, die Wiederholung eines Details, ein Körnchen Ordnung, eine Methode hinter dem Wahnsinn dieser Morde. Alles, was der Supercomputer ausspuckt, ist . . . Unordnung.

Unordnung . . .

Eigentlich nicht Unordnung, hat er eben doch Word Per-kins erklärt, denn die setzt bewußte Vermeidung von Ord-nung voraus . . .

Die über den Bildschirm flimmernden Zahlen verschwim-men. Eine Ader pulsiert auf Lemuels Stirn. Er weiß auf ein-mal, was in der Computeranalyse der zwanzig Serienmorde fehlt. Yo! Es fehlt genau das, was er ungefähr bei der drei-hundertmillionsten Dezimalstelle von Pi entdeckt hat, näm-lich achtmal in Folge die Zahl acht. Es fehlt der geringste Hinweis auf *gelegentliche Ordnung*, die ein wesentlicher Be-standteil reiner, unverfälschter Zufälligkeit ist. Mein Gott, denkt Lemuel, ich könnte mich ohrfeigen, daß ich da nicht schon früher draufgekommen bin. Wenn die Serienmorde durch ein schlichtes, elegantes, völlig natürliches Fehlen jeder Ordnung gekennzeichnet wären, wenn sie also wahrhaft zufällig wären, würden sie zufällige Wiederholungen aufweisen. Sicher, die Stichprobe ist klein, aber irgendwo bei seinen zwanzig Morden hätte der Serienmörder dieselbe Tageszeit oder denselben Tag des Monats zweimal erwischt; er hätte jemanden ermordet, der dasselbe Alter oder denselben Beruf gehabt hätte wie eines seiner früheren Opfer. Er hätte zwei Menschen umgebracht, die rote Flanellhemden trugen.

Womit bewiesen ist, daß die Morde überhaupt nicht zufällig waren, sondern vielmehr das Werk von jemandem, der sie zufällig erscheinen lassen wollte. Aber warum sollte sich der Mörder solche Mühe geben, die Morde zufällig erscheinen zu lassen? Darauf konnte es nur eine Antwort geben: Der gemeinsame Nenner der Serienmorde, der rote Faden, der sich durch die Morde zieht, muß die unausgesprochene Theorie des Mörders sein, daß, falls er oder – warum nicht? – sie sich die Opfer rein nach dem Zufallsprinzip aussuchte, die Polizei nie über die scheinbare Zufälligkeit hinausgehen und nach einem Motiv suchen würde und die Morde daher nie aufgeklärt werden würden. Woraus sich ergibt, daß das Gegenteil zutrifft: Da die Opfer in Wirklichkeit nicht zufällig ausgesucht wurden, muß eines der Verbrechen leicht aufzuklären sein.

Aber welches? Lemuel braucht nichts weiter zu tun, als sich noch einmal die Akten der einzelnen Verbrechen vorzunehmen und bei jedem Mord hinter der scheinbaren Zufälligkeit nach dem Motiv zu suchen . . . einer der Morde wird ein Motiv erkennen lassen, das so offensichtlich ist, daß der Mörder das Verbrechen als einen weiteren zufälligen, unmotivierten Mord in einer ganzen Serie tarnen mußte.

Lemuel gibt neue Befehle in den Computer ein und ruft die alten Akten auf, beginnend mit dem ersten Serienmord. Plötzlich ist der Bildschirm leer. Eine Meldung erscheint: »Ihre Verbindung mit dem Cray-Computer wurde unterbrochen.« Lemuel sieht auf die Uhr. Es ist fünf nach halb zwölf.

Eigentlich stünden ihm noch fünfundzwanzig Minuten an dem Großrechner zu. Er gibt sein Paßwort ein und versucht, die Verbindung wiederherzustellen, bekommt aber nur die lakonische Mitteilung: »Zugriff verweigert.« Aufgebracht grapscht er sich das Telefonverzeichnis des Instituts und fährt mit dem Daumennagel die Spalte entlang, bis er die Nummer des Direktors gefunden hat. Er packt den Telefonhörer und wählt die Nummer. Nach dem sechzehnten Klingeln meldet sich der Direktor.

»Goodacre.«

»Hier ist L. Ficker-Falk, einer der führenden Zufallsforscher der Welt. Erinnern Sie sich an mich? Von Rechts wegen sollte ich von acht bis zwölf Zugang zu der Cray haben. Von Rechts wegen sollte ich Mitternachtsöl verbrennen dürfen.«

»Sind Sie alkoholisiert? Wissen Sie, wie spät es ist?«

»Ich kann zu Ihnen sagen, daß es elf Uhr achtunddreißig ist, plus-minus ein paar Sekunden. Das bedeutet, daß mir noch zweiundzwanzig Minuten Computerzeit zustehen. Sie haben mich immer wieder aus dem Großrechner gedrängt, seit wir unsere kleine Unterredung in Ihrem Büro über Rain und mich hatten. Anfangs konnte ich mich nur an den Nachmittagen mit dem Rechner vernetzen. Dann an den Abenden. Jetzt muß ich mir die Nacht um die Ohren schlagen, wenn ich in den Großrechner will.«

Der Direktor räuspert sich. »Darf ich fragen, an welchem chaostheoretischen Projekt Sie arbeiten?«

Lemuel räuspert sich. »Ich kann zu Ihnen sagen, daß der Sheriff mich gebeten hat, nach Korrelationen zwischen seinen Serienmorden zu suchen . . .«

»Sie korrelieren Serienmorde?«

»Ganz recht. Um festzustellen, ob es wirklich Zufallsmorde sind.«

Ein paar Sekunden lang herrscht gespanntes Schweigen. Schließlich sagt der Direktor: »Ich möchte der Ansicht Ausdruck verleihen, daß die Aufklärung von Serienmorden am

Großrechner des Instituts nicht das ist, wofür wir Sie aus Sankt Petersburg hierher geholt haben.«

Lemuel hält den Hörer auf Armlänge von sich weg und starrt ihn an. Blechern ertönt weiter die Stimme des Direktors. »Von Ihnen wird erwartet, daß Sie Ihr berühmtes Zwischenreich erkunden und nach der Zufälligkeit suchen, die ein Fußabdruck des Chaos ist. Und was tun Sie? Sie mißbrauchen den Supercomputer des Instituts zu freiberuflicher Arbeit für den Sheriff. Haben Sie auch nur eine blasse Ahnung, was Computerzeit kostet? Für eine halbe Stunde an einer Cray Y-MP C-90 wurden schon Morde begangen . . .«

Lemuel spürt, wie er in einen gleißend bunten Wachtraum gezogen wird. Vor seinem geistigen Auge ist er A. Newski, der teutonische Ritter mit Nazi-Stahlhelmen daran hindert, eine Grenze zu überschreiten, bei der es sich um einen zugefrorenen See handelt. Verschiedene Einstellungen von dem Eis, das unter den Füßen der Feinde in Schollen zerbricht, von Pferden, die den Halt verlieren und ins Wasser rutschen, von teutonischen Rittern, die, von ihrer schweren Rüstung in die Tiefe gezogen, unter der Oberfläche des eisigen Wassers verschwinden. Eine lange Einstellung aus Bodennähe von dem Nebel, der aus dem brodelnden See aufsteigt. Schwenk auf einen triumphierenden A. Newski, der den Blick über die Szene schweifen läßt. Auf den jetzt ruhigen See, von A. Newskis Standpunkt aus.

Soeben von der erfolgreichen Verteidigung eines Territoriums an seiner gottverdammten Grenze zurückgekehrt, hält sich Lemuel den Telefonhörer wieder an den Mund und schneidet dem Direktor mit einem Urjaulen das Wort ab. »Auch für eine Stelle am W.-A.-Steklow-Institut für Mathematik wurden schon Morde begangen. Was also sagt uns das über den *Homo mathematicus*, was wir besser nicht wissen sollten?« Plötzlich ernüchtert, nimmt Newski wieder seine L.-Falk-Stimme an. »Hey, Stockfisch, Mord gilt allgemein als eine chaosbezogene Angelegenheit«, murmelt er. »Wenn das nicht wahr ist«, fügt er mit einem bitteren Lacher hinzu, »will ich tot umfallen.«

Bekümmert schaltet Lemuel seinen Computer aus, schließt sein Büro ab und macht sich auf den Heimweg. Auf dem Korridor fällt ihm auf, daß das Licht ungewöhnlich schwach ist, vor allem auf dem Treppenabsatz. Er könnte schwören, daß der Gang heller beleuchtet war, als er am frühen Abend sein Büro aufsuchte. Es konnte ja wohl nicht ein halbes Dutzend Glühbirnen gleichzeitig durchgebrannt sein. Er tastet nach der Pendeltür, die zum Treppenhaus führt.

Zwei Gestalten tauchen aus einer dämmrigen Nische auf.

»Falk, Lemuel?«

Lemuel prallt erschrocken zurück. »Was wollen Sie?«

»Ihr Geld *und* Ihr Leben.«

Lemuel schnappt nach Luft. Der zweite Schatten, hochgewachsener, schlanker, fieser als der erste, so scheint es Lemuel, lacht leise. »So was darfst du nicht sagen, Frank. Sonst kriegt er noch Schiß. Und wir wollen doch nicht, daß er sich vor Angst in die Hosen macht.«

»Es sollte ein Witz sein«, erklärt Frank feierlich.

»Ha, ha«, sagt Lemuel lahm. »Wer sind Sie? Wie sind Sie hier reingekommen?«

Der zweite Schatten sagt: »Mr. Word Perkins hat uns eingelassen, nachdem wir unsere Legitimation vorgewiesen hatten.«

»Was für eine Legitimation?«

»Wir sind beide mit Pistolen bewaffnet«, sagt Frank. »Die Pistolen sind mit Schalldämpfern ausgestattet.«

Lemuels Gaumen ist plötzlich trocken wie Kreide. Im Dunkeln spürt er, wie die beiden Männer ihn auf die eigentümliche Weise ansehen, wie bewaffnete Menschen andere ansehen, die es nicht sind.

»Hey, das soll wohl schon wieder ein Witz sein?«

»Wir haben die weite Reise von Reno, Nevada, hierher

gemacht, um mit Ihnen über etwas zu sprechen«, sagt der Schatten namens Frank.

»Worüber denn?« Lemuel versucht, sich seine Angst nicht anmerken zu lassen. »Worüber denn?«

»Über Ihre Zukunft«, erwidert Frank. »Das war's doch, worüber wir mit ihm sprechen wollten, Fast Eddie, oder?«

»Genau«, bestätigt Fast Eddie. »Wir haben die lange Reise gemacht, um dafür zu sorgen, daß er eine Zukunft hat.«

»Sie sind nicht wegen der zufälligen Morde hier?«

»Sehen wir so aus?«

Fast Eddie reißt ein Streichholz an und hält die Flamme an die Spitze einer dünnen Zigarre. Lemuel sieht, daß beide Männer einen Schlapphut tragen. »Die paar Morde, die wir aus erster Hand kennen«, erklärt Fast Eddie hinter einer Wolke von Zigarrenrauch, »waren alles andere als zufällig.«

Lemuel schreit ins Treppenhaus: »Yo, Word!«

Ein schwaches Echo steigt vom Erdgeschoß auf. »Yo, Word!«

Lemuel versinkt in einem Hirngespinst, das jählings wie ein verstümmelter Alptraum in seinem Kopf auftaucht, und hört eine Stimme aus seiner verlorenen Kindheit. *Du sagst uns jetzt, wo dein Vater sein Code-Lexikon versteckt hat.* Er weicht zurück, bis er mit dem Rücken an der Wand steht, wischt sich mit dem Ärmel den Schweiß von der Stirn und ruft: »Um Himmels willen, Word, wo, zum Teufel, stecken Sie denn? Sie bringen sich in die größten Schwierigkeiten, wenn Sie zulassen, daß sich Unbefugte am Chaos unseres Instituts vergreifen.«

»Uns interessiert nicht das Chaos von dem Institut«, sagte der Schatten namens Fast Eddie ruhig. »Uns interessiert *Ihr* Chaos.«

»Eine Masse Leute, die wir kennen, haben einer Masse Leute, die wir kennen, von Ihnen erzählt.«

»Von mir?«

»Manchmal sieht's fast so aus, als ob im Staat New York alle bloß über Sie sprechen wollen.«

»Alle Wege führen nach Backwater«, lacht Fast Eddie.

»Was sagen die Menschen über mich?«

Frank macht einen Schritt auf Lemuel zu. »Daß Sie die Zahlen tanzen lassen.«

»Es stellt sich raus, daß Sie anderer Leute Post lesen können«, bemerkt Fast Eddie.

»Es gibt gewisse Leute – Bundesanwälte, FBI-Juristen, CIA-Agenten –, die alles mögliche über die Firma schreiben, bei der wir angestellt sind.«

»Wir haben keine Schwierigkeiten, das, was sie über uns schreiben, in die Finger zu kriegen«, schnurrt Fast Eddie. »Das dumme ist nur, daß es lauter Kauderwelsch ist. A-x-n-t-v, r-l-q-t-u, z-b-b-m-o. Dämmert's Ihnen?«

»Zufallsgenerierte Gruppen von fünf Buchstaben«, sagt Lemuel müde, »bedeuten, daß das Original verschlüsselt wurde.« Er ist überzeugt, daß die beiden Männer im Dunkeln eisenbeschlagene Schuhe tragen.

»Es geht das Gerücht, daß Sie Kauderwelsch lesen können.«

»Es geht das Gerücht, daß das Kauderwelsch, das wir meinen, nach einem Verschlüsselungs-Standard der US-Regierung codiert ist, der auf den Namen Data Encryption Standard hört. Die Leute, die Mitteilungen verschlüsseln, damit wir sie nicht lesen können, benutzen eine Geheimzahl, den sogenannten Schlüssel, um die Mitteilung zu verwürfeln. Die Leute, die diese Mitteilung lesen, benutzen dieselbe Geheimzahl, um den Text zu entschlüsseln.«

»Wir haben uns gedacht, wenn Sie den Schlüssel rauskriegen, könnten wir die Mitteilung entschlüsseln und das Kauderwelsch lesen.«

»Was für ein Name ist eigentlich Falk, Lemuel?«

»Russisch.« Lemuel schluckt schwer. »Jüdisch.«

»In unserer Firma haben alle die gleichen Chancen, hab ich recht, Frank?«

»Sie sind nicht zufällig italienischer Abstammung? Sie können nicht zufällig *parlare italiano*?«

»Ich hab dir doch gesagt, es spielt keine Geige, ob er Italienisch spricht«, klärt Fast Eddie seinen Kollegen auf. »Das Kauderwelsch, das er für uns lesen soll, ist in Englisch.«

»Ich wollte ja bloß seine Qualifikation überprüfen«, verteidigt sich Frank.

»Legen wir die Karten auf den Tisch«, sagt Fast Eddie. »Die Firma, bei der wir arbeiten, möchte Sie einstellen. Sie könnten einen Titel führen – Chefbeauftragter für Kauderwelsch-Entzifferung oder so ähnlich. Wir haben Niederlassungen im ganzen Land. Was Ihren Arbeitsort angeht, können Sie sich's also aussuchen. Reno, Nevada, hat ein trockenes Klima, das für Leute mit Asthma oder Bronchitis gut sein soll. In Florida scheint das ganze Jahr die Sonne; Leute, die da wohnen, beschwören es. In Neuengland wird's im Winter kalt, zugegeben, aber dafür soll der Herbst schön bunt sein.«

»Sie brauchen eine Wohnung, Sie kriegen eine Wohnung. Sie brauchen gespitzte Bleistifte, Sie kriegen gespitzte Bleistifte. Sie brauchen eine Sekretärin – und wenn ich Sekretärin sage, meine ich: jung, hübsch, Minirock, Beine bis zum Hals –, Sie kriegen eine Sekretärin.«

»Normalerweise arbeite ich mit einem Computer.«

»Sie brauchen einen Computer, Sie kriegen einen Computer.«

»Was immer Sie hier verdienen, wir zahlen das Dreifache.«

»Und keine Abzüge für Krankenversicherung oder Altersversorgung.«

»Um Ihre Gesundheit kümmern wir uns selber. Und Altersversorgung brauchen Sie keine – bei uns gehen Sie nie in Pension.«

Lemuel räuspert sich im Dunkeln. »Es ist nicht so, daß ich Ihr Angebot nicht zu schätzen wüßte, ja? Es ist eher deswegen, weil ich verschiedene Eisen in verschiedenen Feuern habe.«

»Da sollten Sie aber aufpassen, daß Sie sich an keinem die Finger verbrennen«, rät Fast Eddie.

»Was unser Angebot angeht«, sagt Frank, »da wär's mir schon recht, wenn ich Sie überzeugen könnte.«

Zu seinem größten Erstaunen hört Lemuel den A. Newski in sich sagen: »Meinen Sie, daß Ihr Wortschatz dafür ausreicht?«

Frank übergeht Lemuels Beleidigung. »In meiner Branche«, sagt er liebenswürdig, »haben wir eine Redensart: Eine Kugel ist mehr wert als tausend Worte.«

»Wahrscheinlich ist das nur wieder einer von seinen Witzen«, beruhigt Fast Eddie Lemuel.

»Es ist uns klar, daß das für Sie eine wichtige Entscheidung ist«, sagt Frank. »Sie brauchen uns nicht sofort eine Antwort geben.«

Fast Eddies Arm kommt aus einer Wolke von Zigarrenrauch und boxt Lemuel spielerisch in den Oberarm. »Ja, lassen Sie sich Zeit. Denken Sie ruhig ein paar Minuten drüber nach, bevor Sie ja sagen.«

4. KAPITEL

Sein Territorium – Sie haben meine Grundregel nicht vergessen, oder? – muß man an der gottverdammten Grenze verteidigen. Und genau das war der Grund, warum ich L. Falk eine solche Bemerkung nicht durchgehen lassen konnte.

»Wie kommst du dazu zu behaupten, ich hätte das Ganze geplant?« gab ich zurück. »Du bist ein erwachsener Mensch mit einem freien Willen.«

Lahme Ausrede, wenn Sie mich fragen. »Ich hab freiwillig dein Rauschgift genommen«, murmelte er. »Aber was dann kam, geschah ohne mein Zutun.«

»Aber du hast auch nicht nein gesagt. Du hast sie nicht zurückgestoßen.«

»Man will ja nicht unhöflich sein. Ich wollte ihre Gefühle nicht verletzen.«

Mir platzte ehrlich gesagt fast der Kragen, obwohl ich gar keinen Kragen anhatte – ich war blankärschig, wie man in Backwater sagt, hüllenlos, wie man in der Filmbranche sagt. In der Badewanne. Mitten in einer Morgen-nach-der-Nacht-davor-Konferenz. Mit dem *Homo chaoticus* in meinem Leben.

»Daß ich nicht lache«, sagte ich in einem Tonfall, der keinen Zweifel daran ließ, daß mir nicht nach Lachen war. »Du rauchst Dope, bist einen Moment weggetreten, und wie du wieder zu dir kommst, ist Shirley dabei, dir einen zu blasen, und du denkst an Höflichkeit? Komm schon, was Dümmeres fällt dir nicht ein?«

Um die gottverdammte Wahrheit zu sagen: Ich war

schon ziemlich ausgeflippt, als sich L. Falk in der Nacht davor bereit erklärte, sich uns anzuschließen, wobei unter »uns« Dwayne und Shirley zu verstehen sind, und natürlich meine Wenigkeit, der legendäre Tender von Backwater. L. Falk sah meinen ausgehöhlten *Hite Report* offen auf dem Tisch liegen, als er vom Büro heimkam; mein wichtigster guter Vorsatz fürs neue Jahr, daß man nie das Dope nehmen soll, das man selbst verkauft, ist an Freitagen außer Kraft gesetzt; es war gegen Mitternacht, wir drei waren schon ziemlich prall, wir hatten seit Stunden geraucht und geklönt. Er sah zu, wie Dwayne, der wirklich gefühlvolle Fingerspitzen hat, ich spreche aus eigener Erfahrung, dicke Thai-Trüffel drehte. Shirley zündete eine am Rest der letzten an, nahm einen langen Zug und hielt sie L. Falk hin.

Das war nicht der erste Joint, der ihm angeboten wurde, ja?, aber er hatte bis dahin immer eine Ausrede gefunden – zu müde, zu sehr damit beschäftigt, die erotischen Bänder der Zufälligkeit bis zu ihren psychotischen Ursachen zurückzuverfolgen, muß früh ins Bett, weil er am nächsten Tag punkt elf einen Vortrag über Apfelkuchen halten muß, bla, bla, bla. Aber diesmal kam er mir noch . . . frustrierter vor als sonst, wahrscheinlich wegen den Zwistigkeiten – hey, »Zwistigkeiten« gehört bestimmt in die gleiche gottverdammte Liga wie »menstruieren« und »wandte den Blick ab«, oder?

Wo war ich? Yo! Zwistigkeiten. Ich wolle sagen, L. Falk war ganz schön vergrätzt wegen seinem Streit mit diesem Wie-heißt-er-noch, dem Boß von dem Chaos-Institut. Ich sehe ihn noch vor mir, wie er den Joint anstarrt, so wie Eva den ersten Golden Delicious beäugt haben könnte, und ihn nur allzu gern probieren möchte, aber Angst hat, es könnte der Wurm drin sein. Er sah zu mir her. Ich zuckte mit einer meiner wohlgerundeten Schultern. Er zuckte mit einer seiner schweren Schultern. Er griff zu und nahm den Joint.

»Und was mach ich damit?« fragte er mich.

»Sag Lem, was er damit machen soll, Babe«, sagte Dwayne zu Shirley.

Shirley lümmelte sich neben L. Falk auf die Couch, drapierte ein Bein über seinen Schenkel und einen Arm um seine Schultern und gab ihm einen Kurs für Anfänger.

»Du führst A in B ein«, sagte sie. »A ist der Joint, B ist dein Mund.«

Ich muß zugeben, daß wir das affengeil fanden, Dwayne und Shirley und ich, ihm zuzusehen, wie er an dem Joint zog und den Rauch drinbehielt, bis ihm die Augen tränten. Sogar Mayday schien zu lächeln. L. Falk wedelte mit der Hand den Rauch weg und sagte uns, das Zeug hätte bei ihm keinerlei Wirkung, er würde überhaupt nichts spüren, er hätte den Verdacht, daß meine weltberühmten Thai-Trüffel in Wirklichkeit aus irgendeinem Hinterhof im tiefsten Herzen von Brooklyn stammten. Dann fing er zu kichern an. Als wir ihn fragten, was es zu kichern gäbe, sagte er irgendwas in dem Sinn, daß er sich verdammt noch mal Zeit lassen würde, bevor er ja sagt. Shirley drückte ihm eine ihrer winzigen Titten in den Arm und fragte ihn, wozu er denn ja sagen wolle. Lallend gab L. Falk ihr zur Antwort, daß er ja sagt zur Zufälligkeit von Jahwes Hand und nein zur Zufälligkeit von Menschenhand. Dann fing er ewig zu labern an, darüber, daß er sich ohrfeigen könnte, da nicht früher draufgekommen zu sein.

Shirley hat wahrscheinlich gedacht, sie kann ihn so lange am Rauchen halten, wie sie ihn am Reden halten kann. Sie hat L. Falk den Joint zurückgegeben und gefragt, was das ist, wo er jetzt erst draufgekommen ist. Immer noch kichernd, hat er uns mitgeteilt, daß die Lektion, die er aus den Serienmorden gelernt hätte, auch auf die Zufälligkeit im allgemeinen anwendbar wäre; er hat gesagt, sobald man versucht, Zufälligkeit künstlich herbeizuführen – ich hoffe, ich krieg das richtig hin –, ist es keine zufällige Auswahl mehr. Er bekam den Schluckauf, zog noch einmal an dem Joint und hielt den Atem an, bis der Schluckauf weg war. Dann hat er noch ein bißchen gekichert und gesagt, was der Zufälligkeit der Menschen fehlt, ist die Zufälligkeit. Was, anders ausgedrückt, bedeutet – immer noch Originalton L. Falk –, daß Zufälligkeit genau wie Gott nicht erfunden, sondern entdeckt werden muß.

Shirley hing an seinen Lippen und nickte, als ob er ihr Sachen beibrächte, ohne die sie nicht leben könnte.
Dwayne hat meinen Blick gesucht, zu Shirley hin genickt, dann die Zunge rausgestreckt und suggestiv damit gewackelt.

Man mußte kein Psychoklempner sein, um zu sehen, was Shirley im Kopf rumging.

»Dwayne und ich, wir haben beide gemerkt, daß Shirley heiß auf dich war«, erkläre ich L. Falk in der Badewanne. Ich lasse heißes Wasser nachlaufen, weil ich nämlich gern schwitze, wenn ich mich einweiche, da seh ich, wie L. Falks beschnittenes Periskop aus den Schaumbläschen des Schaumbads auftaucht.

Bloß daß er an das dachte, woran er dachte, hatte einen *Homo erectus* aus ihm gemacht.

Und zu sehen, wie mein *Homo* sich in einen *erectus* verwandelte, hat mich angeturnt. Ich heizte uns beiden ein.

»Es hat dir also nicht nicht gefallen, stimmt's?«

L. Falk schien mit der Frage zu ringen, ich sah, wie sich die Rädchen in seinem Kopf drehten, sah den Rauch aus seinen Ohren kommen.

»Na, sag schon«, drängte ich.

»Ich kann zu dir sagen, daß es mir zu dem Zeitpunkt nicht nicht gefallen hat. Was wahrscheinlich bedeutet, daß es mir gefallen hat.«

»Also beschreib's.«

»Ich soll es beschreiben? Laut?«

»Yo«, sagte ich. »Alles«, sagte ich. »Von E bis Z.«

Es war, als hätte ich »Sehrohr ausfahren!« befohlen.

Langsam rutschten L. Falk die Lider über die Augen, woraus ich schloß, daß er sich nicht nur erinnerte, sondern das Ganze noch mal durchlebte. Mit dem Strom schwimmen.

»Ich hab geträumt«, sagte er gedankenverloren. »In meinem Traum schwebte ich über Backwater wie eine Wolke in Hosen, das ist aus einem Gedicht von Majakowski, und verdunkelte die Sonne, ja?, als ich auf einmal spürte, wie sich etwas Warmes, Feuchtes über meinem du weißt schon was schloß.«

»Na los, sag's schon, sprich's aus.«

Er holte tief Luft. »Penis.«

Ich schob meinen Fuß durch den Schaum und kraulte mit den Zehen sein Periskop. Sein linker Fuß kam auf mich zugeschwommen und dockte an meiner Schmetterlingstätowierung an. Ich legte die gekonnte Imitation einer läufigen Hündin hin.

»Und dann und dann und dann?«

»Und dann kam Shirley hoch, um Luft zu holen. ›Ich kann das nicht so gut‹, sagte sie. ›Mein Mund ist zu klein.‹«

»Typisch Shirley, immer nach Komplimenten angeln.«

»Ich wollte sie trösten. Ich hab ihr gesagt, daß sie es ganz toll macht. ›Ich bin nicht so gut wie der Tender‹, sagte sie mit einem Seufzer. ›Der Tender ist phantastisch.‹ Ich fragte sie, woher sie wüßte, wie gut du bist. ›Von Dwayne. Er sagt, Rain bläst irrsinnig gut. Sie hat einen großen Mund.‹ – ›Die haben miteinander geschlafen, Dwayne und Rain?‹ fragte ich. ›Mann, ich dachte, du weißt das, sonst hätte ich mir nicht den Mund verbrannt. Wir waren ab und zu alle drei an einer größeren Verschmelzung beteiligt. Dwayne und Rain. Ich und Rain. Dwayne und Rain und ich, *à trois*, wie die Franzosen sagen. Hast du's denn noch nie *à trois* gemacht?‹«

Ich ließ meine Ferse an L. Falks Schenkel entlanggleiten. »Und, hast du?«

»*A deux* übersteigt schon fast meine Möglichkeiten.«

»Das hast du Shirley aber nicht gesagt?«

»Und ob ich das zu ihr gesagt habe. ›Du wirst es toll finden‹, versprach mir Shirley. ›Ein flotter Dreier, das ist ein Trip, den du unbedingt mal machen mußt. Du kommst völlig durcheinander. Nach einer Weile kriegst du nicht mehr mit, wer eigentlich was mit wem macht. Es wird sehr . . . betriebsam, wenn du weißt, was ich meine.‹«

»Schneller Vorlauf zu den nicht jugendfreien Szenen«, befahl ich ungeduldig.

»Uns ging der Gesprächsstoff aus, und sie machte weiter. Nach einer Weile fragte ich sie, ob sie versucht, mich mit dem Mund zum Orgasmus zu bringen. Durch ihre Naturwelle hörte ich die Worte ›Warum‹ und ›nicht‹.«

»Dieses Biest«, sagte ich bewundernd. Und auch eifersüchtig. Es machte mir ehrlich nichts aus, daß sie mit meinem Freund rummachte, es paßte mir nur nicht, daß sie es ihm womöglich besser machte als ich. Außerdem – wie ich zufällig weiß, und vergessen Sie nicht, ich bin ein Profi – hat sie keine Naturwelle.«

»Hinterher«, fuhr L. Falk fort, »wußte ich nicht, was ich sagen sollte. Also hab ich danke gesagt. Ich sagte ihr, es wäre eine sehr noble Geste, den . . .«

»Na?«

». . . Penis von einem Freund in den Mund zu nehmen. Shirley kuschelte sich an mich, schob sich einen Kaugummi zwischen die Zähne und sagte, das wär doch nichts Besonderes, sie hätte doch bloß A in B eingeführt, ich sollte mir da weiter keine Gedanken drüber machen, das Vergnügen wäre ganz auf ihrer Seite gewesen, es würde ihr Spaß machen, hin und wieder einen fremden Schwanz zu lutschen, weil Abwechslung verschönt das Leben. Oder so ähnlich.«

Das war eindeutig nicht der geeignete Moment, L. Falk über Typen aufzuklären, die sich hinterher bedanken, als ob man ein Tender wär, der nur seine verdammte Pflicht und Schuldigkeit getan hat. »Ihr beiden überschlagt euch ja vor Höflichkeit«, sagte ich mit von Sarkasmus triefender Stimme. »Vielleicht schreibt ihr mal gemeinsam ein Benimmbuch. Der Titel könnte lauten: *Etikette und oraler Sex – Ein Leitfaden für Greenhorns*.«

L. Falk war so mit dem Remake seines Pornos beschäftigt, daß er den Sarkasmus überhörte, aber der neue Slang-Ausdruck entging ihm natürlich nicht. »Was bedeutet denn Greenhorn?«

»Ein Greenhorn ist ein neu Eingewanderter, der seinen Arsch nicht von seinem Ellbogen unterscheiden kann und denkt, es wär physisch möglich, sein Herz auf dem Ärmel zu tragen. Mit anderen Worten, es ist jemand, der keine Ahnung von Anatomie hat. Und deshalb braucht er einen Leitfaden für oralen Sex, mit oder ohne Etikette.«

L. Falk legte das »Greenhorn« in seinem Wortschatz ab, mit dem langsamen, feierlichen, von einem Schürzen der Lippen begleiteten Nicken, auf das Professoren das Patent haben.

»Aber wo war ich?« fragte er sich selbst. »Yo! Shirley hat gesagt, sie würde mir wirklich gern zeigen, wie man ihren Namen rückwärts schreibt. So, wie sie's sagte, hat es sehr wichtig geklungen. Sie hat gesagt, die Menschheit wär unterteilt in solche, die ihren Namen rückwärts schreiben können, und solche, die es nicht können. Aber als ich mit einem Stift und einem Blatt Papier ankam, hat sie schon geschnarcht. Also bin ich auf Zehenspitzen ins Wohnzimmer gegangen.«

Ich verstärkte die U-Boot-Patrouillen in der näheren Umgebung seines Periskops. »Du bist in unserem E-Z erst beim M.«

»Und da sah ich das Bündel Kleider auf der Couch. Der Fernseher lief mit abgeschaltetem Ton, es war eine von diesen Nachtsendungen, wo ein paar Mädchen mit ein paar

Männern mitgehen, und dann reden alle schlecht übereinander, und sie raten, wer was über wen gesagt hat. Ich faßte die Sachen an – dein Minirock, dein hautenger gerippter Pullover, deine violetten Strumpfhosen, dein grauer Calvin-Klein-Slip. Ich glaube, meine beiden Herzen, das in meiner Brust und das auf meinem Ärmel, ließen mehrere Schläge aus, als ich dann auch noch Dwaynes gestreiftes Button-down-Hemd, seine Designer-Jeans und seine seidenen Boxershorts sah.«

»Uuuuuuuuuuuuuuuh.«

»Ich fing an, die Sachen ordentlich über die Lehne der Couch der legen – ich lebe in einem permanenten Chaos, ich suhle mich in Ordnung, wo immer ich sie finde –, als ich Geräusche im Bad hörte. Ich tappte durch den Gang zur Tür.«

»Die verzogen ist und sich nicht mehr richtig zumachen läßt . . .«

»Durch den Spalt sah ich euch beide in der Wanne. Du hast zwischen seinen ausgestreckten Beinen gekniet, die rosa und unbehaart waren. Du hast über seine Schultern gegriffen, um ihm den Rücken zu waschen. Deine Nippel waren nur Zentimeter von seiner Omabrille entfernt. Seine linke Hand hatte sich um deinen rechten Mops geschlossen. Mit der rechten hat er deine linke Hüfte gestreichelt.«

»Du hast wirklich einen Blick für Details . . . Und, ist dir einer abgegangen, wie du mich nackt mit einem andern Typ gesehen hast?«

»Ich konnte es nicht fassen«, murmelte L. Falk so leise, daß ich mich anstrengen mußte, um ihn zu verstehen. »Es war unglaublich schön . . . Es kam mir vor, als ob ich dich mit mir beobachtete . . . aber gleichzeitig hab ich kaum noch Luft gekriegt.«

»Ich finde es toll, daß du uns zugesehn hast«, sagte ich, und ich meinte es ehrlich. Wenn man ein Voyeur ist, wie die Franzosen das nennen, hat man's auch gern, voyiert zu werden, falls mir diese Konjugation gestattet ist.

»Ich ging ins Schlafzimmer zurück und streckte mich neben Shirley aus. Ich lag im Dunkeln, dachte über die Schwärze der Nacht nach, quadrierte Kreise, folgte den verschlungenen Fäden der Zufälligkeit bis zu ihren chaotischen Ursprüngen . . . aber vor allem lauschte ich. Ich hörte Shirley in ihren Schnarchpausen atmen, ich hörte den Wind draußen vor dem Fenster heulen, ich hörte die Äolsharfe klingen, die an einem Ast des Baums hängt, ich hörte die Kirchenglocke halb schlagen.« L. Falk räusperte sich. »Ich hörte die Dielen knarren. Ich hörte, wie im Zimmer nebenan die Couch aufgeklappt wurde. Ich hörte die leisen Stöhner, die aus deiner Kehle kommen, wenn du vögelst . . .«

»Ich finde es toll, daß du zugehört hast«, flüsterte ich.

»So, jetzt mußt du alles von E bis Z erzählen.«

Es wird auf der Habenseite meiner Bilanz verbucht werden, sollte ich für die Heiligsprechung nominiert werden, daß ich die Gelegenheit nicht gleich beim Schopf ergriffen habe. Ich sagte L. Falk, ich wär nicht unbedingt überzeugt, daß er die schmutzigen Einzelheiten verkraften würde; er könnte die Beherrschung verlieren, könnte ausflippen. Er lächelte ein rasiermesserscharfes Lächeln, das zu einem Drittel als unsicher und zu zwei Dritteln als neugierig rüberkam.

»Ich flippe aus, wenn du mir die schmutzigen Einzelheiten *nicht* erzählst. Wenn du mir alles von E bis Z erzählst, beweist das, daß deine Hauptloyalität mir gilt.«

Hauptloyalität! Dieser gottverdammte L. Falk! Es gab immer noch Teile von ihm, zu denen ich noch nicht vorgedrungen war.

Also dachte ich mir, was soll's, wenn du willst, daß einer sich wie ein normaler Erwachsener benimmt, mußt du ihn auch wie einen normalen Erwachsenen behandeln. »Ich wollte wieder auf die Couch im Wohnzimmer gehen«, begann ich und beobachtete genau seine Reaktion – so weit, so gut –, »aber Dwayne meinte, du würdest womöglich hereingeplatzt kommen. Er war sich nicht sicher, wie du es aufnehmen würdest, wenn du uns beide ertappst. Auf frischer Tat. Also sind wir in dein Arbeitszimmer gegangen, haben den Nordic Skier beiseite geschoben und die Couch aufgeklappt – hey, irgendwann müssen wir uns aufraffen und die Scharniere von dem Ding ölen . . . Dann haben wir uns eine Zeitlang umarmt, sozusagen; ich hab dabei durchs Fenster auf das Licht im Turm der Kirche von den Siebenten-Tags-Adventisten an der North Main geschaut, und er hat seine Erektion publik gemacht, indem er sie mir in den Po drückte. Dann hat Dwayne gesagt: ›Hey, wie wär's, wir könnten's doch im Hollywoodstil machen, hm, Babe?‹ In Dwayne steckt wirklich so eine Art Rudolph Valentino. Er hat mich hochgenommen und mich zum Bett getragen. Mein Gott, L. Falk, das verdammte Badewasser wird kalt. Na, jedenfalls, an die Einzelheiten kann ich mich nicht mehr erinnern.«

»Laß heißes Wasser nachlaufen. Du hast also das T-Shirt getragen, das deinen Nabel nicht bedeckt?«

»Yo. Ich hab's nach dem Baden angezogen, wie immer. Irgendwann muß es verschwunden sein, weil ich kann mich nicht erinnern, es ausgezogen zu haben, aber ich erinnere mich sehr wohl daran, daß er meine Nippel geküßt hat . . . Und dann hat er mich geleckt.«

»Macht er's gut?«

».. . ja. Doch, ja, das kann man sagen. Er gibt einem das Gefühl, daß er es macht, weil er . . . Mösen mag, und nicht, weil das zufällig als nächstes auf der Liste steht. Er gibt einem das Gefühl, daß man es nicht nötig hat, Spülungen mit Joghurt zu machen . . .«

».. . und hat er dabei die Omabrille getragen?«

»Mann, du stellst vielleicht Fragen. Dwayne trägt immer seine Omabrille.«

»Wenn er seine Omabrille getragen hat, dann konnte er ja den sibirischen Nachtfalter in dem Sommersprossenmeer unter deiner Titte sehen.«

»Hey, Dwayne ist kein Greenhorn, der findet sich auch ohne Omabrille in der weiblichen Anatomie zurecht. Na, jedenfalls, danach hab ich seine Nippel gelutscht, aber es wird dich vielleicht freuen zu hören, daß sie sich nicht so aufgerichtet haben wie deine, wenn ich die lutsche.«

Ich zögerte, aber L. Falk warf mir ein »Du bist in unserem E-Z erst beim M« an den Kopf.

»Richtig. M . . . also dann bin ich hergegangen und hab ihn ein bißchen geblasen.«

»Wie lange ist das, ein bißchen?«

»Fünf Minuten . . . allerhöchstens acht.«

». . . hat er die verruchte Tat in deiner Lieblingsstellung vollbracht?«

In der Rückschau wird mir klar, daß wir spätestens hier hätten aufhören müssen. Hier begann das unsichere Gelände, und er hat mich trotzdem weitergeschubst. Ich lasse mich nicht gern schubsen. Vielleicht hab ich deshalb auf klinisch umgeschaltet, das war meine Art, ihn zurückzuschubsen. Ich nehme an, man könnte mir den Vorwurf machen, daß ich ihm weh tun wollte.

Soviel zu meiner Nominierung für die Heiligsprechung.

»OK, aber wenn du die Antwort gehört hast, tust du mir dann den Gefallen und erinnerst dich, daß du gefragt hast, ja? Wo war ich? Yo. Als ich damit fertig war, ihn zu blasen, was vielleicht zehn oder zwölf Minuten gedauert hat, wenn ich's mir recht überlege, hab ich mich auf den Bauch gedreht, damit er mich von hinten ficken konnte. Ganz langsam. Wie einer fickt, der sicher ist, daß seine Erektion ewig hält. Ich hab die Beine abgewinkelt und meine Fersen in seinen Hintern gegraben.«

». . . hattest du einen Orgasmus?«

»Na klar. Die Säfte flossen reichlich.«

». . . hat's dir gefallen, mit Dwayne zu ficken?«

»Gefallen? Es war phantastisch. Es ist toll, mit einem Freund zu ficken, vor allem, wenn besagter Freund einen phantastösen Körper hat. Ich weiß nicht, warum das nicht mehr Leute viel öfter tun. Ich hab ja da so meine Theorie – ich hab dir am Abend der Delta-Delta-Phi-Party davon erzählt –, daß man den Menschen, mit dem man fickt, immer liebt, während man ihn fickt. Und du liebst dich selbst dabei, du hörst auf, älter zu werden, du hörst auf zu sterben.«

L. Falk mußte das erst mal verdauen. Nach einer Weile räusperte er sich mehrmals, was ich als Anzeichen dafür deutete, daß er gleich eine mittlere Atombombe abwerfen würde.

»Und was ist mit der Monogamie?« murmelte er mit seinen Bauchrednerlippen.

Und was ist mit der Monogamie! Ist doch zum Lachen, oder, wenn man einen erwachsenen *Homo chaoticus* noch aufklären muß. Was ist eigentlich los mit den Männern, daß sie diese unausrottbare Doppelmoral haben? Ich meine, hat er vielleicht Monogamie betrieben, als Shirley ihm einen geblasen hat? Er hört mich mit einem Freund ficken – kann man sich was Normaleres vorstellen? –, und aus heiterem Himmel schwört er auf verschärfte Monogamie.

Ich war nicht auf Streit aus, ja?, also hab versucht, das Ganze ins Lächerliche zu ziehen.

»Mir ist Polyphonie lieber.«

Mir haben schon mehrere Typen gesagt, daß ich nicht in der Lage bin, Pointen richtig anzubringen. L. Falk lieferte den lebendigen Beweis dafür, als er seine nächste Bemerkung zu unserem Gespräch beisteuerte.

»Monogamie ist nicht mit Monotonie zu verwechseln«, hat er gesagt. »Was du brauchst, ist ein gutes Wörterbuch«, hat er gesagt.

Ein gutes Wörterbuch!

Ich!

Sachen gibt's.

Da saßen wir und starrten uns an in unserer Wanne, die sich auf einmal anfühlte, als wär sie mit Eiswürfeln gefüllt, und sein Periskop war unter die Oberfläche des Ozeans gesunken, der sich zwischen uns ausgebreitet hatte, am Rande unseres zweiten Streits.

»Mach jetzt keine gottverdammten Umschweife«, hab ich dann wohl gesagt, »sag's frei heraus. Du hältst mich für ungebildet, stimmt's?«

»Ich glaube, du bist gebildet . . . auf andere Weise. Du weißt, wie man fickt, aber du weißt nicht, wie man liebt. Ich kann zu dir sagen, daß es möglich ist, sich zu lieben und trotzdem nicht auf die Gewalt, auf den Orgasmus zu verzichten. Ich kann außerdem zu dir sagen, daß meiner Meinung nach nichts mit dir nicht stimmt, was man nicht korrigieren könnte.«

Ich flankte aus der Wanne, schüttelte mich wie ein Hund, um das Wasser loszuwerden, und wickelte den einzigen Körper, den ich je haben werde, in ein Badetuch. »Was meinst du, sollten wir nicht auf der Stelle zum Kern des gottverdammten Problems vorstoßen«, lästerte ich. Ich muß meine Stimme um ein bis zwei Oktaven angehoben haben, denn L. Falks Augen nahmen den erschrockenen Ausdruck an, der an einen Vogel erinnert, der gleich davonfliegen wird. »Daß du mich ficken darfst, heißt noch lange nicht, daß du mich reparieren darfst. Ich bin nämlich nicht kaputt.« Ich wollte mich beruhigen, und fast wär's mir auch gelungen, aber eben nur fast. »Um Himmels willen, L. Falk, eine Zeitlang hab ich gedacht, es könnte was werden mit uns . . .«

Er stieg auch aus der Wanne. »Es hätte was werden können mit uns«, sagte er aufreizend ruhig – es gibt ja nichts, was einen mehr auf die Palme bringt als ein Typ, der immer ruhiger wird, je mehr man selber in Rage kommt. Er machte das Medizinschränkchen auf und nahm den schwedischen Rasierapparat raus, den die Russentussi mit den Hängetitten ihm geschenkt hatte. Ich traute meinen Augen nicht. Er wollte sich verdammt noch mal rasieren. Mit *ihrem* gottverdammten Rasierapparat.

»J. Alfred Goodacre hat also doch nicht so ganz schiefgelegen«, murmelte er. »Es hat was mit Chaos zu tun, mit wem ich vögle. In Amerika der Schönen ist Vögeln chaosbezogen.«

Trotz Sonnenseite nach oben und leicht gewendet wußte dieser Stockfisch immer noch nicht, welche Seite oben war. »Bumsen ist eindeutig eine Form von Chaos«, stimmte ich ihm ärgerlich zu. »Deswegen macht es ja soviel Spaß. Hey, wie hast du noch Chaos definiert? Es ist determiniert, also vorherbestimmt, ja? Aber es ist unberechenbar. Genau das bin ich auch. Ich bin dir auch vorherbestimmt, ja? Und ich bin unberechenbar. Denk drüber nach. Ich bin dein gottverdammtes Chaos!«

Ich rauschte aus dem Badezimmer, warf mir ein paar alte Klamotten über und tappte barfuß in die Küche, um mir ein bißchen Joghurt mit Mango-Chutney zu machen. Nach einer Weile kam L. Falk zur Tür herein, pfeifend, um seine Nervosität zu kaschieren. Ich hatte ihn noch nie pfeifen hören und nahm das deshalb nicht als positives, geschweige denn vielversprechendes Zeichen. Mayday muß das Pfeifen auch beunruhigt haben, denn sie ließ zwar weiter den Kopf hängen, aber ihre unbehaarten spitzen Ohren richteten sich auf wie Antennen. L. Falk hatte seinen verschossenen braunen Mantel an und trug seinen alten Tornister von der Roten Armee in der einen und seine Duty-free-Tüte in der anderen Hand. Er kniete sich vor den Wäschetrockner, machte die Klappe auf und fing an, die trockene Wäsche zu durchsuchen. Er stopfte Socken, Unterwäsche und ein Hemd in die Plastiktüte.

Ich muß zugeben, daß mir das Herz wie verrückt klopfte, aber ich wollte ihm verdammt noch mal nicht die Genugtuung verschaffen, daß er es mitkriegt. »Gehst du aus?« fragte ich so beiläufig, daß man meinen konnte, ich hätte mich ganz nebenbei nach der Uhrzeit erkundigt.

Er wich meinem Blick aus. »Ich nehme einen dieser Nonstop-Flüge nach der am meisten Florida Stadt, die ich finden kann«, verkündete er heiser. »Dair As Sur am Euphrat hat gute Chancen – es geht das Gerücht, daß dieser Ort mehr Florida ist als Miami. Ich ziehe in eine Kakerlaken-Eigentumswohnung mit vollem Personal und zieh nie wieder aus.«

Damit stand L. Falk . . . auf und ging hinaus . . . aus meinem ganzen gottverdammten Leben.

Hey, das war kein Beinbruch, es ist ja nicht so, als wäre er der letzte *Homo chaoticus* auf Erden, oder? Außerdem, Mayday und ich, wir haben uns schon dran gewöhnt, ohne ihn zu leben . . . Was mir am meisten fehlen wird, obwohl ich ja für alle Fälle noch meinen Hitachi-Zauberstab habe, ist Safer Sex . . . Das und das blutende Herz, das er auf seinem gottverdammten Ärmel getragen hat . . . Und seine seltsame Art, Sätze mit »Ich kann zu dir sagen« anzufangen und dann über die reine, unverfälschende Soundso zu labern, die es, wenn ich ihn richtig verstanden habe, überhaupt nicht gibt außer in seiner Einbildung. Mein Gott, so wie der da ewig und drei Tage drüber reden konnte, hätte man meinen können, Zufälligkeit wär eine gottverdammte Religion oder so was.

Lies es und weine, das Evangelium nach Sankt Ficker-Lemuel.

Was die Trommeln in meinem Ohr angeht, so kann ich zu Ihnen sagen, daß ich hundertzehnprozentig sicher bin, daß es der reine Zufall war, daß sie genau an dem Tag . . . in der Stunde . . . in der Minute wieder anfingen, als L. Falk mit der gottverdammten, an seinen Schenkel schlagenden Duty-free-Tüte zur Tür hinausging.

Ratata, ratata, ratata.

Nicht mehr lange, und ich werd durchsichtige Blusen tragen . . . und keiner wird hinsehn.

Ich.

Erledigt.

Scheiß L. Ficker-Falk.

Lemuel geht in den Stunden nach Mitternacht ruhelos in der Wohnung über dem Rebbe auf und ab, bleibt gelegentlich stehen, um eine der Serienmordakten des Sheriffs wegzulegen und eine andere zur Hand zu nehmen, als er vom Hügel her das Gekreisch von einer neuerlichen Delta-Delta-Phi-Party hört. Ihn überkommt der schier unwiderstehliche Drang, alles stehen und liegen zu lassen – die Aufklärung der Serienmorde kann auch noch bis morgen warten –, auf den Berg Sinai zu steigen, mit Rain einen Slowfox zu tanzen, ihre Brüste an seiner Brust zu spüren, ihre Schenkel an seinen Beinen zu spüren, ihren Lippenstift zu riechen.

Während er sich so die Delta-Delta-Phi-Party vorstellt, fühlt er sich in einen Wachtraum gezogen, der zu zwei Dritteln erheiternd und zu einem Drittel irritierend ist. Zoom auf Lemuel, der mit dem Rücken an der Wand in einem düsteren Kellerraum sitzt. Schwenk durch Schwaden von Marihuana-Rauch und Zoom auf die winzigen Bilder eines Fernsehschirms. Drei silbrige Figuren scheinen sich gegenseitig aufzuspießen. Auf Lemuel, der nach links schaut. Auf das, was er sieht. In einer Ecke zieht Rain ihren Minirock hoch und stülpt sich geübt über den riesigen – na los, sag's schon, ja? – Penis des jungen Mannes, der auf dem Kissen neben ihr liegt.

Lemuel erkennt den blonden Bart, den Ohrring, die Omabrille. Besagter Penis ist an Dwayne befestigt.

»Shirley betet dich an«, hört er Dwayne sagen. »Hab ich recht, Babe?«

Shirley, hüllenlos, wie man in der Filmbranche sagt, drückt ihre winzigen Titten in Rains Rücken, greift mit beiden Armen nach vorne, knöpft Rains Hemd auf und fängt an, den Nachtfalter unter der rechten Brust zu liebkosen. Shirley kichert gehemmt. »Du wirst es toll finden, mein Engel«, flüstert sie Rain heiser ins Ohr. »Das ist ein Trip, den du unbedingt machen mußt.«

»Rain, Babe, laß doch das Band zurücklaufen und spiel's noch mal ab, in Zeitlupe«, drängt Dwayne.

Die Traumbilder vor Lemuels innerem Auge rutschen auf einmal rückwärts. Mit einem Ruck lösen sich die aufgespießten Figuren voneinander, der Minirock fällt wie ein Vorhang. Für einen Moment bleibt das Bild stehen, dann beginnt das verführerische Ballett von vorn, diesmal jedoch viel langsamer.

Hinter den Bildern eine Stimme aus dem Off. »Wie oft muß einer eigentlich was wiederholen, damit es endlich in deinen dicken Schädel reingeht?« Lemuel könnte schwören, daß er Rain zwischen den leisten Stöhnern aus ihrer Kehle murmeln hört. »Ich bin's, das gottverdammte Chaos, stell dir vor. Das könnte so nahe an der reinen, unverfälschenden Soundso sein, wie's überhaupt nur geht.«

Naheinstellung von Rain, im Gegenlicht, das durch ihr dunkelblondes Haar schimmert, während sie sich wohlig rekelt und sich wieder in Shirleys magere nackte Arme sinken läßt.

»Yo«, haucht Rain. »Ich will auf der Stelle tot umfallen, wenn das nicht die Wahrheit ist.«

Visionen der Unordnung drücken wie Migräne von hinten auf Lemuels Augäpfel. »Scheiß Rain, strichweise oder nicht«, stöhnt er. »Ich kann nicht mit ihr leben, ich kann nicht ohne sie leben.«

Der Rebbe steht auf einer Holzkiste, die Ärmel bis an die knochigen Ellbogen hochgekrempelt, die Hosenträger an den ausgebeulten Hosen baumelnd, und wäscht Geschirr ab, als Lemuel zum Abendessen eintrudelt. »*Hekinah degul*«, ruft der Rebbe seinem Gast zu. Er bemerkt, daß Lemuel schnuppert. »Was Sie da riechen, ist Speck«, gibt er zu. »Kulinarische Snobs behaupten, ›koscheres Essen‹ sei ein Oxymoron. Als führender Vertreter der koscheren *nouvelle cuisine* bin ich der lebende Beweis dafür, daß *koscher* keineswegs mit *Essen* unvereinbar ist. Und das ist der Grund, warum ich mein Perlhuhn zum Braten mit Speckstreifen umwickelt habe.«

Lemuel knurrt. »Ich dachte, orthodoxe Juden essen keinen Speck.«

»Wer redet denn von essen? Ich rieche ihn nur. Ich bin ohne eigene Schuld süchtig nach dem Geruch von Speck. Oj vej.«

»Wer hat das mit dem koscheren Essen erfunden?!«

Der Rebbe spült einen Teller unter dem laufenden Wasserhahn ab und stellt ihn in den für Fleisch-Geschirr reservierten Plastik-Abtropfständer. »Die Thora instruiert uns: ›Du sollst ein Böckchen nicht in der Milch seiner Mutter kochen.‹ Aus diesem Maulwurfshügel haben unsere Talmudisten einen Berg namens Koscher gemacht, und ich gehöre zu denen, die ihn treu und brav besteigen. Ich besitze – zögern Sie nicht, sie zu zählen, falls Sie glauben, ich übertreibe, es macht mir nichts aus – sechs Sätze Geschirr: je einen für Fleisch und Milchprodukte an Wochentagen, je einen für Fleisch und Milchprodukte am Sabbat und je einen für Fleisch und Milchprodukte zum Passahfest. Wenn ich den Tisch decken will, muß ich jedesmal meine Liste zu Rate ziehen.«

»In letzter Konsequenz«, bemerkt Lemuel trocken, »müßten Sie dann eigentlich auch zwei Zahnprothesen haben, eine für Fleisch und eine für Milchprodukte.«

Der Rebbe stellt die letzten Teller zum Trocknen auf. »Beim koscherem Essen muß man wie bei allem anderen die Grenze vom Rituellen zum Ridikülen beachten.«

Er fordert Lemuel mit einer Handbewegung auf, sich an den Küchentisch zu setzen, verteilt Servietten, die er im Studenten-Schnellimbiß geklaut hat, schaut auf die Uhr, ist mit einem Satz an der Bratröhre und holt ein brutzelndes, mit Speckstreifen umwickeltes Perlhuhn heraus. Sorgfältig zieht er die Speckstreifen ab und läßt sie in den Plastik-Abfalleimer fallen, der mit ein paar Seiten aus dem *Jewish Daily Forward* ausgelegt ist. Er wetzt das Messer und faßt das Perlhuhn ins Auge wie ein Chirurg, der gleich eine Operation am offenen Herzen vornehmen wird.

»Bloß gut, daß es Noah gegeben hat«, murmelt der Rebbe vor sich hin, während er beginnt, den Vogel zu tranchieren. »Vor der Sintflut waren alle Vegetarier. Dann hatte Jahwe gute Neuigkeiten für Noah. Ich spreche von Genesis 9, Vers 1 bis 3: »Alles, was sich regt, was da lebt, soll euch zur Speise sein.«

Lemuel räuspert sich. Er hat etwas zu verkünden. »Ich möchte zu Ihnen sagen, daß ich Ihre Diskretion zu schätzen weiß, Rebbe. Ich bin jetzt fünf Wochen hier, und Sie haben mir nicht eine einzige Frage gestellt.«

»Die Tatsache, daß Sie wieder hier eingezogen sind, spricht leider für sich selbst«, sagt der Rebbe, ohne aufzuschauen. »Für eine Schickse«, fügt er hinzu und wiegt dabei traurig den Kopf, »hat Rain einen sensationellen Arsch.«

Lemuel hängt seinen eigenen Gedanken nach. »Wenn man überhaupt von Schuld sprechen kann, war es meine Schuld. Ich liebe es nicht, das Chaos, ich kann nicht damit leben.«

»Seltsam, daß Sie davon sprechen, mit dem Chaos zu leben. Ich bin gerade dabei, die erste Rohfassung des letzten Aufsatzes fertigzustellen, den ich für das Institut schreibe, bevor ich meinem Davidstern nach Brooklyn folge«, erklärt der Rebbe. »Ich nenne ihn *Die Thora als Hasardspiel.*« Er schaut von seiner Tranchierarbeit auf und zwinkert Lemuel mit beiden Augen über seine Silberbrille hinweg zu. »Knackiger Titel, obwohl man sich ja nicht selber loben soll. Ich spiele mit dem Gedanken, den Aufsatz auf den Umfang eines ausgewachsenen Buchs zu verlängern, wobei ich die Filmrechte behalten würde. Bei so einem heißen Titel weiß man nie, wie viele Millionen man abräumen könnte. Heute eine bescheidene, chaosbezogene Talmudschule im innersten Herzen von Brooklyn, morgen womöglich eine Kette chaosbezogener Talmudschulen, die viele jüdische Vorposten in der Diaspora miteinander verbindet.« Er löffelt zwei gekochte Kartoffeln und ein paar verschrumpelte Erbsen auf einen Teller. »Bein, oder vielleicht Brust?«

»Brust, wenn ich bitten darf, Rebbe. Wenn schon, denn schon.«

»Das hört sich an wie etwas, was Rain sagen könnte.«

»Genau. Hat sie mal gesagt. Das war, als ich ihr von Onan als Pionier des Coitus interruptus erzählte.«

»Na bitte. Die linke oder die rechte?«

Lemuel beäugt ohne sonderliche Begeisterung die beiden Brüstchen. »Links. Rechts. Eins von beiden.«

Mit den Fingerspitzen legt der Rebbe ein Perlhuhnbrüstchen auf den Teller und setzt diesen seinem Gast vor. Er fängt an, sich selbst aufzulegen.

»Meine Startrampe für den Aufsatz – ich setze voraus, daß Sie das interessiert – ist die Geschichte vom Sündenbock, ich spreche von Leviticus 16, Vers 8 bis 10.« Er legt den Kopf schief, schließt die Augen, zwirbelt zerstreut eine seiner Schläfenlocken mit der Fingerspitze und rezitiert aus dem Gedächtnis: »Und Aaron soll das Los werfen über die zwei Böcke; ein Los dem Herrn und das andere dem ledigen Bock. Und soll den Bock, auf welchen des Herrn Los fällt, opfern zum Sündopfer. Aber den Bock, auf welchen das Los des ledigen fällt, soll er lebendig vor den Herrn stellen, daß er ihn versöhne, und lasse den ledigen Bock in die Wüste.«

Der Rebbe stellt seinen Teller hin, schaltet das Motorola ein, dreht am Senderknopf, bis er das Klassikprogramm aus Rochester gefunden hat, und setzt sich zu Lemuel an den Tisch. Er dreht den Kopf zum Radio, hört einen Moment zu und identifiziert das Stück.

»Das würde ich mit verschlossenen Ohren erkennen. Es sind Ravels *Valses nobles et sentimentales*. Diese Musik verfolgt mich – sie kam im Radio in der Nacht, in der ich meine Kirsche verloren habe.«

Im Rhythmus der Musik mit dem Kopf wackelnd, schenkt der Rebbe sorgsam Wein aus einer Flasche mit dem Etikett Puligny Montrachet in zwei langstielige Kristallgläser und stößt mit seinem Gast an. »*Lechaim*«, grollt er. Er schließt die Augen, nimmt einen Schluck, kostet, schluckt, nickt zufrieden. »Vielleicht noch ein bißchen jung, ich hätte ihn noch ein, zwei Stunden länger atmen lassen sollen, einen guten Wein kann man nicht früh genug aufmachen, aber so einen kriegt man nicht mal bei Manishewitz. Was den Sündenbock angeht«, fährt er mit vollem Mund fort, »da gibt es eine jüdische Legende über Asasel – manche bezeichnen ihn als gefallenen Engel, andere sagen, er war ein Dämon, aber wie auch immer, die Geschichte bleibt dieselbe. Jedes Jahr an Jom Kippur wurden zwei Ziegenböcke durch das Los ausgewählt, einer für den Herrn, der andere, als Sündenbock, für Asasel. Der Hohepriester – ich beneide ihn nicht um diese Aufgabe – übertrug alle Sünden des jüdischen Volkes auf den Sündenbock, woraufhin das Tier, zweifellos taumelnd unter der Bürde auf seinem Rücken, in die Wüste gejagt und über eine Felswand in den Tod getrieben wurde.«

Der Rebbe mustert Lemuel über das Perlhuhnbein hinweg, das er benagt. »Wahrscheinlich fragen Sie sich – eine durchaus legitime Frage, die Sie ungescheut stellen sollten –, welches verschlüsselte Signal Jahwe den festangestellten Wissenschaftlern und Gastdozenten am Institut für fortgeschrittene interdisziplinäre Chaosforschung sendet, wenn Er festsetzt, daß der Bock durch das Los bestimmt werden muß, also mit anderen Worten durch den Zufall. In meinem Aufsatz stelle ich die These auf, daß wir Leviticus 16, Vers 8 vielleicht als Kernstück der Thora verstehen sollten, wichtiger noch als das Manifest des Monotheismus in Deuteronomium 6, Vers 4: ›*Schma jisrael adonai eloheinu, adonai echa-a-a-d* . . . Höre, Israel, der Herr, unser Gott, ist ein einiger Herr.‹ In

Leviticus 16, Vers 8 gibt Jahwe, sonst ein ausgebuffter Pokerspieler, der sich nie in die Karten schauen läßt, also dort gibt Jahwe seine Absichten zu erkennen. Er will uns überreden, uns mit dem anzufreunden, was für uns wie Zufälligkeit aussieht, und auch, insoweit als Seine Zufälligkeit ein Fußabdruck des Chaos ist, mit dem Chaos. Wenn ich auf der richtigen Fährte bin, und ich glaube, das bin ich, dann will Er, daß wir lernen, mit dem Chaos zu leben, selbst wenn uns dabei unbehaglich zumute ist.«

»Ich verstehe nicht . . .« Lemuel blinzelt. Er setzt noch einmal an. »Wie kann man denn mit etwas leben, wenn einem dabei unbehaglich zumute ist?«

Der Rebbe holt mit dem Fingernagel ein Stück Perlhuhnfleisch zwischen zwei Zähnen hervor. »Es wird möglich, wenn man begreift, daß erst das Chaos dem Leben Pfiff gibt.«

Er sieht aus einem Winkel von Lemuels blutunterlaufenen Augen eine einzelne Träne hervorquellen. Verlegen zieht er sich die Brille vom Gesicht, haucht geräuschvoll die Gläser an und beschäftigt sich damit, sie mit seiner Serviette blankzureiben.

»Wie finden Sie in Speckstreifen gebratenes Perlhuhn?« fragt er, bestrebt, ein unverfänglicheres Thema anzuschneiden. »Kennen Sie den jiddischen Witz über das Perlhuhn? Wenn ein Jude ein Perlhuhn ißt, wird einem von beiden schlecht.«

Keiner von beiden lacht.

Seufzend lehnt sich der Rebbe zurück und konzentriert sich auf die Musik aus dem Radio. »Sind Sie seit Ihrer intellektuellen Hedschra vielleicht schon einmal auf Ravels Maxime gestoßen?« Als Lemuel die Schulter hochzieht, zeigt der Rebbe ein schiefes Lächeln. »Ordnung. Routine. Chaos. *Joie de vivre* – das ist seine Maxime.« Plötzlich brennen seine talmudischen Glotzaugen in epochaler Erleuchtung. »Könnte es sein . . . meinen Sie, daß es im Bereich des Möglichen liegen könnte?«

»Daß was sein könnte? Daß was im Bereich des Möglichen liegt?«

Der Rebbe schlägt sich mit der flachen Hand an die Stirn. »Ich könnte mich in den Hintern beißen, daß ich das nicht eher begriffen habe, und ich könnte mich noch zusätzlich in den Hintern treten dafür, daß ich es jetzt begreife, denn wer möchte schon, daß ihm so eine Erkenntnis im Hirn herumspukt?«

»Was denn für eine Erkenntnis, um Gottes willen?«

»Das Evangelium nach Ravel weist auf eine merkwürdige Schlußfolgerung, nämlich daß das Chaos nicht die Box ist, sondern nur ein Halt an der Box.«

Hingerissen von der bestechenden Logik seiner Theorie, springt der Rebbe auf und umkreist mit dem Hühnerbein fuchtelnd seinen Gast. Seine Schläfenlocken tanzen.

»Hier stehen wir, fünftausendsiebenhundertzweiundfünfzig Jahre steinigen Weg seit der Schöpfung und dem Garten Gottes hinter uns – das sind, rechnen Sie mit, dreitausenddreihundertvier Jahre, seit Jahwe dem ersten jüdischen Bergsteiger, der den Berg Sinai erklomm, höchstpersönlich die Liste der Ge- und Verbote ausgehändigt hat –, und sind immer noch blind für die Moral in Ravels Musik, taub für das Menetekel. Bedenken Sie die Möglichkeit, fast bin ich geneigt zu sagen, die Wahrscheinlichkeit, daß Sie gar nicht schiefgelegen haben, als Sie diesen unverschämten Vortrag vor den festangestellten Wissenschaftlern und Gastdozenten des Instituts hielten und Ihre Zuhörer allesamt vor den Kopf stießen mit der Andeutung, das Chaos sei womöglich nur eine Zwischenstation.«

Das bestickte Scheitelkäppchen rutscht dem Rebbe vom Kopf. Er fängt es in der Luft auf. »Der eigentliche Endpunkt«, fährt er fort, das Hühnerbein in der einen, das Käppchen in der anderen Hand, »davon steigt mir etwas in die Nase, wenn ich die Thora lese, oj, ich spür's in den Eingeweiden, ich spür's in den Lenden, der eigentliche Endpunkt könnte *joie de vivre* sein! Oj, Lemuel, Lemuel«, krächzt er, getragen von einer Woge der Begeisterung, »bedenken Sie auch die Möglichkeit, und hier flirte ich mit der Ketzerei, aber was soll's, ich nehm's auf mich, daß *joie de vivre* vielleicht nur eine Phantasie ist, die die Franzosen als reine, unverfälschte Zufälligkeit betrachten.«

Schwer atmend und verlegen grinsend, die Arme weit ausgebreitet, die Handflächen nach oben gedreht, entfernt sich der Rebbe rückwärts von seinem Gast – und distanziert sich von seinem Einfall. »Das war natürlich nur hypothetisch gesprochen. Jeder Trottel weiß, daß im innersten Herzen von Brooklyn kein Platz für reine, unverfälschte Zufälligkeit ist.«

Heiser flüstert Lemuel: »Sie haben fast das Gelobte Land erreicht, Rebbe. Machen Sie jetzt um Himmels willen keinen Rückzieher. Ich kann zu Ihnen sagen, Jahwe ist nicht so verkrampft, wie Sie denken. Schwimmen Sie mit dem Strom. Wagen Sie den Sprung.«

Der Rebbe schaut, als hätte er Speck verschluckt. »Von was für einem Sprung reden Sie?«

»Vom Sprung des Glaubens. Es muß reine, unverfälschte Zufälligkeit geben, sonst hat alles keinen Sinn. Und wenn es sie gibt, muß sie das Werk Gottes sein. Hey, sie *ist* Gott!«

»Sie sind nicht mehr ganz bei Troste«, erklärt der Rebbe, im Zimmer auf und ab gehend. »Wäre reine, unverfälschte Zufälligkeit alias *joie de vivre* wirklich der Endpunkt, dann würde das Leben von saftigsten Alternativen nur so strotzen. Vor einem solchen Überangebot würden wir verrückt werden, von hungrig ganz zu schweigen. Niemand würde mehr etwas zustande bringen. Maler würden vor Schreck über die unendliche Vielfalt der Möglichkeiten zu malen aufhören, Architekten würden nicht mehr bauen, Mädchen würden sich nicht mehr überreden lassen, mit Jungen ins Bett zu gehen, Sie, Lemuel, würden nie wieder ein Hühnerbein benagen. Ihr links, rechts, eins von beiden hätte keinen Sinn mehr, Sie würden das Gewaltsame des Zwangs zur Wahl vermissen, würden den Orgasmus vermissen, der davon kommt, daß man gewählt hat. Oj, welche Worte kann ich finden, um Sie das Licht sehen zu lassen? Wir denken, wir werfen das Los für den Sündenbock, aber Jahwe hat die Würfel gezinkt, will sagen, Er wählt den Sündenbock für uns aus. Sie hatten von Anfang an recht – Jahwes Zufälligkeit ist Pseudo-Zufälligkeit, will sagen, Seine Zufälligkeit ist ein Fußabdruck des Chaos. Und das bedeutet Gott sei Dank, daß alles unter der Sonne vorherbestimmt ist, auch wenn es nicht in unserer Macht steht, die Zukunft vorherzusehen. Links, rechts, entweder oder funktioniert, weil Ihre Wahl vorherbestimmt ist, Sie brauchen also nicht zu wählen. Oj, wie könnte es anders sein? Wo würde der Jahwe der Thora, dieser triebhafte Rächer, den wir kennen und lieben, aber nicht besonders mögen, wo, frage ich Sie, antworten Sie, wenn Sie können, wo würde Er ins Bild passen, wenn es reine Zufälligkeit gäbe, wenn nichts vorherbestimmt wäre, wenn wir täglich tausendmal eine Wahl, eine Entscheidung treffen müßten, wenn wir, im Gegensatz zu Gott, die wahren Herren unseres Schicksals wären?«

Der Rebbe grapscht sich ein Boulevardblatt von einem Stapel Zeitungen, mit denen er seinen Mülleimer auslegt, hockt sich auf seinen Stuhl und blättert ärgerlich die Seiten durch. »Unter meinem Dach erweist sich sogar Lesefutter als koscher«, murmelt er. Etwas in der Zeitung zieht seinen Blick auf sich. »Oj vej«, murmelt er, die Nase im Sportteil vergraben, »im fünften Rennen in Belmont startet eine Stute namens Messiah. Ob sie um eine Nasenlänge siegen oder als letzte durchs Ziel humpeln wird, ist bereits vorherbestimmt. Aber kann ich es riskieren, *nicht* auf sie zu wetten?«

5. KAPITEL

»Seine Kirsche verlieren« klingt irgendwie vertraut. Lemuel
überlegt, wo ihm diese Redewendung schon einmal begegnet
sein könnte. Sicherlich nicht in seiner verlorenen Ausbildungsvorschrift der Royal Canadian Air Force. Und sie klingt
auch nicht wie etwas, was King James 1611 geläufig gewesen
wäre. Womit sich die Liste auf Raymond Chandler und den
Playboy verkürzt. Seine Intuition sagt Lemuel, daß der *Playboy* der wahrscheinlichere Kandidat ist, was wiederum vermuten läßt, daß »seine Kirsche verlieren« eine sexuelle Kon-
notation haben könnte. Aber was genau tat der Rebbe, als er
zu den Klängen von Ravels *Valses nobles et sentimentales* aus
dem Radio seine Kirsche verlor? Und nachdem er sie verloren
hatte, ersetzte sie der Rebbe da durch eine andere? In Amerika der Schönen weinen die Menschen über verschüttete
Milch (ein Ausdruck, den Lemuel von Dwayne aufgeschnappt
hatte, als sie eines Tages durch den E-Z Mart gingen und in
der Nähe der Tiefkühlabteilung eine Pfütze Milch entdeck-
ten), aber darf man auch über verlorene Kirschen weinen?
Er nimmt sich vor, die Wendung im *Dictionary of American
Slang* nachzuschlagen und sie seinem Wortschatz einzu-
verleiben. Er kann sich Rains Gesicht vorstellen, wenn er
auf ihr »Was läuft?« antwortet: »Ich hab meine Kirsche verloren.«

Lemuel läßt sich müde in seinen Schreibtischsessel sinken
und zwingt sich, sich auf die Serienmordakten des Sheriffs
zu konzentrieren. Die Details türmen sich wie Schlacken auf
einer Halde.

Viele bergen ein Rätsel.

Punkt 1: Ein Taschentuch mit den eingestickten Initialen einer anderen Person in der Brusttasche des ersten Opfers des Serienmörders.

Punkt 2: Kontaktlinsen in der Tasche eines Opfers mit ungeminderter Sehkraft.

Punkt 3: Ein Bund Schlüssel, von denen keiner zu irgendeiner Tür im Leben des Opfers paßt, in der verkrampften Hand einer Ermordeten.

Punkt 4: Ein winziges Hörgerät in der Tasche eines Opfers, das keineswegs schwerhörig war.

Punkt 5: Eine siebzehn Zentimeter lange Kaiserschnittnarbe auf dem Bauch einer Ermordeten, die nie schwanger war.

Punkt 6: Ein Bündel undatierter, nicht unterschriebener, eindeutig an Frauen gerichteter Liebesbriefe im Abfalleimer eines Ermordeten, der das weibliche Geschlecht verabscheut und nach Meinung aller, die ihn kannten, immer keusch gelebt hat.

Punkt 7: Eine Ampulle mit einem Herzmittel in der Tasche eines Opfers, das nie wegen Herzbeschwerden in Behandlung war.

Dann die vielen Fetische: Schubladen voller ungewaschener Socken, Schränke voller ungeputzter Schuhe, Kartons voller Damenunterwäsche, Schuhschachteln voller falscher Zähne oder Elfenbein-Dildos oder abgeschnittener Finger- und Zehennägel, ein Koffer vollgestopft mit verblichenen Pornofotos von Erwachsenen bei unhöflichem oralen Sex.

Was hat das alles zu bedeuten? Sind die Morde wirklich chaosbezogen, wie Lemuel vermutet? Werden ihn die verschlungenen Fäden der Pseudo-Zufälligkeit zum chaotischen Ursprung der Verbrechen führen? Werden sie ihn zu dem einen Detail führen, das des Rätsels Lösung bringen und den Täter verraten wird? Überzeugt, auf der richtigen Spur zu sein, ackert er weiter, durchstöbert das Leben der Opfer mit der unbeirrbaren Ausdauer von jemandem, der die Dezimalstellen von Pi bis ins Unendliche berechnen will.

Mitternacht ist längst vorbei, als die getippten Buchstaben in den Akten allmählich vor Lemuels Augen verschwimmen. Er schlendert in die Küche, läßt das Wasser eine Minute laufen, bevor er ein Glas unter den Hahn hält und es austrinkt. (Alte Gewohnheiten sind zählebig; in Petersburg mußte man das Wasser vier bis fünf Minuten laufen lassen, um dem Rost zu entgehen.) Wieder im Wohnzimmer, unterdrückt er ein Gähnen, schaltet den Sony ein und erwischt noch das Ende der Nachrichten in WHIM.

».. . vom Wetter wird an diesem vorletzten Apriltag nichts zu sehen sein. Falls du zuhörst, Charlene, Schatz, könntest du schon mal das Schlauchboot aufblasen und zu Wasser lassen. *Blue skies up above, everyone's in love, up a lazy river with meeeee.* Mhm. Die hinter der Scheibe fangen an zu gestikulieren, das heißt, wir haben einen Anruf von einem unserer Stammkunden. Hallo.«

»Tja, ich hab zufällig das Radio angehabt, ja? Und deshalb hab ich gehört, wie du Charlene gesagt hast, sie soll das Boot zu Wasser lassen.«

»Hey, wo hast du denn gesteckt? Wir haben seit Wochen nichts von dir gehört. Was hast du gemacht?«

»Ich hab mir Flicken auf meine durchsichtigen Blusen genäht.«

Lemuel gibt es einen Stich. Er erkennt die Stimme der Anruferin. Er geht vor dem Radio in die Hocke, macht es lauter.

»Und, was hast du heute abend auf dem Herzen?«

»Nichts hab ich auf dem Herzen. Es ist nur, das Wort ›Boot‹ hat mich nostalgisch gemacht . . .«

»Hattest du ein Boot, als du klein warst?«

Rain schnaubt verächtlich. »Ich? Ein Boot? Hast du eine Ahnung! Ich kann noch nicht mal schwimmen.«

»Kapier ich nicht, wie du nostalgisch nach einem Boot sein kannst, wenn du nie eins besessen hast.«

»Hey, wenn man sich leidenschaftlich für was interessieren kann, was es gar nicht gibt, wieso soll man dann nicht nach was nostalgisch sein können, was man nie gehabt hat? Schließlich sind ja auch manche Typen nostalgisch nach Gruppensex oder Inzest oder Pastrami-Sandwiches mit Pumpernickel. Und ich, ich bin nostalgisch nach Booten. Ich hab mir immer gewünscht, ich hätte eins und könnte zum Horizont davonsegeln.«

»Und was hält dich ab?«

»Wozu wär das gut? Ich hatte da diesen Freund, der zufällig Experte für Horizonte ist, er weiß mehr drüber als du und ich zusammen. Er sagt, wenn man am Horizont ankommt, und er spricht aus eigener Erfahrung, ja?, gibt's immer einen neuen Horizont.«

»Aber die Reise könnte ein Riesenspaß werden, auch wenn du nie den Horizont erreichst. Hab ich nicht recht, Charlene?«

»Nein. Wenn du dich für Amerika entscheidest, entscheidest du dich auch dafür, daß das Ankommen das wichtigste ist.«

»Das klingt, als wärst du ein bißchen schlecht drauf.«

Lemuel schnappt sich einen Stift und notiert »schlecht drauf« auf der Rückseite eines Briefumschlags.

»Ich schwimm mit dem Strom. Manchmal stellt sich raus, daß das gegen den Strom ist.«

»Kannst du das noch mal sagen, für langsame Leute wie mich? Hör gut zu, Charlene, Schatz. Rain hat sich was zugelegt, was man großkotzig als Weltanschauung bezeichnet, und zwar eine, die eindeutig nicht *mainstream* ist. Sie schwimmt mit dem Strom, auch wenn's gegen den Strom geht. Ha, ha. Hey, bist du noch da, Rain? Rain? Na, so was. Wahrscheinlich hat sie aus einer Zelle angerufen und kein Kleingeld mehr gehabt. Also, falls ihr euch eben erst eingeblendet habt, ihr hört WHIM Elvira, den Kanal, auf dem gleichgesinnte Schlaflose zuhören, wie Schläfer ihre nicht jugendfreien Träume erzählen. Ich nehme jetzt den nächsten Anrufer . . .«

Lemuel sieht das Radio an, versucht, sich Rain in der Telefonzelle vorzustellen, und spürt, wie er in einen furcht-erregenden Wachtraum hineingezogen wird. Halbtotale von Rain in der Zelle, wie sie, den Hörer zwischen Hals und Schulter geklemmt, in ihren Hosentaschen nach einem Vierteldollar kramt, dann angewidert einhängt, als sie keinen findet. Zoom auf Rain, als sie merkt, daß die Tür sich nicht öffnen läßt, weil sich eine Boa constrictor um die Zelle ge-wickelt hat. Sie fängt an, mit ihren kleinen Fäusten gegen die Wände zu hämmern. Die Scheiben beschlagen sich von ihrem Atem, so daß ihr Gesicht verschwimmt. Lemuel könnte schwören, daß er ihre erstickten Schreie hört: »Hey, Mayday, Mayday. Ich bin in dieser gottverdammten Zelle gefangen, ja? Ich will hier raus.«

Lemuels inneres Auge zoomt zurück in die Totale. Die Telefonzelle steht einsam und allein in einem üppigen Gar-ten.

»Ich bin ausgesperrt aus dem Garten Gottes«, hört er sich stöhnen. »Ich will rein.«

Im Radio ist ein Anrufer mit einer vertrauten heiseren Stimme am Telefon. »Ich habe zufällig gehört, wie Ihre letzte Gesprächspartnerin von Inzest sprach«, sagt er. »Wenn Gott wirklich gegen Inzest wäre«, sagt der Anrufer, »hätte er viel-leicht zwei Paare im Garten Eden erschaffen statt einem einzigen. Oder, noch besser, zwei Gärten Eden nicht allzu weit voneinander entfernt, und in jedem von beiden ein Paar. Wenn Er das nicht getan hat, so bestimmt nicht deshalb, weil er nicht genug Erde gehabt hätte, ich spreche von Genesis 2, Vers 7: ›Und Gott der Herr formte den Menschen aus einem Erdenkloß.‹ Und auch sicherlich nicht daran, daß er keine überzählige Rippe gefunden hätte.«

»Charlene, das darfst du auf keinen Fall verpassen, ja? Ich hab hier einen an der Strippe, der sagt, Inzest ist das beste.«

»Ich behaupte nicht, er sei das beste. Ich meine nur, Gott hat vielleicht ein verschlüsseltes Signal an die *schlimaslim* und *schlepnikim* des Planeten Erde gesandt, als er nur ein Paar im Paradies erschuf . . .«

Der Moderator schneidet dem Anrufer das Wort ab. »Also ich unterbrech hier mal – welches verschlüsselte Signal hat Gott denn ausgesandt, als Er nur ein einziges Paar im Paradies erschuf?«

Der Mann am Telefon schneuzt sich hörbar, erst das eine, dann das andere Nasenloch. »Wie Moses«, sagt er schließlich, »kann ich vielleicht einen Berg erklimmen und einen Hauch vom Gelobten Land erschnuppern, ich spüre es in meinen Eingeweiden, ich spüre es in meinen Lenden, aber ich werde nie seine Erde küssen können . . .«

»Mir muß was entgangen sein . . . Was hat denn das Küssen des Gelobten Landes mit Inzest und zwei Leuten mehr im Garten Eden zu tun?«

Im Radio wird das Summen der Telefonleitung von dem schrillen Pfeifen des Freizeichens abgelöst.

Lemuel merkt, daß der Sheriff am anderen Ende der Leitung hellhörig wird. »Sie haben *was*?«

»Ich habe die Serienmorde aufgeklärt«, sagt Lemuel noch einmal. »Ich habe die letzten drei Nächte noch einmal alle Akten durchkämmt. Ich weiß, wer der Mörder ist.«

»Wo, zum Teufel, sind Sie?«

»In Backwater. An der South Main. In der Wohnung über dem Rebbe.«

»Schließen Sie die Tür ab«, befiehlt der Sheriff aufgeregt. »Machen Sie keinem auf außer meinem Norman. Er kommt Sie abholen, eh Sie einer Katze das Fell abziehen können.«

»Einer Katze das Fell abziehen«, wiederholt Lemuel interessiert.

Zwanzig Minuten später stößt ein blau und weiß lackierter Wagen mit einem gelben Blinklicht auf dem Dach in die Einfahrt unter Lemuels Balkontür. Sekunden später hört er Stiefel auf den Holzdielen trampeln. Der Rebbe ruft herauf:

»Wo brennt's denn, Norman? Sie stoßen Bücherstapel mit dem Namen Gottes drin um.« Hartnäckiges Klopfen an der Tür. Lemuel hängt das Kettchen aus und macht auf.

Norman legt zwei Finger an die Hutkrempe. »Der Sheriff schickt mich«, erklärt er. »Ich soll Sie hinbringen, tot oder lebendig.« Er grinst dümmlich und geht kurz in die Knie, um sein Gemächte zurechtzurücken. »Keine Panik, er hat gesagt, lebendig wär ihm lieber.«

»Ich hole nur die Akten und bin wieder da, ehe Sie einer Katze das Fell abziehen können.«

Unten macht Norman die hintere Wagentür auf. Lemuel duckt sich und steigt ein. Er ist überrascht, daß zwei Männer in dem Auto sitzen, einer vorne, der andere hinten. Der vordere ist breitschultrig und hat einen kantigen Kiefer. Ohne eine Miene zu verziehen, dreht er sich zu Lemuel um.

»Mitchell, mit zwei l«, verkündet er. »FBI.«

Der blasse Mann neben Lemuel mustert ihn durch getönte Brillengläser, während er ihm seine weiche, teigige Hand reicht. »Doolittle«, stellt er sich vor. »Ich arbeite für ADVA, das ist eine Unterabteilung von PROD, einer Abteilung von NSA.«

»Hey, Sie haben ein gutes Auge für Abkürzungen«, sagt Lemuel.

Norman läßt sich auf den Fahrersitz gleiten, dreht den Zündschlüssel, schaltet die Scheinwerfer und das Blinklicht an, schnippt mit dem Nagel seines Mittelfingers gegen den am Armaturenbrett befestigten Kompaß und fährt die Auffahrt hinunter. »Der Sheriff hat sich gedacht, Sie würden auf der Fahrt gern diskret ein paar Worte mit diesen beiden Gents hier wechseln«, sagt er über die Schulter.

»Ich will Sie mal ganz rasch ins Bild setzen«, sagt Doolittle zu Lemuel. »NSA ist die Abkürzung für die United States National Security Agency, die sich mit Kryptoanalyse und Verkehrsauswertung befaßt. PROD ist das Kürzel für das Office of Production, das Abhörmaßnahmen durchführt. Und

ADVA, dessen Leiter ich bin, ist so geheim, daß ich Ihnen nicht sagen darf, was die Abkürzung bedeutet. Unsere Aufgabe ist es, die von PROD abgehörten Mitteilungen zu analysieren und Codes in russischer Sprache zu knacken.«

Mitchell dreht sich erneut um, obwohl ihm das sichtlich schwerfällt. »Ich habe am College in Mathe bloß ein C minus geschafft«, sagt er zu Lemuel. »Das, womit Sie sich Ihre Brötchen verdienen, ist für mich ein Buch mit sieben Siegeln. Aber Doolittle meint, Sie können es besser als sonst wer auf der Welt. Was wir möchten, worüber wir uns so richtig freuen würden, wäre, daß Sie aus der Kälte kommen und es zur Abwechslung mal für die Guten machen.«

»Komisch, daß Sie von den Guten reden«, sagt Lemuel. »Mein ganzes Leben wollte ich schon wissen, wer die eigentlich sind. Also – wer sind die Guten?«

Mitchell sieht nicht so aus, als wüßte er Lemuels Humor zu schätzen. »*Wir* sind die Guten, Sportsfreund«, sagt er mit einem verkniffenen Lächeln. »Die Bösen spielen nicht mehr mit. Wir haben die Russin mit dem verwaschenen Büstenhalter abgeschoben, wir haben den Orientalen abgeschoben, der den Leuten einen Knopf an die Backe labert, wir haben den syrischen Austauschstudenten abgeschoben, der Sie zum Umzug in eine moskitoverseuchte Metropole am Euphrat überreden wollte, und wir haben die zwei Spaghettis aus Reno eingelocht, weil sie mit sechzig Meilen gefahren sind, wo nur fünfundfünfzig erlaubt sind, und sich der Festnahme widersetzten, als wir ihnen ihre Verfehlung vorhielten. Von denen allen werden Sie so bald nichts mehr hören.«

»Auch wenn's wahrscheinlich keinen interessiert«, ruft Norman nach hinten, »das gerade Stück der Interstate gleich nach der nächsten Kurve zeigt pfeilgerade auf Jerusalem.« Er klopft mit dem Fingernagel an den Kompaß. »Sechs Grad südlich von Osten. Der Sheriff und ich, wir haben das auf einer Mercator-Karte in unserm Büroatlas ausgemessen, für den Fall, daß der Rebbe sich noch mal verhaften läßt.«

Doolittle und Mitchell sehen sich verständnislos an. Doolittle wendet sich wieder Lemuel zu. »Der ganze Ausländerrummel in Backwater hat im Büro des FBI in Rochester, das Mr. Mitchell leitet, ein Beben der Stärke sieben auf der Richter-Skala ausgelöst«, erläutert er. »So haben wir erfahren, daß Sie im Lande sind.«

»Wir wissen, wer Sie sind, Sportsfreund«, sagt Mitchell.

»Da wissen Sie mehr als ich«, murmelt Lemuel vor sich hin.

»Von einem MIT-Absolventen, der in Nahost eine nicht unbedeutende Stellung bekleidet, wissen wir genau, was Sie machen.« Er zieht ein Karteikärtchen aus der Brusttasche seines Tweedsakkos und liest ab: »Falk, Lemuel, sechsundvierzig, Mitglied der Sowjetischen Akademie der Wissenschaften, geschieden, jüdischer Abstammung, Atheist . . .«

»Hey, ich bin kein Atheist mehr. Bei meinen Chaosforschungen habe ich Spuren von Zufälligkeit gefunden, bei denen es sich um Fußabdrücke Gottes handeln könnte . . .«

Doolittle schaut auf, nickt einmal und liest weiter vor: »Geschieden, jüdischer Abstammung, den Atheisten lassen wir also weg, der ändert ohnehin nichts, so oder so rum. Ordentlicher Professor für reine Zufälligkeit und Chaostheorie am W.-A.-Steklow-Institut für Mathematik in Leningrad.«

»Es gibt kein Leningrad mehr«, murmelt Lemuel, aber Doolittle tut, als hätte er nichts gehört, und schraubt nur seine Lautstärke um eine Windung höher.

»Falk«, liest er weiter, »hat offenbar ein Computerprogramm entwickelt, das mit fast vollkommener Zufälligkeit in die drei Milliarden dreihundertdreißig Millionen zweihundertsiebenundzwanzigtausend siebenhundertdreiundfünfzig Dezimalstellen von Pi greift, um einen zufälligen dreistelligen Code zu extrahieren, der dann zur Verschlüsselung und Entschlüsselung geheimer Nachrichten dient.«

Mit quietschenden Reifen biegt Norman von der Interstate ab und fährt vorbei an einem Wohnwagenpark und einem

Autokino, in dem *Die zehn Gebote* über die Leinwand flimmern, auf einen schmalen, gewundenen Fahrweg. »Ich fahr einen Umweg«, ruft er nach hinten, »damit die Herren ihre Konferenz beenden können, bevor wir da ankommen, wo wir hinwollen.«

»Ich habe viel über das Verhältnis zwischen Reise und Ankunft nachgedacht«, murmelt Lemuel. »Es liegt im Bereich des Möglichen, daß Reisen ohne anzukommen der ultimative Trip ist.«

»Wie bitte?« sagt Mitchell.

»Wir möchten, daß Sie als ranghoher Wissenschaftler an Bord des ADVA-Flaggschiffs kommen«, sagt Doolittle. »Wir möchten, daß Sie die militärischen und diplomatischen Codes knacken, die Sie für die Rußkis entwickelt haben. Was dabei für Sie drin ist? Das ist eine Frage, die Sie stellen könnten und stellen sollten.«

»Also, was ist für mich drin?«

»Ich bin froh, daß Sie fragen. Eine neue Identität, damit die bösen Buben aus Reno Sie nicht wiederfinden, ein sechsstelliges Gehalt, ein mietfreies Haus im Ranch-Stil mit drei Schlafzimmern in bequemer Entfernung von unserem Hauptquartier, das sich in Fort George Meade in Maryland befindet, eine Mercedes-Limousine mit getönten Fensterscheiben, ein unbegrenztes Visum, eine Green Card und eventuell die amerikanische Staatsbürgerschaft sind im Angebot inbegriffen.«

»Im Angebot inbegriffen«, wiederholt Lemuel interessiert.

»Eine kostenlose Schiffspassage dritter Klasse zurück nach Rußland«, meldet sich Mitchell vom Beifahrersitz, »ist im Angebot inbegriffen, wenn Sie uns einen Korb geben.« Doolittle will sich einmischen, aber Mitchell unterbricht ihn mit einer Handbewegung. »Es ist besser für alle Beteiligten, wenn wir nicht um den Brei herumreden . . .«

»Um den Brei herumreden«, wiederholt Lemuel interessiert.

»Wenn Sie sich gegen unser großzügiges Angebot entscheiden«, fährt Mitchell fort, »schicken wir Sie heim, mit einer an Ihre Stirn gehefteten Mitteilung mit der Anschrift ›An die zuständigen Stellen‹. Und da wird drinstehen: ›Hiermit wird bestätigt, daß Falk, Lemuel, 46, Mitglied der Sowjetischen Akademie der Wissenschaften, geschieden, jüdischer Abstammung, Atheist, die Regierung der Vereinigten Staaten von Amerika in dankenswerter Weise dabei unterstützt hat, russische Geheimcodes zu entschlüsseln.‹« Mitchells Gesicht überzieht sich mit einem fiesen Lächeln. »Sie können drauf wetten, Sportsfreund, daß die nicht den Fehler machen, Sie noch mal außer Landes gehen zu lassen. Sie werden den Rest Ihres natürlichen Lebens damit verbringen, nach Recycling-Toilettenpapier und Würstchen aus Sägemehl und Katzenfleisch in der Kantine des Steklow-Instituts anzustehen.«

»Wir sind schon fast da, wo wir hinwolln«, verkündet Norman. Er läßt den Wagen über Eisenbahnschienen rumpeln, biegt gekonnt in eine Seitengasse ein und hält vor einer Hintertür. Eine nackte Glühbirne über der Tür beleuchtet ein Holzschild, auf dem »County Sheriff« steht.

Lemuel räuspert sich. »Lassen Sie mich raten«, sagt er. »Sie möchten, daß ich es mir in Ruhe überlege, bevor ich eine Entscheidung treffe. Sie möchten, daß ich zwei, drei Minuten nachdenke, bevor ich ja sage.«

»Es wird mir bestimmt Spaß machen, mit Ihnen bei der ADVA zusammenzuarbeiten«, meint Doolittle. »Neben all Ihren anderen Vorzügen haben Sie auch noch Humor.«

Sheriff Combes' Bierbauch quillt über seinen ledernen Pistolengürtel, als er sich in seinen Drehsessel sinken läßt. »Ich bin ganz Ohr«, sagt er und zieht nachdenklich an seiner Fünfundzwanzig-Cent-Zigarre.

»Ganz Ohr ist etwas, womit ich mich anfreunden kann«, entgegnet Lemuel. »Ich war immer ganz erledigt.«

Über den Schreibtisch hinweg faßt der Sheriff Lemuel mit

professionellem Scharfblick ins Auge. »Welche Sprache sprechen wir heute?« Er wedelt mit fleischiger Hand einen Tunnel in den Zigarrenqualm, um den Mann besser zu sehen, der behauptet, das Rätsel der Serienmorde gelöst zu haben. »Englisch, schlag ich vor. Reden Sie Tacheles«, befiehlt er.

»Tacheles reden?«

»Machen Sie Nägel mit Köpfen.«

»Nägel mit Köpfen machen? Hey, welche Sprache sprechen wir denn nun wirklich?«

»Also wer ist der Täter, der die vielen Leute alle umgebracht hat?«

Lemuel geht die Akten durch und zieht eine heraus. »Sie müssen sich zunächst einmal klarmachen, daß die Serienmorde chaosbezogen sind«, sagt er. »Die Opfer wurden nicht nach dem Zufallsprinzip ausgewählt.« Er nimmt den Sheriff mit auf einen Rundgang durch seine Theorie. »Wenn die Serienmorde wirklich zufällige Verbrechen wären, ja?, würden sie ein verräterisches Muster zufälliger Wiederholungen erkennen lassen, beispielsweise zwei Opfer, die beide ein rotes Flanellhemd trugen, oder zwei Opfer mit demselben Alter oder Beruf. Daß ein solches verräterisches Muster fehlt, bedeutet, daß der Mörder Zufälligkeit simuliert hat – er hat die Opfer sorgfältigst nach ihrer scheinbaren Zufälligkeit ausgesucht.«

»Warum hat er Zufälligkeit simuliert?«

»Die Antwort springt genauso ins Auge wie – nichts für ungut – die Nase in Ihrem Gesicht«, klärt Lemuel den Sheriff auf. »Er wollte die Polizei überzeugen, daß die Morde zufällig seien, um sie von der richtigen Spur abzubringen.«

»Ich bin immer noch ganz Ohr.«

»Wenn die Polizei einmal annahm, daß Zufälligkeit das Motiv für die Verbrechen sei, würde sie anfangen, nach einem Verrückten zu suchen, der für die ganze Mordserie verantwortlich ist, und sich nicht weiter mit der Möglichkeit beschäftigen, daß eines der Opfer aus einem anderen Motiv umgebracht wurde. In dem Moment konnte der Täter den einen Menschen ermorden, auf dessen Tod es ihm ankam, den er aber nicht zu töten wagte, ehe dieses eine Verbrechen nicht als ein weiteres in einer Reihe zufälliger Morde getarnt werden konnte.«

Der Sheriff nimmt dies alles mit einem skeptischen Kopfnicken auf. »Ich schätz«, sagt er, ohne anzugeben, was er schätzt.

»Mit den Methoden der Spieltheorie berechnete ich, daß der Serienmörder die Person, auf die er es eigentlich abgesehen hatte, töten würde, wenn er etwa zwei Drittel seiner Opfer umgebracht hatte, und dann noch das letzte Drittel erledigen würde, um den Anschein zu erwecken, daß der Serienmörder weitermacht. Dementsprechend begann ich mit der gründlichen Sichtung der Akten bei Mord Nummer zwölf. Bei Nummer fünfzehn wurde ich fündig – ich entdeckte das eigentliche Opfer des Serienmörders.«

»Das fünfzehnte Opfer war Purchase Honeycut, der selbsternannte Gebrauchtwagen-Nabob unserer drei Kreise«, erinnert sich der Sheriff. »Hat einen ganz schönen Wirbel gemacht, wie sie dem seine Leiche gefunden haben.«

»Der Akte zufolge, die Sie mir gegeben hatten, gehörte Honeycut die Gebrauchtwagenhandlung an der Interstate am Stadtrand von Hornell. In derselben Akte versteckte sich ein Detail, das anscheinend niemand groß beachtet hatte: Honeycut hatte einen stillen Teilhaber – und das war kein anderer als sein Schwager Word Perkins, der Hausmeister, Chauffeur und Nachtwächter am Institut für fortgeschrittene interdisziplinäre Chaosforschung.«

»Stiller Teilhaber sein is kein Verbrechen. Wo bleibt das Motiv?«

»Honeycut und Word Perkins haben einen notariellen Vertrag geschlossen, demzufolge beim Tod des einen die Firma dem überlebenden Partner zufallen sollte. Als sie vor zwölf Jahren anfingen, war der Laden so gut wie nichts wert. Seit damals hatte sich Honeycut aber von Perkins' Schwester scheiden lassen und den ›Gebrauchtwagen-Basar‹ so vergrößert, daß er ein kleines Vermögen wert war. Prüfen Sie's nach. Die schmutzigen Details sind alle kleingedruckt im Bericht der Staatspolizei zu finden. Seit die Polizei nach einem Serienmörder sucht, ist der notarielle Vertrag im Eifer des Gefechts in Vergessenheit geraten.«

Der Sheriff kratzt sich mit mehreren Fingernägeln den Stoppelbart. Lemuel, von dem Geräusch abgelenkt, sagt: »Das ist noch nicht alles.«

»Nur zu.«

»Honeycuts Leiche wurde auf einem Autofriedhof an der Route 17 gefunden.«

»Er war über dem Lenkrad von einem demolierten Toyota zusammengesunken, im linken Ohr den Einschuß von einem mit Knoblauch eingeriebenen Dumdum-Geschoß Kaliber .38«, erinnert sich der Sheriff.

»Sie haben eindeutig einen Blick für Details, Sheriff. Wissen Sie also auch noch, was in seiner Jackentasche war?«

Der Sheriff nickt vorsichtig mit seinem schweren Kopf, fast als hätte er Angst, es könnte ein Gedanke herausfallen. »Ein Hörgerät, was insofern komisch war, weil Purchase Honeycut nicht schwerhörig war.«

»Er nicht, aber Word Perkins.« Lemuel grunzt zufrieden. »Aus psychologischer Sicht entbehrt es nicht einer gewissen Logik, daß ein Schwerhöriger seine Opfer ins Ohr schießt.«

Der Sheriff kippt mit dem Sessel nach vorne, bis die Schreibtischkante in seinen Bauch schneidet. »Es warn keine Blutspritzer um das Fahrzeug, das bedeutet, daß Honeycut woanders erschossen und seine Leiche in den Toyota geschafft wurde.«

»Lassen Sie uns einmal durchspielen, wie es gewesen sein könnte.« Lemuel schließt die Augen. »Die beiden Partner sind sich auf die Nerven gegangen, seit Honeycut sich von Word Perkins' Schwester scheiden ließ. Eines Nachts taucht Honeycut in Word Perkins' Wohnung in Hornell auf. Vielleicht streiten sie wegen Geld: Honeycut hat jahrelang das Geschäft gemolken, und Word Perkins ist der Meinung, daß er nicht angemessen am Gewinn beteiligt wird. Vielleicht streiten sie auch über Politik: Honeycut ist sein Leben lang Republikaner gewesen, Word Perkins ist ein liberaler Demokrat. Aber wie auch immer, die Dynamik der Geschichte bleibt dieselbe. Honeycut gibt keinen Zentimeter nach. Word Perkins zieht eine Pistole. ›Ich hab Kerle, die auf dem sitzen, was sie wissen, noch nie leiden könn‹, schreit er. Honeycut weicht zurück, hält eine Hand hoch, versucht verzweifelt, ihn vom Druck auf den Auslöser abzuhalten. ›Du kommst nie davon‹, argumentiert er. ›Die Polizei wird dich verdächtigen, sobald sie erfährt, daß du bei meinem Tod das Geschäft erbst.‹ Word Perkins kichert grausam. ›Ich hab schon vierzehn Menschen umgebracht und mir alle Opfer so ausgesucht, daß niemand einen Zusammenhang zwischen den Morden entdecken konnte. Du bist der fünfzehnte.‹ Honeycut erkennt, daß er sich nicht retten kann, aber er kann aus dem Grab auferstehen und mit anklagendem Finger auf seinen Mörder zeigen: Unauffällig steckt er das Reserve-Hörgerät ein, das auf einem Tisch liegt, um damit der Polizei einen Hinweis zu geben.«

»Wir müssen jetz eins machen«, sagt der Sheriff aufgeregt, während er sich den Telefonhörer schnappt und Knöpfe drückt, »wir müssen feststellen, ob die Stärke von dem Hörgerät, das in Purchase Honeycuts Tasche gefunden wurde, der Hörbehinderung des mutmaßlichen Täters entspricht. Wenn das der Fall ist, fahren wir nach Hornell, belehren Mr. Word Perkins über sein Recht zu schweigen und prügeln dann die Wahrheit aus ihm raus.«

Lemuel geht ins Vorzimmer hinaus und holt sich einen Becher Wasser aus dem Kühler. Ein Fernschreiber rattert in einer Ecke vor sich hin und spuckt Papier aus, das sich in einem Karton auf dem Boden sammelt. Zwei Hilfssheriffs spielen an einem Schreibtisch an der Tür Karten. Ein dritter sitzt rittlings auf der Bank und wienert seine knielangen Lederstiefel mit Spucke. Lemuel sieht, daß die Socken des Hilfssheriffs Löcher an den Fersen haben. Norman ist nirgends zu sehen, aber seine Stimme kommt durch eine Trennwand. Anscheinend telefoniert er mit jemandem.

»Na und ob der Sheriff da mit dabei sein will ... Nein, nein, er hat nix dagegen, daß die Staatspolizei die Verhaftung durchführt, aber es muß klar sein, daß es der Sheriff war, der dem Hinweis nachgegang is, daß der Sheriff den Fall gelöst hat, daß der Sheriff hergegang is und die Verhaftung angeordnet hat ... Ja ... Er hat den Deal mit der Atommülldeponie nich vergessn ... Der Sheriff weiß schon, daß er Ihn was schuldig is, deshalb hat er auch nix dagegn, daß einer von euch mit aufs Foto kommt ... Wenn wir sie abführn, könnt doch der Sheriff auf der einen und einer von euch Jungs auf der andern Seite von ihr gehn ... Rechts oder links. Das is ihm egal ... Kein Problem, sie kann mit Handschelln an den Officer von der Staatspolizei gefesselt sein, wenn der Sheriff sie fest am andern Ellbogen packen kann ... Ja, klar, dealt im großen Stil, kauft und verkauft, alle möglichen Drogen, was Sie wollen, LSD und Amphetamine, Shit jeder Art.« Norman wiehert ins Telefon. »Nich zu glaubn, in einem ausgehöhlten Sexbuch mit dem Titel *Weight Report* oder *Height Report* oder so ähnlich, obwohl ich ja verdammt noch mal nich einseh, was Gewicht und Körpergröße mit Sex zu tun haben solln ... Nein, wir rechnen nich damit, daß das belastende Material schwer zu finden is. Ich war sogar schon mal in der ihrer Wohnung, dienstlich, und ich kann mich nich erinnern, daß da massenweise Bücher rumgeflogn wärn ... Genau. Gebongt. Treffpunkt Kampus Kave an der South Main, um acht. Da genehmigen wir uns erst noch Lasagne auf Kosten des Hauses, und dann verhaften wir die Täterin. Ja, bis dann.«

Der Sheriff taucht in der Tür seines Büros auf. »Norman«, belfert er.

Erschrocken schauen die Karten spielenden Hilfssheriffs und ihr Stiefel putzender Kollege auf. Norman kommt aus seinem Kabuff geschossen.

»Ich schätz, ich hab die Serienmorde aufgeklärt«, verkündet der Sheriff. »Könnt ihr euch noch an das Hörgerät erinnern, das wir in Honeycuts Tasche gefunden haben? Also, auf ein Tip von eim verantwortungsbewußten Bürger hin, der hier anwesend is, hab ich das Ding beim Hörgerätezentrum Hornell testen lassen. Die Leistung von dem Hörgerät entspricht der Schwerhörigkeit von dem Handlanger drüben am Chaos-Institut, der zufällig auch der Erbe von der Gebrauchtwagenhandlung von dem dahingeschiedenen Mr. Honeycut is.«

»Solln wir für die Verhaftung die Staatspolizei holen?« will Norman wissen.

»Kommt nich in Frage. Den ihre Kriminalabteilung hat sich bei diesen Morden nich grade ein Ruhmesblatt verdient. *Wir* ham sie aufgeklärt. Also lassen wir uns das auch gutschreiben.« Der Sheriff zieht seinen Pistolengurt am Bauch hoch. »Du hältst hier die Stellung, Wallace«, befiehlt der Sheriff dem Hilfssheriff, der vorhin seine Stiefel poliert hat. »Bobby, Bubba, Norman und ich, wir holn jetz den Haftbefehl und dann komm wir in die Zeitung. Sie könn gern mitkomm, Mr. Falk. Sie ham sich's verdient.«

Lemuel hat Mühe, seine Stimme im Zaum zu halten. »Ich muß zurück nach Backwater . . . Ich muß wichtige Arbeiten am Computer erledigen.«

»Kommen Sie schon, Lem«, drängt Norman. »Wenigstens komm Sie wieder mal ins Fernsehn.«

»Hey, nein, wirklich . . .«

»Sie solltn uns wirklich begleitn«, verfügt der Sheriff. »Schließlich und endlich, wo Sie bei der Sache mit der Deponie Ihr Leben aufs Spiel gesetzt ham, ham wir mit Ihn bessere Aussichtn, in die beste Fernsehzeit zu komm.«

6. KAPITEL

Ich kann zu Ihnen sagen, wenn es darum geht zuzusehen, wie jemand verhaftet wird, bin ich – ich wollte, es wäre anders – kein unbeschriebenes Blatt. Ich habe bereits von der jungen Frau erzählt, zu der mich wilde, quälende Liebe packte, als sie an den Haaren über das Pflaster vor dem Smolny-Institut geschleift wurde. Und auch, wie ich zum Verhör gebracht wurde, als eine meiner beiden Unterschriften auf einer Petition aufgetaucht war. Ich war alles andere als begeistert von der Aussicht, bei der Verhaftung des »Täters«, wie der Sheriff sich mit der Vorliebe des Bürokraten für menschenverachtenden Jargon ausdrückte, dabei sein zu müssen. (Letzten Endes ist es wohl leichter, Menschen festzunehmen, wenn sie nicht mit einem Henkel ausgestattet sind.) Das dumme war nur, daß ich mich nicht drücken konnte, ohne Norman auf die Möglichkeit aufmerksam zu machen, daß ich ihn bei der Besprechung von Rains Verhaftung belauscht hatte.

Also berichte ich jetzt von der Verhaftung des mutmaßlichen Täters.

Ich will mit dem Wetter beginnen. Im großen Weltenplan ist angeblich vorgesehen, daß Aprilschauer unerbittlich zur Maiblüte führen, aber in dem Jahr hatte wohl jemand seine Instruktionen nicht bekommen. Es war ein scheußlicher, klatschnasser Maiabend, zweifellos die Spätfolge einer geringfügigen Turbulenz, die ein Nachtfalter irgendwo in Sibirien mit einem Schwirren seiner Flügel ausgelöst hatte. Dicke Regentränen platzten schneller an der Windschutzscheibe, als die mit halsbrecherischem Tempo laufenden Scheibenwischer sie beseitigen konnten. Das war auch der Grund, warum alles, was ich beobachtete, verschwommen war, erst wegen des Regens und dann wegen der Tränen, die mir aus den Augen liefen, warum, werde ich Ihnen noch sagen.

Vielleicht.

Ich saß hinten im Auto des Sheriffs, als wir ganz langsam auf das Gelände von Purchase Honeycuts Gebrauchtwagen-Basar am Ortsrand von Hornell fuhren. Der andere Wagen, in dem Bobby und Bubba saßen, fuhr die Auffahrt auf der anderen Seite des Geländes hinauf und blockierte die Einfahrt. Die vier Scheinwerfer beleuchteten das ebenerdige, rundum verglaste Gebäude. Norman nahm das Automikrofon vom Armaturenbrett.

»Habt ihr schon was von den Fernsehfritzen gesehen?« fragte er Bubba über Funk.

Ich notierte mir »Fernsehfritze« auf der Rückseite eines Umschlags, als das Funkgerät plötzlich loskreischte.

». . . komm sie grade.«

Ein weißer Lieferwagen mit der Aufschrift CHANNEL 8 NEWS hielt am Straßenrand. Ein Mann sprang heraus, schulterte eine lange Kamera, die ebenfalls den Schriftzug von Channel 8 News trug, und fing zu filmen an.

»Hier verdienen wir unser Brot«, sagte der Sheriff.

Er hatte einen gelben Feuerwehr-Regenmantel an und trug ein batteriebetriebenes Megaphon und einen Revolver, den er hinter seinem Rücken versteckte. Er machte mir ein Zeichen, daß ich das Fenster herunterkurbeln sollte.

»Sie bleiben im Wagen sitzn«, sagte er, »falls der Täter sich der Festnahme widersetzn sollte.« Bei dieser Anspielung auf eine mögliche Schießerei funkelten seine Augen, als ob er sich schon vorstellte, wie groß die Schlagzeilen sein würden.

Der Sheriff überzeugte sich, daß die Fernsehleute auch wirklich drehten, und wedelte dann mit dem Megaphon in Bubbas und Bobbys Richtung, die daraufhin die Pistole zogen und sich in Bewegung setzten. Im Gleichschritt wateten er und Norman durch eine riesige Pfütze auf das Glashaus zu, dessen Neonschild *Purchase from Purchase* über der Eingangstür zischte, als würde es Pferdebremsen per Stromschlag grillen.

Eine Gestalt erschien in der offenen Glastür.

Der Sheriff und seine drei Gehilfen blieben schlagartig stehen. Der Sheriff setzte das Megaphon an den Mund.

»Hier spricht Chester Combes, der Kreis . . .«

Ein ohrenbetäubendes Jaulen aus dem Megaphon erstickte seine Worte.

»Wie gesagt, hier spricht Chester Combes, der Kreissheriff. Ich hab mir gedacht, ich könnt ein paar Takte mit dir reden, Word.«

»Über was?« rief der Mann an der Tür in den Regen.

»Über das Ableben von Purchase Honeycut und den neunzehn andern Mordopfern.«

Word Perkins kicherte hysterisch. »Ein Schwachkopf wie du wär da nie von allein draufgekomm. Ich geh jede Wette ein, daß du dir hast Hilfe holen müssen bei dem Gasprofessa, der nich auf dem hockt, was er weiß – daß er hergegang is und dir die Lösung geschenkt hat.«

Ich sah, daß Word seine Augen mit der Hand beschattete und in die Scheinwerfer blinzelte. »Sie sin doch da draußn, oder, Professa aus Petasburg?« rief er.

Ich machte mich möglichst klein und sah zu, wie sich der Sheriff mit dem Revolverlauf im Nacken kratzte. »Den Teil, wo der mich ein Schwachkopf nennt, müßt ihr rausschneidn, Jungs«, rief er den Fernsehleuten durchs Megaphon zu. Er drehte sich wieder um und machte einen Schritt auf das zischelnde Neonschild zu. Die Hilfssheriffs näherten sich aus verschiedenen Richtungen dem Haus.

»Word Perkins«, bellte der Sheriff durchs Megaphon, »es ist meine Pflicht, dir zu sagn, daß alles, was du sagst, als Beweis gegen dich . . .«

Durch den an der Windschutzscheibe herabströmenden Regen sah ich, wie der Täter sich ans Ohr griff und das Hörgerät herausriß. Dann trat er mit einer einzigen geschmeidigen Bewegung zurück, warf die Glastür zu, bückte sich und drehte den Schlüssel in dem Schloß unten an der Tür. Der Sheriff und seine Hilfssheriffs stürmten auf das Gebäude los. Der Sheriff trat gegen die Glastür, aber die rührte sich nicht. Er richtete seinen Revolver auf den Mann drinnen.

»Ich befehl dir, die Tür aufzumachen, sonst mach ich sie auf«, brüllte er durchs Megaphon.

Word Perkins zuckte die Achseln und schüttelte den Kopf, um anzudeuten, daß er nicht verstand, was der Sheriff sagte. Er zog sich zurück und verschwand in einem Büro mit gläsernen Trennwänden. Ich sah, daß er einen Registraturschrank aufriß und ein paar Stapel Papier auf den Boden warf, bevor er einen Gegenstand herausholte, der in ein Stück Stoff eingewickelt war. Langsam und, so kam es mir von weitem vor, verloren in der unheimlich stillen Welt, in der man seine eigenen Schritte nicht hört, kam er wieder nach vorn in den Ausstellungsraum und trat, durch die verschlossene Glastür von ihnen getrennt, dem Sheriff und seinen drei Gehilfen gegenüber. Der Kameramann stellte sich hinter den Sheriff und filmte über dessen Schulter.

Word Perkins schälte den Gegenstand aus dem Tuch, als ob er eine Orange pellt. Der Gegenstand entpuppte sich als stupsnasiger Revolver. Der Sheriff und die drei Hilfssheriffs gingen in die Hocke, die Pistolen im beidhändigen Anschlag. Word Perkins nahm in aller Ruhe eine Patrone aus den Falten des Tuches und rieb die Spitze der Kugel an etwas, was später als Knoblauchzehe identifiziert wurde. Mit dem Daumen drückte er die Patrone in die Kammer, dann hob er den Revolver hoch und steckte sich den Lauf ins linke Ohr.

»Das machst du nicht!« schrie der Sheriff durchs Megaphon, aber der Täter konnte ihn natürlich nicht hören.

Ich kurbelte mein Fenster ganz herunter und steckte den Kopf hinaus, um besser zu sehen, aber es war trotzdem noch alles verschwommen. Tränen, die ich nicht zurückhalten konnte, strömten aus meinen blutunterlaufenen Augen. Ich weinte, wie ich nicht mehr geweint hatte, seit . . . seit . . .

Durch den Tränenschleier sah ich, wie Norman herumwirbelte und mit der Hand das Objektiv der Fernsehkamera abdeckte. Gott segne ihn für sein Taktgefühl, sogar ein Täter hat ein Anrecht auf ein bißchen Intimsphäre, wenn er sich das Gehirn rauspustet. Ich sah auch weg. In mir – gütiger Gott, wäre es doch nur ein Traum gewesen, den ich so leicht hätte überstreifen und wieder loswerden können wie den ärmellosen Pullover, den meine Mutter mir gestrickt hatte, als sie aus dem Gefängnis kam –, in mir hörte ich die gedämpfte Explosion, sie hörte sich an wie ein scharfer, trockener Husten hinter einer geschlossenen Tür, ich sah die gesichtslosen Männer, die die Wohnung durchsucht hatten, zum Badezimmer stürmen, sah einen die Tür aus den verrosteten Angeln treten, ich hörte meine Mutter einen Schrei ausstoßen, der so unmenschlich war, daß er meine Trommelfelle durchbohrte. Und dann drängte ich mich durch die Männer, die um die Badewanne standen, sank neben ihren dicksohligen, eisenbeschlagenen Schuhen auf die Knie und starrte mit offenem Mund auf die sirupartige Flüssigkeit, die zwischen den dicken Lippen hervorsickerte, die so oft spielerisch meine kindlichen Lippen geküßt hatten.

Mein Vater . . .

Mein Vater umklammerte die deutsche Luger, die er aus dem Großen Vaterländischen Krieg mitgebracht und jedesmal zusammen mit der Ausbildungsvorschrift der Royal Canadian Air Force hervorgeholt hatte, wenn er die Geschichte erzählte, wie er höchstpersönlich Polen befreit hatte, als bewiese die Existenz dieser beiden Trophäen, daß er tatsächlich dort gewesen war. Rücksichtsvoll wie immer war er in die Badewanne gestiegen, bevor er sich erschoß, um nicht unser kostbares ostdeutsches Linoleum mit Blut zu beflecken. Seine starren Augen waren auf meine gerichtet, in ihnen lag, so schien es mir damals, und so scheint es mir heute noch, ein melancholischer Tadel, eine unausgesprochene Frage. Warum hast du es getan? fragten seine Augen. Und dann starrte er mich an, ich weiß nicht, wie ein sechsjähriges Kind so etwas merken kann, aber es stimmt, das ist ein wahres Detail, er starrte mich tatsächlich an, ohne mich zu sehen. Und da zählte ich zwei und zwei zusammen und konnte mir plötzlich denken, was das Wort bedeutete, das meine Eltern mir partout nicht hatten erklären wollen.

Das Wort lautete: Tod.

Ich konnte mir auch denken, was mit meiner Schildkröte und meinem Goldfisch und mit dem jüngsten Bruder meiner Mutter geschehen war, meinem verrückten Onkel Hippolyt, der mir jedesmal gestreifte Zuckerstangen mitbrachte, wenn er zu uns kam, bis er eines Tages nicht mehr kam und meine Mutter alle Fotos von ihm im Familienalbum verbrannte. Vielleicht lag es daran, daß diese vielen Informationen, die alle innerhalb eines so kurzen Zeitraums gespeichert wurden, die Schaltungen meines Gehirns überlasteten, oder vielleicht war es der Anblick eines dieser gesichtslosen Männer, der mit seinen schmutzigen Wurstfingern meinem Vater die Augen zudrückte – wie auch immer, mir drehte sich der Kopf von all den Fragen, auf die es plötzlich unbequeme Antworten gab.

Ich habe normalerweise keinen Blick für Details, aber in diesem Fall kann ich die Szene so genau rekonstruieren, als hätte sich die ganze Episode erst gestern abgespielt. Mit meinen sechs Jahren hatte ich bereits die Gewohnheit angenommen, mich dem momentanen Chaos zu entziehen, indem ich mich in Traumwelten flüchtete. Ich weiß noch, daß ich den Atem anhielt und entgegen aller Wahrscheinlichkeit hoffte, das Ganze sei ein Traum, aus dem ich mich jederzeit wieder ausklinken konnte.

Ich ließ alle Hoffnung fahren, als die gesichtslosen Männer den Leichnam meines Vaters in einen blutbefleckten Kartoffelsack steckten, ihn die Treppe hinunterschleiften – der Aufzug war wie gewöhnlich kaputt – und ihn auf die Ladefläche eines Pritschenwagens warfen. Tränen strömten mir aus den Augen, die von dem vielem Weinen blutunterlaufen wurden und für den Rest meines nicht enden wollenden Lebens so bleiben würden, als ich durchs Fenster auf die Straße hinunterschaute und sah, wie der Kartoffelsack von einer Seite auf die andere rollte, während der Wagen sich von unserem Haus entfernte.

In der Rückschau erkenne ich dies heute als genau den Moment, in dem meine Kindheit endete. Nach dem Selbstmord meines Vaters war ich nie wieder jung . . . In emotionaler Hinsicht blieb ich stehen. Die Gefühle, die ich an jenem Tag empfand, sind auch die Gefühle, die heute mein Leben beherrschen. Wenn ich das Chaos verabscheue und fürchte, so kommt das nicht von ungefähr.

Für manche ist es immer zu spät für eine Kindheit, von glücklich ganz zu schweigen.

Wo war ich?

Yo! Eine weitere trockene Explosion drang an mein Ohr. Ich fuhr herum und sah gerade noch, wie der Sheriff das Schloß beiseite trat, das er aus der Tür geschossen hatte, und durch die Glastür rumpelte. Drinnen lag ein Körper reglos wie eine Stoffpuppe auf dem Boden. Über der Tür zischte giftig das Schild PURCHASE FROM PURCHASE. Autos kamen angerast und hielten mit quietschenden Reifen an der Bordsteinkante. Journalisten mit Kameras und Mikrofonen und Filmleuchten und Tonbandgeräten drängten zur

Tür und rempelten sich gegenseitig um, um einen besseren Blick auf den soeben verschiedenen Täter zu bekommen. Blitzlichter erhellten stroboskopisch die Szenerie. Der Sheriff kam aus dem Gebäude, Pistole und Megaphon hingen schlaff an den Goldstreifen seiner Hosenbeine herab. Er ging ruckartig, so als fehlte jedes zweite Einzelbild aus dem Film. Er beantwortete ein paar Fragen, schüttelte den Kopf, wies mit dem Kinn zu mir herüber.

Im nächsten Moment trieb der große Wagen, auf dessen Rücksitz ich zusammengesunken saß, in einem Meer von Reportern. Blitzleuchten blendeten mich aus nächster Nähe, eine lange Fernsehkamera schob sich durch das offene Fenster in den Wagen, und ihr Objektiv fuhr surrend vor und zurück bei dem Versuch, sich auf mein tränenüberströmtes Gesicht scharfzustellen.

»Können Sie uns sagen, wie Sie hinter die Identität des Serienmörders gekommen sind?«

»Ich kann zu Ihnen sagen, daß ich die Spieltheorie angewandt habe, ebenso die Theorie der Zufälligkeit, um zu beweisen, daß der Täter versuchte, seine Verbrechen als absolut zufällig, also zusammenhanglos erscheinen zu lassen. Diese Entdeckung führte direkt zu dem Serienmörder.«

»Was hat er gesagt?«

»Würden Sie das bitte wiederholen?«

»Könnten Sie das noch mal ablaufen lassen und dabei direkt in die Kamera schauen?«

»Es ist so augenfällig wie die Nase in Ihrem Gesicht. Der bewußte Versuch, Zufälligkeit herzustellen, negiert die Zufälligkeit.«

»Wieso stehen Sie so auf Zufälligkeit?«

»Ob das Universum zufällig oder determiniert ist, erweist sich letztlich als die ultimative philosophische Frage. Unser Bild vom Wesen des Universums und davon, warum wir Passagiere des Planeten Erde sind, hängt von der Antwort auf diese Frage ab. Die Suche nach einem einzigen

Beispiel für reine, unverfälschte Zufälligkeit kann daher als Suche nach Gott interpretiert werden.«

»Was sind Sie, ein religiöser Spinner?«

»Sagen Sie, sind Sie nicht der Gastprofessor am Institut für Chaosforschung, der sich auf dem Gelände der Atommülldeponie vor den Bulldozer geworfen hat?«

»Könnten Sie unseren Zuschauern sagen, wie man sich fühlt, wenn man ein Verbrechen aufklärt, an dem sich die Polizei die Zähne ausgebissen hat?«

Bevor ich den Mund aufmachen konnte, rief ein Journalist: »Könnten Sie uns sagen, wie es ist, für den Selbstmord eines anderen verantwortlich zu sein?«

»Haben Sie schon früher einmal jemanden umgebracht?«

Ein Schrei kam mir aus tiefster Brust. »Um Himmels willen, ich war doch erst sechs. Ich war noch nicht mal halbwüchsig, von erwachsen ganz zu schweigen.«

»Was hat er gesagt?«

»Er hat gesagt, er war erst sechzig.«

»Der ist doch bestimmt keinen Tag älter als fünfzig.«

»Wie schaffen Sie es, jünger auszusehen, als Sie sind?«

»Halten Sie eine bestimmte Diät?«

»Treiben Sie regelmäßig Sport?«

»Hatten Sie eine Schönheitsoperation?«

»Haben Sie sich Haare implantieren lassen?«

»Stimmt das Gerücht, daß Sie Ihr Alter falsch angegeben haben, um dem Wehrdienst in der Sowjetunion zu entgehen?«

»Es gibt keine Sowjetunion mehr«, setzte ich an, aber meine Worte gingen in einem Trommelfeuer von Fragen unter.

»Wie denken Sie über die Europäische Wirtschaftsgemeinschaft?«

»Wie stehen Sie zur Euthanasie?«

Ich wollte ihnen sagen, daß ich mich mehr um die Not der Jugendlichen in Europa sorgte, aber es war offensichtlich, daß meiner Antwort niemand die geringste Beachtung geschenkt hätte.

»Was halten Sie von der Kriminalität in Amerika?«

»Was halten Sie von den amerikanischen Kriminellen?«

»Was halten Sie von Amerika?«

»Können Sie uns sagen, ob Sie aus Ihrem Aufenthalt hier irgend etwas gelernt haben?«

Es gelang mir, ein Wort dazwischenzuschieben. »Ich habe gelernt, das Herz auf dem Ärmel zu tragen. Ich habe gelernt, daß eine Stadt am Euphrat mehr Florida sein kann als Miami.«

»Würden Sie behaupten, daß es unbedenklich ist, Trinkwasser mit Fluor zu versetzen?«

»Sind Sie für oder gegen die Werte der Familie?«

»Wie stehen Sie zu Untreue in der Ehe?«

»Wie stehen Sie zum Inzest?«

»Wäre Gott wirklich gegen Inzest gewesen«, fing ich an, »hätte Er zwei Gärten Eden nicht weit voneinander geschaffen«, aber es war in den Wind gesprochen.

»Stimmen Sie der Theorie zu, daß Serienmord eine Suche nach seriellen Orgasmen ist?«

»Sind Sie als Chaos-Experte der Ansicht, daß vorzeitiger Samenerguß heilbar ist?«

»Bietet die Chaostheorie Hoffnung für Männer, die unfähig zum Orgasmus sind?«

Ich konnte kaum sprechen, ich fühlte, wie mir die Worte im Hals steckenblieben. »Es kommt auf den richtigen Start an«, brachte ich mühsam hervor, »man muß abwärts mobil sein . . . und ehe man sich's versieht, wruuum, überschreitet man die zulässige Höchstgeschwindigkeit auf der Interstate.«

»Wollen Sie damit sagen, daß Sie gegen die Geschwindigkeitsbegrenzung auf 55 Meilen sind?«

»Die Frage hat er schon das letztemal nicht beantwortet«, bemerkte eine bekannte Moderatorin.

Eine Sirene heulte in der Ferne, der Ton wurde immer höher, je näher sie kam. Die Journalisten drehten die Köpfe. »Danke für das Interview, Mr. Falk«, rief einer der Reporter durch das offene Fenster. Das Objektiv zog sich in die Kamera zurück. Die Journalisten hasteten davon, um die Ankunft des weißen Wagens mit dem Blinklicht zu filmen, das winzige orangefarbene Explosionen über die regennasse Straße schlittern ließ.

Der Anblick des orangefarbenen Lichts löste in mir eine Flut von Erinnerungen aus. Ich dachte an den Laster, der Sand auf die vereiste Straße gestreut hatte am Abend meiner Ankunft in Backwater, und an die winzigen orangefarbenen Explosionen auf der mit Eis lackierten Fahrbahn, ich dachte an den Eisregen, der von dem sibirischen Nachtfalter ausgelöst worden war, ich dachte an Rain und ihr Starterkabel, an ihren warmen Mund, der sich über einem Teil von mir schloß, das er bis dahin noch nicht besucht hatte.

Konnte es sein, lag es im Bereich des Möglichen, daß mich wilde, ewige, quälende Liebe zu einem Mädchen gepackt hatte, das wirklich existierte?

Erschüttert und zittrig stieg ich aus dem Wagen des Sheriffs und stolperte davon. Während ich langsam zwischen den gebrauchten Autos hindurch zur Straße ging, hallte Word Perkins' irrsinniges Kichern in meinem Kopf.

Im Anfang war das Woat . . .

Der Regen hatte nachgelassen, feuchte Dunkelheit hüllte die Szene ein. Drüben drängten sich die Journalisten um den weißen Krankenwagen. Norman und Bobby und Bubba, die im weißen Licht der Fernsehlampen wie gespenstische Engel aussahen, drängten sich mit einer Trage, auf der in weißer Geschenkverpackung der Täter lag, durch die Menge. Sie gingen ans Heck des Wagens, klappten die Räder unter der Trage hoch, schoben die Leiche in den Wagen und schlossen die Türen. Norman schlug zweimal mit der Faust an die Seitenwand des Wagens.

Die Sirene fing wieder zu jaulen an, erst schwach und dann mit einer Intensität, die mich an den unmenschlichen Schrei meiner Mutter erinnerte. Ich hielt mir die Ohren zu. Wenigstens Word Perkins konnte der Krach nicht mehr stören, dachte ich.

. . . *das Woat war bei Gott.*

Der Krankenwagen löste sich langsam vom Randstein und kam auf mich zu. Ich sah die Buchstaben über seiner Windschutzscheibe. Sie lauteten:

ƎƆИA⅃UꓭMA

Ich zermarterte mein erschöpftes Gehirn, konnte mich aber nicht erinnern, etwas auch nur entfernt Ähnliches in der Ausbildungsvorschrift der Royal Canadian Air Force oder einem meiner anderen Englischbücher gelesen zu haben. Und es kam mir auch nicht wie Liliputanisch vor.

Also mußte es eine neue Sprache sein.

Das Chaos war über die englische Sprache gekommen.

Der Sheriff läßt den Kopf eines Streichholzes an seinem Daumennagel detonieren und hält die Flamme an die Zigarre, die aus seinem Mund ragt. »Ich tät hingehn und eim Pferd ein Zungkuß aufn Arsch geben«, sagt er und unterbricht sich, um an seiner Zigarre zu saugen, bis sie richtig brennt, »bloß um die Gesichter von den Jungs in der Kriminalabteilung zu sehn, wenn sie sich die Abendnachrichten anschaun.« Er atmet aus, wedelt den Qualm weg. »Das eine muß man dem Täter ja lassen«, brabbelt er weiter, »indem daß er sich selber umgebracht hat, hat er dem Kreis die Kosten für einen Prozeß erspart, ganz zu schweigen von der Inhaftierung später.«

Norman ist ungewöhnlich gedrückt, während er den Wagen des Sheriffs auf die Interstate lenkt, Richtung Backwater. »Ob du's glaubst oder nich, ich hab noch nie gesehn, wie sich einer das Gehirn rauspustet«, sagt er.

»Ich hab mal ein Täter gesehn«, sagt der Sheriff und überläßt sich seinen Erinnerungen, »das war oben in Boston, ich war damals noch Hilfssheriff, der hat Wind davon gekriegt, daß er verhaftet werden soll, und einen Gartenschlauch vom Auspuff ins Innere von seim Auto gelegt, sich eingeschlossen und den Motor angelassen. Er is gestorben und hat sich dabei eine Kassette von Judy Garland angehört.« Der Sheriff verdreht nostalgisch die Augen und krächzt heiser den Text: »*I'm always chasin' rainbows* . . .« Der Song is noch gelaufen, immer noch mal und noch mal, wie wir das Auto aufgebrochen haben. Komisch, daß eim manchmal so ein Melodie nie mehr aus dem Kopf geht.«

Sheriff Combes verdreht sich auf dem Beifahrersitz, um mit Lemuel zu sprechen, der hinten im Dunkeln in der Ecke hockt. »Wo sie kein Amerikaner sind und so, sind Sie wahrscheins nie dem Regenbogen nachgelaufen.«

Verträumt sagt Lemuel: »Zu meiner Zeit bin ich auch dem einen oder andern Regenbogen nachgelaufen.«

Ein paar Meilen fahren sie auf der Interstate, ohne daß einer ein Wort sagt. Dann bricht Norman das Schweigen: »Daß Word Perkins die Kugel mit Knoblauch eingerieben hat, bevor er sich erschossen hat, is ja der Beweis, daß der Täter wirklich der Täter war.«

»Knoblauch, meine Fresse, daß er sich erschossen hat, is der Beweis, daß er der Täter war«, widerspricht der Sheriff. »Täter, die nichts getan haben, pusten sich nich das Gehirn raus.«

»Es gibt Ausnahmen von dieser Regel«, bemerkt Lemuel sibyllinisch.

»Warum sollte sich ein Täter umbringen, wenn er nich der Täter is?« fragt Norman arglos.

Bevor Lemuel antworten kann, blendet ein entgegenkommender Sattelschlepper mit seinen aufgeblendeten Scheinwerfern Norman und den Sheriff. Norman blinkt ihn mehrmals an und muß sich die Hand vor die Augen halten.

»Scheißkerl«, flucht er.

Bubbas Stimme kommt kreischend aus dem Funkgerät. »Was meint ihr, soll ich wenden und das Arschloch festnageln?«

Der Sheriff schaut auf das Leuchtzifferblatt seiner Armbanduhr. »Wir sind schon spät dran«, sagt er ins Mikrofon. »Wenn wir nicht in der Kampus Kave eintrudeln, bevor die ihre Lasagne weggeputzt habn, gehn die Staatspolizisten her und verhaften die Täterin alleine.«

Lemuel sieht Normans Augen im Rückspiegel. Der Hilfssheriff schaut in den Spiegel und versucht, das Dunkel zu durchdringen. »Mir is grade was eingefallen«, sagt er, »nämlich daß unser guter Lemuel da hinten eine Zeitlang mit der Tussi zusammengewohnt hat, die in Backwater den Leuten die Haare schneidet.«

Lemuel wird klar, daß Norman drauf und dran ist, zwei und zwei zusammenzuzählen, und daß er in seiner Einfalt womöglich darauf kommt, daß das Ergebnis vier ist. »Wir haben im April Schluß gemacht«, sagt er rasch. »Ich hab sie seitdem . . . nicht mal von weitem gesehen.«

»Unser Lemuel ist ein beglaubigter Held«, sagt der Sheriff, der seinen eigenen Gedanken nachhängt. »Ich werd ihn für unsre Bürgermedaille vorschlagn, dafür, daß er die Polizei so vorbildlich unerstützt hat.«

Der Wagen rauscht an dem Schild vorbei, das an der Stelle steht, wo das platte Land aufhört und der Ort Backwater anfängt. Lemuel sieht es durchs Fenster. »Backwater University, gegründet 1835. Sitz des Instituts für fortgeschrittene interdisziplinäre Chaosforschung.« Darunter hat jemand »Chaos – leck mich!« gesprayt.

Könnte es sein . . . Liegt es im Bereich des Möglichen . . . Ist er womöglich auf eine weitere, bis jetzt ungeahnte Eigenschaft des Chaos gestoßen? Oder ist das Grafitto nur eine Kapitelüberschrift in *Etikette und oraler Sex – Ein Leitfaden für Greenhorns*?

Norman sieht das Haus des Rebbe und fährt langsamer.

Lemuel beugt sich vor. »Könnten Sie mich in der Stadtmitte absetzen?« fragt er beiläufig. »Ich hab bis Mitternacht Zugang zum Supercomputer des Instituts.«

Eine Minute später fährt Norman vorsichtig auf den Bürgersteig, hinter den beiden Autos der Staatspolizei, die vor der Kampus Kave parken. Hinter ihnen hält der Wagen mit Bobby und Bubba. Der Sheriff dreht sich auf seinem Sitz um und streckt Lemuel zum Abschied drei Finger hin.

»Ich würd zu gern wissen, was Sie mit dem Computer treibn, wenn Sie nich grade Serienmorde aufklärn.«

Lemuel stößt die Tür auf. »Eine legitime Frage«, sagt er. »Ich bin froh, daß Sie sie gestellt haben. Die Antwort lautet, daß ich mich durch die Dezimalstellen von Pi bis zur Unendlichkeit durchwühle.«

»Aha«, knurrt Norman.

»Wird Ihn davon nich ganz schwindlig im Kopf?«

Ein Bein schon im Freien, sagt Lemuel: »Verglichen mit dem High, das man angesichts des Unendlichen bekommt, ist Marihuana Kinderkram.«

Lemuel geht den Block entlang auf das Institut zu, schaut sich um, ob die Luft rein ist, kehrt um und späht durch das »e« von »Kampus Kave« auf dem Fenster. Mit ihrem strahlendsten Lächeln verteilt Molly Zahnstocher an die vier State Trooper und einen Kameramann vom Fernsehen, während sie alle aufstehen und dem Sheriff und seinen Gehilfen die Hand schütteln.

Lemuel begreift, daß er keine Sekunde zu verlieren hat. Im Sturmschritt überquert er die Main Street, geht an dem Vierundzwanzig-Stunden-Waschsalon vorbei, biegt in die ungepflasterte Gasse ein und läuft, zwei Stufen auf einmal nehmend, die Holztreppe hinauf. Keuchend hält er das Ohr an die Tür. Als er nichts hört, tastet er nach dem Schlüssel auf dem Sims über der Tür. Als er ihn findet, atmet er erleichtert auf. Mit zitternder Hand versucht er, den Schlüssel ins Schloß zu stecken. Er holt tief Luft, stützt die rechte

Hand mit der linken, steckt den Schlüssel hinein und schließt auf.

Der Raum ist in das unheimliche Licht des Projektors getaucht, der mit einem Stück malvenfarbener Seide zugedeckt ist. Mayday liegt zusammengerollt auf ihrer Decke und sieht Lemuel unverwandt mit trüben, vorwurfsvollen Augen an. Lemuel bückt sich und streichelt ihr den Kopf.

Auf dem Plattenspieler kratzt die Nadel endlos in der letzten Rille einer Platte. Lemuel bemerkt nachlässig auf die Couch geworfene Kleider und fängt instinktiv an, sie zusammenzulegen – ein gefältelter Mini, ein hautenger gerippter Pullover, meergrüne Strumpfhosen, ein grauer Calvin-Klein-Slip. Seine beiden Herzen, das auf dem Ärmel und das in seiner Brust, lassen mehrere Schläge aus, während er ein gestreiftes Button-down-Hemd, ein Paar Designer-Jeans und seidene Boxershorts zusammenfaltet.

Aus dem Schlafzimmer kommt leises Stöhnen aus der Kehle von jemandem, der gerade vögelt.

Lemuel hört einen Moment zu, dann steigt er lautlos über den Hund und schnappt sich den *Hite Report* aus dem Regal. Er packt das Buch mit beiden, plötzlich klammen Händen, geht rückwärts aus dem Zimmer, schließt hinter sich ab und legt den Schlüssel auf den Sims zurück.

Er hat gerade noch Zeit, sich zwischen der Garage und einem leerstehenden Gebäude zu verstecken, da tauchen schon an beiden Enden der Gasse Scheinwerfer auf. In Schlangenlinien, um den Schlaglöchern auszuweichen, kriechen vier Autos aufeinander zu und halten alle unter der Treppe, die in Rains Loft hinaufführt. Die Scheinwerfer gehen aus. Türen werden zugeschlagen. Eisenbeschlagene Schuhe poltern die Treppe hinauf. Knöchel klopfen an die Tür.

»Jemand zu Hause?« Unverkennbar Normans Stimme.

»Ruf noch mal, Norman.«

»Bist du da, Rain?«

Eine nackte Glühbirne geht über der Tür an. Die Tür öffnet

sich. Eine vertraute Stimme reagiert auf die Anwesenheit eines ganzen Pulks von Polizisten.

»Was läuft, Norman? Was läuft, Sheriff?«

»Miss Rain Morgan«, intoniert der Sheriff mit Amtsstimme, »wir haben hier einen amtlichen Durchsuchungsbefehl.«

Norman ergänzt: »Sie können sich und uns jede Menge Scherereien ersparen, wenn Sie das ausgehöhlte Sexbuch mit dem Titel *The Weight Report* freiwillig herausgeben.«

Von drinnen ruft eine Männerstimme: »Was ist denn, Babe?«

Das weibliche Wesen an der Tür stöhnt auf. »Ach du Scheiße, das hat mir grade noch gefehlt.«

Der Sheriff, seine drei Hilfssheriffs, die vier State Trooper und die Fernsehreporter, die alles mit einer auf der Schulter getragenen Kamera filmen, drängeln in die Wohnung.

Lemuel klemmt sich den *Hite Report* unter den Arm und verschwindet die dunkle Gasse hinunter.

Im Haus von Rebbe Nachman putzt sich Lemuel an dem schäbigen Teppich in der Diele die Schuhe ab, bevor er ins Wohnzimmer geht. Hinter der geschlossenen Küchentür spielt ein Radio. Er umklammert immer noch Rains ausgehöhltes Buch, fragt sich, ob darin wohl irgendwo der geheiligte Name Gottes genannt wird, und betrachtet die hüfthohen Büchertürme, die sich mit den Rücken nach außen an die Wände lehnen und sich die halbe Treppe hinaufziehen. Draußen auf der Straße hat er mit dem Gedanken gespielt, das Buch samt Inhalt in eine Mülltonne zu werfen, sich aber dagegen entschieden – irgend jemand hätte das Buch, auf dem sicher massenhaft Fingerabdrücke von Rain waren, finden und der Polizei übergeben können. Besser, er versteckt es – aber wo? Der letzte Ort, wo man nach einem Buch suchen würde, überlegt er, ist ein Stapel Bücher. Und der erste Stapel, der ihm in den Sinn kommt, ist Nachmans Sammlung von Büchern mit dem Namen Gottes.

Lemuel kann gerade noch den *Hite Report* in einen Stapel auf einer der unteren Treppenstufen schieben, da geht die Küchentür auf.

»Lemuel?«

Der Rebbe, der liliputanischer wirkt, als Lemuel ihn je gesehen hat, kommt ins Wohnzimmer gehastet und knipst die Deckenlampe an. Seine geringelten Schläfenlocken tanzen nervös auf und ab, er geht gebückt wie eine Klammer und späht mit ängstlich aufeinander zustürzenden Kakerlakenbrauen die Treppe hinauf. Als er zu sprechen anfängt, klingt seine Stimme ungewöhnlich heiser, so als hätte er zuviel Parolen geschrien. Aber wofür. Oder wogegen?

»Seit vier Stunden frage ich mich, ob dieser *schlimasl* wohl nie mehr wiederkommt.«

»Besser spät als nie.«

»Wie konnten Sie das tun?«

»Wie konnte ich was tun?«

»Ich dachte, ich wäre Ihr Freund.«

»Sind Sie auch.«

»Ich dachte, Sie vertrauen mir.«

»Hey, tu ich doch auch.«

»Dann erklären Sie mir, wenn das im Bereich des Möglichen liegt, warum Sie sich mir nicht anvertraut haben.«

»Anvertraut? Womit denn, um Himmels willen?«

Der Rebbe senkt seine Stimme zu einem krächzenden Flüstern. »Wir haben am selben Tisch gesessen, wir haben dasselbe Brot gegessen, wir tranken denselben Puligny Montrachet. Sie hätten mir wenigstens von den Codes erzählen können.«

Lemuel schließt die Augen. »Nicht auch noch Sie, bitte nicht!«

»Jedermann in Backwater, was sage ich, auch jedermann außerhalb von Backwater hat offenbar Bescheid gewußt, nur ich nicht. Was habe ich getan, daß ich es als letzter erfahre? Womit habe ich das verdient?«

»Wer hat's Ihnen gesagt?«

»Ein kleines Vögelchen hat's mir gezwitschert. Oj, Lemuel, Lemuel, wenn Sie mich ins Vertrauen gezogen hätten, hätte ich Ihnen jede Menge *zores* ersparen können.« Der Rebbe steigt auf die erste Stufe. »Kann ich übrigens immer noch. Ihnen eine Menge *zores* ersparen.«

Lemuel massiert sich mit Daumen und Mittelfinger die Augenlider. »Sagen Sie bloß nicht, Sie arbeiten für einen Geheimdienst.«

»Ein Spion zu sein, das ist so, als wäre man ein Messias.«

»Sagen Sie jetzt bloß nicht, daß Sie für die Israelis arbeiten.«

»Ich arbeite eigentlich nicht für sie.« Der Rebbe rückt auf der Treppe ein Stückchen höher. »Ich bin, was man gemeinhin einen Kopfjäger nennt und was ich als Herzjäger verstehe. Wenn ich einen warmen Körper gefunden habe, der vielleicht ein heißer Tip ist, hole ich die Verschlüsselungsanweisung, die man mir gegeben hat, aus ihrem Versteck hervor« – der Rebbe zeigt mit dem Bart auf einen besonders hohen Bücherstapel neben der Küchentür – »und schicke eine verschlüsselte Ansichtskarte an eine Adresse in Israel. Per Luftpost. Sehen Sie mich nicht so an. Ich schäme mich nicht, Teil der jüdischen Weltverschwörung zu sein. Die Welt wimmelt von Antisemiten, will sagen, von Menschen, die die Juden mehr als nötig hassen. Es ist für die Prosemiten eine Sache auf Leben und Tod, die Post dieser Leute zu lesen.«

»Warum ich?«

»Wenn nicht Sie, wer dann? Ich flehe Sie an, Lemuel, verschließen Sie nicht die Ohren vor dem Menetekel. Es vergeht kein Tag, nicht einmal eine Stunde, in der ich nicht die letzten Seiten der Zeitung auf kleine Artikel durchsehe, die den Beginn eines neuen Holocaust ankündigen. Sie geben sich Mühe, nicht über Dinge zu lachen, die Ihnen absurd vorkommen. Ihr Zynismus ist eine Beleidigung für die Eltern, die Sie aufgezogen haben. Lesen Sie und weinen Sie. ›Angeblich siebenhunderttausend Juden in einem kleinen polnischen Ort namens Oswiecim vernichtet.‹ So hat die *New York Times*, die angeblich alle Nachrichten bringt, die es wert sind, im Druck zu erscheinen, zum erstenmal darüber berichtet, was die Nazischweine im Schild führten. Es war auf der letzten Seite, das Kreuzworträtsel war auffälliger, die Titelseite war einem hochaktuellen Artikel über die Sommerferien vorbehalten.«

Lemuel setzt sich auf die mit einem Teppich belegte Stufe. »Ich kann zu Ihnen sagen, Rebbe, daß ich die Nase voll habe von Code-Lexika. Und von Subtexten.«

Der Rebbe sinkt auf der nächsttieferen Stufe auf die Knie. »Lemuel, Lemuel, alles im Leben ist verschlüsselt. Die Thora, die mir teurer ist als der Sauerstoff, das Geflüster von Liebenden, das Geseire eines Rabbis, Ihr Links-Rechts-Entweder-Oder, sogar Romane, Romane ganz besonders, sie alle haben einen Subtext. Wenn es keinen Subtext gibt, ist das Fehlen des Subtexts der Subtext; die Aussage lautet dann: Ich möchte dich unbedingt überzeugen, daß das, was du siehst, auch das ist, was du kriegst. Wie Ihre frühere Freundin, die Schickse, sagen würde: Leben Sie Ihr Leben. In dieser meschuggenen Welt liegt zwischen der Erfahrung und der für ihre Beschreibung verfügbaren Sprache, ha!, zwischen der *joie de vivre* und ihrer Exegese, ein Abgrund. Codes, Subtexte sind die Brücke über den Abgrund.«

»An diesem Punkt sagen mir die andern Anwerber meistens, was für mich drin ist.«

»Oj, Sie haben meinen Subtext nicht entschlüsselt. Nichts – das ist drin für Sie. Wenn Sie nach Israel gehen, um den Juden zu helfen, Codes zu machen und Codes zu knacken, werden Sie in einer engen, lauten Wohnung in Tel Aviv wohnen – im Vergleich zu dieser Stadt wird Ihnen Petersburg wie das verlorene Paradies vorkommen. Wie jeder andere im Heiligen Land werden Sie ständig Ihr Konto überziehen, um über die Runden zu kommen. Sie werden Urlaub an einem verseuchten Meeresstrand machen, an dem es von Rotznasen wimmelt, die Ihnen Sand ins Gesicht kicken. Aber Sie werden Israel dienen, und durch Israel – Jahwe.«

»Ich bin noch immer nicht hundertprozentig sicher, daß es Ihn gibt.«

Der Rebbe hockt sich neben Lemuel. »Und wo steht geschrieben, daß man Gott nicht dienen kann, während man Ihn sucht?«

»Sagen Sie mir eins, Ascher. Glauben Sie wirklich, daß der Typ existiert? Nähern wir uns dem Problem mal aus einer anderen Richtung – haben Sie Ihn entdeckt oder haben Sie Ihn erfunden?«

Die Glotzaugen des Rebbe blitzen auf. Er fixiert Lemuel mit einem wilden Blick. »Wenn Sie einen dreiteiligen Anzug sehen, *erfinden* Sie den Schneider nicht, Sie *entdecken* ihn. Warum sollte es anders sein, wenn Sie eine blühende Rose sehen, einen Vogel im Flug, einen Schneesturm, der die Ostküste lahmlegt, einen Fußabdruck des Chaos im Treibsand der Zeit?«

Seufzend zieht er ein riesiges Taschentuch aus der Innentasche seines Sakkos, entfaltet es mit theatralischem Pomp und wischt sich den Schweiß von der Stirn. Schließlich sagt er: »Ich habe Sie heute abend im Fernsehen gesehen. Dank Ihnen haben die den Serienmörder ans Kreuz genagelt, sozusagen. Sie sind wieder einmal der Held des Tages.« Eine seiner Hände legt sich auf Lemuels Unterarm. »Ich habe gesehen, wie Sie zusammengekrümmt in dem Auto gesessen haben, ich habe Sie sagen hören, die Suche nach einem einzigen Beispiel für reine, unverfälschte Zufälligkeit sei die Suche nach Gott. Also worauf warten Sie noch, Lemuel? Geben Sie sich einen Ruck. Tun Sie, wozu ich selbst mich nicht durchringen konnte. Wagen Sie den Sprung.«

Lemuel windet sich. »Was für einen Sprung meinen Sie?«

»Den Sprung des Glaubens. Okay, die Thora ist vielleicht eine Dose voller Würmer. War es David, der den Goi Goliath erschlug, ich spreche von 1. Samuel 17, oder ein Lokalheld namens Elhanan, ich spreche von 2. Samuel 21, Vers 19. Wie auch immer, die Thora ist dennoch das Werk Gottes und das Wort Gottes, gepriesen sei Sein heiliger Name. Der Subtext, die Codes, das, was zwischen den Zeilen steht, sind ebenfalls sein Werk. Sie und ich, Lemuel, wir können vielleicht aus entgegengesetzten Richtungen an die Thora herangehen, aber im tiefstem Innern sind Sie genauso koscher wie ich. Nicht von ungefähr bedeutet Ihr Name »der Gottesfürchtige«.

»Sie haben eine überzeugende Show abgeliefert«, sagt Lemuel müde.

»Jedes Wort kommt aus dem Bauch«, erwidert der Rebbe ruhig.

Plötzlich wird Lemuel aggressiv: »Was ist für Sie drin, wenn ich auf der gepunkteten Linie unterschreibe?«

»Fragen Sie ruhig, fragen Sie, ich bin nicht beleidigt. Was für mich drin ist, ist eine Prämie für jeden neuen Mitarbeiter, den ich anwerbe. Woher, meinen Sie, bekomme ich das Startkapital für meine Talmudschule mitten in Brooklyn, von einer Goi-Bank?« Dem Rebbe gelingt ein Lächeln, das schief und zugleich fein ist. »Für mich ist drin, daß ich Gnade finde vor Jahwes Augen.« Unter sanftem Schaukeln seines Oberkörpers rezitiert er: »Und er führte mich heraus ins Weite, er befreite mich, weil er Gefallen an mir hatte.« Aus Gewohnheit spuckt er auch die Quelle aus. »Ich spreche von 2. Samuel 22, Vers 20.«

Jemand klopft energisch an die Haustür. Der Rebbe ist schlagartig hellwach und sieht Lemuel an. »Erwarten Sie Besuch?«

»Nein.«

Der Rebbe rappelt sich auf, tappt durch die Diele zur Haustür, öffnet sie einen Spaltbreit. Im nächsten Moment sieht er einen Schuh zwischen Tür und Rahmen.

Von seinem Platz auf der Treppe aus hört Lemuel einen

gedämpften Wortwechsel. Sekunden später kommen Mitchell und Doolittle, gefolgt von fünf FBI-Klonen in engsitzenden dreiteiligen Anzügen, durch die Diele ins Wohnzimmer gestampft. Der händeringende Rebbe bildet die Nachhut.

Mitchell sieht Lemuel auf der Treppe. »Die Welt ist klein, oder, Sportsfreund?«

»Wollen Sie mal was Lustiges hören?« fragt der Rebbe mit ungewöhnlich schriller Stimme. »Diese Jungs, die in ein Privathaus eindringen, wo sie nicht eingeladen sind, ohne die *Mesusa* über dem Türpfosten zu küssen, ohne sich auch nur die Füße abzustreifen, diese Jungs mit ihren messerscharfen Bügelfalten denken, ich könnte Agent eines fremden Landes sein.«

»Wir denken das nicht«, korrigiert ihn Doolittle, »wir wissen es.«

»Wenn die Syrer in Backwater aufkreuzen«, bemerkt einer der Klone, »sind die Israelis nicht mehr weit.«

Die Klone schwärmen aus und fangen an, Schubladen zu durchwühlen. Der Rebbe packt einen am Ärmel. »Das dürfen Sie nicht.«

Mit einer raschen Drehung des Handgelenks entfaltet Doolittle vor Nachmans Gesicht ein Blatt Papier. »Der Richter, der das unterschrieben hat, ist da anderer Meinung.«

»*Chasak*«, murmelt der Rebbe. »Sei stark.«

Mitchell geht in die Hocke und fängt an, das oberste Buch auf einem schiefen Turm am Fuß der Treppe durchzublättern. »Was sind das für Schwarten?«

»Die habe ich im Lauf der Jahre gesammelt«, erklärt der Rebbe. »In jedem davon steht der Name Gottes.« Er schluckt schwer. »Es ist gegen jüdisches Gesetz, ein Buch mit dem Namen Gottes drin zu vernichten.«

»Wenn's sein muß«, gelobt Doolittle, »werden wir jedes einzelne Buch in diesem Haus untersuchen.«

»Das würde Tage dauern«, gibt der Rebbe hoffnungsvoll zu bedenken.

»Zeit«, sagt Mitchell, während er ein Buch am Rücken packt und es ausschüttelt, »spielt bei uns keine Rolle.«

Doolittle bedeutet den anderen Agenten, mit der Durchsicht der Bücherstapel an den Wänden zu beginnen. Mitchell schaut zu Lemuel hoch. »Sie könnten sich auch nützlich machen und uns verraten, wo er das belastende Material versteckt hat.« Er packt ein Buch am Rücken, läßt es baumeln und schüttelt es. »Sie haben doch nicht vergessen, wer die Guten sind, oder? Zeigen Sie uns, auf welcher Seite Sie stehen.«

Lemuel zittert wie Espenlaub. In seinem Inneren – mein Gott, wenn es doch nur einer seiner Wachträume gewesen wäre – hört er, wie ihm jemand ins Ohr flüstert: *Du möchtest doch dem Genossen Stalin zeigen, auf welcher Seite du stehst, Junge? Sag uns, wo dein Vater sein Code-Lexikon versteckt hat.*

Er hört seine Antwort aus seiner verlorenen Kindheit aufsteigen. *Was ist denn ein Code-Lexikon?*

In einer Ecke kauernd, sieht er gebannt zu, wie einer der gesichtslosen Männer mit einem Brotmesser die Matratze seiner Eltern aufschlitzt und anfängt, sie auszuweiden. Zwei andere reißen die Kleider aus dem Schrank und geben sie an einen dritten weiter, der das Futter aus den Mänteln und Kleidern seiner Mutter herausschneidet und dann alles auf einen Haufen in der Ecke wirft.

Sei stark, ruft sein Vater ihm zu. *Es gibt hier nichts, was sie finden könnten.*

Einer der gesichtslosen Männer sieht Lemuels Vater in die Augen. *Unterhaltungen sind während der Durchsuchung der Wohnung verboten*, sagt er kalt. Lemuels Vater senkt den Blick.

Als der Schrank leer ist, zerlegen ihn die gesichtslosen Männer und lehnen die Teile an die Wand. Lemuel schmeckt Galle im Mund und rennt in die Küche, um in die Spüle auszuspucken. Jemand packt ihn am Arm.

Lassen Sie ihn los, bittet seine Mutter. *Er ist doch erst sechs.*

Als Lemuel wieder ins Schlafzimmer zurückkommt, heben die gesichtslosen Männer gerade die Rückwand des Schranks aus dem Rahmen. Einer von ihnen bemerkt ein loses Stück Tapete über den Dielen. Er geht in die Hocke, reißt die Tapete von der Gipsplatte, greift in den Spalt und bringt ein Buch zum Vorschein. Lemuels Vater wirft einen raschen Blick auf den Jungen, der kaum noch zu atmen wagt.

Der leitende Agent blättert das Buch durch, dessen Seiten Eselsohren haben und voller unterstrichener Wörter und Sätze sind. *Es ist Englisch*, verkündet er. Er liest einen unterstrichenen Satz vor: »Stretching abdominal muscles in this manner fifteen minutes a day . . .« Er schlägt die Titelseite auf. *The Royal Canadian Air Force Exercise Manual.* Er schaut auf. *Das ist eindeutig ein Code-Lexikon, das zur Verschlüsselung und Entschlüsselung geheimer Mitteilungen dient*, befindet er. Er legt das Buch zu den Briefen und Fotoalben in eine Kiste, die in Schablonenbuchstaben die Aufschriften BEWEISMATERIAL und OBEN trägt.

Lemuels Vater schüttelt frustriert den Kopf. *Sie verstehen nicht. Ich habe das Buch aus dem Großen Krieg mitgebracht. Ein kanadischer Pilot, den ich aus einem Kriegsgefangenenlager befreite, hat es mir geschenkt. Ich benutze das Buch gemeinsam mit meinem Sohn Lemuel. Ich verwende es als Anleitung für Gymnastikübungen. Mein Sohn lernt damit Englisch.*

Wäre das Buch nicht in der Wand versteckt gewesen, könnte Ihre Geschichte glaubwürdig klingen, sagt der leitende Agent.

Lemuels Mutter redet leise und eindringlich auf Lemuels Vater ein. Dieser sagt: *Wir haben den Fehler gemacht, dem Jungen zu sagen, daß englische Bücher verboten seien. Als er sah, daß Sie das Wohnzimmer durchsuchen, muß er unter den Schrank gekrochen sein und es in der Wand versteckt haben, um weiterhin Englisch lernen zu können.* Der Vater lächelt seinem Sohn verkrampft zu. *Das Royal Canadian Air Force Exercise Manual ist sein kostbarster Besitz.*

Plötzlich schauen alle Lemuel an, der in der Zimmerecke kauert. *Stimmt es, daß du mit diesem Buch Englisch lernst?* fragt ihn einer der gesichtslosen Männer.

Lemuel, der am ganzen Körper zittert, schüttelt den Kopf. Von Schluchzern unterbrochen, die ihm das Atmen schwermachen, wimmert er immer und immer wieder: *Ich hab das Code-Lexikon nicht versteckt.*

Lemuels Mutter fängt an zu weinen. Sein Vater streicht mit dem Handrücken über den Handrücken seiner Mutter. *Mit Ihrer Erlaubnis*, sagt sein Vater zu den gesichtslosen Männern, *hole ich meine Toilettensachen aus dem Badezimmer.*

»Es ist mein Buch!« hört Lemuel sich schreien. Gütiger Gott, er ist vierzig Jahre lang durch eine Wüste gewandert, aber besser spät als nie.

Plötzlich sehen wieder alle im Haus Lemuel an. »Von welchem Buch sprechen wir denn, Sportsfreund?« erkundigt sich Mitchell.

Lemuel zieht den ausgehöhlten *Hite-Report* aus dem Bücherstapel und reicht ihn Mitchell. Doolittle und Mitchell wechseln triumphierende Blicke. Der Rebbe will die Treppe hinaufsteigen, aber einer der Klone stellt sich ihm in den Weg. Mitchell nimmt das Buch, schlägt es auf und betastet die Röhrchen und Päckchen mit der Fingerspitze.

»Das ist ein Drogenversteck«, sagt er, sichtlich überrascht.

»Das kenne ich d . . .«, setzt der Rebbe an, aber Lemuel fällt ihm ins Wort.

»Yo, Ascher, darf ich das bitte auf meine Art erledigen, ja? Ich entschuldige mich dafür, daß ich Ihre Gastfreundschaft mißbraucht habe. Ich brauchte ein Versteck dafür . . .«

»Warum erzählen Sie diesen wildgewordenen Typen, daß das Buch Ihnen gehört?«

»Weil es im Grunde genommen die Wahrheit ist.«

»Ich dachte, wir sollten hier einen israelischen Agenten verhaften«, mault einer der Klone.

»Wir haben auch nichts dagegen, einen großen Fisch an Land zu ziehen«, sagt Doolittle.

»Denken Sie an die Möglichkeit«, sagt der Rebbe gekränkt zu Doolittle, »daß es als Antisemitismus ausgelegt werden kann, einen angeblichen israelischen Agenten als kleinen Fisch zu bezeichnen.«

Lemuel lächelt dem Rebbe unsicher zu. »Machen Sie sich meinetwegen keine Sorgen, Ascher. Ich kann zu Ihnen sagen, daß Sie ein gleichgesinnter *Homo chaoticus* geworden sind. Das Chaos, das mich wie ein Schatten begleitet – manchmal ist es vor mir, manchmal hinter mir –, liebe ich nach wie vor nicht, aber ich glaube, ich kann jetzt mit ihm leben.«

»Sie stecken bis zum Hals in der Scheiße«, warnt Mitchell Lemuel. »Man hat schon von Drogenhändlern gehört, die nach vielen Jahren im Knast verrottet sind.«

»Im Knast«, wendet Lemuel ein, »wäre ich nicht in der Lage, komplizierte statistische Varianten in großen Stichproben von Daten zu identifizieren, bei denen es sich um das schwächste Glied auch fast vollkommener Zufälligkeit handelt. Ich wäre nicht in der Lage, irgendeinen Code zu knacken, der heute auf der Welt benutzt wird.«

»Hört sich ja fast an, als stünden wir in Verhandlungen«, sagt Mitchell zu Doolittle.

»Ich glaube, hier bahnt sich so was wie ein Deal an«, sagt Doolittle.

»Machen wir reinen Tisch«, resümiert Mitchell. »Wenn wir den *Hite Report* vergessen, würden Sie dann aus der Kälte kommen und für die Guten arbeiten?«

Doolittle klopft die Details im Kleingedruckten fest. »Sie würden Codes für die ADVA knacken, die eine Unterabteilung von PROD ist, das eine Unterabteilung der NSA ist?«

»Ich stelle eine Bedingung«, sagt Lemuel. »Lassen Sie den Rebbe in Ruhe.«

»Opfern Sie sich nicht für mich«, fleht der Rebbe Lemuel an. »Ich habe Freunde in hohen Positionen.«

»Nennen Sie mir *einen*, Sportsfreund«, sagt Mitchell hämisch.

Der Rebbe richtet sich zu seinen vollen einsfünfundfünfzig auf. »Jahwe.«

Mitchell ist nicht beeindruckt. »Für welche Behörde arbeitet der?«

Lemuel fragt mit unbewegter Miene: »Yo! Sie haben noch nie von Strichweise Jahwe gehört? Der Typ ist meistens nicht so ganz auf dem laufenden, was so manches auf der Rückseite der *New York Times* erklärt, wie beispielsweise den Holocaust, aber er ist definitiv ein Macher. Es tut sich nicht viel in den Korridoren der Macht, wovon er keine Kenntnis hat.«

Die Schläfenlocken des Rebbe schlagen Kapriolen. »Gepriesen sei der Herr«, ruft er. »Endlich haben Sie den Sprung gewagt.« Seine Handgelenke schießen aus seinen gestärkten Manschetten hervor, als er die Arme hochwirft und Jahwe von Mann zu Mann anredet. »Unsere Seele ist entronnen wie ein Vogel dem Strick des Vogelfängers«, jubelt er. »Der Strick ist zerrissen, und wir sind los.«

»Der redet Kauderwelsch«, sagt einer der Klone.

»Was ich rede«, korrigiert ihn der Rebbe mit einem biblischen Glimmen in den glänzenden talmudischen Augen, »ist Psalm 124, Vers 7. *Sela.*«

7. KAPITEL

Typen, die in der Einführung in die Psychologie mit Bestnote abgeschnitten haben, wollen mir einreden, daß hinter Ladendiebstahl mehr steckt, als man auf den ersten Blick vermutet, aber ich seh das ehrlich nicht ein. Ich hab nicht das Gefühl, daß ich mich gegen die elterliche Autorität auflehne, wenn ich ab und zu mal was im Supermarkt mitgehen lasse, ich glaub auch nicht, daß ich damit einen Todeswunsch zum Ausdruck bringe, eher das Gegenteil, ich drück damit meinen Lebenswunsch aus, weil ich nämlich alles aufesse, was ich klaue.

Also, neulich geh ich wieder mal durch die Gänge vom E-Z Mart und lasse den einen oder anderen Luxusartikel über meine wollüstige Schulter in das Geheimfach von meinem Stoffrucksack gleiten – es war der Tag der Sommersonnenwende, der einzige Zeiger von meiner Schweizer Uhr, der die Mondphase anzeigt, lehnte sich schon an das S von Sommer. Das Semester war vor drei Wochen offiziell zu Ende gegangen, gleich nachdem L. Falk spurlos verschwunden war; ich hatte zufällig auf der Straße den Rebbe getroffen und ihn beiläufig gefragt, ob sein Hausgenosse nach Miami am Euphrat umgezogen wär. Ich hatte den Verdacht, der Rebbe wußte mehr, als er nicht sagen wollte, und ließ nicht locker, und so erfuhr ich, daß mein *Hite Report* dem FBI in die Hände gefallen war.

Wo war ich?

Yo! In zwei Tagen wollte ich meine alten Klamotten mit einer geliehenen Kutte samt schwarzem Deckel vertauschen und meinen Collegeabschluß feiern, der *summa cum lausig* ausgefallen war, wie Dwaye sagt, um mich daran zu erinnern, daß ich im Durchschnitt grade mal auf ein C komme. Ich hatte mich mehr oder weniger entschlossen, auch nach dem Studium in Backwater zu bleiben. Ich spielte sogar mit dem Gedanken, mir in meinem Salon einen zweiten Stuhl zuzulegen für die Haarwäsche – warum soll man nicht mit dem Strom schwimmen, oder? – und bereitete mich schon darauf vor, diesen Entschluß angemessen zu feiern. Ich hatte mich provisorisch mit Zbig verabredet, dem aus Polen stammenden *Tackle*, hatte sogar geübt, seinen Nachnamen auszusprechen, ja? Es geht so ähnlich wie Dsched-schor-skin-ski, plus-minus die eine oder andere Silbe.

Dwayne, mit Shirley im Schlepptau, war befördert worden, in eine größere Filiale vom E-Z Mart in Rochester, einen Supermarkt, der so riesig ist, daß die Kunden da drin auf Urlaubsreise gehn. Das bedeutete, daß der E-Z Mart in Backwater einen neuen Manager gekriegt hatte. Ich hab mir natürlich gedacht, daß der Neue unheimlich pingelig sein wird, was Ladendiebstahl angeht, und hab versucht, Dwayne danach auszuhorchen.

»Klar weiß ich, wer mein Nachfolger ist, Babe, ich hab ihn schließlich für die Firma entdeckt, aber ich geb diese Information nicht an dich weiter.« Mehr war nicht aus ihm rauszukriegen. Auch Shirley wollte nicht mit der Sprache raus. »Dwayne bringt mich um, wenn ich was ausplapper«, hat sie gekichert. »Stimmt doch, Süßer, oder?«

Sie können sich also sicher vorstellen, was das für eine Bombenüberraschung war, als dieser Typ in seinem knielangen weißen Arztkittel sich von hinten an mich angeschlichen und meinen Rucksack befühlt hat. Ich bin so schnell herumgewirbelt, daß ich mir den Kopf an seiner Klemmtafel angehaun hab. »Auuuaa«, hab ich gejault. Wenn es darum geht, Grenzen zu verteidigen, ist Angriff die beste Verteidigung, also hab ich ihm eine volle Breitseite hingelassen. »Sie Dünnmann, was haben Sie eigentlich vor, mich wegen Ladendiebstahl zu enthaupten? Wo bleibt da der schöne alte Grundsatz, daß die Strafe dem Vergehen angemessen sein muß?«

Ich bin rückwärts getaumelt und hab mit meinen seetanggrünen Augen geplinkert, als ob ich Schwierigkeiten hätte, ihn richtig zu sehen, hab mir den Kopf mehr als nötig gerieben und zu dieser schmutziggrauen Maske von einem Bart hochgeschaut, um festzustellen, ob mich der Mensch, der sich dahinter versteckte, für wen halten würde, der mit einem Anwalt befreundet ist, der eine saftige Schadensersatzklage einreichen wird.

Ich merkte, daß mich die Augen über dem Bart anlächelten, und ich merkte, daß besagtes Lächeln zu zwei Dritteln leicht amüsiert war.

Der Bart bewegte sich. »Yo. Was machen Sie da?«

Es dauerte eine Mikrosekunde, bis mir der gutturale Klang seiner Stimme auffiel.

»Und Sie, was machen Sie?« gab ich zurück.

»Ich kann zu Ihnen sagen, daß ich jedenfalls nicht klaue.«

»Hey, seien Sie kein Stockfisch. Klauen Sie doch was. Weiß doch jeder, daß die ihre Preise wattieren, um die Ladendiebstähle abzufedern. Deswegen muß auch wirklich wer was stehlen, damit die Supermärkte ehrlich bleiben.« Meine Sommersprossen fühlten sich an, als stünden sie in Flammen. »L. Ficker-Falk! Was machst du denn hier?«

»Ich bin der neue Manager vom E-Z Mart. Dwayne hat das für mich gedeichselt. Er hat seine Bosse davon überzeugt, daß ich mich mit Lagerhaltung in Supermärkten besser auskenne als mit Computern.«

Abgesehen von dem weißen Kittel und dem Bart war da noch was . . . anders an ihm. Sein Haar war länger und flog in alle Himmelsrichtungen, er hatte meine professionellen Dienste bitter nötig, aber das war's nicht. Hey, das war's überhaupt nicht. Es war mehr seine neue, raumgreifende Art, ja? Es war mehr die lässige Art, wie er die Schultern hielt, so als wär ihm eine Bürde abgenommen worden . . .

»Was soll der Bart?« fragte ich ihn.

»Den kannst du unter der Rubrik Lebenserfahrung verbuchen«, sagte er. »Ich will nicht erkannt werden, wenn wieder mal solche Mafiatypen in Backwater auftauchen, auf der Suche nach jemandem, der FBI-Post lesen kann.«

Ich trottete hinter ihm her durch die Gänge, während er alles Mögliche auf seiner Klemmtafel notierte und abhakte. »Quaker's Oats, After Eight und Skippy's Erdnußbutter haben in den letzten vierundzwanzig Stunden was getan für ihr Geld. Sonnenöl, Aftershaves, Achsel- und Intimdeo, Schirmmützen und Sonnenbrillen sollten vielleicht auch aufgefüllt werden. Es ist zum Schießen! In Rußland haben wir immer gesagt, daß der Mangel gleichmäßig auf die Landbevölkerung verteilt werden muß. Hier tippen wir Bestellungen in einen Computer ein, und am nächsten Morgen steht das Zeug vor der Tür.« Und dann sagte er was, was ich hier wiederholen will, obwohl ich es nicht hundertprozentig versteh. »Amerika die Schöne!« hat er gesagt. »Es stellt sich raus, daß die Straßen hier doch mit Sony-Walkmans gepflastert sind.« Hat er gesagt.

Dann hat er noch eine ganze Weile darüber gelabert, wie leicht es wär, einen Supermarkt zu leiten. Anscheinend hat sich L. Falk nicht etwa in den Supercomputer vom E-Z eingeklinkt, um seine Lagerbestände zu kontrollieren, sondern er hat das mit seiner Superklemmtafel und seinem Supertaschenrechner sowie mit einem angeborenen Supertalent gemacht, Fehlbestände zu entdecken. Die zwei Stunden Zeit am Supercomputer, die dem E-Z Mart von Backwater zustanden, hat er, das ist Originalton L. Falk, ja?, dazu verwendet, sich immer tiefer ins Herz von einem sogenannten Pi vorzuarbeiten, tiefer, als es sich jemals jemand hat träumen lassen, er war schon bei sechs Milliarden fünfhundert Millionen Dezimalstellen angelangt, und der E-Z-Supercomputer hat immer noch Zahlen ausgespuckt, immer tiefer und tiefer runter in die Unendlichkeit, durch die tintenschwarzen Abgründe von Pi, wo kein Sonnenstrahl hinkommt.

So wie L. Falk das beschrieb, hätte man glauben können, daß er an Tiefenrausch im Endstadium litt. Anscheinend versuchte er nicht mehr, die reine, unverfälschende Soundso zu erfinden, weil das, was der Zufälligkeit der Menschen fehlt, eben die Zufälligkeit ist, aber er hat immer noch gehofft, eines Tages den Horizont hinterm Horizont zu finden. Er sagte, wenn er sein Leben lang weitermache, könnte er dieses Pipapo vielleicht auf eine Billion Dezimalstellen ausrechnen, warum nicht? Und solange er nicht auf irgendwelche Spuren von Ordnung stieß, solange er nicht einmal den Schatten eines Musters fand, solange die Wiederholungen zufällige Wiederholungen waren – ich muß zusehen, daß ich nichts Falsches sage, ja?, ich hab's ja oft genug gehört –, würde das bedeuten, daß die reine, unverfälschende Sie-wissen-schon-was immerhin im Bereich des Möglichen liegt. An der Stelle hat er noch was von einem Flirt mit der Wahrscheinlichkeit gesagt.

Inzwischen war L. Falk so in Fahrt, daß ihn nichts mehr bremsen konnte. Am Abend zuvor hatte er sich mit seiner Workstation in den Supercomputer vom E-Z eingeklinkt und Pi oder wie das heißt auf noch mal 250 Millionen Dezimalstellen mehr berechnet, und dabei war er auf dreiundzwanzig Dreiundzwanzigen gestoßen. Diese zufällige Wiederholung fand er so scharf, daß er herging und den Ausdruck abriß und ihn einsteckte; er hätte ihn immer noch in der Tasche, sagte er zu mir, und würde ihn mir gerne zeigen. Er hat das Blatt hochgehalten wie eine heilige Schriftrolle, ich hab's immer noch, es war von oben bis unten mit Ziffern bedeckt. Und tatsächlich, mitten in den vielen Zah-

len stand dreiundzwanzigmal hintereinander die Dreiundzwanzig:

01424518457255225922477819062652833828958418455512154275945768524815465826366497283580042561379334810493723232323232323232323232323232323232323232323232323750215467945484225874134679815594672863215542798641213077264356542878494945784216435246124573791255420299379

Fragen Sie mich nicht, wie, aber es gelang mir
schließlich, ein Wort dazwischenzukriegen. Ich wies darauf
hin, daß dreiundzwanzig mein Alter und die Hälfte von L.
Falks Alter war. Hey, frotzelte ich, vielleicht will dir da jemand was sagen.

Daß ich da draufgekommen bin, hat ihn endgültig ausra-
sten lassen. Seine Worte überschlugen sich förmlich, so
schnell kamen sie heraus. Es ist anscheinend so, daß jeder
Elternteil dreiundzwanzig Chromosomen zu einem Baby
beisteuert. Daß bei der DNA – weiß der Geier, was das wieder ist –, alle dreiundzwanzig Ångström sogenannte Unre-
gelmäßigkeiten an den Bindungsstellen vorkommen. Daß
das Kippen der Erdachse dreiundzwanzig Grad beträgt.
Außerdem gibt es in der Geometrie dreiundzwanzig Axio-
me, die von einem griechischen Spaßvogel mit dem unwahrscheinlichen Namen Euglied entdeckt worden sind – das
Wort »entdeckt« hat L. Falk besonders hervorgehoben.
Dann hat er von Sachen angefangen, die schon eher nach
meinem Geschmack waren. Im sogenannten Tantra hat angeblich der Sexzyklus des Menschen dreiundzwanzig Tage,
wobei die Frau durch die Zwei und der Mann durch die
Drei symbolisiert wird. Sollen wir das alles als zufällige
Übereinstimmungen abtun? wollte er wissen. Oder hat
Gott nach der sechsmilliardenfünfhundertmillionsten Dezimalstelle von Pi ein codiertes Signal untergebracht, das
uns sagen soll, daß er existiert?

Ich brauchte dringend einen Themawechsel, mir war

schon ganz schwummrig, ich war ganz high von den vielen Dreiundzwanzigern, also fragte ich L. Falk, wo er denn rumgehangen hätte, seit er Backwater verlassen hatte, weil das war das Detail, das der Rebbe ausgelassen hatte.

L. Falk nahm eine Beruhigungspille. »Das willst du doch gar nicht wissen.«

»Und ob ich das wissen will. Deshalb frag ich ja. Wie wär's, willst du nicht mitkommen zu mir nach Hause und beim Abendessen ein bißchen erzählen?«

»Ich würde Mayday gern wiedersehen.«

Ich hatte eine schlechte Nachricht für ihn. »Mayday ist im Schlaf gestorben, an dem Tag, an dem der Rebbe nach Brooklyn abgereist ist. Ich stell mir vor, sie war zu dem Schluß gekommen, daß ich sie nicht mehr brauchte. Kurz bevor Dwayne nach Rochester umgezogen ist, hat er mir geholfen, sie auf dem Gelände zu begraben, wo sie die Atommülldeponie anlegen wollten.«

»Hey, das tut mir leid . . . Was das Abendessen betrifft: Bist du auch sicher, daß ich nicht stören würde?«

An diesem Punkt in der Geschichte des Universums hätte ich Zbigs Nachnamen auch nicht aussprechen können, wenn mein Leben davon abgehangen hätte. »Bei mir steht heute abend nichts an.«

Beim Braten der Spiegeleier – zum erstenmal in meiner kulinarischen Karriere nicht leicht gewendet, sondern Sonnenseite nach oben – kam ich endlich dazu, ihm dafür zu danken, daß er den *Hite Report* beiseite geschafft hatte, bevor der Sheriff mit seinem Durchsuchungsbefehl aufkreuzte. »Ich wußte, daß du es warst, noch bevor mir der Rebbe erzählt hat, wie du den *Hite Report* ausgeliefert hast, um ihn zu schützen.«

»Wie bist du draufgekommen?«

»Ich hab eine deiner zwei Unterschriften gefunden – die Sachen, die du zusammengelegt und auf die Couch gelegt hast. Du hast gehört, wie Dwayne und ich zugange waren, stimmt's?«

Er nickte.

»Und?«

Darauf hat er was gesagt, was mich umgehaun hat. »Daß ich das Glück hatte, dich ficken zu dürfen, heißt noch lange nicht, daß ich dich reparieren darf. Außerdem bist du nicht kaputt.«

Wir waren bei Mango-Chutney und Joghurt angelangt, als er mir erzählte, wo er die letzten drei Wochen gewesen war. Wie sich rausstellte, war er per Hubschrauber in eine Art Festung in Maryland gebracht worden, die von nicht weniger als zwei Stacheldrahtzäunen umgeben war und einen Regenwald von Antennen auf dem Dach und den längsten Korridor in der Geschichte der Korridore hatte, der war mindestens so lang wie drei Football-Felder, laut L. Falk, dagegen kommt einem Dwaynes E-Z-Laden in Rochester vor wie ein tragbarer Spielplatz für Kinder. Die Leute, die in dem Laden das Sagen hatten, waren hergegangen und hatten L. Falk in einen Raum ohne Fenster aber mit Rund-um-die-Uhr-Zugang zu einem Cray oder so ähnlich gesetzt, was immer das sein mag, und ihm gesagt, er soll Codes knacken.

Ich hab L. Falk gefragt, wie er sich da wieder rausgewunden hat. Und da ist er hergegangen und hat mir mehr über Codes erzählt, als ich wissen mußte. In diesem Festungsfort in Maryland, ja?, war er hergegangen und hatte statistische Vibrationen in großen Datenstichproben aufgezeichnet, ich glaub, so hat er sich ausgedrückt, und russische und syrische und iranische und irakische Codes geknackt und die entschlüsselten Mitteilungen an seine Bosse weitergeleitet. Es stellte sich raus, daß er den Typen in einer anderen Festung, die Pentagon heißt, mitgeteilt hat, was sie nicht hören wollten, nämlich daß russische U-Boote nicht tauchen können und irakische Langstreckenra-

keten nur Kurzstrecken fliegen und die Kurzstreckenraketen überhaupt nicht abheben und syrische Artilleriegranaten defekte Zünder haben und die iranische Atombombe
frühestens in fünfzig Jahren das Licht der Welt erblicken
wird, was schon optimistisch geschätzt war, und daß bei denen die Wirtschaftslage so mies ist, daß sie allesamt hinter
amerikanischer Hilfe her sind wie der Teufel hinter der armen Seele. Die Typen im Pentagon haben gespuckt wie defekte Zünder, als sie das alles gelesen haben, hauptsächlich deshalb, weil es laut L. Falk gerade die Jahreszeit war,
in der sie ihre Budgets beantragen mußten. Sie haben einen Typ namens Doolittle unter Druck gesetzt, und der hat
L. Falks Auslieferung heim zu Mütterchen Rußland in die
Wege geleitet, ein Verfahren, das sechs Monate dauern
würde, wie L. Falk von einem Anwalt erfuhr, den er konsultierte.

»Wenn du wolltest, könntest du trotzdem in Amerika
bleiben.«

»Nämlich wie?«

»Indem du Amerikaner wirst.«

Er lachte. »Ich bin allegorisch gegen Waffen, die Augen
würden mir tränen, wenn ich mir eine kaufen würde.«

»Sei kein Stockfisch – man kann auch noch auf andere
Arten Amerikaner werden, nicht nur dadurch, daß man
sich eine Waffe kauft.«

»Nenn mir eine.«

»Sexuelles Asyl beantragen. Eine Amerikanerin heiraten.«

»Denkst du da an jemand bestimmten?«

Ich schwöre bei Gott, daß mir der Gedanke rein zufällig
kam, die Worte kamen mir einfach so über die Lippen, ich
war genauso konsterniert wie L. Falk.

»Es gibt ja immer den Tender.«

Er hat mich ganz komisch angesehen. »Du machst mir
also einen Antrag?«

Ich gönnte mir einen tiefen Atemzug und ließ ein »Warum« und ein »Nicht« durch mein von Natur glattes Haar in die Höhe steigen. Ich meine, ich war dem Gedanken nicht ganz und gar abgeneigt, obwohl ich aus persönlicher Erfahrung weiß, daß die Ehe, wie der Sex, etwas ist, was L. Falk als chaosbezogen einstufen würde.

»Sieh's doch mal so«, hab ich gesagt, oder jedenfalls etwas in dem Sinne. »Der erste Kerl, mit dem ich zusammengelebt habe, war Friseur, ja? Der hat mir das Haareschneiden beigebracht, wir haben ein Haardesign-Studio für Sie und Ihn in Albany aufgemacht, aber als die Kunden anfingen, auf mich zu warten, obwohl er frei war, hat er sich verkrümelt. Der zweite Typ, mit dem ich zusammengelebt hab, hat mir das Vögeln beigebracht. Als ich es dann besser konnte als er, ist er auch abgehauen. Meinen Ex-Ehemann lasse ich aus, Vogelmörder schweigt man am besten tot. Nach meiner Erfahrung können es Männer nicht ertragen, überflügelt zu werden. Das gefällt mir unter anderem so an dir, daß du damit leben kannst, daß ich manche Sachen besser kann als du.«

Er ließ das eine Zeitlang auf sich wirken, und ich sah ihm an, daß er mir kein Wort glaubte. Dann sagte er, sehr langsam, sehr ärgerlich, sehr leise, ich mußte mich anstrengen, um ihn zu verstehen: »Würdest du bitte aufhören, mich zu verarschen? Und dich zu verarschen. Wenn du wirklich bereit bist, jemanden zu heiraten, der erledigt ist, dann sag warum.«

Er hatte natürlich völlig recht. Ich sah ihn an. Er hat mich so gespannt und ängstlich angestarrt, daß ich nicht anders konnte, als meine Karten auf den Tisch zu legen. Wenn es eine bessere Art gibt, einen *Homo chaoticus* rumzukriegen, dann kenn ich sie jedenfalls nicht. Also ich hab ihm ungefähr Folgendes gesagt:

»Ein Typ, der bis zum Unendlichen vorstoßen will, kann meiner Meinung nach nicht erledigt sein – er tut ja was,

was noch nie einer getan hat. Ich kapier die schmutzigen Einzelheiten nicht alle, ja?, aber immerhin versteh ich soviel, daß du auf einer Reise bist, bei der es keine Hoffnung auf eine Ankunft gibt, und das ist die schwerste Art. Du mußt verdammt noch mal jede Menge Mumm haben, um dich auf so was einzulassen. Die Ehe, wenn sie funktioniert, ist auch eine Reise ohne Ankunft. Etwas, woran man ständig arbeiten muß und was trotzdem nie fertig wird.«

Ich weiß nicht, warum, ich hatte seit Wochen keinerlei Dope genommen, aber auf einmal hatte ich das unheimliche Gefühl, daß ich selbst dem Unendlichen entgegenraste, immer schneller und schneller, schneller als die erlaubte Höchstgeschwindigkeit auf der Interstate, wie im Flug vorbei an einer ganzen Kolonne von Lastzügen, alle mit der Zahl dreiundzwanzig in psychedelischen Farben. Ich hätte nicht bremsen können, selbst wenn ich gewollt hätte. Und ich wollte gar nicht.

»Also hab ich mir gedacht, hey, solange wir in dieselbe Richtung wollen, können wir genausogut gemeinsam reisen.« Er war schon am Kippen, brauchte nur noch einen letzten Stupser. »Falls du interessiert bist«, hab ich noch gesagt, »habe ich noch ein last but not least auf Lager.«

Ich sah, daß er nicht nicht interessiert war.

»Okay, hier ist es also, mein last but not least. Ich hab noch nie jemand in deiner Kategorie kennengelernt.«

»Und was ist meine Kategorie?«

»Ein Ständer ist nicht das Originellste, was du je zustande bringst . . . Mein Gott, muß ich's dir wirklich buchstabieren?«

Er sagte nichts, also wollte er es wohl buchstabiert haben.

Ich schloß die Augen, holte noch mal tief Luft und machte die Augen wieder auf. Ich sah, daß mir mein Publikum treu geblieben war, L. Falk hing immer noch an meinen Lippen, was ich als vielversprechendes, ja sogar positives

Zeichen wertete. »Tatsache ist . . . Ich liebe dich, ich hab dich zum Sterben lieb, L. Ficker-Falk.« Meine Sommersprossen brannten schon wieder. »Also, was meinst du, sollen wir nicht aufhören, Umschweife zu machen? Willst du oder willst du nicht? Ein Gespann bilden? Mit meiner Wenigkeit, dem Tender?«

»Du fragst mich also«, sagte L. Falk, der wahrscheinlich die Frage wiederholen wollte, um sicherzugehen, daß er sie richtig entschlüsselt hatte, »ob ich dich heiraten will, ja?«

Ich erinnere mich, daß ich verzweifelt aufstöhnte. »Also willst du oder willst du nicht? Ja oder nein? UAwg.«

Er sah mich an wie ein Vogel, der bereit ist, sofort davonzufliegen, falls ihm auch nur die geringsten Bedenken kommen sollten. Als eine ganze Eiszeit vergangen war, räusperte er sich.

Was er dann rausbrachte, war ein jubelndes »Yo!«.

Ich kann zu Ihnen sagen, daß bei meiner ersten Heirat das Ridiküle die Oberhand über das Rituelle gewann. Ich weiß noch, daß ich da stand in meinem Anzug aus dritter Hand mit fadenscheinigen Flecken an den fadenscheinigen Ellbogen, auf einem mottenzerfressenen Teppich von einem Fuß auf den anderen trat und zu dem verblaßten Farbfoto des obersten *Homo sovieticus* hinaufsah, das schief an der abblätternden Wand hing, während die Zeremonie, wenn es denn eine war, ihren monotonen Fortgang nahm. Ich weiß noch, daß Wladimir Iljitschs Krämpfe meine Eingeweide zwickten. »Wollen Sie oder wollen Sie nicht?« insistierte ungeduldig die bemalte Babuschka, die die einminütige Zeremonie im Leningrader Hochzeitspalast leitete. »Was soll ich wollen oder nicht wollen?« fragte ich. Die Frau, der es bestimmt war, die Mutter meiner Tochter zu werden, sie war schon im vierten Monat, versetzte mir einen Rippenstoß. Hinter uns beugte sich mein zukünftiger Ex-Schwiegervater, der Direktor des W.-A.-Steklow-Instituts für Mathematik, vor und soufflierte mir. Nach seinem Tonfall zu urteilen, war er kurz davor durchzudrehen. Ich war bei ihm als Schwiegersohn in spe nie in die engere Wahl gekommen. »Ob du meine Tochter zur Frau nehmen willst oder nicht«, flüsterte er mir zu.

»Ich hab schon immer gewußt, daß du ein Auge für Details hast«, bemerkte Rain, als ich ihr die Geschichte von meiner ersten Heirat erzählte; wir warteten am Fuß des Glockenspielturms auf den Rebbe, der uns trauen sollte. »Und, was hast du gemacht?«

»In der unbegründeten Hoffnung, durch diese Heirat jeden Tag ein kostenloses Mittagessen und irgendwann eine Planstelle am Steklow-Institut zu bekommen, ließ ich ein kaum hörbares ›Warum‹ und ›Nicht‹ von meinen gelähmten Stimmbändern aufsteigen. Die Babuschka erklärte uns zu Mann und Frau. Meine künftige Exfrau applizierte meinen aufgesprungenen Lippen einen trockenen Kuß, eine Anzahlung auf zehn Jahre Ehe ohne Lust und Liebe, und zog mich zur Tür.«

»Ich wette, irgendwer ist hergegangen und hat Reis gestreut.«

»Richtig geraten. Ihr Vater, der Direktor des Steklow-Instituts, stellte sich auf die Vortreppe des Hochzeitspalasts und verstreute vietnamesischen Reis, den er sich auf dem schwarzen Mark besorgt hatte.«

»Die armen russischen Vögelchen«, sagte Rain.

»Die armen russischen Vögelchen«, stimmte ich ihr zu, obwohl ich eine andere, größere Art von Opfern damit meinte.

Mit meinem Rucksack von der Roten Armee und meiner Duty-free-Tüte zog ich wieder bei Rain ein, noch an dem Abend, an dem sie mir den Heiratsantrag gemacht hatte. Wir gewöhnten uns schon bald an unseren Tageslauf – Rain schnitt im Tender bis Mittag Haare und trudelte am Nachmittag im E-Z ein, um das Abendessen zu klauen. Ich verteilte den Tag über Kartons, füllte die Regale auf und suchte nach der Ordnung, von der ich wußte, daß sie sich hinter der scheinbaren Unordnung verstecken mußte. Am Abend verschaffte ich mir Zugang zum Supercomputer des Supermarkts und setzte meine Reise durch die Dezimalstellen von Pi fort, dem Unendlichen entgegen. Jeden zweiten Samstag kickten wir, wenn das Wetter schön war, Rains Harley an und rauschten nach Rochester rüber, ich als Pilot, Rains Kopf an die Rückseite meiner neuen Fliegerjacke gedrückt, es geht ja nichts über ein Motorrad, wenn man sich zehn Jahre jünger fühlen möchte. Zweck der Übung: Ein bißchen chaosbezogenes Vögeln, das Rain neuerdings »Liebe machen« nennt, mit Dwayne und Shirley. Ich lag dann immer wach neben Shirley und hörte, wie sie schnarchte, hörte den Verkehr auf dem Ring und die startenden Flugzeuge, vor allem aber das leise Stöhnen aus Rains wunderschöner weißer Kehle im Zimmer nebenan. Manchmal tappte ich ins Wohnzimmer und befingerte ihre Sachen. Einmal, apropos verschlüsselte Mitteilungen, fand ich Rains Jeans, ihren gerippten Pullover, ihren Calvin-Klein-Slip, Dwaynes Khakihosen, seinen Rollkragenpulli, seine karierten Boxershorts allesamt säuberlich gefaltet über die Couch gelegt. Ich schickte ihr eine verspielte Botschaft – ich faltete die Sachen alle auseinander. Später, als die tiefgefrorenen Pizzas im Backrohr auftauten, sah ich, daß Rain mich sehnsüchtig anlächelte, um mich zu erinnern – als ob ich das je vergessen könnte –, wem ihre Kernloyalität gilt . . .

Als wir so an dem Glockenspielturm standen und warteten, hielt Dwayne Ausschau nach dem Rebbe. Dann sah er die aufziehenden Gewitterwolken und sagte: »Wenn er nicht bald eintrudelt, werden wir die Hochzeit verschieben müssen.«

Shirley blinzelte unschuldig. »Oder Rain kriegt eine verregnete Trauung.«

»Wahrscheinlich hat den Rebbe die Busfahrt von New York zu sehr angestrengt«, mutmaßte ich. »Am besten fährt einer von uns zum Kakerlaken-Motel und sieht nach, ob er nicht schläft.«

Wir hatten das Aufgebot bestellt, gleich nachdem wir die Ergebnisse der Blutuntersuchung bekommen hatten. Unwillkürlich versuchte ich, mit meiner Zweitunterschrift zu unterschreiben – man weiß ja nie, wann man mal abstreiten muß, daß man verheiratet ist, oder? –, aber im entscheidenden Moment stellte ich fest, daß ich meinen Namen nicht mehr rückwärts schreiben konnte, und setzte doch meine richtige Unterschrift über die gepunktete Linie. An dem Abend rief Rain bei der Late-Night Talkshow an, um Bescheid zu sagen, daß sie nicht mehr anrufen würde.

»Also, zu welchem Horizont segelst du dann jetzt davon?«

»Ich sag's dir . . .« – »Ich sag's dir, wie's ist: Ich bin verliebt. Ich geh auf eine Reise, die kein Ende hat. Sie heißt Ehe.«

»Na ja, jedem Tierchen sein Pläsierchen. Manche meinen halt, daß sie unbedingt auf den Zweiertrip gehen müssen. Falls du zuhörst, Charlene, Schatz – daß du mir ja nicht auf dumme Gedanken kommst. *Two for tea, tea for two,* das ist ein hübscher Text für eine Schnulze. Im wirklichen Leben muß man an so was arbeiten.«

Rain war sofort auf hundertachtzig. »Du kannst dir deine . . .« – Du kannst dir deine guten Ratschläge an Charlene – die wahrscheinlich sowieso nicht existiert, ja?, ich mein, welches Mädchen, das noch alle Tassen im Schrank hat, würde sich schon einen Typen wie dich als Freund wünschen? –, du kannst dir deine guten Ratschläge in den Arsch stecken, du Arschloch.«

Der Himmel über Backwater verfinsterte sich zusehends, ich fragte mich allmählich, ob meine zweite Hochzeit buchstäblich ins Wasser fallen würde, als Shirley auf den ersten Querbalken des Glockenspielturms kletterte und den Rebbe kommen sah. »Ich seh ihn, Schatz«, rief sie aufgeregt Dwayne zu, der gerade an einen Baum pinkelte. »Er hat doch nicht verschlafen.«

Der Rebbe, so konnte man nur vermuten, mußte auf dem Fußweg, der hinter der Kampus Kave vorbeiführt, den Hügel heraufgekommen sein und am Küchenabzug Speck gerochen haben, denn als er am Glockenspielturm ankam, kurzatmig, puterrot im Gesicht und mit Schweißflecken auf dem gestärkten Kragen, dachte er eindeutig an die Thora.

»Ich habe die ganze Nacht kein Auge zugetan«, stöhnte er, und nach den Säcken unter seinen Augen zu urteilen war das keine Übertreibung. Er stellte die neue Stoff-Einkaufstasche aus dem E-Z Mart, die ich ihm geschenkt hatte, auf den Boden, nahm seinen schwarzen Filzhut ab und wischte das Schweißband mit dem Zipfel seiner Krawatte ab. »Ich habe mit List und Tücke einen Sinn in Passagen der Thora gefunden, die seit Jahrtausenden Rabbinergehirnen getrotzt haben. Ich habe den babylonischen Talmud nach Hinweisen durchforstet.«

»Nach Hinweisen worauf?« wollte Rain wissen.

»Darauf, wie ein bestallter Rebbe, und nicht minder ein *Or Hachaim Hakadosch* aus Brooklyn, einen Juden mit einer Katholikin verheiraten kann, selbst wenn sie abgefallen ist.«

Ich kannte den Rebbe gut genug um zu begreifen, daß das für ihn kein theoretisches Problem war. Auf eine Art und Weise, die ich nie nachvollziehen konnte, nahm er die Gebote und Verbote ernst, die der Soundso vom Berg gebracht hatte, glaubte er, daß das Rituelle vor dem Ridikülen in Schutz genommen werden müsse.

Dwayne knöpfte sich die Hose zu und kam herübergeschlendert. »Sie sagen ›abgefallen‹, als ob das was Unanständiges wär«, neckte er den Rebbe.

Shirley schob die Hand in die Gesäßtasche von Dwaynes

Jeans. »Er muß was gefunden haben, Schatz, sonst wär er gar nicht gekommen.«

»Um die Wahrheit zu sagen«, sagte der Rebbe, »ich hatte schon fast aufgegeben, schließlich kann man so viel auch nicht in einer Nacht lesen, da ging mir plötzlich ein Licht auf. Rain könnte konvertieren! Dann würde einer Heirat nichts mehr im Weg stehen.«

»Hey, mir macht's nichts aus, zum jüdischen Glauben überzutreten, wenn ich dadurch dem Rebbe das Leben leichter machen kann«, sagte Rain.

»Ich hab immer gedacht, Juden müssen beschnitten sein«, sagte Shirley.

»Aber nur die männlichen Exemplare, Babe«, klärte Dwayne sie auf.

Shirley wirkte enttäuscht. »Da sieht man's, gleich macht er wieder seinen Hosenstall auf und läßt seine Harvard-Bildung raushängen.«

»Ich habe irgendwo gelesen, daß es Monate dauert, zum jüdischen Glauben überzutreten«, sagte ich dem Rebbe. »Und ihr Bus nach Brooklyn fährt in zwei Stunden.«

Er sah mich mit einem triumphierenden Funkeln in seinen Glotzaugen an. »Sie haben wahrscheinlich die Geschichte vergessen, die ich Ihnen nach dem Institutsessen erzählt habe, die von Rebbe Hillel und dem Goi.«

Er wandte sich Rain zu und befahl ihr, sich auf ein Bein zu stellen. Wortlos tat sie, wie ihr geheißen. »Sprechen Sie alles nach, was ich sage«, forderte er sie auf. »Was du nicht willst, daß man dir tu . . .«

Rain, die mühelos auf einem Bein balancierte und die ganze Sache sehr ernst nahm, sagte leise: »Was du nicht willst, daß man dir tu.«

». . . das füg auch keinem andern zu.«

»Das füg auch keinem andern zu.«

»Das ist die ganze Thora«, erklärte der Rebbe feierlich. »Der Rest ist Kommentar.«

Rain verarbeitete das mit einem nachdenklichen Nicken. »Ich verstehe. Darauf läuft die Thora hinaus. Alles andere ist Dekoration.«

Shirley sah Dwayne an. »Also, ich versteh das nicht.«

»Könnten Sie das noch mal sagen, zum Mitschreiben?« fragte Dwayne.

»Ich habe ihr gerade den tiefsten Sinn der Thora nahegebracht«, sagte der Rebbe. »Für einen ultraorthodoxen Juden wie mich muß jemand mit einem so tiefen Verständnis der Thora wie Rain einfach Jude sein.«

Sie sind zu taktvoll, um es auszusprechen, aber sicherlich fragen Sie sich schon die ganze Zeit, ob denn dieser Dope rauchende Rebbe wirklich an sein eigenes Blabla glaubt. Glaubt er wirklich, daß Unordnung der größte Luxus derer ist, die in geordneten Verhältnissen leben? Glaubt er wirklich, daß im tiefsten Innern der Thora das Chaos ist?

Hey, machen Sie nicht den Fehler zu denken, Sie könnten einen Rebbe nach seinem Äußeren beurteilen. Ich mag den kleinen Kerl. Wir treffen uns ab und zu, und von Mal zu Mal sieht er noch mehr wie ein Messias aus. Ich weiß nicht so recht, woran es liegt, aber er ist gottähnlicher als wir andern alle zusammen. Kein Zweifel, wenn er einen dreiteiligen Anzug sieht, hält er Ausschau nach dem Schneider. Kein Zweifel, daß er Ihn auch entdeckt. Die Antwort auf Ihre unausgesprochenen Fragen lautet also in allen Fällen ja. Ich selbst halte es für durchaus möglich, daß der Rebbe ein Erleuchteter ist, jemand, der weint, ohne ein Geräusch zu machen, der tanzt, ohne sich zu bewegen, und sich verbeugt, ohne den Kopf zu neigen.

Wo war ich?

Wenn ich die Augen schließe, sehe ich wieder vor mir, wie der Rebbe die Hand ausstreckt und verlegen Rains Schulter berührt. Man sah, daß er den Körperkontakt genoß – er mag erleuchtet sein, aber ein Heiliger ist er nicht.

»Da du Jüdin bist«, klärte er sie mit großem Ernst auf, »darfst du gemäß den Geboten, die Moses von Gott erhielt, einen Juden heiraten.«

»Na dann nichts wie los«, sagte Rain fröhlich.

Über seine Kontakte bei E-Z in Rochester hatte Dwayne sich eins dieser *»Nonstops to the most Florida cities«*-Plakate verschafft und es als eine Art Scherz für Eingeweihte an der Seite des Glockenspielturms aufgehängt. Rain und ich, eingerahmt von Dwayne und Shirley, stellten uns unter dem Plakat auf, dem Rebbe gegenüber. Ich spürte, wie sich Rain bei mir einhängte, wie ihre Brust sich an meinen Ellbogen drückte. Über uns fingen die Tauben, die zwischen den Glocken des Turms nisteten, laut zu gurren an. Ich stellte mir vor, daß sie auf einem Bein standen und darüber diskutierten, ob sich denn Vögel mit verschiedenen Federn zusammentun sollten.

Der Rebbe holte zwei Scheitelkäppchen aus seiner Einkaufstasche und reichte sie Dwayne und mir. Mit einem Blick zum bedrohlichen Himmel – es sah aus, als würde jeden Moment ein Gewitter losbrechen –, sagte er: »Dann verzichten wir eben auf den traditionellen Baldachin, die Gewitterwolken sind Baldachin genug, und beschränken uns auf die verkürzte Form der Zeremonie, schließlich ist ja keine Jungfrau unter den Anwesenden.«

Aus den scheinbar unergründlichen Tiefen seiner Einkaufstasche holte er einen Korkenzieher und eine verstaubte Flasche Château Montlabert 1979, entkorkte sie geübt, goß ein Weinglas halb voll und prostete Braut und Bräutigam zu. Sanft auf den Fußballen vor und zurück schaukelnd, intonierte er: *»Baruch atah adonai, eloheinu melech ha'olam, boreh pri ha'gafen.* Gesegnet seist Du, Gott, unser Herr, König der Welt, Schöpfer der Frucht des Weinstocks.«

Er nippte an dem Wein. »Gesegnet seist Du, Gott, König der Welt, der Du uns geheiliget hast durch Deine Gebote und uns die Gesetze der Ehe gegeben hast.«

Mit einer Geste forderte er mich auf, den Ring hervorzuholen und ihn Rain an den Finger zu stecken. »Sprecht mir nach«, sagte er. Er sah wieder nach den Gewitterwolken. *»Harei at mekudeschet li . . .«*

»Harei at mekudeschet li . . .«
». . . betaba'at so kadat . . .«
»Betaba'at so kadat.«
». . . mosche vejisrael.«
»Mosche vejisrael.«

»Was für eine Sprache ist das, Schatz?« fragte Shirley Dwayne hinter unserem Rücken.

»Liliputanisch«, antwortete ich leise. »Das ist die Sprache eines der verlorenen Stämme Israels.«

»Siehe, du bist geheiligt durch diesen Ring«, intonierte der Rebbe, »nach dem Gesetz Moses und Israels.«

Als ich zögerte, forderte er mich mit einem energischen Nicken auf, es nachzusprechen.

Ohne Rains Hand loszulassen, wandte ich mich ihr zu. »Siehe, du bist geheiligt durch diesen Ring . . .« Ich räusperte mich.

»Warum bist du so nervös?« flüsterte sie. »Du warst doch schon mal verheiratet.«

»Deswegen bin ich ja so nervös«, flüsterte ich zurück.

Ich war drauf und dran, in einen Traum abzugleiten, riß mich aber im letzten Moment zusammen. Es dämmerte mir, daß das Chaos des Augenblicks ungleich interessanter war.

Ich holte tief Luft und vollendete den rituellen Satz.

Der Kopf des Rebbe hüpfte fröhlich auf und ab, seine geringelten Schläfenlocken schlugen Kapriolen. »Mit diesen Wort ist die köstliche Tat vollbracht. Nach jüdischem Gesetz gilt die Braut nun als Ehefrau, der Bräutigam als Ehemann.«

»Hey, ich fühl mich überhaupt nicht anders«, sagte Rain.

Shirley brach in Tränen aus. »Das ist . . . so . . . gottverdammt . . . schick.«

Mit den Tränen kämpfend, hob Rain die Arme und zog
mit einer Kraft, die ich ihr nicht zugetraut hätte, meinen
Kopf zu sich herunter. Sie drückte ganz fest ihre Lippen an
meine Wange, und als sie sprach, versengte ihr Atem mein
Ohr.

»Ich schwöre bei Christus, daß ich da sein werde, wenn
du mich brauchst.«

»Ich auch«, flüsterte ich zurück. Ich war zu überwältigt,
um mehr zu sagen, schließlich heiratet man nicht jeden
Tag eine Frau, für die man wilde, ewige, quälende Liebe
empfindet.

Der Rebbe, dessen riesiger Adamsapfel auf und ab
sprang, legte den Kopf in den Nacken und trank das Glas
Château Montlabert in einem Zug aus, wickelte dann das
Glas in ein Tuch ein und stellte es auf die Erde.

»Treten Sie drauf«, forderte er mich auf. »Das bringt
Glück.«

»*Masel-tow*«, rief der Rebbe.

»Wer sagt's denn«, grölte Dwayne, von der Begeisterung
angesteckt.

»Hey, ich flipp aus«, lachte Rain nervös. »Total.«

Ein euphorisches »Yo« war alles, was ich herausbrachte.

Es zeigte sich, daß der Rebbe die Zeremonie noch nicht
abgeschlossen hatte. »Einer der Vorteile eines Daseins als
Rebbe«, sagte er, wobei er sich den ersten Regentropfen auf
die ausgestreckte flache Hand klatschen ließ, »ist es, daß
man einem Publikum predigen darf, das nicht davonlaufen
kann.«

Hinter mir hörte ich, wie Dwayne Shirley zuflüsterte:
»Beruhige dich, Babe.«

»Ich kann nicht«, schluchzte sie. »Ich glaub, ich will
auch Jüdin werden, ich glaub, ich will, daß der Rebbe uns
auch traut.«

»Wie könnte man einen Anfang schöner feiern«, sagte der Rebbe, »als damit, daß man in die Vergangenheit zurückgeht und einen raschen Blick auf den Urknall wirft. ›Am Anfang schuf Gott Himmel und Erde. Und die Erde war *tohu vavohu*.‹ Ich spreche von Genesis 1, Vers 1. Der *schlimasl* King James hat das mit ›die Erde war ohne Form‹ übersetzt. Aber ›*tohu vavohu*‹ ist in Wirklichkeit das hebräische Wort für Chaos. Die . . . Erde . . . war . . . buchstäblich . . . ein Chaos!«

»Tohu wa vohu«, murmelte Rain, »hört sich an wie die am meisten Florida Stadt in der Südsee. Hey, vielleicht könnten wir dort irgendwann unsere Flitterwochen verbringen.«

»Achtet ihr auch auf jedes meiner Worte, Lemuel und Rain?« sprach der Rebbe weiter, er hatte für Unterbrechungen nicht viel übrig. »Man braucht nicht ein *Or Hachaim Hakadosch* vom Easter Parkway zu sein, um zu wissen, daß das Chaos sich nicht ungebeten eingeschlichen hat, sondern auch erschaffen wurde. So wie wir Jahwe kennen, können wir davon ausgehen, daß es in seiner Macht stand, Nacht und Tag und Gras und Bäume und Jahreszeiten und Sonne und Fische und Vögel und Eden und Adam zu erschaffen, ohne vorher das Chaos zu erschaffen. Also welches verschlüsselte Signal hat Jahwe durch die Äonen zwei Juden gesandt, die in den heiligen Stand der Ehe treten, als Er das Chaos erschuf, bevor er sich an die eigentliche Schöpfungsarbeit machte?«

Auch wenn ich hundertsechs Jahre alt werde, und so alt war ich, als Rain mich mit ihrem Starterkabel in Gang brachte, werde ich nie vergessen, wie die talmudischen Augen des Rebbe in diesem Augenblick vor biblischer Erleuchtung schier bersten wollten. Zerstreut fuhr er sich mit dem Finger zwischen Kragen und Hals, als er seine Frage selbst beantwortete.

»Wenn ihr eine unabhängige Meinung hören wollt: Er

hat uns vielleicht gesagt, was jeder Künstler instinktiv weiß, nämlich daß es so etwas wie Schöpfung ohne Chaos nicht gibt.« Schwere Regentropfen prasselten auf uns herab, Shirley und Dwayne wechselten besorgte Blicke, und der Rebbe beeilte sich, zu seiner Pointe zu kommen. »Also, meine Lieben, wenn ihr das Glück habt, in eurem Leben als Paar einen Zipfel vom Chaos zu erwischen, lauft nicht vor ihm davon, sondern lauft ihm entgegen, umarmt es, nutzt es um Himmels willen.«

Dwayne spürte, daß dem Rebbe die Worte ausgegangen waren. »Jetzt, Babe.«

Er und Shirley zogen Plastiktüten aus ihren Taschen und fingen an, uns mit Vogelfutter zu bewerfen. Im nächsten Augenblick war der Glockenspielturm von Flügeln umschwirrt, als Schwärme von Tauben herabstießen, um die Körner von der Erde aufzupicken. Unten im Tal zerriß ein Blitzstrahl den Himmel, dicht gefolgt von langsam rollendem Donner. Der Regen machte jetzt Ernst.

Ich zog mein Sportsakko aus und hielt es Rain über den Kopf. Der Anblick der vom Turm herabflatternden Tauben ließ mein Herz schneller schlagen – ich begriff, daß die winzigen Luftwirbel, die entstehen, wenn Flügel in der Luft schlagen, Schwingungen auslösen, die mit der Zeit und mit wachsender Entfernung immer mehr anschwellen, um schließlich ins Leben eines russischen Chaosforschers, der nicht mehr auf der Flucht vor dem irdischen Chaos ist, Occasional Rain zu bringen.

Sachen gibt's.

ELIZABETH GEORGE

....macht süchtig!

Spannende, niveauvolle Unterhaltung
in bester britischer Krimitradition.

43771

43577

42960

9918

GOLDMANN

DIETRICH SCHWANITZ

»Schwanitz kann glänzend schreiben, geistreich und eloquent, manchmal tiefernst, meist witzig, böse, sarkastisch.«
Die Zeit

»Ich bin für dieses Buch. Ich freue mich, daß ich es gelesen habe.«
Marcel Reich-Ranicki

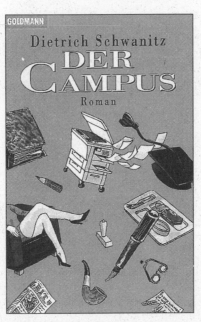

43349

GOLDMANN

*Das Gesamtverzeichnis aller lieferbaren Titel erhalten Sie
im Buchhandel oder direkt beim Verlag.*

Taschenbuch-Bestseller zu Taschenbuchpreisen
– Monat für Monat interessante und fesselnde Titel –
✳
Literatur deutschsprachiger und internationaler Autoren
✳
Unterhaltung, Thriller, Historische Romane
und Anthologien
✳
Aktuelle Sachbücher, Ratgeber, Handbücher
und Nachschlagewerke
✳
Esoterik, Persönliches Wachstum und
Ganzheitliches Heilen
✳
Krimis, Science-Fiction und Fantasy-Literatur
✳
Klassiker mit Anmerkungen, Autoreneditionen
und Werkausgaben
✳
Kalender, Kriminalhörspielkassetten und
Popbiographien

Die ganze Welt des Taschenbuchs

Goldmann Verlag · Neumarkter Str. 18 · 81673 München

Bitte senden Sie mir das neue kostenlose Gesamtverzeichnis

Name: _____

Straße: _____

PLZ / Ort: _____